LA TRANSACTION

DU MÊME AUTEUR
CHEZ POCKET

LA FIRME
L'AFFAIRE PÉLICAN
NON COUPABLE
LE COULOIR DE LA MORT
LE CLIENT
LE MAÎTRE DU JEU
L'ASSOCIÉ
LA LOI DU PLUS FAIBLE
L'IDÉALISTE
LE TESTAMENT
L'ENGRENAGE
L'HÉRITAGE
LA DERNIÈRE RÉCOLTE
PAS DE NOËL CETTE ANNÉE

JOHN GRISHAM

LA TRANSACTION

traduit de l'américain
par Patrick Berthon

ROBERT LAFFONT

Titre original :
THE KINGS OF TORTS
(édition originale : Doubleday/Random House, Inc., New York)

ISBN 978-2-266-14994-5

1.

Quand les balles étaient entrées dans le crâne de Pumpkin, huit personnes avaient entendu les détonations. Trois d'entre elles avaient aussitôt fermé la fenêtre et s'étaient assurées que leur porte était verrouillée. Deux autres s'étaient éloignées du lieu d'où venait le bruit aussi vite sinon plus que l'agresseur. Une autre encore, un maniaque du recyclage, était en train de fouiller dans les poubelles à la recherche de cannettes vides quand les coups de feu avaient retenti, tout proches. Il s'était jeté derrière un tas de cartons en attendant la fin de la fusillade, puis s'était avancé prudemment dans la ruelle où gisait le corps de Pumpkin.

Les deux dernières avaient tout vu, ou presque. Assis sur des caisses en plastique, devant un magasin de vins et spiritueux, à l'angle de Georgia Street et de Lamont Street, les deux hommes étaient partiellement cachés par un véhicule en stationnement de sorte que le tueur, qui avait regardé autour de lui avant de suivre Pumpkin dans la ruelle, ne les avait pas remarqués.

Ainsi qu'ils devaient le déclarer à la police, ils avaient vu le jeune homme sortir une arme de sa poche, un petit pistolet noir. Quelques secondes plus tard, ils avaient entendu les coups de feu mais n'avaient pas, à proprement parler, vu les balles fracasser le crâne de

Pumpkin. Encore un moment très court et le jeune homme au pistolet avait débouché de la ruelle ventre à terre, droit sur eux. Il courait plié en deux, comme un chien terrifié, et sa culpabilité ne faisait aucun doute. Il était chaussé de baskets rouge et jaune beaucoup trop grandes pour lui qui claquaient sur l'asphalte dans sa course éperdue.

Quand il était passé devant eux, il avait encore son arme à la main, probablement un calibre 38. En se rendant compte que les deux hommes en avaient trop vu, il avait eu un instant d'hésitation. Pendant une fraction de seconde effrayante, ils avaient cru le voir lever le pistolet comme pour éliminer les témoins. Ils avaient bondi de leur caisse et pris la fuite. Après avoir constaté que le jeune homme avait disparu, un des deux témoins avait poussé la porte de la boutique en criant qu'il y avait eu des coups de feu, qu'il fallait prévenir la police.

Trente minutes plus tard, celle-ci était informée qu'un jeune homme dont le signalement correspondait à celui du meurtrier présumé de Pumpkin avait été vu dans la 9e Rue. Il tenait une arme qu'il ne cherchait pas à cacher et son comportement était plus que bizarre. Il avait essayé d'entraîner un passant dans un terrain vague mais la victime potentielle avait réussi à lui échapper.

Une heure plus tard, la police appréhendait le suspect. Un Noir du nom de Tequila Watson, âgé de vingt ans ; sans surprise, il avait un casier judiciaire mentionnant différentes affaires de drogue. Pas de famille, pour ainsi dire. Pas de domicile connu. Le dernier établissement qui l'avait accueilli était un centre de désintoxication de W Street. Il s'était débarrassé du pistolet ; s'il avait dévalisé Pumpkin, il avait tout jeté également, espèces, drogue ou quoi que ce soit d'autre. Rien dans les poches et le regard clair. Au moment de son arrestation, Tequila n'avait pris aucune substance toxique, semblait-il. Après un bref interrogatoire sur le trottoir, on lui avait passé les menottes et on l'avait fait monter sans ménagement à l'arrière d'une voiture de police du district de Columbia.

On l'avait conduit à Lamont Street pour le mettre en présence des deux témoins. Dans la ruelle où Pumpkin avait été abattu, on lui avait demandé s'il était déjà venu là. Sans répondre, Tequila avait gardé les yeux baissés sur la mare de sang qui souillait le ciment. Aux deux témoins qui l'avaient suivi discrètement dans la ruelle, on avait demandé de s'arrêter à quelques mètres de Tequila.

— C'est lui ! avaient-ils déclaré en même temps.

— Il a les mêmes habits, les mêmes baskets... Il ne manque que le pistolet.

— C'est bien lui.

— Aucun doute.

Tequila était remonté dans la voiture de police, direction la prison.

Inculpé d'assassinat, il avait été écroué sans possibilité immédiate de mise en liberté sous caution. Par expérience ou simplement par peur, malgré les cajoleries et les menaces des policiers, Tequila n'avait pas desserré les dents. Rien de compromettant, rien qui puisse leur servir. Pas la moindre indication de ce qu'avait pu être son mobile. Pas la plus petite allusion à un différend, s'il y en avait eu un. Un inspecteur chevronné avait noté dans le dossier que ce meurtre paraissait, un peu plus qu'à l'accoutumée, être le fait du hasard.

Aucune autorisation de téléphoner n'avait été sollicitée. Il n'avait été question ni d'avocat ni de caution. Tequila restait hébété, les yeux rivés sur le sol sans paraître pour autant malheureux de se trouver dans une cellule surpeuplée.

Impossible de retrouver le père de Pumpkin ; mais sa mère, agent de sécurité, travaillait dans le sous-sol d'un grand immeuble de New York Avenue. Il fallut trois heures à la police pour établir l'identité de Pumpkin – Ramon Pumphrey de son vrai nom –, dénicher son adresse et trouver un voisin qui accepte de dire s'il avait une mère ou non.

Adelfa Pumphrey était assise à un bureau, à l'entrée du sous-sol, devant une rangée de moniteurs qu'elle était censée observer. C'était une grande et forte femme sanglée dans un uniforme kaki, un pistolet à la ceinture, une expression d'indifférence totale sur le visage. Les policiers envoyés pour la prévenir connaissaient leur boulot. Ils annoncèrent la mauvaise nouvelle puis allèrent en informer le supérieur d'Adelfa.

Dans une ville où des jeunes s'entretuent quotidiennement, les cœurs s'endurcissent. Une mère connaît toujours d'autres femmes qui ont perdu un ou plusieurs enfants. Avec chaque nouvelle victime, la mort se rapproche un peu plus et cette mère sait que chaque matin peut être le dernier. Elle a vu les autres survivre à l'horreur qu'est la perte d'un enfant. Penchée sur son bureau, le visage enfoui dans les mains, Adelfa pensait à son fils, à son corps sans vie étendu quelque part dans une salle, examiné par des inconnus.

Elle jurait de le venger.

Elle maudissait le père d'avoir abandonné son enfant.

Elle pleurait son petit garçon.

Et elle savait qu'elle survivrait. Au fond d'elle-même, elle le savait.

Adelfa se rendit au tribunal pour assister à la lecture de l'acte d'accusation. La police l'avait informée que le voyou qui avait tué son fils allait comparaître devant un juge, une formalité au cours de laquelle il plaiderait non coupable et demanderait un avocat. Assise au dernier rang, entre son frère et un voisin, elle se tamponnait les yeux avec un mouchoir trempé. Elle voulait voir le jeune homme. Elle voulait aussi lui demander pourquoi il avait fait ça, mais elle savait que l'occasion ne lui en serait pas donnée.

On fit entrer les prévenus comme des bestiaux sur une foire. Tous Noirs, menottés, en salopette orange, tous jeunes. Que de vies gâchées ! Tequila, dont le crime était particulièrement violent, avait non seulement des menottes mais aussi les poignets et les chevilles entravés par des chaînes. Pourtant, quand il entra dans la salle d'audience avec un groupe de délinquants, il avait l'air plutôt inoffensif. Il lança un coup d'œil circulaire dans l'assistance pour voir s'il reconnaissait un visage. On le fit asseoir sur une chaise et un des huissiers armés se pencha pour lui parler à l'oreille.

— Tu vois là-bas, au fond, la dame en robe bleue... c'est la mère du petit gars que tu as tué.

En gardant la tête basse, Tequila se tourna lentement pour plonger fugitivement son regard dans les yeux larmoyants et gonflés de la mère de Pumpkin. En croisant le regard du jeune homme maigrelet flottant dans ses vêtements, Adelfa se demanda où était sa mère et comment elle l'avait élevé, s'il avait un père et, pour finir, pourquoi son chemin avait croisé celui de Pumpkin. Ils avaient à peu près le même âge, comme tous les autres, guère plus d'une vingtaine d'années. La police lui avait appris que, d'après les premiers éléments de l'enquête, la drogue n'était pas le mobile du crime. Adelfa n'en croyait rien. Dans la rue, elle ne le savait que trop, la drogue était partout. Pumpkin avait pris du hasch et du crack, il avait même été arrêté une fois pour possession de stupéfiants, mais ne s'était jamais montré violent. À en croire la police, cela donnait l'impression d'un meurtre aveugle. Son frère avait dit que tous les meurtres commis dans la rue étaient aveugles. Mais qu'il y avait toujours une raison.

D'un côté de la salle, se trouvait une table autour de laquelle étaient rassemblés les agents de l'autorité. Les policiers parlaient à voix basse aux représentants du ministère public qui parcouraient des dossiers et des rapports en s'efforçant vaillamment de conserver une longueur d'avance sur le défilé des prévenus. De l'autre côté, les avocats de la défense se succédaient pour prendre leurs nouveaux clients. Le juge martelait les chefs d'accusation : trafic de stupéfiants, attaque à main armée, agression sexuelle, encore des affaires de drogue, plusieurs délits entraînant la révocation de la libération conditionnelle. À l'appel de son nom, chaque prévenu était conduit devant le magistrat et attendait en silence. Quand les papiers étaient remplis, on le ramenait en prison.

— Tequila Watson, annonça un huissier.

Un autre huissier l'aida à se mettre debout. Il s'avança d'un pas lent, avec un cliquetis de chaînes.

— Monsieur Watson, déclara le juge d'une voix forte, vous êtes accusé de meurtre. Quel âge avez-vous ?

— Vingt ans, répondit Tequila en baissant la tête.

Le chef d'accusation retentit dans la salle d'audience. Il provoqua un moment de silence et éveilla la curiosité des avocats et des policiers. Les autres détenus en uniforme orange tournèrent vers Tequila un regard admiratif.

— Pouvez-vous payer un avocat ?

— Non.

— C'est bien ce qu'il me semblait, marmonna le juge en tournant la tête vers la table de la défense.

La salle d'audience de la chambre criminelle du tribunal de Washington était fréquentée quotidiennement par les représentants du bureau de l'aide juridictionnelle, le seul recours des prévenus démunis. Soixante-dix pour cent des affaires étaient confiées à des défenseurs commis par un juge. Ils étaient en général au moins une demi-douzaine à assister aux comparutions, avocats en complet bon marché et chaussures usagées, des dossiers dépassant de leur serviette. Ce jour-là pourtant, à ce moment précis, un seul était présent, Clay Carter II, venu suivre deux affaires de moindre importance. Il regarda de droite et de gauche avant de se rendre compte que les yeux du juge étaient braqués sur lui. Où étaient passés ses confrères ?

La semaine précédente, Me Carter avait vu la fin d'une autre affaire de meurtre vieille de trois ans dont le verdict avait envoyé son client dans une prison d'où il ne sortirait jamais de son vivant, du moins officiellement.

Clay Carter était heureux que ce client soit derrière les barreaux et soulagé de n'avoir pas d'autres dossiers d'homicide sur son bureau.

Cette situation, à l'évidence, n'allait pas durer longtemps.

— Maître Carter ? lança le juge.

Ce n'était pas un ordre mais une simple invitation à faire ce qu'on attend d'un avocat de l'aide juridictionnelle : défendre une personne démunie quels que soient les faits reprochés. Clay ne pouvait se dégonfler devant les policiers et les représentants du ministère public. Il rassembla son courage et s'avança vers le juge comme si rien ne pouvait lui faire plus plaisir qu'une nouvelle affaire d'homicide. Il prit le dossier que lui tendait le magistrat et parcourut les quelques pièces qu'il contenait en feignant de ne pas remarquer le regard implorant de Tequila Watson.

— Nous allons plaider non coupable, Votre Honneur.

— Merci, maître. Et vous assurez la défense de l'accusé ?

— Pour le moment, Votre Honneur, répondit Clay qui cherchait déjà des prétextes pour refiler l'affaire à un confrère.

— Très bien, fit le juge en prenant le dossier suivant. Je vous remercie.

L'avocat et son nouveau client s'entretinrent quelques minutes à la table de la défense. Clay Carter rassembla les éléments d'information que Tequila accepta de lui donner, c'est-à-dire pas grand-chose. Il promit de passer à la prison le lendemain pour discuter plus longuement avec lui. Pendant leur aparté, Clay vit affluer des avocats du bureau de l'aide juridictionnelle, de jeunes confrères qui apparaissaient brusquement autour de lui.

S'était-il laissé piéger ? Les autres avaient-ils disparu, sachant qu'un détenu était accusé de meurtre ? Au long de ses cinq années d'exercice, il avait, lui aussi, utilisé les ficelles du métier. Éviter les dossiers pourris était tout un art.

Clay Carter saisit sa serviette et se dirigea vers la porte en suivant l'allée centrale bordée de familles rongées par l'inquiétude. Il passa devant Adelfa Pumphrey et le petit groupe qui la soutenait avant de déboucher dans le hall où étaient rassemblés d'autres délinquants entourés de leur mère, de leur amie et de leur avocat. Certains de ses confrères de l'aide juridictionnelle affirmaient avec force qu'ils vivaient pour l'agitation du palais de justice H. Carl Moultrie : la tension des procès, le sentiment diffus de danger suscité par la proximité de ces prévenus, la présence en un même lieu des victimes et de leurs agresseurs, les rôles surchargés. Leur vocation était de défendre les pauvres et de leur assurer un traitement équitable par la police et l'ensemble du système.

S'il avait un jour été tenté par une carrière au bureau de l'aide juridictionnelle, Clay Carter ne se souvenait plus pourquoi. Cinq ans dans une semaine. Un anniversaire qu'il ne fêterait pas et, du moins l'espérait-il, qui passerait inaperçu. À trente et un ans, Clay était au bout de son rouleau, coincé dans un bureau qu'il avait honte de montrer à ses amis, cherchant une issue de secours qui se refusait à lui. Et il se retrouvait avec une nouvelle et absurde affaire d'homicide sur les bras.

Il entra dans la cabine de l'ascenseur en maugréant. Comment avait-il pu se faire coincer ? C'était une faute de débutant ; il avait assez d'expérience pour ne pas tomber dans ce piège, surtout sur un terrain si familier. Je démissionne, se jura-t-il. Un serment qu'il se faisait tous les jours ou presque depuis un an.

Il y avait deux autres personnes dans la cabine. D'un côté, une employée du tribunal, les bras chargés de dossiers. De l'autre, un homme d'une quarantaine d'années, tout de noir vêtu : jean, T-shirt, veste et boots en peau d'alligator. Il tenait un journal qu'il faisait semblant de lire, derrière de petites lunettes perchées sur le bout d'un nez long et fin. En réalité, il observait Clay, qui ne se rendait compte de rien. Pourquoi aurait-il prêté attention à son voisin dans cet ascenseur ?

Pourtant, s'il avait été tant soit peu vigilant, Clay aurait remarqué cet homme à la tenue trop décontractée pour un avocat. Il n'avait rien d'autre à la main que ce journal, ce qui pouvait paraître curieux, le palais de justice n'étant pas le genre d'endroit où on lisait. Il n'avait l'allure ni d'un magistrat, ni d'un greffier, ni d'une victime, ni d'un défendeur, mais Clay ne l'avait même pas regardé, perdu dans ses sombres pensées.

2.

Un grand nombre des soixante-seize mille avocats de la capitale était employé par de grands cabinets juridiques, à un jet de pierre du Capitole. Dans ces prestigieux cabinets où étaient brassées des fortunes, on offrait aux associés les plus brillants des primes de recrutement indécentes, on octroyait aux ex-parlementaires les plus bornés de lucratifs contrats de lobbying. Le bureau de l'aide juridictionnelle arrivait loin derrière. Très loin.

Certains de ses avocats se consacraient avec zèle à la défense des pauvres et des opprimés ; ce poste ne leur servait pas de marchepied pour une autre carrière. Malgré leur maigre salaire et leur budget réduit, ils appréciaient hautement leur indépendance et se satisfaisaient de protéger les faibles.

D'autres considéraient ce poste comme une étape, un apprentissage à la dure, indispensable pour se lancer dans une carrière plus lucrative. Apprendre les ficelles du métier, se salir les mains, voir et faire ce que n'a jamais l'occasion de voir et de faire le collaborateur d'un gros cabinet ; un jour peut-être, ils toucheraient la récompense de leurs efforts. Une vaste expérience des prétoires, la connaissance approfondie des juges, des huissiers et de la police judiciaire, la gestion d'une charge de travail écrasante, l'habileté requise pour travailler avec des clients particulièrement difficiles, tels étaient les atouts qu'ils pouvaient acquérir au bout de quelques années de pratique.

Les quatre-vingts avocats du bureau de l'aide juridictionnelle s'entassaient sur deux étages du bâtiment abritant les services administratifs du district de Columbia, une construction carrée en béton, surnommée le Cube, qui se dressait dans Massachusetts Avenue, près de Thomas Circle. Une quarantaine de secrétaires mal payées et trois douzaines d'assistants étaient dispersés dans le labyrinthe de bureaux minuscules. La directrice, prénommée Glenda, passait le plus clair de son temps bouclée dans son bureau, où elle se sentait en sécurité.

Le salaire de départ d'un avocat de l'aide juridictionnelle était de trente-six mille dollars. Les augmentations étaient infimes et très espacées. Le plus ancien dans le métier, un jeune vieillard de quarante-trois, ans touchait cinquante-sept mille six cents dollars et menaçait de démissionner depuis quinze ans. La charge de travail était accablante : la municipalité était en passe de perdre la guerre contre la criminalité. Le flot de délinquants indigents paraissait inépuisable. Pour la huitième année de suite, Glenda avait présenté un budget dans lequel elle demandait dix avocats et une douzaine d'assistants supplémentaires. Pour la quatrième année de suite, ses crédits avaient été réduits. Son dilemme du moment, c'était de savoir de quels assistants elle allait se séparer et à quels avocats elle allait imposer un mi-temps.

Comme la plupart de ses confrères, Clay n'avait jamais envisagé dans le courant de ses études de droit de consacrer sa carrière ni même un court moment de sa vie professionnelle à la défense des délinquants sans ressources. Jamais il n'en avait été question. Quand il avait fait son droit à Georgetown, son père avait un cabinet à Washington. Il y avait travaillé à mi-temps pendant des années et disposait de son propre bureau. C'était le temps des rêves sans limites : le père et le fils travaillaient ensemble, le cabinet était florissant.

Tout s'était effondré pendant la dernière année d'études de Clay. Son père avait fermé le cabinet et filé à l'étranger, mais c'était une autre histoire. Son diplôme en poche, faute de mieux, Clay avait trouvé un poste au bureau de l'aide juridictionnelle.

Trois années de manœuvres et d'intrigues avaient été nécessaires avant qu'on lui attribue une pièce qu'il n'aurait pas à partager avec un de ses confrères ou un assistant. Elle était minuscule, dépourvue de fenêtre, et le bureau y occupait la moitié de l'espace. Dans le cabinet paternel, la pièce était quatre fois plus spacieuse et les fenêtres donnaient sur le Washington Monument ; il essayait de ne pas y penser mais ne parvenait pas à effacer ce souvenir de sa mémoire. Cinq ans plus tard, quand son regard errait sur les murs, il avait parfois l'impression de les voir se resserrer inexorablement et il se demandait comment il en était arrivé là.

Il laissa tomber le dossier de Tequila Watson sur le bureau bien ordonné et retira sa veste. Il aurait été facile, dans ce cadre déprimant, de baisser les bras, de laisser les documents et les dossiers s'entasser en mettant la pagaille sur le compte d'un travail écrasant et du manque de personnel, mais son père lui avait enseigné qu'un bureau bien rangé était la marque d'un cerveau organisé. Il disait toujours que si on ne réussissait pas à trouver ce qu'on cherchait en trente secondes, on perdait de l'argent. Rappeler sans attendre un correspondant était une autre règle à laquelle Clay se pliait.

Une telle méticulosité amusait ses confrères. Le diplôme de la faculté de droit de Georgetown était accroché dans un joli cadre au centre d'un mur. Les deux premières années, Clay avait refusé de le montrer, de crainte que les autres se demandent pourquoi un diplômé de Georgetown acceptait de travailler pour un salaire de misère. Pour l'expérience, se disait-il : je suis là pour acquérir de l'expérience. Un procès par mois, un procès éprouvant contre un procureur implacable et devant un jury sans indulgence. Un apprentissage à la dure, l'expérience de la réalité de la rue qu'il n'aurait jamais acquise dans un gros cabinet. L'argent viendrait plus tard, quand, encore très jeune, il serait devenu un maître du barreau.

Il baissa les yeux vers le mince dossier Watson placé au centre du bureau en se demandant comment il allait s'y prendre pour le refiler à un autre. Il en avait ras le bol des affaires difficiles, de cet apprentissage irremplaçable, de toutes ces conneries pour lesquelles il était payé avec un lance-pierre.

Il y avait sur son bureau six feuilles roses indiquant les messages téléphoniques : cinq concernaient le travail, le sixième était de Rebecca, son amie de longue date. C'est elle qu'il rappela en premier.

— Je suis très occupée, déclara-t-elle après les civilités d'usage.

— Tu m'as appelé, non ?

— Bon, j'ai une minute pour toi, pas plus.

Rebecca était assistante d'un obscur parlementaire qui s'était vu attribuer la présidence d'une sous-commission quelconque. En sa qualité de président, il disposait d'un bureau supplémentaire qu'il fallait remplir de gens comme Rebecca qui s'activaient du matin au soir pour préparer des auditions auxquelles personne n'assisterait. Son père avait fait jouer ses relations pour lui obtenir ce poste.

— Moi aussi, reprit Clay, je suis débordé. On vient de me confier une nouvelle affaire d'homicide.

Il avait laissé percer dans cette déclaration une pointe de fierté, comme s'il se faisait un honneur d'être l'avocat de Tequila Watson.

C'était devenu un jeu pour eux. Qui était le plus occupé des deux ? Qui était le plus important ? Qui travaillait le plus ? Qui avait le plus de pression ?

— Demain, c'est l'anniversaire de ma mère, annonça Rebecca en détachant les syllabes, comme si Clay était censé le savoir.

Il l'ignorait et s'en contrefichait : il n'aimait pas sa mère.

— Nous sommes invités à dîner au club.

Décidément, tout allait de travers. Clay n'avait pas le choix, il devait accepter, sans marquer la plus petite hésitation.

— Vers dix-neuf heures. Habille-toi.

— D'accord.

Il se dit qu'il aurait préféré dîner avec Tequila Watson dans sa cellule.

— Il faut que je te laisse, reprit Rebecca. À ce soir. Je t'embrasse.

— Moi aussi.

Une conversation caractéristique, expédiée en quelques phrases avant de repartir chacun de son côté pour se consacrer à des tâches plus importantes. En regardant la photo de Rebecca sur son bureau, Clay se dit qu'il y avait assez de différences entre eux pour briser n'importe quel couple. Leurs pères s'étaient autrefois affrontés devant la justice ; nul ne savait exactement qui était sorti vainqueur. La famille de Rebecca se prétendait issue de la bonne société d'Alexandria ; ils étaient des républicains très conservateurs, contrairement à Clay. Le père, promoteur immobilier, était surnommé Bennett le Bulldozer à cause de sa politique de destruction systématique des sites en Virginie du Nord, dans la banlieue de la capitale. Clay ne supportait pas cette urbanisation galopante et cotisait discrètement à deux associations de défense de l'environnement qui s'opposaient aux promoteurs. La mère de Rebecca était une arriviste qui voulait que ses deux filles épousent un beau parti ; Clay n'avait pas vu la sienne depuis onze ans. Totalement dépourvu d'ambition sociale, il n'avait pas un sou vaillant.

Pendant près de quatre ans, leur liaison s'était poursuivie malgré les querelles à répétition, inspirées pour la plupart par la mère de Rebecca. Elle était soutenue par les sentiments, le désir et leur détermination commune à aller de l'avant malgré les difficultés. Pourtant, ces derniers temps, Clay avait perçu chez Rebecca une lassitude due à l'âge et à la pression constante de sa famille. Elle avait vingt-huit ans et ne voulait pas faire carrière. Elle voulait fonder une famille et passer ses journées au country club à gâter les enfants, jouer au tennis, déjeuner avec sa mère.

Une voix le fit sursauter ; c'était Paulette Tullos.

— Alors, tu t'es fait avoir ! lança-t-elle avec un sourire narquois. Encore un homicide !

— Tu étais là ?

— Du début jusqu'à la fin. J'ai tout vu mais je ne pouvais rien pour toi.

— Merci. Je te revaudrai ça.

Il l'aurait bien invitée à s'asseoir, mais il n'y avait pas de siège dans son bureau, faute de place. Il n'en avait pas besoin : tous ses clients étaient en prison. S'installer tranquillement pour bavarder n'était pas dans les habitudes de la maison.

— Quelles chances ai-je de m'en débarrasser ?

— Minces à inexistantes. À qui veux-tu le refiler ?

— Je pensais à toi.

— Désolée, j'en ai déjà deux. Glenda ne voudra pas.

Paulette était sa meilleure amie à l'aide juridictionnelle. Issue d'un quartier sensible, elle avait réussi en suivant des cours du soir à terminer ses études de droit. Elle semblait destinée à la vie des classes moyennes quand elle avait rencontré un Grec d'un certain âge qui avait un faible pour les jeunes femmes de race noire. Il l'avait épousée et installée confortablement dans le nord-ouest de Washington, puis il était reparti en Europe, où il préférait vivre. Paulette le soupçonnait d'y avoir une ou deux femmes légitimes mais cela ne la préoccupait pas outre mesure. Elle vivait dans l'aisance et se trouvait rarement seule. Au bout de dix ans, cette situation leur donnait toute satisfaction.

— J'ai entendu les gens du bureau du procureur parler entre eux, reprit Paulette. Un homicide volontaire, mais le mobile reste obscur.

— Ni le premier ni le dernier dans cette ville.

— Il n'y a pas de mobile apparent.

— Il y a toujours un mobile : vol, drogue, sexe, des Nike neuves.

— Ton client est un garçon paisible. Il n'a jamais commis d'actes de violence.

— Il ne faut pas se fier à sa première impression, Paulette. Tu le sais bien.

— Jermaine a eu une affaire similaire il y a deux ou trois jours. Pas de mobile apparent.

— Je n'étais pas au courant.

— Il est jeune, il a les dents longues. Va le voir, tu pourras peut-être lui refiler ton client. On ne sait jamais.

— J'y vais de ce pas.

Jermaine n'était pas dans son bureau, mais la porte

de celui de Glenda était entrouverte. Clay frappa un coup léger en la poussant.

— Je peux te voir une minute ? lança-t-il, sachant que Glenda n'avait jamais un moment à consacrer aux membres de son équipe. Elle faisait de son mieux pour tenir la boutique, supervisait les nombreuses affaires en cours, réussissait à boucler son budget et, surtout, faisait en sorte de rester dans les petits papiers de la municipalité. Mais Glenda n'aimait pas les gens ; elle préférait se boucler dans son bureau pour travailler.

— Bien sûr, répondit-elle sèchement, sans la moindre conviction.

À l'évidence, elle n'appréciait pas le dérangement ; Clay s'y attendait.

— Je me suis trouvé ce matin au tribunal au mauvais moment. On m'a confié une affaire d'homicide que je préférerais laisser à quelqu'un d'autre. Je sors tout juste de l'affaire Traxel qui, vous le savez, a duré près de trois ans. J'ai besoin de passer à autre chose. Si je demandais à un des jeunes ?

— Vous voulez que je vous retire cette affaire, maître Carter ? demanda Glenda, les sourcils en accent circonflexe.

— Absolument. Donnez-moi des affaires de stupéfiants et de vols par effraction pendant quelques mois. C'est tout ce que je demande.

— Et qui, à votre avis, devrait prendre en charge le dossier... Quel dossier, au fait ?

— Tequila Watson.

— Tequila Watson. À qui reviendrait-il ?

— Cela m'est égal. J'ai seulement besoin de me changer les idées.

Glenda s'enfonça dans son siège à la manière d'un vieil administrateur plein de sagesse et considéra Clay en mordillant le bout de son stylo.

— Nous en sommes tous là, maître. Nous avons besoin de nous changer les idées.

— Votre réponse ?

— Sur les quatre-vingts avocats du bureau, un sur deux est qualifié pour traiter un homicide. Chacun d'eux a au moins deux affaires en cours. Si vous pouvez passer votre dossier à un de vos confrères, faites-le, mais ne comptez pas sur moi.

— À propos, reprit Clay en se levant, une augmentation me serait bien utile. Si vous pouviez y réfléchir.

— L'année prochaine, maître. L'année prochaine.

— Et un assistant.

— L'année prochaine.

C'est ainsi que le dossier Tequila Watson resta sur le bureau bien ordonné de Jarrett Clay Carter II.

3.

Une prison est toujours une prison. Bien que de construction récente, le bâtiment, dont l'inauguration en grande pompe avait été une source de fierté pour une poignée d'édiles, n'en restait pas moins une prison. Conçue par des consultants de pointe en matière de défense urbaine et agrémentée de gadgets électroniques de sécurité, mais une prison. Fonctionnelle, sûre, humaine, bâtie pour le siècle à venir mais surchargée dès le jour de l'ouverture. De l'extérieur, elle ressemblait à un gros parpaing rouge dressé sur un côté, un lieu sans fenêtres et sans espoir, peuplé de délinquants et de tout le personnel chargé de les garder. Pour se donner bonne conscience, on l'avait baptisée « Centre de justice pénale », un euphémisme moderne couramment employé par les architectes de tels projets. C'était une prison.

Elle faisait partie de la vie de Clay Carter. Il y rencontrait la quasi-totalité de ses clients après leur interpellation et avant leur mise en liberté sous caution, quand ils étaient en mesure de la verser. Ce n'était pas souvent le cas. Nombre d'entre eux étaient incarcérés pour des délits sans violence ; coupables ou innocents, ils restaient en détention jusqu'à leur comparution devant un juge. Tigger Banks avait passé près de huit mois dans cette prison pour un cambriolage qu'il n'avait pas commis. Il avait perdu ses deux boulots à mi-temps et son appartement. Il avait perdu sa dignité. La dernière fois qu'il avait téléphoné à Clay, il l'avait imploré de lui donner de l'argent. Il se retrouvait dans la rue, s'était remis au crack et filait un mauvais coton.

Tous les avocats au criminel de Washington avaient leur Tigger Banks, une histoire qui finissait mal et laissait un sentiment d'impuissance. La prise en charge d'un détenu s'élevait à quarante et un mille dollars par an. Pourquoi le système tenait-il à gaspiller de telles sommes ?

Clay en avait marre de ces questions, marre des Tigger qui avaient jalonné sa carrière, marre de cette prison et des deux gardiens revêches, toujours les mêmes, postés devant l'entrée en sous-sol utilisée par la plupart des avocats. Et de cette odeur. Et des procédures stupides et tatillonnes instaurées par des gratte-papiers qui consultaient des manuels pour déterminer les mesures de sécurité les plus efficaces. Il était 9 heures du matin, un mercredi, même si, pour Clay, tous les jours se ressemblaient. Il s'avança vers un guichet, sous un panneau indiquant « Avocats ». Quand l'employée fut sûre de l'avoir fait attendre assez longtemps, elle ouvrit son guichet sans rien dire. Il n'y avait rien à dire : Clay et l'employée se regardaient en chiens de faïence depuis près de cinq ans. Elle fit glisser un registre vers lui ; il signa, le repoussa. Elle fit coulisser la petite fenêtre sans doute en verre armé pour se protéger des avocats capables de tout saccager.

Glenda avait essayé pendant deux ans de mettre en œuvre une méthode simple qui permettrait aux avocats de l'aide juridictionnelle – et à toute personne intéressée – de téléphoner une heure à l'avance et de trouver en arrivant leurs clients à proximité de la salle de réunion. La simplicité même de cette requête lui avait valu d'être jetée aux oubliettes par l'administration pénitentiaire.

Une rangée de chaises alignées contre un mur accueillait les avocats contraints d'attendre que leur demande soit transmise avec une extrême lenteur. À 9 heures du matin, il y avait toujours sur ces chaises une poignée d'avocats qui feuilletaient un dossier ou chuchotaient dans leur téléphone portable sans s'occuper de leurs voisins. Dans les premiers temps de sa carrière, Clay apportait de gros ouvrages juridiques dont il surlignait des passages en jaune afin d'impressionner les confrères assis à ses côtés. Maintenant, il ouvrait le *Washington Post* et se plongeait dans la lecture des pages sportives. Comme il ne manquait jamais de le faire, il regarda sa montre pour savoir combien de temps on allait le laisser poireauter avant l'arrivée de Tequila Watson.

Vingt-quatre minutes. Pas mal.

Un gardien le conduisit dans une longue salle divisée par une épaisse vitre en Plexiglas et indiqua la quatrième cabine à partir du fond. Clay s'installa. Il n'y avait personne de l'autre côté du panneau de verre ; il attendit. Il sortit des papiers de sa serviette et commença à réfléchir aux questions qu'il allait poser à Tequila. À sa droite, la cabine voisine était occupée par un confrère qui s'entretenait à voix basse mais d'un ton animé avec son client, dont Clay ne voyait pas le visage.

— Il a passé une mauvaise nuit, glissa le gardien à Clay en se penchant vers lui, un œil sur la caméra de surveillance, comme s'il était illégal de parler à un avocat.

— Ah bon ?

— Il s'est jeté sur un jeune détenu vers 2 heures du matin. Il l'a bien amoché et cela a failli dégénérer. Il a fallu six gardiens pour mettre fin à la bagarre. Il n'est pas beau à voir.

— Tequila ?

— Tequila Watson, c'est ça. Il a envoyé l'autre à l'hosto. Il sera inculpé de coups et blessures ; ça n'arrange pas ses affaires.

— Vous en êtes sûr ? demanda Clay en tournant à moitié la tête.

— Vous verrez ça sur les bandes vidéo.

Fin de la conversation.

Ils levèrent la tête à l'entrée de Tequila, encadré par deux gardiens et menotté. Contrairement à ce qui se pratiquait lors des entretiens avec l'avocat, on lui laissa les bracelets métalliques. Il s'assit ; les gardiens s'écartèrent sans s'éloigner.

Du sang séché était visible des deux côtés de l'œil gauche de Tequila, fermé par un coquard. La pupille de l'autre était d'un rouge vif. Il avait de la gaze et un sparadrap au milieu du front, un pansement sur le menton. Ses lèvres et ses pommettes étaient si tuméfiées que Clay n'avait pas la certitude que le jeune homme assis à un mètre de lui, derrière le panneau de Plexiglas, était bien son client. Tequila Watson avait été roué de coups.

Clay souleva le combiné noir et fit signe à son client de faire comme lui. Tequila prit maladroitement le sien en se servant de ses deux mains pour le maintenir contre son visage.

— Tu es bien Tequila Watson ? demanda Clay en cherchant son regard sous les paupières boursouflées.

Il inclina la tête, très lentement, comme si des os se baladaient à l'intérieur de son crâne.

— Tu as vu un médecin ?

Un nouveau signe de tête.

— Ce sont les flics qui t'ont fait ça ?

Tequila secoua la tête sans hésiter.

— Ceux qui étaient dans ta cellule ?

Un signe d'acquiescement.

— D'après la police, tu as cherché un type et tu l'as assez amoché pour l'envoyer à l'hôpital. C'est vrai ?

Un nouveau signe de tête.

Difficile de se représenter Tequila Watson et ses soixante-dix kilos en train de faire la loi dans une cellule bondée.

— Tu le connaissais ?

Un mouvement latéral de la tête. Clay, qui n'avait pas encore entendu la voix de son client, commençait à en avoir assez du langage des signes.

— Pourquoi, exactement, as-tu dérouillé ce pauvre garçon ? reprit-il.

Les lèvres tuméfiées s'entrouvrirent enfin, avec effort.

— Je sais pas, articula péniblement Tequila.

— Parfait. Me voilà bien avancé ! Pouvons-nous invoquer la légitime défense ? C'est lui qui t'a cherché, qui a frappé le premier ?

— Non.

— Il était ivre, défoncé ?

— Non.

— Il t'a insulté, menacé, quelque chose de ce genre ?

— Il dormait.

— Il dormait ?

— Ouais.

— Il ronflait trop fort, peut-être ?

Saisi d'un besoin pressant de prendre des notes, l'avocat détourna les yeux. Il ouvrit son calepin ; après avoir écrit la date, l'heure, le lieu et le nom de son client, il se trouva à court de faits notables. Il avait une longue liste de questions en réserve, des questions qui variaient peu dans le courant de ces premiers entretiens et portaient sur les éléments essentiels de la vie misérable de son client et les raisons pour lesquelles ils se trouvaient en présence l'un de l'autre. La vérité, précieusement conservée, ne franchissait la barrière de Plexiglas que si le client ne se sentait pas menacé. Les questions sur la famille, les études, les emplois et les amis recevaient en général des réponses assez franches, mais celles qui avaient trait au crime demandaient du doigté. Un bon avocat au criminel sait qu'il vaut mieux ne pas insister les premières fois. Chercher des détails ailleurs, enquêter sans l'aide du client. La vérité se ferait peut-être plus tard.

Il semblait pourtant en aller différemment avec Tequila ; jusqu'alors, il ne s'était pas dérobé. Clay décida de gagner de longues heures de son temps précieux.

— Il paraît que tu as tué quelqu'un de cinq balles dans la tête, fit-il à voix basse, en s'approchant de la paroi de Plexiglas.

Le visage boursouflé s'inclina légèrement.

— Un certain Ramon Pumphrey, dit Pumpkin. Tu le connaissais ?

Un petit signe de tête.

— C'est toi qui as tiré ? poursuivit Clay dans un murmure.

Les gardiens sommeillaient, mais il n'était pas d'usage qu'un avocat pose cette question à son client, du moins dans le parloir d'une prison.

— Oui, répondit Tequila à voix basse.

— Cinq fois ?

— J'aurais dit six.

Le procès s'annonce bien, se dit Clay. L'affaire sera bouclée dans les soixante jours : une négociation rapide pour revoir à la baisse les chefs d'inculpation et nous plaiderons coupable pour une condamnation à perpétuité.

— Une affaire de drogue ? demanda-t-il.

— Non.

— Tu l'as dévalisé ?

— Non.

— Il faut m'aider, Tequila. Tu avais bien une raison ?

— Je le connaissais.

— C'est tout ? Tu le connaissais. Il n'y a pas d'autre explication ?

Un petit haussement d'épaules pour toute réponse.

— Une histoire de nana ? Tu l'as surpris avec ta copine ? Tu as une copine ?

Tequila secoua la tête.

— Parle-moi, Tequila, je suis ton avocat. La seule personne au monde qui essaie en ce moment de t'aider. Dis-moi quelque chose qui me sera utile.

— Avant, j'achetais de la dope à Pumpkin.

— Tu parles, à la bonne heure ! Cela remonte à quand ?

— Deux ans, à peu près.

— Parfait. Te devait-il de l'argent ou de la drogue ? Lui devais-tu quelque chose ?

— Non.

Clay prit une longue inspiration ; son attention fut attirée par les mains de Tequila. Elles étaient couvertes de petites coupures et tellement gonflées que pas une seule jointure n'était visible.

— Te te bats souvent ?

Un petit mouvement de la tête qui pouvait être un oui ou un non.

— Plus maintenant.

— Mais tu te battais ?

— Quand j'étais gamin. Un jour, je me suis battu avec Pumpkin.

Enfin. Clay respira un grand coup et prit son stylo.

— Je te remercie pour ton aide. Quand, précisément, t'es-tu battu avec Pumpkin ?

— Il y a longtemps.

— Quel âge avais-tu ?

Un haussement d'épaules en réponse à une question idiote. Clay savait par expérience que ses clients n'avaient pas la notion du temps. Ils s'étaient fait dévaliser la veille ou arrêter quelques semaines auparavant, mais au-delà d'un mois, le passé se mélangeait. La rue était une lutte pour la survie au jour le jour ; on n'avait pas le temps d'évoquer des souvenirs, rien dans le passé ne pouvait susciter la nostalgie. Comme il n'y avait pas d'avenir, cette référence n'existait pas non plus.

— J'étais gamin.

Décidément, mâchoire fracturée ou non, Tequila s'en tenait à des réponses lapidaires.

— Quel âge ?

— Une douzaine d'années.

— C'était à l'école ?

— On jouait au basket.

— Vous vous êtes vraiment fait mal ? Blessures, fractures ?

— Non. Des grands nous ont séparés.

Clay posa le combiné pour récapituler sa ligne de défense. Mesdames et messieurs les jurés, mon client a tué M. Pumphrey – qui n'avait pas d'arme – de cinq ou six balles tirées à bout portant dans une ruelle sordide avec un pistolet volé, ce pour deux raisons. Premièrement, il l'a reconnu dans la rue ; deuxièmement, ils s'étaient bagarrés sur un terrain de sport il y a à peu près huit ans. Cela peut paraître bien mince, mesdames et messieurs, mais tout le monde sait qu'à Washington, ces deux raisons en valent bien d'autres.

— Voyais-tu souvent Pumpkin ? demanda Clay en reprenant le combiné.

— Non.

— Quand l'avais-tu vu pour la dernière fois, avant le jour où il a été tué ?

Un haussement d'épaules. Encore le problème du temps.

— Tu le voyais une fois par semaine ?

— Non.

— Une fois par mois ?

— Non.

— Deux fois par an ?

— À peu près.

— Quand tu l'as vu, avant-hier, vous vous êtes disputés ? Il faut que tu m'aides, Tequila, j'ai absolument besoin de détails.

— On ne s'est pas disputés.

— Qu'est-ce que tu allais faire dans cette ruelle ?

Tequila posa son combiné et se mit à secouer la tête d'avant en arrière, très lentement, pour trouver une réponse. Il souffrait manifestement ; les menottes semblaient mordre dans sa chair. Il reprit le combiné.

— Je vais vous dire la vérité : j'avais une arme et je voulais tirer sur quelqu'un. N'importe qui, je m'en foutais. En sortant du camp, j'ai commencé à marcher, droit devant moi, en cherchant quelqu'un sur qui tirer. J'ai failli avoir un Coréen devant sa boutique, mais il y avait trop de monde. Je suis tombé sur Pumpkin ; je le connaissais. On a parlé un petit peu. J'ai dit que j'avais du crack, que je pouvais lui en filer une dose. Il m'a suivi dans la ruelle et j'ai tiré. Je ne sais pas pourquoi. Je voulais tuer quelqu'un.

Quand il fut évident que le récit était terminé, Clay posa une question.

— Qu'est-ce que c'est, le camp ?

— Un centre de réhabilitation. C'est là que j'habitais.

— Depuis combien de temps ?

Encore le problème du temps. Mais la réponse fut surprenante.

— Cent quinze jours.

— Tu n'avais rien pris pendant cent quinze jours ?

— C'est ça.

— Et quand tu as tiré sur Pumpkin ?

— J'étais clean et je le suis encore. Cent seize.

— Tu avais déjà tiré sur quelqu'un ?

— Non.

— Comment as-tu eu cette arme ?

— Je l'ai piquée chez mon cousin.

— Le camp est un centre fermé ?

— Oui.

— Tu t'es enfui ?

— J'avais deux heures. Au bout de cent jours, on a droit à deux heures de permission et on revient.

— En sortant du camp, tu es donc passé chez ton cousin pour voler un pistolet, puis tu as marché au hasard en cherchant quelqu'un sur qui tirer et tu as rencontré Pumpkin.

— Ça s'est passé comme ça, fit Tequila en hochant vigoureusement la tête. Ne me demandez pas pourquoi, je n'en sais rien. Je ne sais pas.

Clay crut discerner au coin de l'œil droit boursouflé de Tequila une légère humidité provoquée par un sentiment de culpabilité ou des remords, mais il n'en était pas certain. Il prit des papiers dans sa serviette et les fit passer par le guichet.

— Tu signeras à l'endroit où il y a les marques rouges. Je reviens dans deux jours.

— Qu'est-ce qui va m'arriver ? demanda Tequila sans regarder les papiers.

— Nous en parlerons la prochaine fois.

— Quand est-ce que je pourrai sortir ?

— Pas avant un bon moment.

4.

Les responsables du camp de la Délivrance ne voyaient pas la nécessité d'éluder les problèmes. Ils ne faisaient rien pour s'éloigner de la zone des combats où ils ramassaient leurs victimes. Ce n'était ni un établissement discret à la campagne ni une clinique nichée dans les beaux quartiers. Les pensionnaires venaient de la rue et retourneraient à la rue.

Le camp donnait sur W Street, à la hauteur d'une rangée de maisons jumelles aux fenêtres condamnées, parfois utilisées par des revendeurs de crack. À proximité, sur l'emplacement d'une station-service abandonnée, s'étendait un terrain vague de sinistre réputation. Des trafiquants de drogue y rencontraient leurs fournisseurs et faisaient leurs affaires sans se préoccuper de la présence d'éventuels témoins. À en croire les archives officieuses de la police, on avait trouvé sur ce terrain vague plus de cadavres criblés de balles que n'importe où ailleurs à Washington.

Clay descendit lentement W Street en voiture, les portières verrouillées, les mains crispées sur le volant, les yeux allant et venant en tous sens, l'oreille aux aguets, dans l'attente des inévitables coups de feu. Dans ce ghetto, un Blanc, même en plein jour, faisait une cible trop tentante.

Le camp était un ancien entrepôt, depuis longtemps

à l'abandon, condamné par la municipalité avant d'être vendu aux enchères pour une bouchée de pain à une association à but non lucratif. C'était une imposante bâtisse en brique, peinte en rouge foncé du trottoir à la toiture, dont le bas des murs avait été décoré par les tagueurs du voisinage. Elle s'étirait le long de la rue et se prolongeait à angle droit dans une voie perpendiculaire. Toutes les ouvertures avaient été murées et peintes, de sorte qu'une clôture était superflue. Pour s'échapper, il aurait fallu un marteau, un burin et une journée de travail ininterrompu.

Clay gara sa Honda Accord juste devant le bâtiment en se demandant s'il allait descendre ou repartir sur les chapeaux de roues. Au-dessus d'une lourde porte à deux battants, un petit panneau indiquait : « Camp de la Délivrance. Privé. » Entrée interdite. Comme si quelqu'un pouvait avoir l'idée de pénétrer à l'intérieur. Il y avait sur le trottoir l'assortiment habituel de traîne-savate : un groupe de jeunes voyous qui devaient avoir sur eux de la drogue et assez d'armes à feu pour tenir tête à la police, deux clochards titubant de conserve, d'autres qui semblaient attendre pour rendre visite à des pensionnaires du camp. Dans le cadre de ses activités professionnelles, Clay s'était rendu dans la plupart des quartiers chauds de la capitale et il avait appris à faire comme s'il n'éprouvait aucune peur. Je suis avocat. Je viens faire mon travail. Laissez-moi passer. Ne me parlez pas. En cinq ans, personne n'avait jamais tiré sur lui.

Il ferma les portières de la voiture en se disant avec une pointe de tristesse que les petites frappes traînant sur le trottoir ne seraient certainement pas intéressées par son Accord. Elle avait douze ans et plus de trois cent mille kilomètres au compteur. Ils n'ont qu'à la prendre, s'ils la veulent ! Clay respira profondément et s'avança en évitant de croiser les regards curieux des jeunes voyous ; il ne devait pas y avoir un autre Blanc à des kilomètres à la ronde. Il appuya sur une sonnette près de la porte et entendit une voix grésillant à l'interphone.

— Qui est là ?

— Je m'appelle Clay Carter. Je suis avocat et j'ai rendez-vous à 11 heures avec Talmadge X.

Il avait articulé soigneusement, certain que c'était une erreur. Il avait demandé au téléphone à la secrétaire comment elle épelait le patronyme de M. X ; elle avait répondu avec brusquerie que ce n'était pas un patronyme. Alors, c'était quoi ? Un X, que cela lui plaise ou non, et ce n'était pas près de changer.

— Un instant, reprit la voix à l'interphone.

L'attente commença. Clay s'efforçait de ne pas s'occuper de ce qui se passait autour de lui, mais il perçut un mouvement sur sa gauche, quelque chose qui se rapprochait.

— Hé, mec, t'es avocat ?

La question avait été lancée d'une voix aiguë, assez fort pour que tout le monde entende.

Clay se retourna et regarda droit dans les lunettes noires *funky* du jeune Black.

— Oui, répondit-il d'un ton aussi détaché que possible.

— T'es pas avocat, reprit le jeune homme.

Une petite troupe s'assemblait avec nonchalance derrière lui.

— J'ai bien peur que si.

— Tu peux pas être avocat.

— Pas possible ! lança un des autres.

— T'es sûr de ce que tu dis ?

— Ouais, fit Clay, en jouant le jeu.

— Si t'es avocat, pourquoi tu conduis une caisse pourrie ?

Clay ne savait pas ce qui, de l'éclat de rire général ou du constat, faisait le plus mal.

— Ma femme a pris la Mercedes, déclara-t-il en cherchant à s'en sortir par l'humour.

— T'as pas de femme. Tu portes pas d'alliance.

Clay se demanda s'ils avaient remarqué autre chose. La bande s'esclaffait encore quand un des battants de la porte s'ouvrit avec un déclic. Clay entra tranquillement en refrénant son envie de se précipiter à l'abri des murs. L'accueil des visiteurs ressemblait à un bunker : sol cimenté, murs en parpaings, portes métalliques, plafond bas, lumières éparses, pas de fenêtres ; il ne manquait que des sacs de sable et des armes automatiques. Derrière une longue table se trouvait une réceptionniste en communication avec deux correspondants.

— Il sera là dans un instant, lança-t-elle sans lever les yeux.

Talmadge X était un homme sec et nerveux, d'une cinquantaine d'années, sans un pouce de graisse sur sa mince carcasse, sans l'ombre d'un sourire sur son visage creusé de rides et prématurément vieilli. Il avait de grands yeux las, marqués par les décennies passées dans la rue. Son teint très noir contrastait vivement avec ses vêtements très blancs : chemise de coton amidonnée et salopette. Il portait des rangers noirs impeccablement cirés et la boule à zéro.

Il indiqua à Clay l'unique siège de la pièce qui lui servait de bureau et ferma la porte avant de s'asseoir.

— Vous avez des papiers ? fit-il sèchement.

À l'évidence, les banalités n'étaient pas son fort.

Clay lui tendit les documents nécessaires, portant la signature indéchiffrable apposée par Tequila Watson avec ses menottes. Talmadge X lut tout, du premier au dernier mot. Clay remarqua qu'il ne portait pas de montre et ne le vit pas une seule fois chercher une pendule du regard. Le temps restait à la porte de l'établissement.

— Quand a-t-il signé ça ?

— Les documents sont datés d'aujourd'hui. Je l'ai vu il y a deux heures, à la prison.

— Et vous êtes son avocat ? poursuivit Talmadge X. Officiellement ?

Le fonctionnement d'une juridiction criminelle n'avait visiblement pas de secrets pour lui.

— Commis par le juge et délégué par le bureau de l'aide juridictionnelle.

— Glenda est toujours là ?

— Oui.

— On se connaît depuis un bout de temps.

Fin du bavardage.

— Étiez-vous au courant du meurtre ? poursuivit Clay en prenant un calepin dans sa serviette.

— Pas avant votre appel, il y a une heure. Nous savions qu'il était sorti mardi et n'était pas rentré. Il avait dû arriver quelque chose, mais c'est ce qu'on se dit toujours.

Son élocution était lente et précise. Il battait souvent des paupières mais ne dérobait jamais son regard.

— Dites-moi ce qui s'est passé.

— Cela doit rester confidentiel, fit Clay.

— Je suis son conseiller et aussi son pasteur ; vous êtes son avocat. Rien de ce que nous dirons ne sortira de cette pièce. Nous sommes d'accord ?

— D'accord.

Clay lui fit part des différents éléments dont il disposait, y compris la version des faits de Tequila. Théoriquement, d'un point de vue éthique, il n'était pas censé révéler à quiconque la teneur des déclarations de son client. Mais qui le lui reprocherait ? Talmadge X en savait bien plus long sur Tequila Watson que Clay n'en apprendrait jamais.

Au fil du récit, reprenant l'enchaînement des événements, le regard de Talmadge X se fit moins pénétrant et il resta les paupières mi-closes. Puis il renversa la tête en arrière, les yeux levés au plafond, comme s'il demandait au Seigneur pourquoi une telle chose était arrivée. Il demeura plongé dans de sombres pensées, profondément troublé.

— Que puis-je faire ? demanda-t-il quand Clay eut terminé.

— J'aimerais voir son dossier. Il m'a donné l'autorisation.

Le dossier était posé au milieu du bureau, devant Talmadge X.

— Plus tard, fit-il. Parlons d'abord : que voulez-vous savoir ?

— Commençons par Tequila. D'où venait-il ?

Le regard de Talmadge X plongea de nouveau dans les yeux de Clay : il était disposé à l'aider.

— De la rue, comme tous les autres. Il nous a été envoyé par le bureau d'aide sociale : c'était un cas désespéré. Pas de famille, pour ainsi dire. Il n'a jamais connu son père, sa mère est morte du sida quand il avait trois ans. Élevé par une ou deux tantes, placé dans quelques familles d'accueil, des démêlés avec la justice, des séjours dans des centres éducatifs pour mineurs délinquants. Une scolarité écourtée. Le profil habituel pour nos pensionnaires. Vous connaissez notre établissement ?

— Non.

— Nous recevons les cas les plus difficiles, les drogués permanents. Ils restent enfermés plusieurs mois et sont soumis au régime d'un camp d'entraînement. Nous sommes huit conseillers, tous toxicos.

Quand on est toxico, c'est pour la vie, vous devez le savoir. Quatre d'entre nous sont devenus ministres du culte. J'ai tiré treize ans pour trafic de drogue et attaque à main armée, puis j'ai rencontré Jésus. Bref, nous nous spécialisons dans les jeunes toxicos au crack que personne d'autre ne peut aider.

— Seulement le crack ?

— C'est la drogue du moment. Bon marché, facile à trouver, vous fait perdre le contact avec la réalité pendant quelques minutes. Quand on y a goûté, on ne peut plus s'arrêter.

— Tequila ne m'a pas dit grand-chose sur ses antécédents judiciaires.

— Probablement parce qu'il ne s'en souvient pas, fit Talmadge X en feuilletant le dossier posé devant lui. Tequila a passé des années abruti par les stupéfiants... Ah ! voilà ! Pas mal de petite délinquance quand il était mineur : cambriolages, vols de voitures, ce que nous avons tous fait pour acheter notre drogue. À dix-huit ans, il a pris quatre mois pour vol à l'étalage. Possession et usage de stupéfiants l'an dernier : trois mois. Pas si mal pour un junkie : aucune violence.

— Des poursuites au criminel ?

— Je ne vois rien.

— Tant mieux, fit Clay. Cela nous aidera un peu.

— J'ai bien l'impression que rien ne vous aidera.

— Il paraît qu'il y a au moins deux témoins oculaires. Pas de quoi être optimiste.

— A-t-il fait des aveux ?

— Non. D'après la police, il s'est fermé comme une huître après son arrestation et n'a pas ouvert la bouche.

— C'est rare.

— En effet.

— Il sera certainement condamné à perpète, sans libération conditionnelle, déclara Talmadge X en homme d'expérience.

— Il y a de fortes chances.

— Vous savez, maître, pour nous ce n'est pas la fin du monde. Sur bien des plans, la vie en prison est préférable à la vie de la rue. J'ai des tas de potes qui sont de cet avis. Le plus triste, c'est que Tequila était un des rares qui avaient une chance de s'en sortir.

— Pourquoi dites-vous cela ?

— Il est intelligent. Après le sevrage, il était en pleine forme et se sentait très bien. Pour la première fois de sa vie d'adulte, il ne prenait plus rien. Comme il ne savait pas lire, nous le lui avons appris, et comme il aimait dessiner nous l'avons poussé vers des activités artistiques. Nous nous méfions des élans d'enthousiasme, mais Tequila nous rendait fiers. Il envisageait même de changer de nom, pour des raisons évidentes.

— Pourquoi vous méfiez-vous des élans d'enthousiasme ?

— Nous en perdons les deux tiers, maître. Soixante-six pour cent. Quand ils arrivent, ils sont malades comme des chiens, camés à mort, le corps et le cerveau bousillés par le crack, souffrant de malnutrition, affamés, perdant leurs cheveux, couverts de rougeurs, les plus épouvantables junkies de Washington. Nous les retapons, nous les désintoxiquons, nous leur imposons une discipline de vie rigoureuse : lever à 6 heures, nettoyage à fond de la chambre en attendant l'inspection, petit déjeuner à 6 h 30, puis des séances de lavage de cerveau avec des conseillers qui sont tous passés par là et qui ne leur font pas de cadeau. Pas de conneries – pardonnez mon langage –, qu'ils n'essaient même pas de nous avoir, nous connaissons toutes les ficelles. Au bout d'un mois, ils ont décroché et ils en sont très fiers. Le monde extérieur ne leur manque pas : rien de bien ne les y attend. Pas de boulot, pas de famille, pas d'amour. Il est facile de les mettre en condition et nous sommes impitoyables. Après trois mois de ce régime, nous pouvons, en fonction des patients, commencer à les laisser sortir une ou deux heures par jour. Neuf sur dix reviennent, impatients de retrouver leur petite chambre. Nous les gardons un an, maître. Douze mois, pas un jour de moins. Nous essayons de leur donner un peu d'éducation, de les initier à l'informatique. Nous nous décarcassons pour leur trouver du boulot. Quand ils décrochent un diplôme, nous pleurons tous un bon coup. Ils finissent par partir et, au bout d'un an, les deux tiers ont replongé et sont retombés dans le cercle infernal du crack.

— Vous les reprenez ?

— Rarement. S'ils savaient qu'ils peuvent revenir, ils ne mettraient pas tant de bonne volonté.

— Parlez-moi du troisième tiers.

— C'est pour eux que nous sommes là, maître, pour eux que je fais ce métier. Ceux-là, comme moi, réussissent à s'en sortir et ils le font avec une dureté que les autres ne peuvent pas comprendre. Nous avons vu l'enfer, nous en sommes revenus et ce n'est pas un beau voyage. Nous sommes nombreux à travailler avec d'autres toxicos.

— Combien de personnes pouvez-vous accueillir ?

— Nous avons quatre-vingts lits, tous occupés. Nous aurions de la place pour le double, mais l'argent manque toujours.

— Qui vous finance ?

— Subventions fédérales à quatre-vingts pour cent, sans garantie de reconduction d'une année sur l'autre. Pour le reste, nous faisons appel à des fondations privées. Nous avons trop de travail pour réunir plus d'argent.

Clay tourna une page de son calepin et griffonna quelques mots.

— Il n'y aurait pas un membre de sa famille à qui je pourrais parler ?

Talmadge X feuilleta le dossier en secouant lentement la tête.

— Peut-être une tante quelque part, mais n'espérez pas grand-chose. Même si vous la trouvez, en quoi pourrait-elle vous être utile ?

— En rien, mais il est bien de rencontrer un membre de la famille.

Talmadge X continua de parcourir le document, comme s'il avait une idée en tête. Clay le soupçonnait de chercher des notes manuscrites ou des observations qu'il ferait disparaître avant de lui remettre le dossier.

— Quand pourrai-je en disposer ? reprit Clay.

— Demain, si cela vous convient. J'aimerais d'abord y jeter un coup d'œil.

Clay eut un petit haussement d'épaules résigné ; il attendrait le lendemain.

— Je ne vois pas quel pouvait être le mobile, maître. Éclairez-moi.

— Je ne sais pas. À vous de m'expliquer. Vous le connaissez depuis près de quatre mois. Pas de comportement violent, pas de goût pour les armes, pas de propension à se bagarrer. Le patient modèle, à ce qu'il semble. Vous qui connaissez tout cela, expliquez-moi.

— Je connais tout cela, répondit Talmadge X, le regard empreint d'une profonde tristesse, mais je n'ai jamais rien vu de tel. Ce garçon avait peur de la violence. Les bagarres sont interdites ici, mais un homme sera toujours un homme et il y a les petits rituels d'intimidation. Tequila faisait partie des plus faibles. Je ne le crois absolument pas capable d'aller voler une arme en sortant d'ici, de prendre une victime au hasard et de l'abattre de sang-froid. Pas plus que je ne l'imagine se jeter dans sa cellule sur un autre détenu et l'envoyer à l'hôpital. Je n'y crois pas, c'est tout.

— Alors, que vais-je dire au jury ?

— Quel jury ? Vous savez bien que vous allez plaider coupable. Tequila est foutu, il passera le reste de ses jours en prison. Je suis sûr qu'il y connaît beaucoup de monde.

Un silence suivit, un long silence qui ne sembla pas déranger Talmadge X le moins du monde. Il ferma le dossier et le poussa sur le côté. L'entretien touchait à sa fin ; Clay comprit qu'il était temps de se retirer.

— Je reviens demain. Quelle heure ?

— À partir de 10 heures. Je vous accompagne jusqu'à votre voiture.

— Ce n'est pas nécessaire, protesta Clay pour la forme.

Les petits voyous, dont la bande avait grossi, semblaient attendre l'avocat à la sortie. Certains étaient assis sur le capot, d'autres appuyés contre la voiture, qui ne paraissait pas avoir souffert. S'ils avaient eu le projet de s'amuser aux dépens de Clay, ils y renoncèrent rapidement en voyant apparaître Talmadge X à son côté. D'un petit signe de tête, il dispersa les jeunes et Clay repartit indemne en redoutant la visite du lendemain.

Il roula quelques centaines de mètres, tomba sur Lamont Street et s'arrêta à l'angle de Georgia Street pour jeter un coup d'œil alentour. Il y avait des ruelles qui pouvaient devenir de vrais coupe-gorge et il n'avait pas l'intention de chercher les ennuis. Le quartier était aussi désolé que celui qu'il venait de quitter. Il reviendrait avec Rodney, un assistant noir qui connaissait la rue. Ils se baladeraient et poseraient des questions.

5.

Le Potomac Country Club de McLean, Virginie, avait été fondé un siècle auparavant par une poignée de gens fortunés, snobés par les autres country clubs. Les riches supportent presque tout, sauf d'être rejetés. Les parias investirent des sommes considérables pour bâtir le plus beau country club de la région de Washington. Ils attirèrent dans leurs filets plusieurs sénateurs des clubs rivaux, s'assurèrent l'adhésion de quelques personnages en vue ; en peu de temps, le Potomac avait acquis la respectabilité. Quand les membres furent assez nombreux, ils s'empressèrent naturellement de mettre en œuvre une politique d'exclusion. Le Potomac était certes perçu comme un country club récent mais il avait l'apparence, l'esprit et la politique de tous les autres.

Il s'en distinguait toutefois par une pratique significative : il ne faisait pas mystère de ce qu'on pouvait obtenir son adhésion en y mettant le prix. Pas de liste d'attente, pas de comité de sélection, pas de scrutin secret pour être admis. Pour les nouveaux arrivants ou ceux qui venaient de faire fortune, un gros chèque suffisait pour recevoir cette reconnaissance sociale. Le Potomac avait en conséquence un parcours de golf, des courts de tennis, plusieurs piscines, des club-houses, une salle de restaurant, tout ce qu'un country club – un club de loisirs – pouvait ambitionner.

Il ne faisait aucun doute pour Clay que Bennett Van Horn avait signé un gros chèque. Ses parents à lui n'avaient pas d'argent et n'auraient jamais été admis au Potomac. Dix-huit ans plus tôt, à Alexandria, pour une sombre affaire d'immobilier, le père de Clay avait intenté un procès à Bennett qui n'était à l'époque qu'un promoteur vantard et criblé de dettes, aux capitaux propres très limités. Il n'était pas membre du Potomac, même s'il se comportait à présent comme s'il avait participé à sa création.

Bennett le Bulldozer avait fait fortune à la fin des années 1980, quand il s'était lancé à l'assaut de la campagne vallonnée de Virginie. Il avait conclu des marchés, trouvé des associés. Il n'était pas l'inventeur du défrichement systématique mais il avait perfectionné ce style. Il avait construit des centres commerciaux sur des collines préservées, un lotissement près du site historique d'un champ de bataille. Il avait rasé un village entier pour y bâtir une zone résidentielle : petits immeubles d'habitation, modestes maisons et grosses villas autour d'un parc agrémenté d'un étang artificiel, de deux courts de tennis et d'un petit centre commercial pittoresque qui faisaient joli dans le bureau de l'architecte mais n'étaient jamais sortis de terre. Ironiquement – mais Bennett était insensible à l'ironie –, ses projets de lotissement tiraient leur nom des beautés du paysage détruit : les Prés du vallon, la Chênaie, la Colline aux bois. Allié avec d'autres artistes paysagistes, il avait constitué un groupe de pression auprès du pouvoir législatif de Richmond afin d'obtenir plus de crédits pour construire plus de routes permettant de bâtir plus de lotissements. Il était ainsi devenu une figure de la scène politique, ce qui le gonflait d'orgueil.

Au début des années 1990, le groupe BVH avait connu une croissance rapide, les bénéfices augmentant légèrement plus que les remboursements d'emprunts. Bennett et son épouse, Barbara, avaient acheté une maison dans un quartier chic de McLean. C'est à cette époque qu'ils furent admis au Potomac dont ils devinrent des piliers ; ils se donnaient du mal pour créer l'illusion qu'ils avaient toujours eu de l'argent.

D'après la Commission des opérations de Bourse, dont Clay avait soigneusement étudié les rapports, Bennett avait décidé en 1994 d'introduire sa société en Bourse et de lever deux cents millions de dollars. Il comptait utiliser ces capitaux pour régler une dette et surtout pour « investir dans l'avenir sans limites de la Virginie du Nord ». En d'autres termes, encore plus de bulldozers, de lotissements, de destruction de l'environnement. Cette perspective avait de quoi griser les vendeurs d'engins de terrassement ; elle aurait dû horrifier les élus de la région, mais ils n'avaient pas bronché.

Sous l'impulsion d'une banque d'investissement, l'action du groupe BVH avait démarré à dix dollars pour grimper à seize cinquante, un assez bon début, mais loin de ce qu'escomptait son fondateur et P-DG. La semaine précédant l'introduction du titre en Bourse, il avait déclaré dans le *Daily Profit*, une publication financière locale : « Il ne fait aucun doute pour les spécialistes de Wall Street que l'action atteindra quarante dollars. » Sur le marché hors cote, le titre avait hésité avant de s'effondrer lourdement dans la zone des six dollars. Ayant imprudemment refusé de vendre à perte – comme le fait tout bon entrepreneur – une partie de ses quatre millions d'actions, Bennett avait vu la valeur de ses titres dégringoler de soixante-six millions de dollars à presque rien.

Tous les jours, juste pour le plaisir, Clay prenait connaissance du cours d'une valeur et d'une seule. L'action du groupe BVH s'échangeait ce matin-là à zéro dollar quatre-vingt-sept cents.

Combien de fois Clay avait-il eu envie de lui demander, sans avoir le cran de le faire, comment se comportaient ses actions !

Peut-être ce soir, se dit-il en franchissant la grille du Potomac Country Club. Comme un mariage pouvait être envisagé dans un avenir proche, les défauts de Clay alimentaient la conversation autour d'une table de restaurant, pas ceux de M. Van Horn. « Félicitations, Bennett ! lança-t-il à voix haute dans sa voiture. L'action BVH a gagné douze cents en deux mois ! Vous faites vraiment très fort ! À quand la nouvelle Mercedes ? »

Pour éviter de donner la pièce au voiturier, il gara son Accord sur un parking éloigné, derrière des courts de tennis. En se dirigeant vers le club-house, il arrangea sa cravate sans cesser de murmurer entre ses dents. Il détestait cet endroit. À cause de tous les connards qui en étaient membres et parce qu'il n'avait pas les moyens de le devenir. À cause des Van Horn qui y étaient chez eux et lui faisaient sentir qu'il était un intrus. Pour la centième fois de la journée, et comme tous les jours, il se demanda pourquoi il était tombé amoureux d'une fille dont les parents étaient imbuvables. Il caressait l'idée de s'enfuir avec Rebecca en Nouvelle-Zélande, loin du bureau de l'aide juridictionnelle et aussi loin que possible des Van Horn.

L'hôtesse lui lança un regard glacial qui signifiait : je sais que vous n'êtes pas membre, mais je vais quand même vous conduire à votre table.

— Suivez-moi, fit-elle en esquissant un sourire artificiel.

Clay garda le silence ; il prit son courage à deux mains et la suivit, la tête haute, l'estomac noué. Comment apprécier un bon repas dans ces conditions ? Il avait mangé deux fois avec Rebecca au restaurant du club-house, la première avec ses parents, l'autre en tête à tête. Le repas était hors de prix, la nourriture excellente, mais Clay, qui se nourrissait de dinde surgelée, savait que ses critères manquaient de rigueur.

Bennett était en retard. Clay serra doucement Mme Van Horn contre sa poitrine, un rituel qu'ils détestaient l'un autant que l'autre, et lui souhaita du bout des lèvres un joyeux anniversaire avant d'embrasser Rebecca sur la joue. C'était une bonne table, d'où la vue s'étendait sur le green du dix-huitième trou, un emplacement recherché, permettant d'observer les vieux schnocks qui s'escrimaient à sortir des bunkers et rataient des putts de soixante centimètres.

— Où est M. Van Horn ? demanda Clay, espérant que l'entrepreneur était en déplacement professionnel ou, mieux, hospitalisé pour une affection grave.

— Il ne va pas tarder, répondit Rebecca.

— Il a passé la journée à Richmond avec le gouverneur, précisa aimablement Mme Van Horn.

Assez ! assez ! avait envie de crier Clay. C'est bon, vous avez gagné ! Vous êtes plus importants que moi !

— Sur quoi travaille-t-il ? poursuivit-il poliment en s'étonnant une fois de plus de sa capacité à feindre la sincérité.

Clay savait exactement ce que le Bulldozer faisait à Richmond. Les caisses de l'État étaient vides ; il n'y avait plus d'argent pour construire en Virginie du Nord les nouvelles routes réclamées par Bennett et consorts. Il fallait séduire les électeurs. Le gouverneur envisageait d'organiser un référendum local afin que les municipalités et les comtés de la périphérie de

Washington puissent bâtir leur propre réseau routier. Plus de routes, d'immeubles, de centres commerciaux, de voitures et d'argent pour le groupe BVH mal en point.

— Des trucs politiques, répondit Barbara d'un ton vague.

En réalité, elle devait tout ignorer de ce dont le gouverneur et son mari discutaient. Clay aurait parié qu'elle ne connaissait même pas la valeur de l'action BVH. Elle connaissait le jour de la réunion de son club de bridge et le montant du maigre salaire de Clay mais s'en remettait pour le reste à Bennett.

— Tu as passé une bonne journée ? glissa doucement Rebecca pour détourner la conversation.

Clay avait utilisé deux ou trois fois l'expression « urbanisation à outrance » en discutant avec ses parents. Depuis, une certaine tension s'était établie entre eux.

— Comme d'habitude. Et toi ?

— Nous avons des auditions demain. Tout le monde était excité.

— Rebecca m'a dit que vous aviez une nouvelle affaire d'homicide, minauda Barbara.

— Exact.

Clay se demanda de quels autres aspects de son travail elles avaient parlé. Les deux femmes avaient un verre de vin blanc à moitié plein devant elles. Il était arrivé au beau milieu d'une discussion, probablement à son sujet. Mais peut-être était-il par trop susceptible.

— Qui est votre client ? insista Barbara.

— Un gosse de la rue.

— Qui a-t-il tué ?

— Un autre gosse de la rue.

Cette réponse sembla la soulager. Des Noirs qui s'entretuaient ; ils pouvaient bien se massacrer jusqu'au dernier, si cela leur chantait.

— Il est coupable ?

— Dans l'état actuel des choses, il est présumé innocent. C'est ce que dit la loi.

— En d'autres termes, il est coupable.

— J'en ai bien l'impression.

— Comment pouvez-vous défendre des gens comme ça ? Si vous savez qu'ils sont coupables, pourquoi vous donnez-vous tant de mal pour essayer de les sauver ?

Rebecca prit une grande gorgée de vin blanc : elle avait décidé de ne pas s'en mêler. Ces derniers temps, elle volait de moins en moins souvent au secours de Clay ; de son côté, il se disait de plus en plus souvent que la vie avec elle pourrait être paradisiaque mais que ses parents la rendraient cauchemardesque. Les cauchemars étaient en train de gagner la partie.

— Notre Constitution garantit à chacun un avocat et un procès équitable, répondit-il avec condescendance, comme si le premier imbécile venu savait cela. Je fais mon travail. Un point, c'est tout.

Barbara leva au plafond ses yeux refaits et tourna la tête vers le green du dix-huit. Nombre de dames du Potomac avaient eu recours à un plasticien dont la spécialité, à l'évidence, était le look asiatique. Après la deuxième séance, les yeux tirés en amande n'avaient certes plus de rides mais présentaient un aspect grossièrement artificiel. Barbara s'était fait injecter du Botox sans plan d'ensemble et la transformation ne marchait pas.

Rebecca prit une autre gorgée de vin. Pendant leur premier dîner en compagnie de ses parents, elle avait enlevé une de ses chaussures sous la table pour lui effleurer la jambe du bout des orteils, comme pour dire : « Partons vite et filons au lit. » Pas ce soir-là. Elle était froide comme la glace et paraissait préoccupée. Clay savait qu'elle n'était pas vraiment tracassée par l'audition sans importance à laquelle il lui faudrait assister le lendemain. Il y avait des questions sous-jacentes et il se demandait si tout le monde allait abattre son jeu, si ce dîner serait une épreuve de force qui déciderait de l'avenir.

Bennett arriva comme une trombe en lâchant des excuses bidon pour son retard. Il donna à Clay une grande claque sur le dos, comme à un vieux copain, embrassa les femmes sur les deux joues.

— Comment va le gouverneur ? interrogea Barbara d'une voix assez forte pour être entendue de tous les convives.

— Très bien : il t'envoie ses amitiés. Il reçoit la semaine prochaine le président coréen et nous invite à une soirée de gala.

Des propos lancés d'une voix de stentor.

— Génial ! s'écria-t-elle, son visage refait se tordant en une grimace de ravissement.

Elle devrait se sentir à l'aise avec les Coréens, se dit Clay.

— On va s'amuser comme des fous, ajouta Bennett en prenant dans sa poche une collection de portables qu'il aligna sur la table.

Quelques secondes plus tard, un serveur posa devant lui un verre de Chivas, double avec un peu de glace pilée. Comme d'habitude.

Clay commanda un thé glacé.

— Comment va mon député ? lança Bennett en direction de Rebecca tout en glissant un coup d'œil sur sa droite pour s'assurer que le couple assis à la table voisine avait bien entendu.

— Il va bien, papa. Il t'envoie ses amitiés. Il est très pris.

— Tu as l'air fatigué, ma chérie. La journée a été dure ?

— Pas mauvaise.

Les trois Van Horn levèrent leur verre en même temps. La fatigue de Rebecca était un des sujets de conversation préférés de ses parents. Ils trouvaient qu'elle travaillait trop ; ils estimaient qu'elle ne devrait pas travailler du tout. Rebecca allait sur ses trente ans et il était temps pour elle de trouver un beau parti, d'épouser un jeune homme plein d'avenir. Elle leur donnerait des petits-enfants et coulerait des jours heureux au Potomac Country Club.

Clay ne se serait pas préoccupé de leurs rêves si Rebecca ne les avait partagés. Elle avait envisagé un temps une carrière dans le service public mais, après quatre années passées au Capitole, elle ne supportait plus la bureaucratie. Elle voulait un mari, des bébés, une grande maison dans une banlieue résidentielle.

Pendant qu'ils consultaient le menu, Bennett reçut un appel sur un de ses portables et répondit avec sans-gêne sans quitter la table. Un projet risquait de capoter : l'avenir de la libre entreprise était en jeu.

— Comment vais-je m'habiller ? demanda Barbara à sa fille tandis que Clay se cachait derrière le menu.

— Achète-toi quelque chose.

— Tu as raison, approuva illico Barbara. Allons faire du lèche-vitrines... Samedi ?

— Bonne idée.

Au téléphone, le Bulldozer parvint à redresser la situation ; le serveur prit la commande. Bennett se fit un plaisir de raconter la conversation téléphonique en détail : une banque traînait les pieds, il était obligé de mettre la pression, et blablabla. Il ne se tut que lorsqu'on servit les salades.

La bouche pleine, comme à son habitude, Bennett se lança dans le récit de sa journée.

— J'ai profité de mon passage à Richmond pour déjeuner avec un de mes bons amis, Ian Ludkin, le président de la Chambre. Il vous plairait beaucoup, Clay. Un homme d'une parfaite éducation, un vrai gentleman de Virginie.

Sans cesser de mastiquer, Clay hocha la tête pour indiquer qu'il était impatient de faire la connaissance de tous les bons amis de Bennett.

— Quoi qu'il en soit, reprit le Bulldozer, j'ai rendu quelques services à Ian, comme à bien d'autres, et j'ai posé la question.

Il fallut quelques secondes à Clay pour se rendre compte que les femmes ne mangeaient plus. La fourchette levée, le regard attentif, elles étaient tout oreilles.

— Quelle question ? demanda Clay.

Il avait l'impression qu'on attendait qu'il dise quelque chose.

— Eh bien, Clay, je lui ai parlé de vous. Jeune avocat plein de promesses, à l'esprit vif, travailleur, diplômé de Georgetown, séduisant, doté d'une forte personnalité. Il a dit que les jeunes talents ne couraient pas les rues et qu'il avait besoin d'un avocat dans son équipe. J'ai répondu que je ne savais pas si cela vous intéresserait mais que je vous en ferais part. Qu'en dites-vous ?

J'en dis que cela ressemble à un traquenard, faillit crier Clay. Rebecca l'observait avec attention, attendant sa première réaction.

— Une occasion en or ! lança Barbara selon le scénario préétabli.

Diplômé d'une bonne fac, talentueux, intelligent, travailleur et même séduisant ; Clay était stupéfait de voir sa cote grimper si haut en si peu de temps.

— C'est intéressant, fit-il avec sincérité.

Bennett se tenait prêt à bondir : il avait l'avantage de la surprise.

— Un poste important, un boulot passionnant. Vous

serez en relations avec les vrais décideurs. Jamais un moment d'ennui mais il faut travailler dur pendant la session parlementaire. J'ai dit à Ian que vous aviez les épaules solides, que les responsabilités ne vous faisaient pas peur.

— Que ferais-je exactement ? parvint à articuler Clay.

— Oh ! je ne connais rien au boulot des avocats. Si vous êtes intéressé, Ian a dit qu'il se ferait un plaisir de vous recevoir. Il y a du monde sur le coup, vous savez. Il reçoit des candidatures à la pelle. Pas de temps à perdre.

— Richmond n'est pas si loin, glissa Barbara.

Bien plus près que la Nouvelle-Zélande, c'est sûr, se dit Clay.

Barbara songeait déjà au mariage. Il ne savait pas ce que pensait Rebecca. Elle se sentait parfois étouffée par ses parents mais manifestait rarement le désir de s'éloigner d'eux. Bennett se servait de son argent – s'il lui en restait –, comme d'une carotte pour garder ses deux filles près de lui.

— Eh bien, je suppose que je dois vous remercier, bredouilla Clay, écrasé par la nouvelle charge qui pesait sur ses robustes épaules.

— Le salaire annuel de départ est de quatre-vingt-quatorze mille dollars, poursuivit Bennett en baissant le ton afin que les voisins ne puissent entendre.

C'était plus du double de ce que Clay gagnait ; il supposait que toute la famille Van Horn le savait. Ils avaient le culte de l'argent et les salaires nets étaient pour eux une obsession.

— Magnifique ! souffla Barbara.

— C'est bien payé, reconnut Clay.

— Un bon début, reprit Bennett. Ian a dit qu'il vous présenterait les plus gros avocats de la ville ; tout est dans les relations, vous savez. Faites cela quelques années et vous pourrez voler de vos propres ailes en faisant du droit des entreprises. C'est là qu'on gagne de l'argent.

Clay ne trouvait guère réconfortant de constater que Bennett avait brusquement décidé de planifier le reste de sa vie. Un plan de carrière qui ne devait rien à ses qualités propres. Établi au seul profit de Rebecca.

— Comment pourriez-vous refuser ? glissa lourdement Barbara.

— N'insiste pas, maman, protesta Rebecca.

— C'est une merveilleuse occasion, poursuivit sa mère, comme si Clay était incapable de s'en rendre compte par lui-même.

— Ne vous précipitez pas, ajouta Bennett. Prenez le temps de réfléchir.

La proposition faite, il attendait de voir si Clay était assez intelligent pour l'accepter.

Clay engloutissait sa salade avec ardeur. Il hocha la tête comme quelqu'un qui a la bouche trop pleine pour répondre. Quand le serveur apporta son deuxième scotch, Bennett changea de sujet. Il se lança dans le récit des dernières nouvelles en provenance de Richmond sur le projet de création d'une nouvelle franchise de base-ball pour Washington et ses environs, une affaire qui lui tenait à cœur. Il était en cheville avec l'un des trois groupes d'investisseurs qui se bousculaient pour obtenir la franchise – si elle devait être accordée un jour – et se gargarisait d'être au parfum des derniers développements. À en croire un article récent du *Washington Post*, le groupe de Bennett était le moins bien placé et ne cessait de perdre du terrain. Son plan de financement était flou, voire bancal selon une source anonyme, et le nom de Bennett Van Horn n'était pas mentionné dans l'article. Clay savait qu'il était criblé de dettes. Plusieurs de ses projets immobiliers avaient été mis en échec par des associations écologistes soucieuses de préserver le peu de nature intacte qui restait dans le nord de la Virginie. Il avait des procès en cours contre d'anciens associés et ses actions ne valaient plus grand-chose. Et pourtant, comme si de rien n'était, il descendait des scotchs en lançant des chiffres ahurissants : la construction d'un nouveau stade pour quatre cents millions de dollars, le contrat de franchisage pour deux cents millions et une masse salariale de cent millions au bas mot.

Les steaks arrivèrent au moment où ils terminaient les salades, ce qui épargna à Clay la torture d'une nouvelle conversation sans rien avoir à se mettre dans la bouche. Rebecca ne s'occupait pas de lui et il faisait de même ; une scène se préparait.

Il y eut quelques anecdotes sur le gouverneur, un ami proche qui mettait en place sa machine électorale pour l'élection sénatoriale et tenait naturellement à ce que Bennett soit à ses côtés. Il leva le voile sur deux ou trois affaires juteuses qui allaient être conclues et relança l'idée d'un nouvel avion. Il en parlait déjà depuis un certain temps mais ne semblait pas réussir à trouver celui qu'il voulait. Le dîner semblait s'éterniser, mais il ne s'était écoulé qu'une heure et demie quand ils se préparèrent à partir. Clay remercia les Van Horn pour le repas et promit une nouvelle fois de donner une réponse rapide à l'offre qu'on lui avait faite.

— C'est la chance de votre vie, affirma Bennett avec gravité. Ne la gâchez pas.

Lorsque Clay eut la certitude que les parents étaient partis, il invita Rebecca à boire quelque chose au bar. Ils gardèrent le silence en attendant que leurs verres soient servis. Quand il y avait de l'orage dans l'air, ils avaient tous deux tendance à attendre que l'autre ouvre le feu.

— Je n'étais pas au courant, pour Richmond, commença Rebecca.

— J'ai de la peine à le croire. J'ai eu l'impression que toute la famille était dans le coup. Ta mère, en tout cas, devait le savoir.

— Mon père s'inquiète pour toi, c'est tout.

Ton père est un imbécile, se retint-il de dire.

— Non, c'est pour toi qu'il s'inquiète. Comme il ne veut pas que sa fille épouse un type sans avenir, il construit notre avenir pour nous. Tu ne trouves pas présomptueux de sa part de décider qu'il n'aime pas ce que je fais et de me trouver un autre boulot ?

— Peut-être cherche-t-il simplement à t'aider. Il aime mettre en avant ses relations.

— Mais pourquoi suppose-t-il que j'ai besoin qu'on m'aide ?

— Peut-être parce que c'est vrai.

— Je vois. Enfin la vérité éclate.

— Tu ne peux pas rester comme ça toute ta vie, Clay. Tu fais du bon travail et le sort de tes clients te tient à cœur, mais le moment est peut-être venu de passer à autre chose. Cinq ans à l'aide juridictionnelle, c'est déjà beaucoup. Tu le dis toi-même.

— Et si je n'avais pas envie de vivre à Richmond ? Et si je n'avais jamais envisagé de quitter Washington ? Et si je ne voulais pas travailler sous les ordres d'un copain de ton père ? Imagine que l'idée d'être entouré par une bande de politiciens locaux ne me plaise pas. Je suis avocat, Rebecca, pas fonctionnaire.

— Bon. Comme tu voudras.

— Cette proposition est-elle un ultimatum ?

— Dans quel sens ?

— Dans tous les sens. Que se passera-t-il si je refuse ?

— Je crois que tu as déjà refusé. C'est tout à fait toi, d'ailleurs : une décision hâtive.

— Il est facile de prendre une décision quand le choix est tout fait. Je trouverai un nouveau poste par moi-même. Je n'ai jamais demandé à ton père de me pistonner. Mais que se passera-t-il si je refuse ?

— J'imagine que la Terre continuera de tourner.

— Et tes parents ?

— J'imagine qu'ils seront déçus.

— Et toi ?

Elle prit son verre en haussant les épaules. Ils avaient parlé mariage à plusieurs reprises sans parvenir à se mettre d'accord. Ils n'étaient pas fiancés, aucune date n'était arrêtée. Si l'un des deux souhaitait rompre, il lui était loisible de le faire, mais la voie serait étroite. Quand, pendant quatre années, on n'est sorti avec personne d'autre, que l'on réaffirme avec constance ses sentiments et que l'on fait l'amour cinq fois par semaine, une liaison tend à prendre un caractère permanent.

Rebecca n'était pourtant pas prête à reconnaître qu'au fond d'elle-même elle avait envie d'interrompre sa carrière, qu'elle voulait se marier, fonder une famille et peut-être ne plus travailler du tout. Ils en étaient encore à rivaliser pour savoir lequel avait le poste le plus important. Elle était incapable d'avouer qu'elle voulait un mari en mesure de subvenir à ses besoins.

— Je m'en fiche, Clay, répondit-elle. Ce n'est qu'une proposition, pas une nomination à un poste ministériel. Si cela ne te tente pas, refuse.

— Merci.

Il se sentit soudain tout bête. Et si Bennett avait simplement voulu l'aider ? Il détestait tellement les Van Horn que tout ce qu'ils faisaient avait le don de l'irriter. C'était son problème personnel. Ils avaient bien le droit de s'interroger sur le futur époux de leur fille, le père de leurs futurs petits-enfants.

Clay reconnut en son for intérieur qu'il y avait en effet de quoi s'interroger.

— J'aimerais rentrer, dit-elle.

— Bien sûr.

En sortant, il l'admira de dos et faillit proposer de passer chez elle un moment, juste le temps d'un câlin. Mais il la sentait peu réceptive et, compte tenu de l'atmosphère de la soirée, elle se ferait un plaisir de l'envoyer paître. Il se sentirait comme un imbécile incapable de se maîtriser, ce qu'il était précisément dans ces moments-là. Il prit sur lui-même et garda le silence.

— Tu ne veux pas passer à la maison, juste quelques minutes ? murmura-t-elle, tandis qu'il tenait la portière de la BMW.

Il s'élança au pas de course vers sa voiture.

6.

Il se sentait un peu plus en sécurité en compagnie de Rodney, sans compter qu'à 9 heures du matin il était trop tôt pour que les bandes traînent sur le trottoir de Lamont Street. Les petites frappes n'avaient pas fini d'éliminer leurs poisons de la nuit. Les commerces ouvraient tout juste. Clay se gara près de la ruelle.

Assistant à l'aide juridictionnelle, Rodney suivait assez irrégulièrement des cours du soir depuis une dizaine d'années ; il ne désespérait pas de décrocher un jour son diplôme d'avocat et d'être inscrit au barreau. Mais, avec quatre enfants dans l'adolescence, le temps et l'argent étaient précieux. Enfant des rues de Washington, il s'y sentait chez lui. Une partie de son travail consistait à accompagner, sur sa demande, un avocat de l'aide juridictionnelle, le plus souvent un Blanc effrayé et peu expérimenté, dans les ghettos pour enquêter sur un crime odieux. Il était assistant juridique, pas enquêteur, et refusait une fois sur deux d'accéder à cette requête.

Mais il ne disait jamais non à Clay ; ils avaient travaillé la main dans la main sur de nombreuses affaires. Après avoir trouvé l'endroit où Ramon s'était effondré, ils inspectèrent soigneusement les alentours, sachant que la police avait déjà passé la ruelle au peigne fin.

Ils utilisèrent un rouleau de pellicule et se mirent en quête de témoins.

Ils n'en trouvèrent pas, ce qui n'avait rien d'étonnant. Ils avaient déjà passé un quart d'heure sur le lieu du crime et la nouvelle s'était répandue dans le voisinage. Des inconnus furètent dans la ruelle : chacun chez soi et bouche cousue. Les témoins assis sur des caisses de lait, ces deux hommes qui passaient jour après jour de longues heures devant la boutique du marchand de vin à boire de la piquette et à qui rien n'échappait, s'étaient évanouis depuis longtemps et personne ne semblait les avoir connus. Les commerçants haussaient les sourcils. « Près d'ici ? » s'étonna l'un d'eux, comme si le quartier était des plus calmes.

Au bout d'une heure, ils jetèrent l'éponge et prirent la direction du camp de la Délivrance. Clay conduisait, Rodney buvait du café froid dans un grand gobelet en carton. Un mauvais café, à en juger par ses grimaces.

— Jermaine a eu une affaire semblable il y a quelques jours, déclara-t-il. Un jeune en désintox, sorti après avoir été enfermé plusieurs mois. Je ne sais pas s'il s'est échappé ou s'il a eu une permission de sortie mais, dans les vingt-quatre heures, il a volé une arme et tiré sur deux personnes. Un mort.

— Au hasard ?

— Qu'est-ce que ça veut dire dans ces coins-là ? Deux types conduisant sans assurance ont un accrochage et ils commencent à se tirer dessus. Hasard ou comportement justifié ?

— C'était une affaire de drogue, un vol, de la légitime défense ?

— Le hasard, je pense.

— Quel centre de désintoxication ? poursuivit Clay.

— Ce n'était pas le camp D. Un autre, près de Howard, si mes souvenirs sont bons. Je n'ai pas vu le dossier ; tu sais que Jermaine n'est pas un rapide.

— Tu ne travailles pas dessus ?

— Non. J'en ai entendu parler.

Toutes les rumeurs, tous les bruits de couloir passaient par Rodney, qui en savait plus que Glenda, la directrice, sur les avocats et sur leurs dossiers.

— Tu es déjà allé au camp D ? demanda Clay en tournant dans W Street.

— Une ou deux fois. C'est pour les cas difficiles, le dernier arrêt avant le cimetière. Une discipline de fer maintenue par de vrais durs.

— Connais-tu un nommé Talmadge X ?

— Non.

Il n'y avait pas d'attroupement sur le trottoir. Clay se gara devant le bâtiment et ils entrèrent sans perdre de temps. Talmadge X n'était pas là : il se trouvait dans un hôpital pour une urgence. Un de ses collègues du nom de Noland les accueillit aimablement et se présenta comme le conseiller en chef. Dans son bureau, autour d'une petite table, il leur montra le dossier de Tequila Watson et les invita à le parcourir. Clay le remercia, sachant qu'il avait certainement été expurgé.

— Notre politique exige que je reste dans la pièce pendant que vous consultez le dossier, expliqua Noland. Si vous désirez des copies, cela vous coûtera vingt-cinq cents pièce.

— D'accord.

Clay n'allait pas mettre en question la politique de l'établissement. S'il voulait le dossier dans son intégralité, il se le procurerait par une ordonnance du juge. Noland prit place à son bureau où une pile imposante de papiers attendait. Clay commença à feuilleter le dossier pendant que Rodney prenait des notes.

L'histoire de Tequila était triste et sans surprise. Adressé au camp D au mois de janvier par le bureau d'aide sociale après avoir été sauvé d'une overdose d'un produit non précisé, il pesait à son arrivée cinquante-cinq kilos pour un mètre soixante-dix-huit. L'examen médical effectué au camp D indiquait une légère hyperthermie, des frissons et des maux de tête, ce qui était courant pour un drogué. Hormis la malnutrition, une grippe bénigne et les ravages provoqués dans son organisme par les drogues, il n'y avait, à en croire le rapport du médecin, rien de particulier à signaler. Comme tous les patients, Tequila avait été enfermé trente jours et nourri continuellement.

D'après les notes manuscrites de Talmadge X signées TX, Tequila avait commencé à s'engager sur la mauvaise pente à l'âge de huit ans, quand il avait volé avec son frère une caisse de bière dans un camion de livraison. Ils en avaient bu la moitié et vendu le reste pour acheter une bouteille de trois litres de mauvais vin. Après avoir été renvoyé de plusieurs écoles, vers l'âge de douze ans, à l'époque où il découvrait le crack, il avait fait une croix définitive sur ses études. Le vol était devenu un moyen de subsistance.

Sa mémoire avait fonctionné jusqu'à ce que le crack fasse son œuvre ; depuis plusieurs années, tout se brouillait dans sa tête. Talmadge X n'avait pas négligé les détails : des lettres et des mails donnaient confirmation des haltes jalonnant le misérable parcours. À quatorze ans, Tequila avait passé un mois dans l'unité d'abus de substances toxiques du centre de détention pour mineurs du district de Columbia. À sa libération, il était allé directement chez un dealer pour se procurer du crack. Deux mois au Verger, un centre fermé de mauvaise réputation pour adolescents accros au crack, n'avaient pas servi à grand-chose. Tequila avait avoué avoir pris autant de drogue au Verger que dehors. À seize ans, il avait été admis à Rues propres, un centre de désintoxication où l'on ne plaisantait pas plus qu'au camp D avec la discipline. Il y était resté cinquante-trois jours, une manière de record : « ... défoncé au crack deux heures après sa sortie », indiquait une note de TX. Le juge des enfants l'avait envoyé, à dix-sept ans, dans un camp d'été pour adolescents perturbés, mais la surveillance laissait à désirer et il s'était fait de l'argent en vendant de la drogue à ses camarades. La dernière tentative de désintoxication avant le camp D avait eu lieu à l'église Grayson, sous la direction du révérend Jolley, un conseiller bien connu. Le révérend avait adressé à Talmadge X une lettre dans laquelle il émettait l'opinion que Tequila représentait un cas tragique et « probablement désespéré ».

Son histoire, certes désolante, se caractérisait pourtant par l'absence de toute violence. Tequila avait été arrêté et condamné cinq fois pour vol par effraction, une pour vol à l'étalage et deux pour possession de stupéfiants. Jamais il n'avait fait usage d'une arme ; en tout cas, il ne s'était jamais fait prendre. Cela n'avait pas échappé à Talmadge X qui, le trente-neuvième jour, avait noté : « ... tendance à éviter tout ce qui pourrait conduire à un affrontement physique. Semble véritablement avoir peur des plus costauds et même des autres. »

Le quarante-cinquième jour, Tequila avait été examiné par un médecin. Il pesait soixante-trois kilos et sa peau était exempte « d'écorchures et de lésions ». Des notes faisaient état de ses progrès en lecture et de son intérêt pour les activités artistiques. Au fil du temps, elles se faisaient plus succinctes et plus espacées : la vie au camp D était simple et tendait à devenir monotone.

Une note en date du quatre-vingtième jour retint l'attention de Clay : « Il prend conscience d'avoir besoin d'un soutien spirituel pour se préserver de la drogue.

Il n'y arrive pas tout seul. Il dit qu'il veut rester avec nous jusqu'à la fin de ses jours. »

Centième jour : « Nous avons fêté le centième jour de Tequila parmi nous avec des brownies et de la crème glacée. Il a fait un petit laïus avec des larmes dans la voix. Permission de deux heures. »

Cent quatrième jour : « Permission de deux heures. Revenu vingt minutes après sa sortie avec une glace à l'eau. »

Cent septième jour : « Envoyé à la poste. Parti près d'une heure. Retour sans problème. »

Cent dixième jour : « Permission de deux heures. Pas de problème. »

La dernière note était datée du cent quinzième jour : « Permission de deux heures. Pas revenu. »

Ils arrivèrent à la fin du dossier sous le regard attentif de Noland.

— Des questions ? demanda-t-il du ton de celui qui a accordé assez de son temps.

— Triste histoire, soupira Clay en refermant le dossier.

Il avait des questions en pagaille, mais Noland ne pourrait ou ne voudrait pas y répondre.

— Dans le monde de misère qui est le nôtre, maître, cette histoire est en effet une des plus tristes. Les larmes ne me viennent pas facilement, mais j'avoue que Tequila m'a fait pleurer.

Noland se leva ; l'entretien était arrivé à son terme.

— Désirez-vous copier quelque chose ?

— Plus tard, peut-être, répondit Clay.

Ils remercièrent Noland de leur avoir consacré un peu de temps et le suivirent jusqu'à la sortie.

Dans la voiture, en attachant sa ceinture, Rodney lança un coup d'œil circulaire.

— Je crois que nous nous sommes fait un nouvel ami, déclara-t-il posément.

— Quel genre d'ami ? demanda Clay qui scrutait la jauge d'essence en espérant qu'il en aurait assez pour retourner au bureau.

— Tu vois la Jeep bordeaux, à une cinquantaine de mètres, de l'autre côté de la rue ?

— Oui, répondit Clay en tournant la tête. Et alors ?

— Il y a un type au volant, un grand Noir avec une casquette des Redskins, si je ne me trompe. Ce type nous observe.

Clay se tortilla sur son siège. D'où il était, il distinguait la silhouette d'un homme, mais n'aurait su dire s'il était Noir ni quelle casquette il portait.

— Comment sais-tu qu'il nous observe ?

— Il était dans Lamont Street en même temps que nous. Je l'ai vu passer deux fois en nous regardant, l'air de rien. Quand nous nous sommes garés en arrivant ici, j'ai vu cette Jeep à cent cinquante mètres, devant l'autre trottoir. Maintenant elle est là.

— Comment sais-tu que c'est la même voiture ?

— Cette couleur est assez rare. Tu vois la bosse sur l'aile droite ?

— Oui, peut-être...

— C'est la même Jeep, aucun doute. Allons dans cette direction pour regarder de plus près.

Clay démarra et ils passèrent lentement devant la voiture bordeaux. Un journal jaillit, masquant le visage du conducteur. Rodney nota le numéro minéralogique.

— Pourquoi nous suivrait-on ? demanda Clay.

— La drogue, toujours la drogue. Peut-être Tequila était-il un dealer, peut-être celui qu'il a tué avait-il des amis pas commodes. Qui sait ?

— J'aimerais le découvrir.

Ils suivirent Puerto Rico Avenue pendant une demi-heure en direction du sud avant de s'arrêter à une station-service près de l'Anacostia. Tandis que Clay prenait de l'essence, Rodney scrutait les véhicules qui passaient.

— Il a abandonné la filature, déclara Rodney quand la voiture redémarrait. Nous pouvons retourner au bureau.

— Pourquoi a-t-il abandonné ? demanda Clay, prêt à croire n'importe quelle explication.

— Aucune idée, répondit Rodney en lançant par acquit de conscience un coup d'œil dans son rétroviseur. Peut-être voulait-il seulement savoir si nous allions au camp D. Ou bien il a compris que nous l'avons repéré. Assure-toi quand même, pendant un moment, qu'il n'y a personne à tes basques.

— Sympa ! C'est la première fois de ma vie qu'on me prend en filature.

— Prie pour qu'ils ne décident pas de t'attraper.

Jermaine Vance partageait un bureau avec un confrère aussi inexpérimenté que lui, absent au moment où Clay arriva. Après avoir pris place sur le siège libre, il compara ses notes avec celles de Jermaine, qui défendait un délinquant endurci de vingt-quatre ans, du nom de Washad Porter.

Contrairement à Tequila, Washad avait un long et effrayant passé de violence. Appartenant au plus gros gang de Washington, il avait été grièvement blessé dans deux fusillades et condamné une fois pour tentative d'homicide. Il avait déjà passé sept années derrière les barreaux. Washad n'avait jamais vraiment cherché à décrocher. Sa seule tentative avait eu pour cadre la prison et s'était soldée par un échec. Il était accusé d'avoir tiré sur deux personnes quatre jours avant le meurtre de Ramon Pumphrey. Une des victimes était morte sur le coup, l'autre se trouvait entre la vie et la mort.

Washad venait de passer six mois à Rues propres, se pliant sans difficulté à la discipline rigoureuse de l'établissement. Jermaine avait eu avec son conseiller un entretien similaire à celui de Clay avec Talmadge X. Désintoxiqué, devenu un patient modèle, Washad était en parfaite santé et prenait confiance en lui. Le seul accroc avait eu lieu vers le milieu de son séjour. Il avait fait le mur et était rentré défoncé, implorant son conseiller de le garder. Quatre mois s'étaient ensuite écoulés sans rien à signaler ou presque jusqu'à sa libération, en avril.

Dès le lendemain de sa sortie, il avait tiré sur deux hommes avec une arme volée ; les victimes semblaient avoir été prises au hasard. La première était un livreur de produits maraîchers qui travaillait près de l'hôpital Walter Reed. Ils avaient échangé des insultes, en étaient venus aux mains, puis Washad lui avait tiré quatre balles dans la tête. Le livreur était encore dans le coma. Une heure plus tard, à cinq cents mètres de là, Washad avait logé ses deux dernières balles dans le crâne d'un petit dealer avec qui il avait eu des histoires. Il avait été maîtrisé par des amis du revendeur de drogue qui, au lieu de lui régler son compte, l'avaient livré à la police.

Jermaine avait parlé une fois avec son client, très peu de temps, au moment de sa première comparution devant le juge. « Il refusait d'admettre ce qu'il avait fait. Il me répétait, l'air hébété, qu'il n'arrivait pas à croire qu'il avait tué quelqu'un. Il disait que c'était le Washad d'avant, pas le nouveau. »

7.

Clay ne se souvenait que d'une seule autre occasion où il avait téléphoné à Bennett le Bulldozer, ou plutôt essayé de le joindre. Cette tentative avait lamentablement échoué : impossible de franchir les différents barrages protégeant le grand homme. BVH voulait que le commun des mortels soit persuadé qu'il passait le plus clair de son temps « sur le chantier », ce qui, dans son esprit, signifiait au milieu des engins de terrassement, là où il pouvait diriger les travaux et sentir de près le potentiel illimité du nord de la Virginie. Il avait chez lui de grandes photos qui le montraient « sur le chantier », coiffé d'un casque sur mesure frappé de ses initiales, indiquant tel ou tel endroit où, sur le sol aplani, pousseraient habitations et centres commerciaux. Il se prétendait trop occupé pour perdre son temps en bavardages et affirmait détester le téléphone, mais il avait toujours à portée de la main une collection de portables pour traiter ses affaires.

La vérité, tout simplement, était que Bennett jouait beaucoup au golf ; mal, à en croire le père d'un ancien copain de fac de Clay. Rebecca avait laissé échapper, à plusieurs reprises, que son père faisait au moins quatre parcours par semaine au Potomac et qu'il caressait en secret le rêve de remporter le championnat du club.

Bennett Van Horn était un homme d'action, incapable de passer sa vie derrière un bureau. La voix hargneuse qui répondit « Groupe BVH », en prenant l'appel de Clay, accepta avec réticence de lui passer une autre secrétaire. « Développement », fit la deuxième voix féminine d'un ton peu amène, comme si la société comptait un nombre illimité de services. Cinq bonnes minutes d'attente furent encore nécessaires pour être en ligne avec la secrétaire particulière de Bennett.

— Il n'est pas dans son bureau, déclara-t-elle.

— Comment puis-je le joindre ?

— Il est sur le chantier.

— Je m'en doute. Comment puis-je le joindre ?

— Laissez-moi un numéro, je le mettrai avec le reste de ses messages.

— Merci mille fois !

Il donna le numéro de son bureau avant de raccrocher.

Une demi-heure plus tard, Bennett rappela. Il devait téléphoner d'une salle, peut-être le bar du Potomac, un verre de scotch devant lui, un barreau de chaise à la main, une partie de gin-rummy en cours avec les copains.

— Alors, Clay, comment ça va ? lança-t-il, comme s'ils ne s'étaient pas vus depuis des mois.

— Bien, monsieur Van Horn. Et vous ?

— On ne peut mieux. On a passé une bonne soirée, hier, hein ?

Clay n'entendait aucun bruit de chantier, ni grondements sourds de moteur ni avertisseurs sonores.

— Oui, vraiment sympathique, répondit hypocritement Clay. C'est toujours un plaisir.

— Que puis-je donc faire pour vous ?

— Eh bien, je voudrais que vous sachiez que je vous suis reconnaissant de m'avoir proposé ce poste à

Richmond. Je ne m'y attendais pas et vous avez été très aimable d'intercéder pour moi.

Un silence, pendant que Clay rassemblait son courage.

— Mais, pour parler franchement, monsieur Van Horn, reprit-il, je n'envisage pas de m'établir à Richmond dans un proche avenir. J'ai toujours vécu à Washington ; je me sens chez moi ici.

Les raisons ne lui manquaient pas de repousser la proposition de Bennett, mais le désir de rester à Washington ne venait pas en tête de liste. Le motif premier était son refus de laisser Bennett Van Horn planifier sa vie et de lui en être redevable à jamais.

— Vous ne parlez pas sérieusement, Clay ?

— Si, monsieur. On ne peut plus sérieusement. Je vous remercie, mais c'est non.

Clay n'avait surtout pas envie de se laisser embobiner. Le téléphone, dans ces moments-là, était un instrument précieux.

— Grave erreur, mon garçon, déclara Van Horn d'un ton péremptoire. Vous n'avez pas une vue d'ensemble de la situation.

— Peut-être, monsieur, mais je ne suis pas sûr que vous en ayez une vous-même.

— Vous ne manquez pas d'amour-propre, Clay ; j'aime ça. Mais l'expérience vous fait défaut. Vous apprendrez que, dans la vie, on échange des services ; que, lorsque quelqu'un essaie de vous aider, il faut accepter. Qu'un jour peut-être l'occasion se présentera de lui renvoyer l'ascenseur. C'est une grave erreur qui, je le crains, pourrait être lourde de conséquences.

— Des conséquences de quelle nature ?

— Cela pourrait nuire à votre avenir.

— Mon avenir m'appartient. Je trouverai un autre poste, puis encore un autre. Pour l'instant, je suis heureux comme je suis.

— Comment pouvez-vous être heureux en défendant, jour après jour, des criminels ? J'avoue que cela me dépasse.

Ils avaient déjà eu cette discussion et si les choses allaient leur train habituel, elle ne tarderait pas à s'envenimer.

— Je crois que vous m'avez déjà posé cette question. Ne revenons pas là-dessus.

— Votre salaire serait en augmentation considérable, Clay. Des revenus plus élevés, un travail plus intéressant et vous passeriez vos journées avec des gens sérieux au lieu de vos petites frappes. Où avez-vous la tête, mon garçon ?

Clay entendait des voix assourdies : Bennett était en représentation.

— Je ne veux pas discuter, monsieur Van Horn, riposta Clay, les dents serrées, sans relever le « mon garçon ». Ma réponse est non.

— Vous devriez bien réfléchir.

— C'est tout réfléchi. Non, merci.

— Vous êtes un loser, Clay. Je l'ai toujours su ; cette affaire ne fait que le confirmer. Vous refusez un poste riche de possibilités, vous préférez vous encroûter et travailler pour un salaire de misère. Vous n'avez ni ambition, ni courage, ni vision de l'avenir.

— Hier soir, j'étais talentueux, intelligent, travailleur, j'avais les épaules solides.

— Je retire tout ce que j'ai dit. Vous êtes un loser.

— J'étais diplômé d'une bonne fac et même séduisant.

— Je mentais. Vous êtes un loser.

Clay raccrocha le premier. Il écrasa le combiné sur son support, un sourire aux lèvres, fier d'avoir mis le grand Bennett Van Horn hors de ses gonds. Il lui avait tenu tête et fait comprendre qu'il ne se laissait pas marcher sur les pieds.

Pour Rebecca, il verrait plus tard ; il s'attendait à passer un sale moment.

La troisième et dernière visite de Clay au camp D eut un côté plus théâtral que les précédentes. Accompagné de Jermaine et de Rodney, l'un à son côté, l'autre à l'arrière, Clay suivait une voiture de police qui s'arrêta juste devant la porte du bâtiment. Deux fonctionnaires, jeunes, Noirs, visiblement peu excités par cette opération de routine, négocièrent leur entrée. Quelques minutes plus tard, dans une atmosphère tendue, ils se trouvaient face à Talmadge X, Noland et un troisième conseiller du nom de Samuel, qui avait la tête près du bonnet.

En partie parce qu'il était le seul Blanc dans la pièce mais surtout parce qu'il était l'avocat qui avait obtenu l'ordonnance du juge, les trois conseillers concentraient leur colère sur Clay. Cela ne lui faisait ni chaud ni froid ; jamais il ne les reverrait.

— Vous avez vu le dossier ! rugit Noland.

— J'ai vu ce que vous avez bien voulu me montrer, riposta Clay. Maintenant, je veux voir le reste.

— De quoi parlez-vous ? demanda Talmadge X.

— Je veux tous les documents concernant Tequila Watson.

— Vous ne pouvez pas faire ça.

Clay se tourna vers le policier qui tenait les papiers.

— Voulez-vous lire l'ordonnance, je vous prie.

Le policier montra le document aux trois conseillers et commença à lire.

— Tous documents relatifs à l'admission, aux examens médicaux et aux traitements, à la cure de désintoxication, à la réhabilitation et à la mise en liberté de Tequila Watson. Ordonnance rendue par le juge

F. Floyd Sackman, chambre criminelle du tribunal de Washington DC.

— Quand a-t-il signé ça ? demanda Samuel.

— Il y a à peu près trois heures.

— Nous vous avons tout montré, affirma Noland.

— J'en doute, répliqua Clay. Je sais quand un dossier a été bidouillé.

— Quand il est trop bien présenté, ajouta Jermaine.

— Nous n'allons pas nous battre, déclara le plus costaud des deux policiers d'un ton qui donnait à entendre qu'une bonne bagarre ne serait pas pour lui déplaire. Par où commençons-nous ?

— Son dossier médical est confidentiel, affirma Samuel. Secret professionnel.

C'était bien vu mais pas tout à fait vrai.

— Le dossier du médecin est confidentiel, rectifia Clay, pas celui du patient. J'ai une décharge signée par Tequila Watson m'autorisant à prendre connaissance de tous les dossiers le concernant, y compris son dossier médical.

Ils se mirent au travail dans une pièce aveugle, aux murs bordés de classeurs dépareillés. Au bout de quelques minutes, Talmadge X et Samuel disparurent ; la tension baissa d'un cran. Les deux fonctionnaires en uniforme prirent une chaise pour boire le café que leur offrait la réceptionniste ; elle n'en proposa pas aux autres.

Une heure plus tard, l'étude des dossiers n'avait rien donné. Clay et Jermaine laissèrent Rodney poursuivre les recherches ; ils avaient rendez-vous avec d'autres policiers.

Dans les locaux de Rues propres, même scénario. Les deux avocats flanqués de deux policiers demandèrent à parler à la directrice qui était en réunion. En prenant connaissance de l'ordonnance, elle marmonna qu'elle aurait deux mots à dire au juge Sackman, qu'elle connaissait. Elle était hors d'elle, mais ne pouvait que s'incliner : tous les documents, tous les dossiers de Washad Porter devaient être remis aux représentants de l'aide juridictionnelle.

— Ce n'était pas nécessaire, dit-elle à Clay. Nous coopérons toujours avec les avocats.

— Ce n'est pas ce que j'ai entendu dire, riposta Jermaine.

De fait, l'établissement avait la réputation de faire obstruction à la moindre requête de l'aide juridictionnelle.

La directrice relut le document de la première à la dernière ligne.

— On ne va pas passer la journée ici, soupira un des policiers.

Elle les conduisit dans un vaste bureau et appela un assistant qui entreprit de transporter des dossiers.

— Quand les récupérerons-nous ? demanda-t-elle.

— Quand nous les aurons épluchés, répondit Jermaine.

— Où seront-ils ?

— Dans nos bureaux, sous clé.

Leur histoire d'amour avait commencé Chez Abe. Rebecca prenait un verre avec deux amies quand Clay était passé devant leur table pour se rendre aux toilettes. Leurs regards s'étaient croisés ; il s'était arrêté une fraction de seconde. Les amies parties, Clay avait laissé tomber ses copains et passé deux heures au bar avec Rebecca. Ils avaient parlé sans discontinuer. Ils s'étaient revus dès le lendemain soir, avaient fait l'amour quelques jours plus tard. Elle avait caché l'existence de Clay à ses parents pendant près de deux mois.

Quatre ans plus tard, la passion s'était émoussée et ses parents poussaient Rebecca à passer à autre chose. Il semblait approprié de mettre un terme à leur liaison là où elle avait pris naissance.

Arrivé le premier, Clay trouva une place au bar au milieu d'une foule d'employés du Capitole qui, un verre à la main, parlaient haut, vite et tous en même temps des questions vitales dont ils avaient eu à s'occuper. Clay aimait Washington autant qu'il la détestait. Il adorait l'histoire, la vitalité ambiante et le poids de la capitale, mais n'avait que mépris pour son armée de sous-fifres qui se haussaient frénétiquement du col. Tout près de lui se déroulait une discussion passionnée sur la réglementation du traitement des eaux usées dans les Grandes Plaines.

Bénéficiant d'un emplacement stratégique proche du Capitole, le bar attirait les fonctionnaires assoiffés, en route vers leurs banlieues. On y rencontrait des femmes splendides. Bien habillées. Visiblement disponibles. Clay surprit quelques regards.

Rebecca était sombre, décidée, distante. Ils trouvèrent une table à l'écart et commandèrent des alcools forts pour l'affrontement à venir. Clay posa quelques questions futiles sur les auditions de la sous-commission, qui avaient commencé sans tapage, à en croire le *Washington Post*. Dès qu'ils furent servis, ils entrèrent dans le vif du sujet.

— J'ai parlé à mon père, commença-t-elle.

— Moi aussi.

— Pourquoi ne m'as-tu pas dit que tu refusais le poste à Richmond ?

— Pourquoi ne m'as-tu pas dit que ton père cherchait à me trouver un poste à Richmond par copinage ?

— Tu aurais dû m'en parler.

— J'ai été assez clair.

— Rien n'est jamais clair avec toi.

Ils portèrent en même temps leur verre à leurs lèvres.

— Ton père m'a traité de loser, reprit Clay. Est-ce ainsi qu'on me voit dans ta famille ?

— Pour le moment, oui.

— Tu es de cet avis ?

— Je m'interroge. Il faut être réaliste.

Il y avait eu une seule parenthèse dans leur liaison. Un an auparavant, ils avaient décidé de prendre un peu de recul, de s'assurer qu'il n'y avait personne d'autre ailleurs. Barbara avait machiné cette séparation car, Clay devait le découvrir par la suite, un jeune homme très riche du Potomac Country Club venait de perdre son épouse atteinte d'un cancer des ovaires. Ami de la famille, Bennett avait préparé le piège avec Barbara, mais le veuf avait senti le danger. Après avoir fréquenté un mois la famille Van Horn, il était allé s'établir dans le Wyoming.

Cette fois, la cassure était bien plus grave ; l'issue semblait inéluctable. Clay se promit, quoi qu'il advînt, quelles que fussent les propos échangés, de ne rien dire qui pût la blesser. Elle pouvait porter des coups bas si cela lui chantait, lui n'en ferait rien.

— Que veux-tu faire, Rebecca ?

— Je ne sais pas.

— Si, tu le sais. Tu veux me quitter ?

— Je crois.

Ses yeux s'embuèrent aussitôt de larmes.

— Il y a quelqu'un d'autre ?

— Non.

Pas encore, songea Clay. Il fallait laisser quelques jours à Barbara et Bennett pour faire le nécessaire.

— C'est simplement que tu donnes l'impression de ne pas avancer, Clay. Tu es intelligent, talentueux, mais tu n'as aucune ambition.

— Ah ! C'est bon de savoir que je suis redevenu intelligent et talentueux ! Il y a quelques heures à peine, ton père me traitait de loser !

— Tu essaies d'être drôle ?

— Pourquoi pas, Rebecca ? Il faut voir les choses en face : c'est terminé. Nous nous aimons encore, mais je suis un raté sans avenir. C'est ton problème ; le mien, ce sont tes parents. Ils vont écraser le pauvre type que tu épouseras.

— Le pauvre type ?

— Absolument. Je plains le pauvre type que tu épouseras, parce que tes parents sont insupportables. Et tu le sais.

— Le pauvre type que j'épouserai ?

Les yeux de Rebecca étaient secs et lançaient des éclairs.

— Calme-toi.

— Le pauvre type que j'épouserai ?

— Bon, je vais te faire une proposition : marions-nous tout de suite. Nous abandonnons nos boulots, nous faisons un mariage discret, sans inviter personne, nous vendons tout ce que nous possédons et nous filons à, disons Seattle ou Portland, une ville loin d'ici où nous nous nourrirons quelque temps d'amour et d'eau fraîche.

— Tu ne veux pas aller à Richmond mais tu irais à Seattle ?

— Richmond est bien trop près de tes parents.

— Et après, que ferions-nous ?

— Nous trouverons du travail.

— Quel travail ? Il y a une pénurie d'avocats dans l'Ouest ?

— Tu oublies quelque chose. Depuis hier soir, je suis un garçon à l'esprit vif, intelligent et talentueux, diplômé d'une bonne fac et même séduisant. Les gros cabinets juridiques vont se battre pour me recruter. Je serai associé dans dix-huit mois. Et nous aurons des enfants.

— Alors, mes parents viendront nous voir.

— Non. Nous ne leur dirons pas où nous habitons. Et s'ils réussissent à nous retrouver, nous partirons au Canada.

On leur apporta deux nouveaux verres, qu'ils s'empressèrent d'attaquer.

Ce court moment de détente leur remit en mémoire pourquoi ils s'aimaient et à quel point ils avaient plaisir à être ensemble. Il y avait eu dans leur relation plus de rires que de tristesse, même si, ces derniers temps, les rapports se dégradaient. Les prises de bec pour des motifs futiles se multipliaient ; l'influence des Van Horn se faisait plus pesante.

— Je n'aime pas la côte ouest, déclara enfin Rebecca.

— Alors, choisis un endroit, répliqua Clay, inflexible.

Elle avait déjà choisi : pas question de trop s'éloigner de ses parents.

Ce qu'elle était venue dire devait finir par sortir. Après avoir descendu une grande lampée, elle se pencha vers Clay et plongea les yeux dans les siens.

— J'ai vraiment besoin de respirer, Clay.

— Ne te fais pas de souci, Rebecca. Nous ferons ce que tu voudras.

— Merci.

— Combien de temps ?

— Je ne suis pas venue marchander.

— Un mois ?

— Plus.

— Non, je ne peux pas accepter. Laissons passer trente jours sans nous appeler, d'accord ? Nous sommes le 7 mai. Retrouvons-nous le 6 juin, ici, à cette table et nous envisagerons une prolongation.

— Une prolongation ?

— Appelle cela comme tu veux.

— J'appelle cela une rupture, Clay. Le big-bang. Chacun part de son côté. Nous nous verrons dans un mois, si tu le désires, mais je ne pense pas que les choses auront changé. La situation est bloquée depuis trop longtemps.

— Si j'acceptais le poste à Richmond, cette séparation aurait-elle lieu ?

— Probablement pas.

— Cela veut dire non ?

— C'est ça.

— Alors, c'était un coup monté ? Le poste à Richmond, l'ultimatum ? Le dîner d'hier n'était donc rien d'autre qu'un guet-apens ? Tu acceptes ce poste, mon garçon, sinon...

Elle était incapable de nier l'évidence.

— Je n'ai plus envie de me bagarrer, Clay. Ne m'appelle pas pendant un mois, d'accord ?

Elle saisit son sac à main et se leva précipitamment. En passant devant lui, elle se pencha pour poser sur sa tempe droite un baiser dénué de sens et de passion, mais il ne réagit pas. Il ne la suivit pas des yeux pendant qu'elle s'éloignait.

Elle ne se retourna pas.

8.

L'appartement de Clay se trouvait à Arlington, dans une résidence défraîchie. À la signature du bail, quatre ans auparavant, il n'avait jamais entendu parler du groupe BVH ; il n'avait appris que plus tard que la résidence avait été construite au début des années 1980 par une des premières sociétés de Bennett. Après la faillite de cette société, elle avait été vendue et achetée plusieurs fois, si bien que le loyer payé par Clay n'allait pas dans la poche de Bennett. Aucun des Van Horn ne savait que Clay vivait dans un logement construit par Bennett.

Il partageait un trois pièces avec Jonah, un vieux copain de fac qui avait raté quatre fois l'examen du barreau avant de réussir et vendait maintenant des ordinateurs. Ce travail à temps partiel lui rapportait plus que le salaire de Clay, un sujet qu'ils évitaient soigneusement.

Le lendemain de la rupture, Clay prit le *Washington Post* déposé par un livreur devant sa porte et s'installa dans la cuisine pour lire le journal en buvant son café du matin. Comme tous les jours, il commença par les pages financières pour jeter un coup d'œil toujours gratifiant au cours du titre BVH. Il n'avait presque pas bougé et les rares investisseurs sans discernement qui possédaient des actions étaient disposés à s'en débarrasser au prix de soixante-quinze cents.

Lequel des deux était un loser ?

Pas un mot sur les auditions déterminantes de la sous-commission de Rebecca.

Après avoir réglé ses comptes par journal interposé, il passa aux pages sportives en se disant qu'il était temps d'oublier les Van Horn. Tous sans exception.

À 7 h 20, au moment où il prenait en général son bol de céréales, le téléphone sonna. C'est elle, songea-t-il en souriant. Elle n'aura pas tenu longtemps.

Personne d'autre ne pouvait appeler de si bonne heure, sinon le petit ami ou le mari de la dame qui finissait une nuit bien arrosée dans la chambre de Jonah. Cela s'était déjà produit plusieurs fois : Jonah adorait les femmes, surtout celles qui avaient déjà un homme dans leur vie. Il trouvait le défi plus intéressant.

Ce n'était ni Rebecca ni un petit ami ni un mari.

— Maître Clay Carter ? fit une voix masculine inconnue.

— Lui-même.

— Je me présente : Max Pace. Je suis chargé du recrutement pour des cabinets juridiques de Washington et de New York. Votre nom a retenu notre attention et j'ai deux excellentes propositions susceptibles de vous intéresser. Pourrions-nous déjeuner ensemble ?

Clay en resta sans voix. Plus tard, sous la douche, il se souvint que la perspective d'un bon repas avait été la première chose qui lui soit venue à l'esprit.

— Euh... bien sûr, parvint-il à articuler.

Les chasseurs de têtes existaient dans le milieu juridique comme dans les autres professions, mais l'aide juridictionnelle n'était pas un vivier dans lequel ils avaient coutume de puiser.

— Parfait. Nous pouvons nous retrouver dans le hall de l'hôtel Willard. Midi, si cela vous convient.

— Très bien.

Le regard de Clay se posa sur une pile d'assiettes sales dans l'évier ; c'était réel, il ne rêvait pas.

— Merci. À tout à l'heure, maître. Je vous promets que vous ne le regretterez pas.

Max Pace raccrocha. Clay resta un moment le combiné à la main, les yeux fixés sur la vaisselle sale, à se demander lequel de ses camarades de promo était à l'origine de cette blague. À moins que Bennett le Bulldozer ne cherche à lui porter un dernier coup.

Max Pace ne lui avait pas laissé de numéro de téléphone. Il n'avait même pas eu la présence d'esprit de demander le nom de sa société. Et il n'avait pas de costume propre. Il n'en possédait que deux, gris ; un léger, l'autre plus épais, tous deux très usagés. Sa garde-robe du Palais. Par chance, il n'y avait pas de code vestimentaire imposé au bureau et il portait le plus souvent un pantalon kaki et un blazer marine. Quand il se rendait au tribunal, il mettait une cravate qu'il enlevait dès son retour.

Il décida sous la douche de ne pas faire d'effort vestimentaire ; Max Pace savait où il travaillait et avait une idée de ce qu'il gagnait. S'il arrivait au rendez-vous avec un pantalon râpé, il pourrait être plus exigeant.

Immobilisé dans un embouteillage sur le Memorial Bridge d'Arlington, Clay se dit que ce devait être son père. Banni de Washington, il y avait conservé des contacts ; il avait dû enfin frapper à la bonne porte, demander une dernière faveur, trouver pour son fils un poste intéressant. Quand la brillante carrière de Jarrett

Carter s'en était allée en eau de boudin, il avait encouragé Clay à travailler à l'aide juridictionnelle. L'apprentissage était terminé. Après cinq années de galère, le moment était venu de trouver un vrai boulot.

Quel genre de cabinet juridique pouvait s'intéresser à lui ? Il était intrigué. Son père détestait les gros cabinets et les boîtes de lobbying qui s'entassaient le long de Connecticut et de Massachusetts Avenue. Il n'avait pas plus de respect pour les petits cabinets qui faisaient leur publicité sur les autobus et les panneaux d'affichage, et qui congestionnaient le système avec une multitude d'affaires futiles. Celui de Jarrett avait compté jusqu'à dix avocats, tous des battants que les clients s'arrachaient.

« C'est la voie que je vais suivre », se dit Clay en regardant le Potomac qui coulait en contrebas.

Après une matinée particulièrement improductive, Clay quitta son bureau à 11 h 30 et se rendit sans se presser à l'hôtel Willard, appelé maintenant le Willard Intercontinental. Il fut accueilli dès son entrée dans le hall par un jeune homme musclé dont le visage lui sembla vaguement familier.

— M. Pace vous attend dans sa chambre, expliqua-t-il en se dirigeant vers les ascenseurs. Il préfère vous recevoir là-haut, si vous n'y voyez pas d'inconvénient.

— Aucun, répondit Clay, qui ne comprenait pas comment on avait pu le reconnaître si facilement.

Ils n'échangèrent ni un regard ni un mot dans la cabine. Ils s'arrêtèrent au neuvième étage ; le jeune homme frappa à la porte de la suite Theodore-Roosevelt. Max Pace l'accueillit en personne, un sourire aux lèvres. Il avait la quarantaine, des cheveux noirs ondulés, une moustache noire, un pantalon de toile noire, un T-shirt noir, des bottes noires à bout effilé. Noir des pieds à la tête : pas vraiment la tenue d'un recruteur tel que Clay l'imaginait. Tandis qu'ils se serraient la main, il commença à soupçonner que les choses n'étaient pas ce qu'elles paraissaient.

D'un regard, Max Pace congédia le garde du corps.

— Merci d'être venu, dit-il en invitant Clay à entrer dans une pièce ovale chargée de marbre.

— De rien.

Clay s'absorbait dans l'observation de la suite : cuirs et tissus luxueux, dédale de pièces annexes.

— Vous êtes bien installé.

— Je garde la suite encore quelques jours. J'avais pensé que nous pourrions déjeuner ici, faire monter quelque chose, pour être plus tranquilles.

— Comme vous voudrez.

Plusieurs questions tarabustaient Clay. Pourquoi un chasseur de têtes de Washington louait-il une suite au prix exorbitant ? Pourquoi n'avait-il pas un bureau en ville ? Pour quelle raison avait-il besoin d'un garde du corps ?

— De quoi avez-vous envie ?

— Je ne suis pas difficile.

— Ils ont d'excellents capellini au saumon. J'en ai pris hier, un régal.

— Je vous fais confiance.

Clay aurait mangé n'importe quoi ; il avait l'estomac dans les talons.

Tandis que Max était au téléphone, Clay s'avança vers la fenêtre d'où l'on jouissait d'une vue plongeante sur Pennsylvania Avenue. Après avoir commandé, Max l'invita à prendre place à une petite table et ils commencèrent à parler du temps, du mauvais début de saison de l'équipe locale de base-ball et de l'état déplorable de l'économie. Max avait la parole facile et semblait disposé à s'en tenir à des banalités aussi longtemps que Clay le souhaiterait. Il pratiquait l'haltérophilie et voulait que cela se sache. Le T-shirt noir moulait sa poitrine et ses épaules. Il aimait tirer sur sa moustache ; chaque fois qu'il pliait l'avant-bras, il faisait saillir son biceps.

Un cascadeur peut-être, pas un chasseur de têtes.

— Ces deux cabinets dont vous avez parlé, fit Clay après dix minutes de bavardages, pouvez-vous m'en dire un peu plus long à leur sujet ?

— Ils n'existent pas, répondit Max. J'ai menti, je le reconnais. Et je vous promets que plus jamais je ne vous mentirai.

— Vous n'êtes pas un chasseur de têtes ?

— Non.

— Alors, que faites-vous ?

— Je suis un pompier.

— Merci. Maintenant tout s'éclaire.

— Laissez-moi parler, je vous dois des explications. Quand j'aurai terminé, je vous assure que vous serez content.

— Expliquez-vous vite, sinon je pars.

— Détendez-vous, maître. Je peux vous appeler Clay ?

— Nous n'en sommes pas là.

— Comme vous voudrez. Je travaille en free-lance et j'ai une spécialité : je suis engagé par de grandes sociétés pour éteindre des incendies. Quand une erreur a été commise et qu'on s'en rend compte avant les avocats, on m'engage pour intervenir discrètement, remettre les choses en ordre et, si tout se passe bien, économiser des sommes énormes. Mes services sont très demandés. Mon vrai nom est peut-être Max Pace, peut-être pas. Peu importe qui je suis et d'où je viens. Ce qui compte, c'est que j'ai été engagé par une grosse société pour limiter les dégâts. Des questions ?

— J'en ai trop, je ne sais par où commencer.

— Attendez un peu. Je ne peux pas encore révéler le nom de mon client, je ne le ferai peut-être jamais. Si nous parvenons à un accord, je pourrai vous en dire beaucoup plus. Voici l'histoire : mon client est une multinationale qui fabrique des produits pharmaceutiques. Une large gamme allant de produits de consommation courante que vous conservez dans votre armoire à pharmacic à des médicaments spécifiques du traitement des cancers et de l'obésité. Un laboratoire pharmaceutique de réputation bien établie, mondialement connu. Il y a deux ans, ce laboratoire a fabriqué un produit susceptible de guérir la dépendance aux dérivés de l'opium et de la cocaïne. Bien plus avancé que la méthadone, qui aide de nombreux toxicomanes mais crée elle-même une dépendance et est souvent mal utilisée. Appelons ce produit miracle le Tarvan : c'était son nom de code pendant un moment. Découvert par hasard, à la suite d'une erreur, il a été rapidement utilisé sur tous les animaux de laboratoire possibles. Les résultats étaient extraordinaires, mais il est difficile de reproduire une dépendance au crack sur des rats de laboratoire.

— Il leur fallait des sujets d'expérience humains, glissa Clay.

Max Pace tortilla sa moustache en faisant saillir son biceps.

— En effet. Le potentiel du Tarvan était tel que les dirigeants en perdaient le sommeil. Imaginez qu'il suffit de prendre une pilule par jour pendant quatre-vingt-dix jours pour décrocher. Le besoin de prendre la drogue disparaît comme par magie ; fini la coke, l'héro, le crack. On prend ensuite un Tarvan tous des deux jours et on est tranquille pour la vie. Une guérison presque instantanée pour des millions de toxicomanes. Pensez aux bénéfices : on fait payer ce que l'on veut un médicament qui n'a pas de prix. Pensez aussi à toutes les vies sauvées, aux crimes évités, aux familles préservées, aux économies colossales réalisées sur l'argent dépensé pour la désintoxication. Plus l'équipe dirigeante pensait à ce que le Tarvan pouvait rapporter, plus elle était pressée de commercialiser le produit. Mais, vous l'avez dit, il fallait des sujets d'expérience humains.

Max Pace prit une gorgée de café ; les muscles frémirent sous le T-shirt.

— Ils ont commencé à commettre des erreurs, reprit-il. Ils ont choisi trois villes – Mexico, Singapour et Belgrade –, trois endroits éloignés, hors de portée des contrôles de la Food and Drug Administration, la FDA. Sous le couvert d'un vague organisme international, ils ont bâti des cliniques de désintoxication, des établissements accueillants mais fermés, où ils pouvaient exercer un contrôle sévère sur les toxicos. Ils ont ramassé les pires drogués qu'ils pouvaient trouver, les ont bouclés dans les cliniques et ont commencé, à leur insu, à leur faire prendre le Tarvan. Les patients s'en fichaient : tout était gratuit.

— Des laboratoires humains, glissa Clay.

Le récit était captivant et Max le pompier savait raconter une histoire.

— Des laboratoires humains, en effet. À l'abri du système judiciaire américain. À l'abri de la presse et des organismes de contrôle. Le plan était ingénieux et les résultats exceptionnels. Après trente jours de traitement, le Tarvan atténuait les effets de la dépendance. Au bout de soixante jours, les toxicos semblaient heureux d'avoir décroché et, au bout de quatre-vingt-dix jours, ils n'avaient plus peur de retourner dans la rue. Tout était surveillé : régime alimentaire, exercices physiques, thérapie, entretiens. Il y avait au moins un employé par patient et les cliniques disposaient chacune d'une centaine de lits. À la fin des trois mois de traitement, les patients étaient remis en liberté après s'être engagés à revenir tous les deux jours à la clinique pour prendre leur Tarvan. Quatre-vingt-dix pour cent d'entre eux le faisaient et restaient clean. Quatre-vingt-dix pour cent ! Deux pour cent seulement replongeaient.

— Et les huit pour cent restants ?

— C'était le problème, mais mon client ne soupçonnait pas l'ampleur qu'il allait prendre. Les cliniques, quoi qu'il en soit, ne désemplissaient pas. En dix-huit mois, le Tarvan avait été expérimenté sur un millier de toxicomanes ; les résultats étaient époustouflants, du jamais vu. Il y avait des milliards de dollars à la clé et pas la moindre concurrence. Aucun autre labo n'avait un programme sérieux de recherches en cours ; la plupart y avaient renoncé depuis des années.

— Vous avez parlé de plusieurs erreurs.

— Il y en a eu tellement, lâcha Max après un instant d'hésitation.

L'interphone bourdonna : c'était le déjeuner.

Un serveur entra, poussant une table roulante. Pendant les cinq minutes qu'il passa à dresser le couvert, Clay, absorbé dans ses pensées, garda le regard fixé par la fenêtre sur le Washington Monument. Max finit par donner un pourboire au serveur pour se débarrasser de lui.

— Avez-vous faim ?

— Non, répondit Clay, j'attends la suite.

Il retira sa veste avant de s'asseoir dans un fauteuil.

— Je crois que le meilleur arrive, reprit-il.

— Le meilleur ou le pire, selon la manière dont on voit les choses. L'erreur suivante a été de poursuivre les expériences sur notre sol ; à partir de là, tout se gâte méchamment. Mon client avait sciemment choisi trois régions du globe terrestre : une pour les Blancs, une pour les Hispano-Américains et une pour les Asiatiques. Il fallait aussi des Africains.

— Ils ne manquent pas à Washington.

— C'était l'opinion de mon client.

— Vous mentez, n'est-ce pas ? Dites-moi que vous mentez.

— Je vous ai menti une seule fois, maître, et j'ai promis de ne pas recommencer.

Clay se leva lentement ; il fit le tour du fauteuil et repartit vers la fenêtre sous le regard scrutateur de Max. Le repas refroidissait, mais ils n'en avaient cure. Le temps paraissait suspendu.

— Tequila ? lança Clay en se retournant d'un bloc.

— Oui.

— Et Washad Porter ?

— Oui.

Une minute s'écoula. Les bras croisés, Clay s'adossa au mur, face à Max qui lissait sa moustache.

— Poursuivez.

— Chez huit pour cent des patients, reprit Max, il se passe quelque chose. Mon client n'a aucune idée de ce que c'est ni de qui sera touché, mais cela les pousse à tuer. Purement et simplement. Au bout d'une centaine de jours de traitement, quelque chose se déclenche dans le cerveau et ils éprouvent une envie irrépressible de faire couler le sang. Qu'ils aient ou non un passé de violence. Ni l'âge ni la race ni le sexe ne distingue les tueurs.

— Cela représente quatre-vingts morts ?

— Au moins. Mais il est difficile d'obtenir des informations dans les bidonvilles de Mexico.

— Combien ici, à Washington ?

Pour la première fois, Max parut mal à l'aise ; il éluda la question.

— Je répondrai dans quelques minutes ; laissez-moi finir mon histoire. Voudriez-vous vous asseoir ? Je n'aime pas lever la tête quand je parle à quelqu'un.

Clay reprit place dans le fauteuil.

— L'erreur suivante fut de circonvenir la FDA.

— Naturellement.

— Mon client a de nombreux amis influents à Washington. C'est un vieux renard qui a l'habitude d'acheter des politiciens en finançant leurs comités de soutien, en soudoyant leurs épouses, leurs maîtresses, leurs anciens assistants, enfin de faire tout ce que le fric peut faire ici. Un accord a été conclu en sous-main avec des huiles de la Maison Blanche, du Département d'État, de la brigade des stupéfiants, du FBI et de quelques autres agences gouvernementales. Rien par écrit, pas d'argent qui change de mains, pas de pots-de-vin. Mon client a réussi à convaincre des gens que le Tarvan pouvait sauver le monde si des essais cliniques étaient réalisés. Comme la FDA, qui compte peu d'amis à la Maison Blanche, allait prendre deux à trois ans avant d'autoriser sa mise sur le marché, il a obtenu l'accord de ces gens, des huiles qui conserveront à jamais l'anonymat. Ensemble, ils sont parvenus à faire expérimenter le Tarvan dans quelques établissements de désintoxication financés par le gouvernement fédéral. Si l'essai était concluant, ils exerceraient, en accord avec la Maison Blanche, de fortes pressions sur la FDA pour que le médicament soit mis sur le marché aussi vite que possible.

— Quand cet accord a été conclu, votre client était-il au courant des huit pour cent d'échecs ?

— Je l'ignore. Il ne m'a pas tout dit et je ne saurai

jamais tout. Je ne pose pas non plus beaucoup de questions ; ce n'est pas mon boulot. J'imagine pourtant que mon client n'était pas au courant. Il n'aurait pas couru le risque de faire ces expérimentations sur le sol américain. Tout s'est passé très vite, maître.

— Vous pouvez m'appeler Clay, maintenant.

— Merci, Clay.

— De rien.

— J'ai dit qu'il n'y avait pas eu de pots-de-vin, mais je ne fais que répéter ce que mon client m'a affirmé. Soyons réalistes : les premières estimations des bénéfices sur dix ans s'élevaient à trente milliards de dollars. Des bénéfices, pas des ventes. De même, la première estimation des fonds publics économisés grâce au Tarvan était de l'ordre de cent milliards sur la même période. Ne nous leurrons pas : de l'argent allait circuler.

— Mais il n'en est plus question ?

— En effet. Les essais cliniques ont été arrêtés il y a six jours. Les belles cliniques de Mexico, Singapour et Belgrade ont fermé du jour au lendemain et tous les gentils conseillers se sont évanouis comme des fantômes. Les expérimentations n'ont jamais eu lieu, tous les documents ont été détruits. Mon client n'a jamais entendu parler du Tarvan. Nous aimerions que les choses restent en l'état.

— C'est le moment où j'entre en scène.

— Seulement si vous le désirez. Si vous refusez, je suis prêt à rencontrer un de vos confrères.

— Si je refuse quoi ?

— Le marché, Clay. Au moment où je vous parle, cinq personnes ont été tuées par des toxicomanes sous Tarvan. Une autre est dans le coma et ne s'en sortira probablement pas : la première victime de Washad Porter. Cela fera donc six victimes. Nous connaissons leur identité, nous savons comment ils sont morts et qui les a tués. Nous souhaitons que vous représentiez leurs familles. Elles vous engagent, nous versons l'argent, tout est réglé rapidement, discrètement, sans procès, sans publicité, sans laisser la moindre trace.

— Pourquoi les familles m'engageraient-elles ?

— Parce qu'elles n'ont pas la moindre idée de ce que cela peut leur rapporter. Elles s'imaginent que leur cher disparu a été victime d'un acte de violence aveugle, comme cela arrive si souvent ici. Quand on perd son enfant abattu par un voyou, on l'enterre ; quand le voyou est arrêté, on va à son procès en espérant qu'il passera le reste de ses jours derrière les barreaux. On ne pense pas à engager des poursuites. Qui intenterait une action contre un voyou ? Tous les avocats, même le plus fauché, refuseraient l'affaire. Ils vous engageront car vous irez les voir pour leur dire qu'un arrangement confidentiel peut leur faire gagner rapidement quatre millions de dollars.

— Quatre millions de dollars, répéta Clay en se demandant si c'était trop ou trop peu.

— Voilà le danger, Clay. Si l'un de vos confrères découvre l'existence du Tarvan – vous êtes le seul jusqu'à présent à avoir soupçonné quelque chose –, nous pourrions aller jusqu'à des poursuites au civil. Imaginons que cet avocat réussisse à constituer un jury uniquement composé de Noirs.

— Facile.

— Bien sûr que c'est facile. Imaginons encore que cet avocat parvienne à mettre la main sur une preuve matérielle. Peut-être un document qui n'aurait pas été détruit, plus probablement le témoignage d'un employé de mon client, qui dénoncerait le scandale. Imaginons enfin que le procès se passe au mieux pour la famille d'une des victimes : les dommages-intérêts pourraient être énormes. Pis encore, du moins pour mon client, la publicité négative serait épouvantable. Le cours de l'action risquerait de s'effondrer. On peut imaginer un scénario catastrophique, le plus affreux des cauchemars. Mon client sait qu'il a fait quelque chose de mal, il en a conscience et veut se racheter, mais il cherche aussi à limiter les dégâts.

— Quatre millions, c'est une affaire.

— Oui et non. Prenez l'exemple de Ramon Pumphrey : vingt-deux ans, travail à mi-temps, six mille dollars de salaire annuel. L'espérance de vie étant de soixante-quinze ans, il lui en resterait cinquante-trois. En prenant comme base de calcul le double du salaire minimum, la valeur économique de sa vie serait aujourd'hui d'à peu près un demi-million de dollars. Voilà ce qu'il vaut.

— Il devrait être facile d'obtenir des dommages-intérêts punitifs.

— Pas sûr. Il serait difficile de présenter des preuves ; il n'y a rien par écrit. Les dossiers que vous avez embarqués hier ne révéleront rien. Les conseillers du camp D et de Rues propres ignoraient quels médicaments étaient administrés. La FDA n'a jamais entendu parler du Tarvan. Mon client dépenserait un milliard, si nécessaire, pour payer des avocats, des experts, tous ceux qui pourraient le mettre hors de cause. Ce serait un affrontement sans merci, car mon client est entièrement coupable !

— Six fois quatre millions font vingt-quatre.

— Ajoutez-en dix pour l'avocat.

— Dix millions ?

— Oui, Clay. C'est le marché : dix millions pour vous.

— Vous plaisantez ?

— Je suis on ne peut plus sérieux. Trente-quatre

millions en tout. Je peux signer les chèques tout de suite.

— Il faut que j'aille prendre l'air.

— Et notre déjeuner ?

— Merci, je n'ai pas faim.

9.

Clay passa lentement devant la Maison Blanche, se perdit un moment au milieu d'un groupe de touristes néerlandais qui mitraillaient le bâtiment en attendant que le président sorte les saluer d'un geste de la main ; il traversa le parc Lafayette, d'où les sans-abri se volatilisaient pendant la journée et finit par se poser sur un banc du jardin Farragut pour manger un sandwich froid et insipide. Tous ses sens étaient émoussés, ses idées lentes et confuses. L'air de ce jour de mai était brumeux, chargé d'une humidité qui ne l'aidait pas à réfléchir.

Il se représentait douze visages noirs au banc des jurés, douze citoyens contenant leur colère après avoir entendu pendant une semaine la scandaleuse histoire du Tarvan. Il s'adressait à eux dans sa plaidoirie : « Il leur fallait des rats de laboratoire noirs, mesdames et messieurs les jurés, de préférence Américains, car c'est ici que se trouve l'argent. Alors, ils ont expérimenté leur miraculeux Tarvan dans notre ville. » Les douze jurés ne perdaient pas un mot de ce qu'il disait et acquiesçaient de la tête, impatients de se retirer pour rendre la justice.

Quel était le montant le plus élevé de dommages-intérêts jamais attribué par un jury ? Le *Livre Guinness des Records* donnait-il la réponse ? Quoi qu'il en soit, il n'aurait qu'à demander : « Inscrivez le chiffre de votre choix, mesdames et messieurs les jurés. »

L'affaire n'irait jamais devant les tribunaux ; jamais un jury n'aurait à se prononcer. Ceux qui avaient fabriqué le Tarvan dépenseraient infiniment plus de trente-quatre millions de dollars pour cacher la vérité. Ils engageraient des hommes de main pour exercer des pressions, dérober des documents, mettre des téléphones sur écoute et incendier des bureaux. Ils ne reculeraient devant rien pour préserver leur secret de la colère de douze jurés.

Il pensa à Rebecca. Le luxe ferait d'elle une autre femme ; il ne lui faudrait pas longtemps pour abandonner l'univers stressant du Capitole afin de s'épanouir dans la maternité. Elle l'épouserait dans les trois mois, dès que sa mère aurait tout réglé.

Il pensa aux Van Horn mais, curieusement, pas comme à des gens qu'il fréquentait. Ils étaient sortis de sa vie ; il s'efforçait de les chasser de son esprit. Il s'était libéré d'un asservissement de quatre années. Jamais plus ils ne le tourmenteraient.

Il allait bientôt être libéré d'un tas de choses.

Une heure passa. Il se retrouva à DuPont Circle, devant les vitrines des petites boutiques donnant sur Massachusetts Avenue : livres rares, porcelaines rares, costumes rares pour des gens d'exception. Il se planta devant un miroir placé dans une des vitrines, se regarda droit dans les yeux et se demanda à voix haute si Max le pompier était réel, s'il était un imposteur ou une apparition. Il suivit le trottoir, révolté par l'idée qu'un groupe pharmaceutique respecté profitait sans scrupule des plus faibles, grisé l'instant d'après par la perspective de gagner plus d'argent que dans ses rêves les plus fous. Il fallait qu'il en parle à son père : Jarrett Carter saurait exactement ce qu'il devait faire.

Il s'écoula encore une heure. Il était attendu au bureau pour une réunion hebdomadaire avec Glenda. « Virez-moi donc », murmura-t-il en souriant.

Il flâna un moment chez Kramer, sa librairie préférée. Peut-être pourrait-il bientôt passer du rayon poche aux ouvrages reliés. Il couvrirait de livres les murs de sa nouvelle maison.

À 15 heures précises, à l'heure dite, il entra dans le café occupant le fond de la librairie et trouva Max Pace qui l'attendait, seul à une table, devant un verre de citronnade. À sa vue, son visage s'éclaira.

— Vous m'avez suivi ? demanda Clay en s'asseyant, les mains enfoncées dans les poches de son pantalon.

— Bien sûr. Voulez-vous boire quelque chose ?

— Non, merci. Et si j'engageais dès demain une procédure pour le compte de la famille de Ramon Pumphrey ? Ce dossier-là pourrait rapporter plus que ce que vous proposez pour les six.

La question ne sembla pas prendre Max au dépourvu ; sa réponse était prête.

— Vous auriez des problèmes à n'en pas finir : je vais énoncer les trois principaux Pour commencer, vous ne savez pas contre qui intenter une action. Vous ignorez qui a fabriqué le Tarvan et il est possible que vous ne le sachiez jamais. Ensuite, vous n'avez pas les moyens de lutter contre mon client : il faudrait au moins dix millions de dollars pour mettre sur pied une attaque soutenue. Enfin, vous perdriez l'occasion de représenter tous les plaignants connus. Si vous n'acceptez pas rapidement, je suis disposé à passer à l'avocat suivant sur ma liste pour lui faire la même proposition. Mon objectif est de boucler l'affaire en moins d'un mois.

— Je pourrais m'adresser à un gros cabinet spécialisé dans les actions collectives.

— Certes, mais cela ne ferait que créer de nouveaux problèmes. Premièrement, vous devriez leur laisser au moins la moitié de vos honoraires. Deuxièmement, il faudrait cinq ans, peut-être plus, pour connaître l'issue du procès. Troisièmement, rien ne permet d'affirmer que le plus gros cabinet du pays gagnerait ce procès. La vérité, Clay, ne sera peut-être jamais connue.

— Il le faudrait pourtant.

— Peut-être, mais cela me laisse indifférent. Mon boulot consiste à étouffer cette affaire, à dédommager correctement les victimes et à faire en sorte qu'on n'en entende plus jamais parler. Ne soyez pas stupide, mon cher Clay.

— Nous ne sommes pas vraiment amis, que je sache.

— Exact, mais nous avançons.

— Vous avez une liste d'avocats ?

— J'ai deux autres noms, des confrères qui vous ressemblent.

— En d'autres termes, des crève-la-faim.

— Peut-être, mais vous êtes un brillant avocat.

— C'est ce qu'on m'a dit. Et j'ai les épaules larges... Les deux autres sont à Washington ?

— Oui, mais ne nous occupons pas d'eux pour l'instant. Nous sommes jeudi ; il me faut une réponse lundi midi, au plus tard. Sinon, je m'adresse au suivant.

— Le Tarvan a-t-il été utilisé dans une autre ville américaine ?

— Non, seulement à Washington.

— Sur combien de personnes a-t-il été expérimenté ?

— Une centaine.

Clay prit une gorgée d'eau glacée dans le verre qu'un serveur avait placé près de lui.

— Ce qui signifie, reprit-il, qu'il reste quelques tueurs en liberté.

— Tout à fait possible. Inutile de dire que nous sommes aux aguets et que nous attendons avec anxiété.

— Vous ne pouvez rien faire pour les empêcher d'agir ?

— Empêcher les meurtres aveugles à Washington ? Qui aurait pu prévoir que Tequila Watson tuerait quelqu'un moins de deux heures après sa sortie du camp D ? Même chose pour Washad Porter. L'analyse du Tarvan ne donne aucune indication sur celui qui va disjoncter, ni sur le moment où cela risque de se produire. Il semblerait que dix jours après la fin du traitement, il redevient inoffensif, mais cela reste à prouver.

— Les meurtres devraient donc cesser dans les jours qui viennent ?

— Nous comptons là-dessus. J'espère que nous serons tirés d'affaire ce week-end.

— Votre client devrait aller en prison.

— Mon client est une société.

— Une société peut être pénalement responsable.

— N'entrons pas dans ces arguties, cela ne nous mènera nulle part. Concentrons-nous sur vous et voyons si vous êtes capable de relever le défi.

— Je suis certain que vous avez un plan.

— Un plan très détaillé.

— Je donne ma démission, et après ?

Max écarta son verre de citronnade et se pencha sur la table, comme s'il s'apprêtait à confier une bonne nouvelle.

— Vous créez votre propre cabinet juridique, vous louez des locaux, vous les meublez joliment et ainsi de suite. Vous allez devoir convaincre, Clay, et le seul moyen de le faire sera de vous comporter comme un avocat réputé. Vos clients potentiels seront reçus dans vos bureaux ; il faudra leur en mettre plein la vue. Vous aurez des collaborateurs et des confrères qui travailleront pour vous. Dans ce métier, l'impression que l'on fait sur autrui est déterminante. Vous pouvez me croire ; j'étais avocat autrefois. Les clients veulent voir de beaux bureaux qui sont la marque de la réussite. N'oubliez pas que vous allez leur expliquer que vous pouvez obtenir des réparations d'un montant de quatre millions de dollars.

— C'est très insuffisant.

— Nous verrons cela plus tard. J'insiste sur l'impression de réussite que vous devez donner.

— J'ai bien compris. J'ai grandi dans un cabinet juridique prospère.

— Nous le savons. C'est une des raisons pour lesquelles notre choix s'est porté sur vous.

— Est-il toujours aussi difficile de trouver des bureaux à louer ?

— Nous avons quelque chose dans Connecticut Avenue. Aimeriez-vous y jeter un coup d'œil ?

Ils sortirent de la librairie par la porte de derrière et se mirent lentement en marche comme deux vieux amis déambulant le long du trottoir.

— Me faites-vous encore suivre ? demanda Clay au bout d'un moment.

— Pourquoi cette question ?

— Je ne sais pas. Simple curiosité ; cela n'arrive pas tous les jours. J'aimerais juste savoir ce qui se passerait si je vous plantais là pour filer à toutes jambes.

Max Pace ne put s'empêcher de rire.

— Ce serait absurde, non ?

— Franchement idiot.

— Mon client est extrêmement nerveux, Clay.

— Avec juste raison.

— Il y a en ce moment à Washington des dizaines de personnes qui attendent en priant pour qu'il n'y ait pas d'autres meurtres. Et qui espèrent que vous serez celui qui aboutira à une transaction.

— Et les questions d'éthique ?

— Lesquelles ?

— Il y en a deux qui me viennent à l'esprit : conflit d'intérêts et démarchage.

— C'est de la blague ; il suffit de regarder les panneaux d'affichage.

— Pour l'instant, reprit Clay tandis qu'ils s'arrêtaient à un carrefour, je représente le défendeur. Comment faire pour passer de l'autre côté et représenter sa victime ?

— Vous le faites, c'est tout. C'est délicat mais il n'y a pas de violation de la déontologie. Dès que vous aurez démissionné de l'aide juridictionnelle, vous serez libre de créer votre propre cabinet et de faire signer des clients pour les représenter.

— La difficulté n'est pas là. Prenez l'exemple de Tequila Watson. Je sais pourquoi il a commis ce meurtre ; je ne peux le cacher, ni à lui ni à son prochain avocat.

— Être sous l'empire de l'alcool ou d'une drogue ne justifie pas un meurtre. Ne vous occupez pas de Tequila ; il est coupable, il a tué Ramon Pumphrey.

— Je n'aime pas cette réponse, fit Clay en commençant à traverser la rue.

— Je n'en ai pas de meilleure. Si vous refusez ma proposition, si vous continuez à défendre votre client, il vous sera pratiquement impossible de prouver qu'il a pris un médicament appelé Tarvan. Vous le saurez, mais vous ne serez pas en mesure de le prouver. Il serait ridicule de choisir ce système de défense.

— Peut-être, mais il lui permettrait de bénéficier des circonstances atténuantes.

— Seulement si vous réussissez à en apporter la preuve, Clay.

Max s'arrêta sur le trottoir de Connecticut Avenue

devant un long immeuble moderne à l'entrée monumentale de verre et de bronze.

— Le quartier où les loyers sont le plus cher, fit Clay en levant la tête pour regarder la façade.

— Allons, allons ! Vous êtes au quatrième étage ; des bureaux d'angle avec une vue fantastique.

Dans le vaste hall de marbre, une plaque présentait la liste de la fine fleur des cabinets juridiques de Washington.

— Je ne me sens pas dans mon élément, soupira Clay en consultant la liste.

— Cela peut changer.

— Et si je ne veux pas m'installer ici ?

— À vous de choisir, répondit Max. Nous disposons en ce moment de ces bureaux que nous pouvons vous sous-louer à un prix très avantageux.

— Quand les avez-vous pris à bail ?

— Ne posez pas trop de questions, Clay. Nous sommes du même bord.

— Pas encore.

On posait de la moquette et on peignait les murs dans le secteur du quatrième étage destiné à Clay. Une moquette moelleuse. À la fenêtre d'un grand bureau vide, ils regardèrent un moment le flot de voitures dans Connecticut Avenue. Il y avait mille choses à faire pour créer un cabinet juridique. Clay était sûr d'en oublier la moitié, mais il avait idée que Max détenait les réponses.

— Qu'en pensez-vous ?

— Je n'ai pas l'esprit très clair en ce moment. Tout est embrouillé dans ma tête.

— Ne laissez pas passer cette occasion, Clay, elle est unique. Et le temps presse.

— C'est surréaliste.

— Vous pouvez déposer les statuts de votre cabinet

en ligne ; cela vous prendra une heure. Choisissez une banque pour ouvrir des comptes. Le papier à en-tête et les fournitures peuvent être prêts en vingt-quatre heures, les locaux meublés et décorés en quelques jours. Mercredi prochain, vous pouvez être assis dans cette pièce à un bureau très chic, seul maître à bord.

— Comment ferai-je pour les autres clients ?

— Travaillez avec vos amis Rodney et Paulette. Ils connaissent la ville, ils y sont à leur aise. Engagez-les, triplez leur salaire, donnez-leur un joli bureau près du vôtre. Ils iront voir les familles des victimes ; nous les aiderons discrètement.

— Vous avez pensé à tout.

— Oui, absolument à tout. Je tiens les commandes d'une machine très efficace qui est au bord de l'explosion. Nous travaillons jour et nuit, Clay ; il ne nous manque plus qu'un homme qui monte au créneau.

En descendant, l'ascenseur s'arrêta au troisième étage. Trois hommes et une femme entrèrent dans la cabine, en vêtements de bonne coupe, manucurés, une grosse serviette de cuir à la main et sur le visage l'air d'importance inhérent aux avocats des gros cabinets juridiques. Absorbé par les détails de son plan, Max ne leur prêta aucune attention, mais rien n'échappait à Clay : leurs manières, leurs précautions de langage, leur sérieux, leur arrogance. C'étaient des avocats d'envergure qui ne lui faisaient pas l'aumône d'un regard. Avec son vieux pantalon de toile et ses mocassins râpés, il ne projetait pas véritablement l'image d'un confrère du barreau de Washington.

Mais cela pouvait changer du jour au lendemain.

Il prit congé de Max pour faire une longue promenade à pied, cette fois dans la direction de son bureau. À son arrivée, il ne trouva pas de message urgent ; il n'avait manifestement pas été le seul à manquer la réunion. Personne ne lui demanda où il était passé. Personne ne semblait avoir remarqué qu'il s'était absenté une partie de l'après-midi.

La pièce lui paraissait d'un seul coup affreusement exiguë et le mobilier d'une insupportable laideur. Sur un coin du bureau s'élevait une pile de dossiers sur lesquels il était incapable de concentrer son attention. Tous des criminels, de toute façon.

Le règlement intérieur du bureau de l'aide juridictionnelle prévoyait un préavis d'un mois en cas de démission, mais il était impossible de le faire respecter. Les avocats partaient avec des préavis très courts ou sans préavis du tout. Glenda lui adresserait un courrier menaçant ; il répondrait par une lettre courtoise et les choses en resteraient là.

La meilleure secrétaire de l'aide juridictionnelle était miss Glick, une employée chevronnée qui, il l'espérait, sauterait sur l'occasion de doubler son salaire en brisant la monotonie de sa tâche. Clay avait déjà décidé qu'il ferait des nouveaux bureaux un lieu de travail agréable. Salaires, avantages, longues vacances, intéressement aux bénéfices, peut-être.

Il passa une heure bouclé dans son bureau à réfléchir au meilleur moyen de débaucher du personnel, s'interrogeant sur ceux qui, parmi les avocats et les assistants, s'intégreraient le mieux dans sa nouvelle équipe.

Clay retrouva Max Pace pour la troisième fois de la journée, à l'heure du dîner, au grill Old Ebbitt, dans la 15e Rue, tout près de l'hôtel Willard. À son grand étonnement, Max commanda un Martini-gin qui le dégela considérablement ; sous l'effet de l'alcool, il se détendit, se fit plus humain. Il avait exercé la profession d'avocat en Californie jusqu'à ce qu'un événement fâcheux mette un terme à sa carrière. Des relations lui avaient permis de trouver sa voie dans le monde des affaires. Il était devenu un pompier, un agent indépendant, grassement payé ; il entrait discrètement en scène, remettait de l'ordre et disparaissait sans laisser de traces. Pendant qu'ils mangeaient leur steak, après la première bouteille de bordeaux, Max confia à Clay qu'il y aurait autre chose après le Tarvan.

— Quelque chose de bien plus juteux, précisa-t-il en lançant un coup d'œil dans la salle comme s'il se méfiait des oreilles indiscrètes.

— Quoi ? demanda Clay après un long silence.

— Mon client, expliqua Max après s'être de nouveau assuré qu'on ne pouvait les entendre, a un concurrent qui a commercialisé un médicament dangereux. Personne ne le sait encore. Ce médicament donne de meilleurs résultats que le nôtre. Mais mon client détient aujourd'hui la preuve indéniable qu'il provoque des tumeurs et il estime que le moment est idéal pour passer à l'attaque.

— À l'attaque ?

— Sous la forme d'une action collective intentée par un jeune avocat combatif en possession de preuves tangibles.

— Vous me proposez une autre affaire ?

— Oui. Commencez par le Tarvan, réglez cela en un mois et nous vous remettrons un dossier valant des millions de dollars.

— Plus que le Tarvan ?

— Beaucoup plus.

Clay avait réussi à avaler la moitié de son filet mignon sans en percevoir le goût. L'autre moitié allait rester dans son assiette : il était affamé mais n'avait aucun appétit.

— Pourquoi moi ? demanda-t-il, autant pour lui-même que pour son nouvel ami.

— C'est la question que posent les gagnants de la loterie. Vous avez tiré le gros lot à la loterie des avocats, Clay. Vous avez fait preuve de perspicacité en flairant l'existence du Tarvan au moment même où nous étions en quête d'un jeune avocat en qui placer notre confiance. Nous nous sommes trouvés et nous voici au moment-clé : vous allez devoir prendre une décision qui changera le cours de votre vie. Acceptez et vous deviendrez un grand avocat ; refusez et vous perdrez à la loterie.

— J'ai compris. Il me faut un peu de temps pour réfléchir, pour m'éclaircir les idées.

— Vous avez le week-end.

— Merci. Je voulais vous dire que je vais faire une escapade. Je pars samedi matin et je reviens dimanche soir. Ce n'est pas la peine de me faire suivre.

— Puis-je vous demander où vous allez ?

— À Grande-Abaco, aux Bahamas.

— Voir votre père ?

Clay fut surpris, mais il n'aurait pas dû l'être.

— Oui.

— Dans quel but ?

— Ce ne sont pas vos oignons. Une partie de pêche.

— Ne m'en veuillez pas, nous sommes très nerveux. J'espère que vous comprenez.

— Pas vraiment. Je vous donnerai l'horaire de mes vols, mais ne me suivez pas.

— Vous avez ma parole.

10.

L'île de Grande-Abaco est une langue de terre à la pointe septentrionale de l'archipel des Bahamas, à cent soixante kilomètres à l'est de la Floride. Clay y était allé une seule fois, quatre ans plus tôt, après avoir mis assez d'argent de côté pour payer le voyage. Il avait projeté pendant ce long week-end d'avoir une conversation sérieuse avec son père et de régler quelques problèmes affectifs. Il n'avait fait ni l'un ni l'autre. Le déshonneur était encore trop frais dans l'esprit de Jarrett Carter qui ne pensait qu'à écluser des punchs de midi à la fin de la journée. Il était disposé à parler de tout sauf de justice et d'avocats.

Cette fois, il en irait autrement.

Clay débarqua en fin d'après-midi d'un appareil à turbopropulseur plein à craquer de la compagnie Coconut Air. L'agent des douanes jeta un simple coup d'œil à son passeport et lui fit signe de passer. Le trajet en taxi jusqu'à Marsh Harbor prit cinq minutes. Le chauffeur, qui roulait à gauche, aimait écouter des gospels à plein volume. Clay n'avait pas envie de se disputer. Il n'avait pas envie non plus de laisser un pourboire. Il descendit sur le port et se mit à la recherche de son père.

Jarrett Carter avait un jour intenté une action contre le président des États-Unis. Il avait perdu, mais l'expérience lui avait servi. Ses adversaires ultérieurs avaient été moins coriaces et il n'avait plus jamais eu peur de personne, ni au prétoire ni ailleurs. Il avait établi sa réputation sur une victoire retentissante : une condamnation pour faute professionnelle prononcée contre le président de l'ordre des médecins, un excellent praticien qui avait commis une erreur lors d'une intervention chirurgicale. Le verdict avait été rendu par un jury impitoyable issu d'un comté conservateur, et Jarrett Carter était devenu du jour au lendemain un avocat très recherché. Il choisissait les affaires les plus délicates et gagnait le plus souvent ; à l'âge de quarante ans, il jouissait d'une réputation flatteuse. Son cabinet était connu pour sa pugnacité. Clay ne s'était jamais posé la question : à l'exemple de son père, il plaiderait.

Clay était encore étudiant quand tout s'était déglingué. Son divorce avait coûté très cher à Jarrett ; le cabinet était parti à vau-l'eau, les associés, comme c'est souvent le cas, se traînant mutuellement en justice. Déboussolé, Jarrett avait passé deux ans sans gagner un procès et sa réputation en avait grandement pâti. Il avait commis sa plus grave erreur ; avec l'aide de son comptable, il s'était mis à truquer les comptes, dissimulant des recettes, gonflant les dépenses. Ils s'étaient fait pincer, le comptable s'était suicidé, pas Jarrett. Mais il était anéanti et la prison semblait inévitable. Par bonheur, le procureur fédéral en charge de l'affaire était un vieux copain de fac.

Les détails de leur arrangement resteraient à jamais secrets. Il n'y avait pas eu de mise en examen, juste un accord discret aux termes duquel Jarrett fermait le cabinet, renonçait à l'exercice de sa profession et quittait le pays. Il était parti sans rien, mais ceux qui le connaissaient bien affirmaient qu'il avait mis de l'argent de côté, à l'étranger. Clay n'avait pourtant jamais vu le moindre indice de l'existence d'un magot.

Le grand Jarrett Carter était donc devenu patron de pêche aux Bahamas, ce qui pour certains constitue une vie de rêve. Clay le trouva sur son bateau, un Wavedancer de soixante pieds amarré à quai. D'autres bateaux revenaient d'une longue journée en mer. Des pêcheurs au teint hâlé faisaient admirer leurs prises ; des touristes les mitraillaient. Des marins bahamiens s'affairaient à décharger des glacières remplies de thons et de mérous. Ils emportaient des sacs pleins de bouteilles et de cannettes de bière vides.

Jarrett se tenait à la proue, un tuyau d'arrosage dans une main, une éponge dans l'autre. Clay l'observa quelques minutes ; il ne voulait pas le déranger en plein travail. Son père avait vraiment la dégaine de l'expatrié : les pieds nus, la peau recuite, une barbe poivre et sel à la Hemingway, des chaînes en argent autour du cou. Coiffé d'une casquette de pêcheur à longue visière, il portait une vieille chemise blanche en coton, les manches retroussées jusqu'aux biceps.

— Çà, alors ! quelle surprise ! s'écria-t-il en voyant son fils.

— Joli bateau, fit Clay en sautant sur le pont.

Ils échangèrent une vigoureuse poignée de main, rien de plus. Jarret n'était pas du genre affectueux, du moins avec son fils ; plusieurs de ses ex-secrétaires donnaient une autre version. Il sentait la sueur, l'eau salée, la bière aigre : les traces d'une journée en mer. Son short et sa chemise étaient tachés.

— Il appartient à un médecin de Boca Raton. Tu as bonne mine, toi.

— Toi aussi.

— Je suis en bonne santé, c'est tout ce qui compte.

Prends donc une cannette, poursuivit Jarrett en indiquant une glacière sur le pont.

Les bières décapsulées, ils s'installèrent dans des fauteuils de toile. Le bateau tanguait doucement ; un groupe de pêcheurs passa sur le quai.

— Dure journée ? fit Clay.

— On a pris la mer au lever du soleil avec trois clients, le père et ses deux fils. Des grands gaillards du New Jersey qui font du culturisme. Jamais je n'avais vu tant de muscles sur un bateau. Ils sortaient de l'océan des poissons de cent livres comme de vulgaires truites.

Deux femmes d'une quarantaine d'années passèrent devant le bateau. Elles avaient un petit sac à dos et du matériel de pêche, la démarche pesante et le teint hâlé des autres pêcheurs. L'une était enveloppée, l'autre non, mais Jarrett les suivit du même regard de convoitise jusqu'à ce qu'elles disparaissent. Pour Clay, c'en était presque embarrassant.

— Tu as toujours ton appart ? demanda-t-il.

Celui qu'il avait vu à l'occasion de sa précédente visite était un deux-pièces en piteux état, juste derrière le port.

— Oui, mais je vis sur le bateau maintenant. Le propriétaire ne vient pas souvent et je me suis installé ici. Il y a un canapé pour toi dans le carré.

— Tu vis sur ce bateau ?

— Oui. Il y a la clim et tout l'espace dont j'ai besoin. Je suis seul, tu sais, la plupart du temps.

Ils prirent une gorgée de bière en regardant un autre groupe de pêcheurs longer le quai d'un pas lourd.

— J'ai des clients demain, reprit Jarrett. Tu veux te joindre à nous ?

— Qu'est-ce que je pourrais faire d'autre, ici ?

— Des types de Wall Street qui veulent lever l'ancre à sept heures du matin.

— On va bien s'amuser.

Jarrett se leva et lança sa cannette dans une poubelle.

— J'ai faim, déclara-t-il. Suis-moi.

Ils marchèrent le long du quai où étaient amarrées des dizaines d'embarcations de toute sorte. On cassait la croûte sur les voiliers ; les patrons de pêche se détendaient en buvant de la bière. Tous criaient quelque chose au passage de Jarrett, qui avait une réponse pour chacun. Il était encore pieds nus. Voilà donc ce qu'est devenu mon père, se disait Clay qui marchait à un mètre derrière lui, le grand Jarrett Carter qui traîne pieds nus, en short délavé et chemise déboutonnée sur le quai d'un port dont il est le roi. Un homme très malheureux.

Ils entrèrent dans le Blue Fin, un bar bondé et bruyant où Jarrett semblait connaître tout le monde. Avant qu'ils aient eu le temps de trouver deux tabourets, le barman leur avait préparé des grands verres de punch.

— Santé, fit Jarrett en choquant son verre contre celui de Clay avant d'en vider la moitié d'un trait.

Il passa ensuite un moment à parler pêche avec un collègue sans s'occuper de son fils, ce qui convenait parfaitement à Clay. Dès qu'il eut terminé son premier punch, Jarrett en commanda un autre d'une voix puissante. Puis un troisième.

Des agapes étaient en préparation. On servait des plateaux de langoustes, de crabes et de crevettes. Jarrett fit signe à Clay de le suivre ; ils prirent place à la grande table ronde, au milieu d'une demi-douzaine d'autres convives. La musique était forte, les conversations encore plus. Tout le monde s'appliquait à se soûler, Jarrett le premier.

Le voisin de droite de Clay était un hippie vieillissant qui se vantait d'avoir brûlé son ordre d'incorporation pour la guerre du Viêtnam. Il rejetait toutes les valeurs de la démocratie, y compris le travail et les impôts. « Je traîne dans les Antilles depuis trente ans, affirma-t-il, la bouche pleine de crevettes. Le FBI ne sait même pas que j'existe. »

Clay soupçonnait le FBI de ne pas avoir vraiment cherché à savoir s'il existait, lui et tous les paumés avec qui il était attablé. Marins, patrons, pêcheurs professionnels, tous ils fuyaient quelque chose : une ex-épouse avide, le fisc, la justice, des affaires ayant mal tourné. Ils se prenaient pour des rebelles, des non-conformistes, des esprits libres, des pirates des temps modernes, trop indépendants pour être assujettis aux règles communes de la société.

Un ouragan s'était abattu sur Abaco l'été précédent ; le capitaine Floyd, le plus fort en gueule de tous les convives, raconta qu'il était à couteaux tirés avec une compagnie d'assurances. Cela déclencha une série d'histoires d'ouragans, évidemment accompagnée d'une nouvelle tournée de punchs. Clay cessa de boire ; pas son père. À mesure que l'ivresse le gagnait, Jarrett, comme tous les autres, parlait de plus en plus fort.

Au bout de deux heures, la nourriture avait disparu mais les verres continuaient de se remplir : le punch était servi en pichet. Clay préféra s'éclipser avant la fin de la soirée. Il se leva discrètement et sortit sans se faire remarquer.

Dire qu'il espérait dîner en tête à tête avec son père !

Il fut réveillé dans l'obscurité par son père qui allait et venait d'un pas lourd, sifflait bruyamment et s'essayait même à chanter un air rappelant de loin un succès de Bob Marley.

— Debout ! hurla Jarrett.

Plus qu'à la houle, le balancement du bateau était dû à l'activité matinale de Jarrett.

Clay resta étendu un moment sur l'étroite couchette en s'efforçant de reprendre ses esprits ; les souvenirs affluèrent.

Jarrett Carter était toujours au bureau à 6 heures du matin, souvent à 5 heures, parfois encore plus tôt. Six jours par semaine, souvent sept. Il ratait la plupart des matchs de base-ball et de football de son fils ; il n'avait tout simplement pas le temps. Il ne rentrait jamais chez lui avant la nuit et bien souvent ne rentrait pas du tout. Plus tard, quand Clay avait travaillé dans le cabinet paternel, il avait pu constater que Jarrett était connu pour accabler de travail ses jeunes collaborateurs. Et plus son couple allait mal, plus souvent il dormait dans son bureau, seul ou non. Cependant, malgré ses mauvaises habitudes, Jarrett était à pied d'œuvre avant tout le monde. Il avait flirté avec l'alcoolisme mais n'avait jamais laissé l'alcool nuire à son travail.

À sa grande époque, il n'avait pas besoin de sommeil ; à l'évidence, ça n'avait pas changé. Quand il passa en braillant devant la couchette, Clay perçut une odeur de savon mêlée aux effluves d'un après-rasage bon marché.

— Tout le monde sur le pont !

Il ne fut pas question d'un petit déjeuner. Clay prit juste le temps de faire un brin de toilette dans l'espace exigu baptisé douche. Il n'était pas claustrophobe mais l'idée de vivre dans ce lieu clos lui donnait la nausée. Dehors, le ciel était chargé de nuages et l'air déjà chaud. Sur le pont, Jarrett écoutait la radio, le nez levé au ciel.

— Ça se présente mal, observa-t-il.

— Que se passe-t-il ?

— Un avis de tempête. Ils annoncent de fortes pluies toute la journée.

— Quelle heure est-il ?

— Six heures et demie.

— À quelle heure es-tu rentré ?

— J'ai l'impression d'entendre ta mère. Le café est là.

Clay se servit une tasse de café fort et alla s'asseoir à côté de la barre.

Le visage de Jarrett était dissimulé par de grosses lunettes de soleil, sa barbe et la visière de sa casquette. Clay se dit que les yeux devaient porter les traces d'une méchante gueule de bois, mais il ne pourrait jamais en être sûr. À la radio, se succédaient des bulletins d'alerte météo et des avis de tempête émis par les navires en mer. Jarrett et les autres patrons de pêche se hélaient d'un bord à un autre, échangeaient des nouvelles, faisaient des prévisions, regardaient le ciel en secouant la tête. Une demi-heure s'écoula sans qu'un seul bateau quitte le port.

— Bon Dieu ! lâcha Jarrett. Une journée foutue !

Quatre jeunes traders de Wall Street apparurent sur le quai, en short blanc, chaussés de baskets neuves et coiffés d'un chapeau de pêche tout aussi neuf. Quand ils furent tout près, Jarrett alla les accueillir à la poupe.

— Désolé, les gars, lança-t-il avant qu'ils ne sautent à bord, on ne sort pas aujourd'hui. Avis de tempête.

Quatre têtes se levèrent du même mouvement pour scruter le ciel. Un examen rapide de la masse nuageuse les conduisit à la conclusion unanime que les prévisions météo étaient erronées.

— C'est une blague ! s'écria l'un d'eux.

— On aura quelques gouttes de pluie, affirma le deuxième.

— On peut toujours essayer, suggéra son voisin.

— Pas question, déclara Jarrett. Personne ne sort aujourd'hui.

— Mais on a payé la location du bateau !

— Vous serez remboursés.

Ils examinèrent de nouveau le ciel, qui s'assombrissait de minute en minute. Un roulement de tonnerre se fit entendre au loin, comme une canonnade étouffée par la distance.

— Désolé, les gars, répéta Jarrett.

— Si on remettait ça à demain ?

— Je suis pris. Je regrette.

Ils s'éloignèrent à contrecœur, certains d'avoir été frustrés de prises miraculeuses.

La question du travail étant réglée pour la journée, Jarrett prit une bière dans la glacière.

— Tu en veux une ? demanda-t-il à Clay.

— Quelle heure est-il ?

— L'heure de boire une bière, j'imagine.

— Je n'ai pas encore terminé mon café.

Ils prirent place sur les sièges du pont en écoutant le tonnerre qui se rapprochait. Une certaine fébrilité gagnait la marina. Patrons et hommes d'équipage s'affairaient à renforcer les amarres tandis que des pêcheurs déçus revenaient le long du quai chargés de glacières et de sacs pleins de crème solaire et d'appareils photo devenus inutiles. Le vent fraîchissait.

— As-tu des nouvelles de ta mère ? demanda Jarrett.

— Non.

Les relations familiales des Carter étaient un cauchemar ; ils préféraient l'un comme l'autre ne pas insister.

— Tu travailles toujours à l'aide juridictionnelle ?

— Oui. Je voulais d'ailleurs t'en parler.

— Et Rebecca ?

— Je crois que c'est terminé.

— Plutôt une bonne chose ou une mauvaise ?

— Pour le moment, c'est douloureux. Je ne peux rien dire d'autre.

— Quel âge as-tu maintenant ?

— Vingt-quatre ans de moins que toi, ce qui fait trente et un.

— C'est ça. Tu es trop jeune pour te marier.

— Merci, papa.

Le capitaine Floyd déboula sur le quai et s'arrêta devant leur bateau.

— Gunter est là. Poker dans dix minutes. En route !

Jarrett se dressa d'un bond, tel un marmot le matin de Noël.

— Tu te joins à nous ? demanda-t-il à Clay.

— Pour faire quoi ?

— Un poker.

— Je ne joue pas au poker. Qui est Gunter ?

— Tu vois ce yacht de cent pieds, là-bas, fit Jarrett en tendant le bras. C'est celui de Gunter. Un Allemand, un vieux schnoque plein aux as et toujours accompagné d'une nuée de filles. Il n'y a pas de meilleur endroit pour attendre que la tempête s'éloigne, tu peux me croire.

— Qui m'aime me suive ! cria le capitaine Floyd en pivotant sur ses talons.

Jarrett avait déjà un pied sur le quai. Il se retourna vers Clay.

— Tu viens, oui ou non ?

— Je passe !

— Ne fais pas l'imbécile, insista Jarrett en emboîtant le pas au capitaine Floyd. Ce sera beaucoup plus drôle que d'attendre ici.

— Je vais prendre un livre, fit Clay en agitant la main.

— Comme tu voudras.

Ils sautèrent dans un dinghy piloté par un autre loup de mer, qui fila sur les eaux du port en projetant des gerbes d'écume avant de disparaître derrière les yachts.

Clay ne reverrait pas son père avant plusieurs mois. Pour le conseil, c'était cuit.

Il ne pouvait compter que sur lui-même.

11.

Encore une suite mais dans un autre hôtel. Max Pace se déplaçait comme si des espions le pistaient. Aussitôt après une rapide poignée de main, ils passèrent aux choses sérieuses. À l'évidence, le secret devenait de plus en plus lourd à porter. Pace avait l'air fatigué. Ses gestes étaient nerveux, son débit s'était accéléré et son sourire avait disparu. Il ne posa pas une seule question à Clay sur son week-end aux Bahamas. Il était déterminé à passer un accord, que ce soit avec Clay Carter ou le prochain avocat sur sa liste. Ils prirent place à une table basse, un calepin devant eux, un stylo à la main.

— Je pense qu'il est préférable de proposer cinq millions pour chaque victime, commença Clay. Certes, la vie de ces jeunes gens n'a pas une grande valeur économique, mais ce que votre client a fait devrait lui valoir de très lourds dommages-intérêts punitifs. Si l'on fait la moyenne, nous arrivons à cinq millions.

— Celui qui était dans le coma est mort cette nuit.

— Nous en sommes donc à six victimes.

— Sept. Il y en a eu une autre samedi matin.

Clay avait si souvent multiplié cinq millions par six qu'il avait de la peine à accepter ce nouveau chiffre.

— Qui ? Où ?

— Je vous donnerai les détails un peu plus tard, si

vous voulez bien. Disons que le week-end a été interminable. Pendant que vous pêchiez, nous étions à l'écoute des urgences de la police, ce qui, dans cette ville et pour la durée d'un week-end, exige une petite armée.

— Vous êtes sûr que c'était un acte de violence provoqué par le Tarvan ?

— Certain.

Clay griffonna quelques mots dénués de sens sur son calepin pour se donner le temps d'adapter sa stratégie.

— D'accord pour cinq millions par tête ?

— D'accord.

Dans l'avion qui le ramenait des Bahamas, il avait acquis la conviction que ce n'était qu'une affaire de zéros. Ne vois pas cela comme de l'argent bien réel, juste comme une suite de zéros après un chiffre. Oublie pour l'instant ce que cet argent permettra d'acheter. Oublie les bouleversements qu'il provoquera dans ta vie. Oublie ce qu'un jury pourrait en penser dans un certain nombre d'années. Concentre-toi sur les zéros. Ne t'occupe pas de ce couteau qui remue dans ton ventre ; fais comme si tu étais blindé. Ton adversaire est faible, aux abois, il est très riche et porte une lourde responsabilité.

— Les honoraires des avocats ne sont pas assez élevés, reprit Clay, la gorge serrée, en s'efforçant de parler d'une voix normale.

— Vraiment ? fit Pace en ébauchant un sourire. Dix millions ne vous suffisent pas ?

— Pas pour une affaire comme celle-ci. Les risques seraient beaucoup plus importants si vous vous adressiez à un gros cabinet.

— Vous comprenez vite.

— La moitié de ce que je gagnerai ira au fisc et mes frais généraux seront élevés. Vous me demandez de créer en quelques jours un vrai cabinet juridique dans le quartier où les loyers sont le plus cher. De plus, je tiens à faire quelque chose pour Tequila et les autres accusés, qui se font avoir, dans cette histoire.

— Donnez-moi un chiffre, lâcha Max Pace en griffonnant sur son calepin.

— Quinze millions pour faire les choses en douceur.

— Vous voulez m'avoir au bluff ?

— Non, je négocie.

— Vous voulez donc cinquante millions : trente-cinq pour les familles, quinze pour vous. C'est bien ça ?

— Cela devrait suffire.

— Marché conclu, déclara Max Pace, la main tendue. Félicitations.

— Euh... merci.

— Il y a un contrat, poursuivit Max en fouillant dans sa serviette. Avec des détails et des conditions.

— Quel genre de conditions ?

— D'abord, il vous sera interdit de parler du Tarvan à Tequila Watson, à son nouvel avocat et aux autres accusés liés à cette affaire. Si vous le faisiez, l'affaire serait sérieusement compromise. La dépendance à une drogue, nous en avons déjà parlé, ne constitue pas un système de défense pour un crime. Cela peut permettre de bénéficier des circonstances atténuantes, mais Tequila Watson n'en a pas moins commis un meurtre et ce qu'il prenait à ce moment-là ne peut être invoqué pour sa défense.

— Je sais cela aussi bien que vous.

— Alors, ne pensez plus aux meurtriers ; vous représentez maintenant les familles de leurs victimes. Vous êtes passé de l'autre côté, Clay, acceptez-le. Notre accord vous rapportera cinq millions tout de suite, cinq autres dans dix jours et le reste quand tout sera réglé. Si vous parlez du Tarvan à une seule personne, notre accord sera rompu. Si vous trahissez notre confiance au profit des accusés, une fortune vous filera entre les doigts.

Clay considéra en hochant la tête le volumineux contrat posé sur la table.

— Il s'agit, en gros, d'un accord de confidentialité, reprit Max en tapotant le document. Il contient de lourds secrets qui, pour la plupart, ne devront venir à la connaissance de personne, même de votre secrétaire. Un exemple : le nom de mon client n'est jamais mentionné. Il y a une société écran établie aux Bermudes, ayant une nouvelle division aux Antilles néerlandaises, qui dépend d'un groupe suisse dont le siège se trouve au Luxembourg. Personne, pas même moi, ne peut suivre cette piste sans se perdre. Vos nouveaux clients recevront de l'argent ; ils n'auront pas à poser de questions. Nous ne pensons pas que cela puisse créer des problèmes. Quant à vous, vous allez faire fortune. Pas de sermons, pas de leçons de morale : encaissez l'argent, bouclez cette affaire et tout le monde sera content.

— Je vends mon âme, c'est ça ?

— Je répète, pas de leçon de morale. Vous ne faites rien qui soit contraire à la déontologie. Vous verserez de grosses sommes à des clients qui ne soupçonnent pas qu'il puisse leur revenir quelque chose. Je n'appelle pas cela vendre son âme. Si vous devenez riche, vous ne serez pas le premier avocat à profiter d'une manne tombée du ciel.

Clay pensait aux cinq premiers millions. À toucher immédiatement.

Max remplit quelques blancs dans le texte du contrat avant de faire glisser le document sur la table.

— Voici notre contrat préliminaire. Signez et je

vous en dirai plus sur mon client. Je vais demander un café.

Tandis qu'il téléphonait pour passer la commande, Clay souleva le document, qui lui sembla très lourd, et entreprit de lire le premier paragraphe.

Il devait démissionner immédiatement, le jour même, de son poste au bureau de l'aide juridictionnelle et renoncer à défendre Tequila Watson. Les papiers déjà remplis étaient joints au contrat. Il allait créer son propre cabinet juridique, recruter des collaborateurs en nombre suffisant, ouvrir des comptes bancaires et ainsi de suite. Un projet de statuts pour le cabinet J. Clay Carter II, prêt à utiliser, était également joint au dossier. Il prendrait contact dès que possible avec les familles des victimes et engagerait les mesures nécessaires pour les représenter.

On apporta le café tandis que Clay poursuivait sa lecture. Au fond du salon, un portable collé sur l'oreille, Max parlait d'une voix grave et étouffée, informant sans doute son employeur des derniers développements de l'affaire. À moins qu'il ne soit en train de demander si un autre meurtre dû au Tarvan avait eu lieu. Dès qu'il aurait signé au bas de la page onze, Clay recevrait un virement bancaire d'un montant de cinq millions de dollars, le chiffre que Max venait d'écrire d'une main ferme. Quand il apposa sa signature, sa main tremblait non de peur ni d'incertitude morale mais d'une émotion inspirée par la ribambelle de zéros.

Les papiers remplis, ils sortirent de l'hôtel pour monter dans un SUV conduit par le garde du corps qui avait accueilli Clay dans le hall du Willard.

— Je propose d'ouvrir d'abord le compte bancaire, fit Max d'une voix douce mais ferme.

Clay avait le sentiment de vivre un rêve, à la manière de Cendrillon se rendant au bal.

— C'est une bonne idée, parvint-il à articuler.

— Avez-vous une préférence pour une banque ?

L'établissement qui gérait son compte réagirait vivement devant un si gros virement. Il y maintenait depuis si longtemps un solde juste au-dessus du minimum que tout dépôt d'une certaine importance déclencherait des alarmes. Un sous-fifre avait téléphoné un jour pour lui signaler qu'il n'avait pas payé une modeste mensualité d'emprunt. Il imaginait le regard incrédule d'un directeur découvrant le montant du virement.

— Je suis sûr que vous avez tout prévu, déclara-t-il.

— Nous avons des liens étroits avec la Chase. Le virement sera effectué plus rapidement.

Va pour la Chase, se dit Clay. Le plus vite sera le mieux.

— La Chase, 15e Rue, ordonna Max au conducteur qui roulait déjà dans la bonne direction. Voici le bail et le contrat de sous-location de vos bureaux, ajouta-t-il en tendant d'autres papiers à Clay. L'emplacement est exceptionnel, vous le savez, et le loyer n'est pas donné. Mon client s'est servi d'un prête-nom pour signer un bail de deux ans, à dix-huit mille dollars par mois. Nous pouvons vous le sous-louer au même prix.

— Ce qui représente un peu plus de quatre cent mille dollars.

— Vous en avez les moyens, maître, répliqua Max en souriant. Vous pouvez entrer dans la peau d'un avocat fortuné.

Rendez-vous avait été pris avec un des vice-présidents de la banque. Max se présenta ; on lui déroula le tapis rouge. Clay fit le nécessaire.

Le vice-président affirma que le virement serait effectué avant 17 heures.

— Nous avons pris la liberté de préparer les statuts

de votre cabinet, déclara Max dès qu'ils furent remontés dans la voiture.

Il montrait de nouveaux documents.

— Cette scène me rappelle quelque chose, fit Clay, l'esprit encore occupé par le virement bancaire.

— Il n'y a rien de particulier, rien de délicat. Faites-le par Internet : vous payez deux cents dollars par carte de crédit et c'est parti ! Vous pourrez le faire de votre bureau.

Les papiers à la main, Clay regarda par la vitre. Une Jaguar XJ bordeaux était arrêtée à côté de lui à un feu rouge ; son imagination commença à vagabonder. Il avait toutes les peines du monde à se concentrer.

— À propos de votre démission, poursuivit Max, comment allez-vous vous y prendre ?

— Réglons cela sans attendre.

— M Street et 18e Rue, ordonna Max au conducteur à qui rien ne semblait échapper. Vous avez pensé à Rodney et à Paulette ? ajouta-t-il en se retournant vers Clay.

— Je vais leur parler aujourd'hui.

— Bien.

— Je suis content d'avoir votre approbation.

— Nous pouvons mettre à votre disposition des gens qui connaissent bien la ville, poursuivit imperturbablement Max. Ils seront utiles. Ils travailleront pour nous mais vos clients ne le sauront pas. Pas question de se relâcher, Clay, avant que les sept familles soient devenues vos clients.

— Je ne pourrai probablement pas éviter de tout expliquer à Rodney et à Paulette.

— Presque tout. Ils seront les seuls à savoir, mais pas un mot sur le Tarvan ni sur le groupe pharmaceutique. Et ils ne liront jamais les termes de la transaction que nous rédigerons pour vous.

— Il faudra bien qu'ils sachent ce que nous proposons.

— Évidemment. Il leur faudra convaincre les familles d'accepter l'argent, mais ils en ignoreront la provenance.

— Ce n'est pas gagné d'avance.

— Engagez-les d'abord.

Si quelqu'un avait remarqué l'absence de Clay, personne n'en laissa rien paraître. La sérieuse miss Glick elle-même, occupée à jongler avec ses téléphones, ne prit pas le temps de lui lancer le traditionnel : « Où étiez-vous passé ? » Il avait sur son bureau une douzaine de messages devenus inutiles : plus rien n'avait d'importance. Glenda assistait à une conférence à New York ; en son absence, comme à l'accoutumée, les pauses déjeuner s'allongeraient et les congés maladie se multiplieraient. Il tapa rapidement une lettre de démission et la lui envoya par courrier électronique. Après avoir donné un tour de clé à la porte, il remplit deux serviettes de ses affaires personnelles. Il laissa de vieux ouvrages de droit et d'autres objets lui appartenant, auxquels, dans les premiers temps, il avait accordé une valeur sentimentale. Il pourrait toujours revenir les chercher, mais il savait déjà qu'il ne le ferait pas.

Le bureau de Rodney se trouvait dans une sorte de cagibi qu'il partageait avec deux autres assistants.

— Tu as une minute ? demanda Clay sur le pas de la porte.

— Pas vraiment, répondit Rodney en jetant un coup d'œil fugitif par-dessus une pile de dossiers.

— Il y a du nouveau dans l'affaire Tequila Watson. Je n'en ai pas pour longtemps.

Rodney se leva à contrecœur, un stylo coincé derrière l'oreille, et suivit Clay jusqu'à son bureau aux rayonnages à moitié vides.

— Je pars, annonça Clay dans un murmure après avoir fermé la porte.

Ils parlèrent près d'une heure tandis que Max Pace rongeait son frein dans la voiture. Quand Clay sortit du bâtiment, chargé de ses deux serviettes, Rodney l'accompagnait, lui aussi une serviette à la main et un sac bourré à craquer contre la poitrine. Il se dirigea vers sa voiture et disparut. Clay rejoignit Max dans le SUV.

— Il est des nôtres, annonça-t-il.

— Quelle surprise.

Dans les bureaux de Connecticut Avenue, un consultant en design convoqué par Max les attendait. Il proposa à Clay un choix de mobilier assez coûteux qui, par chance disponible, était livrable dans les vingt-quatre heures. Il lui montra différents motifs et des échantillons, tous dans le haut de la fourchette des prix, et lui fit signer un bon de commande.

L'installation du téléphone était en cours. Un consultant en informatique se présenta peu après le départ du décorateur. Clay dépensait son argent si vite qu'il finit par se demander s'il en avait soutiré assez à Max.

Peu avant 17 heures, Max sortit d'un bureau fraîchement peint et fourra son portable dans sa poche.

— Le virement est arrivé, annonça-t-il.

— Cinq millions ?

— Exactement. Vous voilà multimillionnaire.

— Je ne reste pas ici, poursuivit Clay. À demain.

— Où allez-vous ?

— Ne posez plus jamais cette question ! riposta Clay. Vous n'êtes pas mon patron. Et cessez de me faire suivre ; notre affaire est conclue.

Il suivit le trottoir de Connecticut Avenue sur quelques centaines de mètres. Il se faufilait dans la foule qui sortait des bureaux, un sourire niais sur les lèvres, les pieds touchant à peine terre. Il prit ensuite la 17e Rue jusqu'au Washington Monument où des hordes de lycéens s'agglutinaient pour se faire prendre en photo. Il tourna à droite, traversa les jardins de la Constitution et longea le mémorial du Viêtnam. Il s'arrêta un peu plus loin à un kiosque pour acheter deux cigares bon marché. Il en alluma un et poursuivit sa balade jusqu'aux marches du Lincoln Monument où il s'assit un long moment, le regard tourné vers la silhouette lointaine du Capitole, à l'extrémité du Mall.

Impossible de mettre de l'ordre dans ses idées. Elles se bousculaient. Il songea à son père vivant sur un bateau qu'on lui prêtait, qui voulait faire croire qu'il s'éclatait mais ne faisait que végéter. Cinquante-cinq ans et aucun avenir ; l'alcool comme remède à une existence malheureuse. En tirant sur son cigare, Clay se livra mentalement à quelques achats, puis il s'amusa à faire le compte de ce qu'il dépenserait s'il se payait tout ce dont il avait envie : une nouvelle garde-robe, une belle voiture, une chaîne hi-fi, quelques voyages. Le total ne représentait qu'une petite fraction de sa fortune. La grande question était de savoir quelle voiture : luxueuse sans être prétentieuse.

Il lui faudrait évidemment une nouvelle adresse. Il se mettrait en quête d'une maison à Georgetown ; il avait entendu dire que certaines se vendaient six millions, mais il n'avait pas besoin de quelque chose d'aussi cher. Il devrait pouvoir en trouver une à un million de dollars.

Un million par-ci, un million par-là.

Son esprit se fixa sur Rebecca. Ces quatre dernières années, elle avait été le seul être avec qui il partageait tout ; il n'avait plus maintenant personne à qui parler. Ils n'étaient séparés que depuis cinq jours, mais il s'était passé tellement de choses qu'il n'avait guère eu le temps de penser à elle.

— Oublie les Van Horn ! lança-t-il à voix haute en soufflant un nuage de fumée.

Il ferait un don substantiel à la fondation pour le Piémont, qu'il destinerait à la lutte pour la préservation des beautés naturelles du nord de la Virginie. Il emploierait quelqu'un dont l'unique activité consisterait à rechercher les dernières acquisitions foncières et les projets immobiliers du groupe BVH. Quand ce serait possible, cette personne engagerait en douce des avocats pour conseiller les petits propriétaires terriens ignorant qu'ils allaient devenir les voisins de Bennett le Bulldozer. On allait bien rigoler sur le front de la défense de l'environnement !

Clay alluma le second cigare et appela Jonah dans la boutique de matériel informatique où il travaillait.

— J'ai une table à Citronnelle, annonça Clay. 20 heures.

C'était le restaurant français dans le vent.

— Bien sûr, ricana Jonah.

— Je suis sérieux. Nous fêtons mon changement d'activité professionnelle. Je t'expliquerai tout à l'heure. Je compte sur toi.

— Je peux amener une copine ?

— Pas question.

Jonah ne se déplaçait jamais sans sa copine de la semaine. Quand il déménagerait, Clay partirait seul et les prouesses sexuelles de Jonah ne lui manqueraient pas. Il appela deux autres copains de fac, mais trop tard pour qu'ils puissent se libérer : ils avaient une famille et des obligations.

Ce serait donc un dîner en tête à tête avec Jonah, toujours une aventure.

12.

Il avait dans la poche de sa chemise des cartes professionnelles dont l'encre était à peine sèche, imprimées dans la nuit et livrées le matin même. Elles faisaient de lui le premier assistant du cabinet juridique J. Clay Carter II. Rodney Albritton, premier assistant, comme si le cabinet employait toute une équipe d'autres assistants placés sous ses ordres. Ce n'était pas le cas, mais l'affaire se développait quand même à un rythme soutenu.

Si Rodney avait eu le temps d'acheter un costume neuf, il ne l'aurait probablement pas porté pour sa première mission. Sa vieille tenue de travail était mieux adaptée : blazer marine, cravate dénouée, jean délavé et rangers noirs usagés. Il travaillait encore dans la rue, et devait garder le bon look. Il avait trouvé Adelfa Pumphrey à son poste de travail, les yeux fixés sur une batterie de moniteurs en circuit fermé. Le regard vide.

Son fils était mort depuis dix jours.

Elle se tourna vers lui, montra une feuille que les visiteurs devaient signer. Il se présenta en tendant une carte.

— Je travaille pour un avocat de Washington.

— C'est bien, fit-elle sans jeter un regard à la carte.

— J'aimerais vous parler deux minutes.

— De quoi ?

— De votre fils, Ramon.

— Qu'avez-vous à dire ?

— Je sais sur sa mort certaines choses que vous ignorez.

— Ce n'est pas un sujet que j'aime beaucoup aborder en ce moment.

— Je comprends et je regrette de vous imposer cette épreuve. Mais ce que j'ai à dire devrait vous réconforter et je serai bref.

Elle regarda autour d'elle. Au fond de la salle, un de ses collègues en uniforme se tenait près d'une porte, à moitié endormi.

— Je fais une pause dans vingt minutes. Attendez-moi dans la cantine, à l'étage au-dessus.

En s'éloignant, Rodney se dit qu'il méritait le nouveau et confortable salaire qu'on lui versait. Si un Blanc avait abordé Adelfa Pumphrey pour l'entretenir d'un sujet aussi délicat, il serait encore là, devant elle, fébrile, cherchant ses mots. Elle ne lui ferait pas confiance, ne croirait rien de ce qu'il dirait, n'accorderait aucune attention à ce qu'il raconterait. Il lui faudrait au moins un quart d'heure pour éveiller seulement son intérêt.

Rodney, lui, était Noir et malin ; il savait s'y prendre et elle avait envie de parler.

Le dossier de Max Pace sur Ramon Pumphrey était mince mais complet : il n'y avait pas grand-chose à mettre dedans. Son père putatif n'avait jamais épousé sa mère ; il s'appelait Leon Tease et purgeait en Pennsylvanie une peine de trente ans de réclusion pour vol à main armée et tentative d'homicide. Les parents n'avaient à l'évidence vécu ensemble que le temps d'engendrer deux enfants, Ramon et un autre garçon, son cadet d'un an, prénommé Michael. Adelfa avait eu un peu plus tard un autre enfant d'un deuxième lit avec un homme qu'elle avait épousé et dont elle avait divorcé. Elle vivait seule et faisait son possible pour élever, outre ses deux fils restants, deux nièces en bas âge, les filles d'une de ses sœurs emprisonnée pour trafic de crack.

Adelfa était employée pour vingt et un mille dollars par an par une société de gardiennage chargée d'assurer la sécurité d'immeubles de bureaux à faible risque. Pour se rendre de la cité du nord-est de Washington où se trouvait son appartement à son lieu de travail, elle prenait le métro. Elle ne possédait pas de voiture et n'avait jamais appris à conduire. Le solde de son compte bancaire était tout juste équilibré et ses deux cartes de crédit la mettaient souvent en fâcheuse posture. Son casier judiciaire était vierge. En dehors du travail et de sa famille, elle n'avait d'intérêt, semblait-il, que pour le centre de gospel Old Salem, près de chez elle.

Étant tous deux originaires de Washington, ils passèrent quelques minutes à essayer de se situer. Quelle école avaient-ils fréquentée ? Quel quartier habitaient leurs parents. Ils se découvrirent deux ou trois vagues relations communes. Adelfa avait commandé un Coca light, Rodney un café noir dans la cantine à moitié remplie de gratte-papier qui papotaient en évitant soigneusement de parler des tâches fastidieuses qui faisaient leur quotidien.

— Vous vouliez parler de mon fils, dit finalement Adelfa.

Elle avait une voix douce et grave, que le chagrin rendait un peu rauque.

Rodney se pencha vers elle avec une pointe de nervosité.

— Oui. Je le répète, je regrette de vous imposer cette épreuve. J'ai des enfants. Je ne peux même pas imaginer ce que vous endurez.

— Ça, on peut le dire.

— Je travaille pour un avocat de Washington, un jeune, un malin. Il est sur une piste qui pourrait vous rapporter gros.

L'idée de gagner gros ne parut pas faire beaucoup d'effet à Adelfa.

— L'homme qui a tué Ramon venait de sortir d'un centre de désintoxication où il avait été enfermé près de quatre mois, poursuivit Rodney. Un junkie qui n'avait quasiment aucune chance de s'en sortir. Dans le cadre de son traitement, il prenait des médicaments. Nous pensons qu'un de ces médicaments l'a rendu assez fou pour prendre une victime au hasard et l'abattre.

— Ce n'est pas une histoire de drogue qui a mal tourné ?

— Pas du tout.

Elle détourna les yeux. En les voyant s'embuer de larmes, Rodney se dit qu'elle allait craquer. Mais elle se ressaisit et le regarda bien en face.

— Qu'entendez-vous par gagner gros ? Combien ?

— Plus de un million de dollars, répondit-il, le visage impassible.

Une phrase qu'il s'était exercé à maintes reprises à prononcer, tellement il doutait d'être capable de l'articuler sans ouvrir des yeux exorbités.

Aucune réaction visible d'Adelfa, du moins dans un premier temps ; son regard erra un moment dans la salle.

— Vous me baratinez ? lança-t-elle.

— Pourquoi voudriez-vous que je vous baratine ? Je ne vous connais pas. Vous croyez que je vais arriver comme ça et vous raconter des craques. Il y a de l'argent à prendre, beaucoup d'argent. Versé par une grosse société et qu'on vous offre en échange de votre silence.

— Quelle grosse société ?

— Je vous ai dit tout ce que je sais. Ma mission consiste à venir vous voir, à vous informer, à vous proposer de rencontrer Me Carter, l'avocat pour qui je travaille. Il vous expliquera tout.

— Un Blanc ?

— Oui. Un type bien. Je travaille avec lui depuis cinq ans. Il vous plaira et ce qu'il a à dire vous plaira aussi.

Les yeux d'Adelfa étaient redevenus secs.

— D'accord, fit-elle avec un petit haussement d'épaules.

— À quelle heure terminez-vous votre journée ?

— 16 h 30.

— Nos bureaux se trouvent dans Connecticut Avenue, à un quart d'heure d'ici. Me Carter vous attendra : je vous laisse ma carte.

Elle approcha la carte de son visage pour l'étudier.

— J'ai quelque chose de très important à ajouter, poursuivit Rodney. Notre affaire ne marchera que si vous gardez le silence : le secret doit être absolu. Si vous suivez les conseils de Me Carter, vous gagnerez beaucoup plus d'argent que vous ne l'avez jamais rêvé, mais si le secret n'est pas gardé, vous n'aurez rien du tout.

Adelfa acquiesça lentement de la tête.

— Et il faudra commencer à penser à votre déménagement.

— Un déménagement ?

— Pour vous installer dans une nouvelle maison, dans une nouvelle ville où personne ne vous connaîtra et où personne ne saura que vous avez touché le paquet. Une jolie maison dans une rue tranquille où les enfants peuvent faire du vélo sur le trottoir, dans un quartier sans bandes ni drogues, sans détecteur de métal à l'entrée de l'école. Là où votre famille ne cherchera pas à vous soutirer de l'argent. Croyez-en quelqu'un qui a eu la même enfance que vous. Partez. Quittez cette ville. Si vous restez dans votre cité, on se jettera sur vous pour vous dépouiller.

Le raid de Clay sur le bureau de l'aide juridictionnelle lui avait permis de débaucher miss Glick – la secrétaire efficace qui n'avait pas hésité longtemps devant la perspective de voir son salaire doubler – et Paulette Tullos, sa vieille copine. Bien qu'entretenue par son mari grec toujours absent, elle avait sauté sur l'occasion de gagner deux cent mille dollars par an au lieu de quarante mille. Sans compter Rodney, bien entendu. L'opération avait provoqué deux coups de téléphone de Glenda demeurés sans réponse et une kyrielle de mails soupçonneux laissés en attente. Clay se promit de prendre rendez-vous avec Glenda dans les jours à venir ; il trouverait une raison bidon pour avoir détourné quelques bons éléments de l'aide juridictionnelle.

Pour contrebalancer la qualité des éléments en question, Clay avait recruté Jonah, son colocataire. Il n'avait jamais exercé – il avait été reçu à l'examen du barreau à sa cinquième tentative – mais Clay le considérait comme un ami et un confident. Peut-être ce nouveau poste lui permettrait-il de révéler des talents insoupçonnés. Comme Jonah aimait boire et parler,

Clay ne lui avait guère fourni de détails sur le cabinet nouvellement créé. Il avait l'intention d'en dire un peu plus au fil du temps, mais ne voulait pas brûler les étapes. Flairant la bonne aubaine, Jonah avait négocié un salaire d'embauche de quatre-vingt-dix mille dollars ; il était inférieur à celui de Rodney, mais personne ne savait ce que les autres gagnaient. Un cabinet d'experts-comptables établi au troisième étage s'occupait des comptes et des feuilles de paie.

Clay avait donné à Paulette et à Jonah la même vague explication qu'à Rodney, à savoir qu'il avait découvert par hasard l'existence d'un médicament dangereux mais qu'il ne leur révélerait jamais ni le nom du produit ni celui du groupe pharmaceutique qui le fabriquait. Il avait pris contact avec cette société et un accord avait été rapidement conclu. De l'argent allait circuler mais la plus grande discrétion était de rigueur. Ne posez pas trop de questions, contentez-vous de faire votre boulot. Nous allons mettre sur pied un joli petit cabinet juridique qui nous permettra de gagner confortablement notre vie en prenant du bon temps.

Qui pouvait rejeter une telle proposition ?

Miss Glick accueillit Adelfa Pumphrey comme si elle était la toute première cliente à mettre le pied dans le cabinet. C'était le cas. Tout y sentait le neuf : la peinture, la moquette, le papier peint, les sièges en cuir d'Italie. Elle lui servit de l'eau dans un verre en cristal jamais utilisé avant de reprendre place à son bureau en verre et acier chromé. Paulette prit la suite. Elle reçut Adelfa pour un entretien préliminaire qu'elle mena avec sérieux, prenant un tas de notes sur la famille et les antécédents de sa cliente, des informations déjà en possession de Max Pace. Elle sut trouver les mots justes pour une mère éplorée.

Jusqu'alors, Adelfa n'avait eu affaire qu'à des Noirs, ce qui avait de quoi la rassurer.

— Vous avez peut-être déjà vu Me Carter, glissa Paulette en suivant le scénario dont elle avait tracé les grandes lignes avec Clay. Il était au tribunal le jour où vous y êtes allée. Il avait été désigné par le juge pour représenter Tequila Watson, mais il a abandonné l'affaire. Voilà pourquoi il joue un rôle dans la transaction que nous vous proposons.

Adelfa paraissait aussi déconcertée qu'ils l'avaient prévu.

— Nous avons travaillé cinq ans ensemble au bureau de l'aide juridictionnelle, poursuivit Paulette. Nous avons démissionné il y a quelques jours pour créer ce cabinet. Il vous plaira, vous verrez : c'est un homme charmant et un bon avocat. Franc et loyal en affaires.

— Vous venez d'ouvrir ?

— Oui. Clay voulait avoir son cabinet depuis longtemps et il m'a demandé de travailler avec lui. Vous êtes en de bonnes mains.

La surprise d'Adelfa s'était muée en ahurissement.

— Des questions ? fit Paulette.

— J'en ai tellement que je ne sais pas par où commencer.

— Je comprends. Un conseil, ne posez pas trop de questions. Une importante société est disposée à vous verser une grosse somme pour conclure un règlement à l'amiable et éviter une action en justice à la suite de la mort de votre fils. Si vous hésitez, si vous posez des questions, il se peut que vous ne touchiez rien du tout. Prenez l'argent, Adelfa. Prenez-le et disparaissez.

Quand vint enfin pour Adelfa l'heure d'être reçue par Me Carter, Paulette l'accompagna jusqu'à un vaste bureau d'angle. Clay, qui tournait comme un fauve en cage depuis une heure, l'accueillit calmement et l'invita à prendre un siège. Sa cravate était dénouée, ses manches retroussées, son bureau couvert de dossiers comme s'il avait déjà plusieurs affaires en cours. Paulette s'attarda un moment, le temps de rompre la glace, puis, comme prévu, les laissa seuls.

— Je vous reconnais, déclara Adelfa.

— En effet. J'étais au tribunal pour la lecture de l'acte d'accusation. Le juge m'a refilé cette affaire, mais je m'en suis débarrassé. Je suis passé dans le camp adverse.

— J'attends la suite.

— Vous devez être déroutée.

— C'est le moins qu'on puisse dire.

— En réalité, poursuivit Clay, c'est très simple.

Il s'assit sur le bord de son bureau, se pencha sur le visage perplexe d'Adelfa et croisa les bras sur sa poitrine en essayant de se donner l'apparence de celui qui n'en est pas à son coup d'essai. Il entreprit de présenter sa version de l'histoire du méchant groupe pharmaceutique. Plus longue que celle de Rodney et plus animée, elle racontait la même chose sans en révéler beaucoup plus. Assise dans un fauteuil de cuir bas, les mains croisées sur les genoux de son pantalon d'uniforme, Adelfa l'observait sans jamais cligner des yeux, ne sachant que croire.

— Ils veulent vous verser une grosse somme, conclut Clay en achevant son récit. Tout de suite.

— Qui, exactement, est ce « ils » ?

— La société pharmaceutique.

— Elle a un nom ?

— Elle en a plusieurs et plusieurs adresses, mais vous ne connaîtrez jamais le vrai ; cela fait partie de notre marché. Nous devons, vous et moi, le client et l'avocat, nous engager à garder le secret sur cette affaire.

Il la vit enfin ciller ; elle décroisa les mains et changea de position. Son regard vide se posa sur le grand tapis persan qui recouvrait près de la moitié du sol.

— Combien ? demanda-t-elle doucement.

— Cinq millions de dollars.

— Seigneur Dieu ! souffla-t-elle avant de s'effondrer.

Une main sur les yeux, elle se mit à sangloter, incapable, semblait-il, de s'arrêter. Clay lui tendit un mouchoir en papier.

L'argent de la transaction attendait à la banque Chase, dans l'agence de Clay, prêt à être distribué. Les documents préparés par Max formaient une pile sur le bureau. Clay aida Adelfa à les lire ; il expliqua que le virement serait effectué le lendemain matin, dès l'ouverture de la banque. Il tourna des pages et des pages, soulignant les points importants, lui demandant une signature quand il le fallait. Adelfa était trop hébétée pour parler. « Faites-moi confiance, répétait Clay. Si vous voulez l'argent, signez ici. »

— J'ai l'impression de faire quelque chose de mal, murmura Adelfa à un moment.

— Non. Le mal a été fait par quelqu'un d'autre. Vous êtes la victime, Adelfa. La victime qui est ma cliente.

— Il faut que je parle à quelqu'un, fit-elle un peu plus tard en apposant une nième signature au bas d'une page.

Mais elle n'avait personne à qui parler. Il y avait bien, d'après les renseignements de Max, un petit ami qu'elle voyait de loin en loin, mais ce n'était pas le genre à qui demander conseil. Des frères et des sœurs dispersés entre Washington et Philadelphie, mais pas plus avertis qu'elle. Ses parents n'étaient plus de ce monde.

— Ce serait une erreur, affirma Clay avec délicatesse. Cet argent va transformer votre vie mais personne ne doit être au courant. Si vous en parlez, il causera votre perte.

— Je ne saurai pas quoi en faire.

— Nous vous aiderons. Paulette s'en occupera, si vous voulez, et elle vous conseillera.

— J'aimerais bien.

— Nous sommes là pour ça, Adelfa.

Paulette la raccompagna chez elle, un long trajet dans les embouteillages du soir. À son retour, elle raconta à Clay qu'Adelfa avait à peine lâché quelques mots en route et qu'en arrivant dans sa cité, elle n'avait pas voulu descendre de la voiture. Elles étaient donc restées ensemble une demi-heure, à parler de la nouvelle vie d'Adelfa. Finie l'aide sociale, finis les coups de feu dans la nuit ! Et finies les prières pour implorer le Seigneur de protéger ses enfants ! Elle n'aurait plus jamais à s'inquiéter pour eux comme elle s'était inquiétée pour Ramon.

Finies les bandes armées et les écoles pourries !

Quand elles s'étaient enfin séparées, Adelfa avait le visage inondé de larmes.

13.

La Porsche Carrera noire s'arrêta sous un arbre bordant Dumbarton Street. Clay en descendit. Il réussit à marcher un moment sans se retourner sur elle puis finalement il ne résista pas. Après quelques coups d'œil autour de lui, il se laissa aller à la contemplation. Il l'avait depuis trois jours mais n'arrivait pas encore à croire qu'elle était à lui. Tu vas t'y habituer, se répétait-il. Il croyait être capable de faire comme si c'était juste une voiture neuve comme les autres mais, chaque fois qu'il la regardait, même après une courte absence, il sentait son pouls s'accélérer. Je conduis une Porsche, disait-il à voix haute en s'éclatant dans la circulation comme un pilote au volant d'une Formule 1.

Il s'était garé à moins de un kilomètre du campus principal de l'université Georgetown, là où il avait passé quatre ans avant de suivre les cours de la fac de droit, près du Capitole. Les maisons anciennes avec leurs petites pelouses parfaitement entretenues avaient un cachet fou et les trottoirs étaient ombragés d'érables et de chênes vénérables. Les boutiques, les bars et les restaurants de M Street se trouvaient à deux pas. Il avait fait son jogging dans ces rues pendant quatre ans et passé de longues soirées entre copains à faire la tournée des bars de Wisconsin Avenue et de M Street.

Maintenant, c'est là qu'il allait vivre.

La maison sur laquelle il avait jeté son dévolu était à vendre un million trois cent mille dollars. Il l'avait découverte l'avant-veille, en sillonnant les rues de Georgetown. Il y en avait une autre dans N Street, une troisième un peu plus loin, toutes dans le même quartier. Il était décidé à acheter avant la fin de la semaine.

Celle de Dumbarton Street, sur laquelle il avait fixé son choix, avait été construite dans les années 1850. Soigneusement entretenue depuis lors, elle comptait trois étages d'habitation et un sous-sol. La façade de brique, maintes et maintes fois peinte, était d'un ton bleu passé. Elle appartenait à un couple de retraités qui, à en croire le responsable de l'agence immobilière, y avait reçu naguère les Kennedy, les Kissinger et autres célébrités. Les agents immobiliers de la capitale avaient, encore plus que ceux de Beverly Hills, une propension à citer des noms de gens en vue, surtout lorsqu'ils négociaient la vente d'une propriété à Georgetown.

Clay avait un quart d'heure d'avance. La maison était inoccupée ; les propriétaires finissaient leurs jours dans une résidence médicalisée. Il entra par une porte latérale et admira le petit jardin sur l'arrière de la maison. Il n'y avait pas de piscine et pas la place d'en construire une : le terrain était précieux, à Georgetown. Il vit un patio avec du mobilier en fer forgé et des plates-bandes envahies par les mauvaises herbes. Clay aurait quelques heures à consacrer au jardinage, mais pas beaucoup.

Peut-être ferait-il entretenir le jardin par des professionnels.

Il aimait cette maison et ses voisines. Il aimait cette rue et l'atmosphère de ce quartier où les habitants vivaient près les uns des autres tout en respectant leur intimité. Assis sur les marches du perron, il décida d'en offrir un million tout rond, de se montrer intransigeant, de bluffer en faisant mine d'abandonner la partie, bref de s'amuser et d'en faire voir de toutes les couleurs à l'agent immobilier, sachant qu'en fin de compte il accepterait de payer le prix demandé.

En regardant la Porsche, il se transporta dans le monde imaginaire où il pouvait s'offrir tout ce qu'il désirait. Des complets sur mesure italiens, des voitures de sport allemandes, une propriété à Georgetown, des bureaux dans un quartier convoité, quoi d'autre encore ? Il avait pensé à un bateau pour son père, plus gros bien entendu, qui rapporterait de l'argent. Il pouvait créer une petite société d'affrètement aux Bahamas, amortir le bateau, déduire la majeure partie des coûts, permettant ainsi à son père de gagner correctement sa vie. Jarrett courait à sa mort : il buvait trop, couchait avec tout ce qui lui tombait sous la main, vivait sur un bateau qu'on lui prêtait, s'efforçait de grappiller quelques sous çà et là. Clay était résolu à lui rendre la vie plus facile.

Un claquement de portière interrompit sa rêverie : l'agent immobilier arrivait.

La liste des victimes établie par Max Pace s'arrêtait à sept. Sept dont il était sûr. Sept qu'il avait réussi à suivre à la trace avec l'aide de ses agents. Les essais cliniques du Tarvan étaient arrêtés depuis dix-huit jours et le laboratoire savait que les pulsions homicides provoquées par l'absorption du médicament cessaient au bout d'une dizaine de jours. La liste étant dressée selon l'ordre chronologique, Ramon Pumphrey venait en sixième position.

Le numéro un était un étudiant de l'université George Washington qui sortait de la cafétéria d'un

Starbucks, dans Wisconsin Avenue, à Bethesda ; un homme armé d'un pistolet l'avait choisi comme victime. L'étudiant était originaire de Bluefield, Virginie-Occidentale. Clay fit le trajet en un temps record, traversant la vallée du Shenandoah à la manière d'un pilote de course. Suivant les instructions précises de Max Pace, il trouva facilement la maison des parents du jeune homme, un petit pavillon tristounet à la limite de la ville. Il resta un moment au volant devant la maison et s'entendit dire à voix haute : « C'est moi qui fais ça, je n'y crois pas. »

Deux raisons le poussèrent à descendre de la voiture. Un, il n'avait pas le choix. Deux, il allait empocher quinze millions. Pas le tiers, ni les deux tiers, la totalité.

Il laissa sa serviette dans la voiture, satisfait d'avoir choisi une tenue décontractée. La mère lui ouvrit ; son mari était encore au travail. Elle hésita d'abord à le faire entrer, puis lui offrit un thé glacé et des cookies. Du canapé où il avait pris place, Clay voyait partout des photos du fils disparu. Les rideaux étaient tirés ; tout était en désordre.

Qu'est-ce que je fais là ? se demanda-t-il.

Tout le temps qu'elle parla de son fils, Clay l'écouta attentivement.

Le père vendait des assurances dans le quartier : il rentra avant que les glaçons aient complètement fondu dans le verre. Quand Clay leur eut exposé la situation en révélant tout ce qu'il pouvait, ils posèrent quelques questions hésitantes. Combien d'autres étaient morts pour la même raison ? Pourquoi ne pouvaient-ils s'adresser aux autorités ? Ne fallait-il pas tout étaler au grand jour ? Clay manœuvra comme un vieux renard ; Max lui avait fait la leçon.

Comme toutes les victimes, ils étaient en position de

choisir. Ils pouvaient laisser éclater leur colère, poser des questions, formuler des exigences, demander justice, ou bien ils prenaient l'argent sans faire de vagues. Quand il lança le chiffre de cinq millions de dollars, ils ne réagirent pas ou firent en sorte de masquer leur surprise. Ils voulaient manifester leur colère, montrer que l'argent ne les intéressait pas mais, au fil des heures, ils fléchissaient.

— Si vous ne pouvez pas me dire le vrai nom du groupe pharmaceutique, déclara le père, je n'accepterai pas cet argent.

— Je ne le connais pas, répondit Clay.

Il y eut des larmes et des menaces, de l'amour et de la haine, des envies de châtiment et de pardon, tout le registre des émotions y passa en cette fin d'après-midi. Ils venaient d'enterrer leur fils cadet et leur chagrin était incommensurable. Ils en voulaient à Clay d'être venu le raviver mais ils le remercièrent avec effusion de la sympathie qu'il leur témoignait. Ils se méfiaient de cet avocat de la ville qui leur cachait manifestement des choses au sujet d'un arrangement extravagant, mais ils l'invitèrent à dîner.

À 18 heures précises, quatre dames de leur église apportèrent de quoi manger pendant une semaine. Présenté comme un ami de Washington, Clay fut soumis d'emblée à un interrogatoire en règle ; l'avocat le plus implacable ne se serait pas montré plus curieux.

Les dames finirent par se retirer. Après le repas, Clay se montra plus insistant : son offre était à prendre ou à laisser. Peu après 22 heures, ils commencèrent à signer les documents.

Le numéro trois était à l'évidence le cas qui présentait le plus de difficultés : la victime, une prostituée de dix-sept ans, faisait le trottoir depuis déjà longtemps. La police croyait qu'elle avait été autrefois en relations d'affaires avec son meurtrier, mais rien ne permettait de comprendre pourquoi il l'avait abattue, à la porte d'un bar, devant trois témoins.

Elle se faisait appeler Bandy et n'avait jamais eu besoin d'un nom de famille. Les enquêteurs de Max n'avaient découvert ni mari, ni parents, ni frères et sœurs, ni enfants, ni domicile. Pas d'école ni d'église qu'elle eût fréquentées et, plus étonnant encore, pas d'antécédents judiciaires. Bandy n'avait pas eu d'obsèques. Comme deux douzaines de malheureux par an à Washington, elle avait été ensevelie dans la fosse commune. À un agent de Max Pace qui se renseignait au bureau du coroner, on avait répondu : « Elle est inhumée dans la tombe de la prostituée inconnue. »

Son meurtrier avait pourtant indiqué à la police que Bandy avait une tante qui habitait dans le Petit Beyrouth, la cité-ghetto la plus dangereuse du sud-est de la ville. Malgré deux semaines de recherches ininterrompues, les agents de Max Pace n'avaient pu retrouver sa trace.

Sans héritiers, tout règlement à l'amiable devenait impossible.

14.

Les derniers clients à signer l'arrangement furent les parents d'une étudiante de vingt ans inscrite à l'université Howard, tuée une semaine après avoir décidé d'interrompre ses études. Ils vivaient à Warrenton, en Virginie, à soixante-dix kilomètres à l'ouest de Washington. Ils avaient passé une heure dans le bureau de Clay sans se lâcher la main, comme si chacun d'entre eux était incapable d'affronter seul la situation. À certains moments, ils ne pouvaient contenir leur douleur. À d'autres, ils se montraient stoïques, impassibles, si indifférents à l'offre mirobolante que Clay doutait qu'ils acceptent de signer.

Ils finirent par le faire mais, de tous les clients à qui il avait eu affaire, il était sûr qu'ils étaient les moins sensibles à l'argent. Plus tard, peut-être, ils en profiteraient ; dans l'immédiat, ils ne pensaient qu'à leur fille disparue.

Paulette et miss Glick les accompagnèrent jusqu'à l'ascenseur où ils échangèrent une dernière accolade. Quand la porte de la cabine se referma, on voyait les larmes dans leurs yeux.

Clay et son équipe se retrouvèrent dans la salle de réunion, soulagés de ne plus avoir à recevoir, du moins dans un avenir proche, des veuves éplorées et des parents inconsolables. Du champagne de marque avait été mis à rafraîchir pour l'occasion. Miss Glick fut la seule à refuser : elle ne buvait jamais d'alcool. Paulette et Jonah semblaient au contraire particulièrement amateurs. Rodney aurait préféré une Budweiser, mais il accompagna les autres.

La deuxième bouteille entamée, Clay se leva.

— J'ai une communication à vous faire, commença-t-il en tapotant son verre pour obtenir le silence. Pour commencer, les dossiers du Tylenol sont bouclés. Félicitations à tous et merci.

Il avait utilisé Tylenol comme nom de code pour le Tarvan, un nom dont ils n'auraient jamais connaissance. Ils ne connaîtraient jamais non plus le montant des honoraires de Clay : il gagnait à l'évidence des mille et des cents, mais personne ne savait exactement combien.

Des applaudissements suivirent cette déclaration.

— Pour fêter cela, poursuivit Clay, nous commencerons par un dîner à Citronnelle, à 20 heures précises. La soirée risquant d'être longue, le cabinet sera fermé demain.

Nouvelle salve d'applaudissements, nouvelle tournée de champagne.

— Ce n'est pas tout. Dans quinze jours, nous partons pour Paris. Chacun pourra venir accompagné, de préférence par son conjoint. Un voyage tous frais payés. Vol en première classe, hôtel de luxe, le grand jeu. Nous partirons une semaine, tous sans exception. C'est moi le patron et j'emmène tout le monde.

Miss Glick étouffa un cri en se couvrant la bouche des deux mains ; les autres avaient l'air abasourdi.

— Pas Paris, dans le Tennessee ? demanda Paulette d'une voix hésitante.

— Non, le vrai Paris.

— Et si je tombe nez à nez avec mon mari ? insista-t-elle avec un petit sourire.

Éclat de rire général.

— Tu peux aller dans le Tennessee, si tu préfères, suggéra Clay.

— Pas question.

— Il me faudra un passeport, observa miss Glick.

— Les formulaires sont sur mon bureau. Je m'en occuperai ; cela prendra moins d'une semaine. Avez-vous des questions ?

Ils échangèrent quelques propos sur les conditions climatiques, la nourriture, les vêtements à emporter. Jonah s'interrogea sans perdre de temps sur la fille qui l'accompagnerait. Paulette était la seule à être déjà allée à Paris, pour son voyage de noces. Une brève période de félicité conjugale qui s'était mal terminée, le Grec ayant été appelé ailleurs par une affaire urgente. Arrivée en première classe, elle était rentrée seule, en classe économique.

— En première classe, on sert du champagne à volonté, expliqua-t-elle aux autres. Et les sièges sont larges comme des canapés.

— Je peux emmener quelqu'un ? demanda Jonah qui avait visiblement du mal à prendre sa décision.

— À condition qu'elle ne soit pas mariée, répondit Clay.

— Cela réduit le nombre de candidates, soupira Jonah.

— Et toi, demanda Paulette à Clay, qui emmèneras-tu ?

— Peut-être personne, répondit Clay.

Il y eut un moment de silence. Ils avaient parlé entre eux de Rebecca et d'une éventuelle séparation, Jonah s'étant chargé de colporter les rumeurs. Ils voulaient que leur patron soit heureux mais n'étaient pas assez proches de lui pour se mêler de ses affaires.

— Comment s'appelle cette tour, à Paris ? demanda Rodney.

— La tour Eiffel, répondit Paulette. On peut monter jusqu'en haut.

— Non, merci. Cela ne me paraît pas très sûr.

— Tu as l'âme d'un aventurier, Rodney.

— Combien de temps y resterons-nous ? s'enquit miss Glick.

— Sept nuits, répondit Clay. Sept nuits à Paris.

Tout le monde se prit à rêver, aidé par le champagne. Un mois auparavant, ils subissaient les conditions de travail ingrates du bureau de l'aide juridictionnelle. Tous sauf Jonah, qui vendait des ordinateurs à mi-temps.

Max Pace voulait lui parler. Clay lui donna rendez-vous à midi, pour laisser le temps à ses idées de se remettre en place. De fait, il ne lui restait qu'un léger mal de tête.

— Vous avez une mine épouvantable, commença Max avec amabilité.

— Nous avons fait la fête.

— Ce dont j'ai à vous entretenir est très important. Vous sentez-vous capable de me suivre ?

— Parfaitement. Allez-y.

Max se mit à marcher dans la pièce, un grand gobelet de café à la main.

— La malheureuse affaire du Tarvan est close, déclara-t-il d'un ton qui n'admettait pas de réplique. Nous avons réglé les six dossiers. Si quelqu'un se prétendant apparenté à la jeune Bandy se fait connaître un jour, vous ferez ce qu'il faut. Mais je suis convaincu qu'elle n'a pas de famille.

— Moi aussi.

— Vous avez fait du bon travail, Clay.

— Je suis grassement payé pour cela.

— Le solde sera viré aujourd'hui : vous aurez les quinze millions sur votre compte. Du moins ce qu'il en reste.

— Et alors ? J'aurais dû continuer à conduire une vieille bagnole ? À dormir dans un appartement minable et à porter des vêtements miteux ? Vous avez dit vous-même que je ne devais pas hésiter à dépenser pour donner une impression de prospérité.

— Je plaisantais. Vous faites exactement ce qu'il faut pour paraître riche.

— Merci.

— Vous accomplissez la transition de la pauvreté à la richesse avec une aisance remarquable.

— C'est un don.

— Pas d'imprudences, Clay. N'attirez pas trop l'attention.

— Parlons plutôt de l'affaire suivante.

Max prit un siège et fit glisser un dossier sur la table.

— Le médicament s'appelle le Dyloft ; il est fabriqué par les laboratoires Ackerman. C'est un puissant anti-inflammatoire utilisé dans le traitement de l'arthrite, un médicament nouveau que les médecins prescrivent à tour de bras. Il fait des merveilles, les patients ne peuvent plus s'en passer. Mais il a deux inconvénients. Premièrement, il est fabriqué par un concurrent de mon client. Deuxièmement, un lien a pu être établi entre sa prescription et l'apparition de petites tumeurs dans la vessie. Mon client, celui du Tarvan, fabrique un produit similaire qui se vendait bien jusqu'à l'an dernier, quand le Dyloft a été commercialisé. Sur un marché de trois milliards de dollars par an, le Dyloft arrive déjà en deuxième position et rapportera sans doute un milliard dès cette année. Il est difficile de s'en faire une idée exacte, tellement sa progression est forte. Le médicament de mon client rapporte un milliard et demi mais perd rapidement du terrain. Le Dyloft fait fureur et ne tardera pas à écraser la concurrence ; il est réellement efficace. Il y a quelques mois, mon client a racheté une petite société pharmaceutique belge dont un service a été absorbé par les laboratoires Ackerman ; plusieurs chercheurs ont fait les frais de cette restructuration. Des études réalisées par le labo ont été subtilisées et sont réapparues opportunément. Mon client dispose de documents et de témoins lui permettant d'apporter la preuve que les laboratoires Ackerman avaient connaissance depuis au moins six mois de problèmes potentiels liés à la prise du Dyloft. Vous me suivez ?

— Oui. Quel est le nombre de patients qui ont pris du Dyloft ?

— Difficile à dire. Ils sont de plus en plus nombreux ; probablement un million.

— Quel pourcentage est atteint par ces tumeurs ?

— Les études indiquent qu'il y en aurait près de cinq pour cent, assez pour que le médicament soit retiré de la vente.

— Comment savoir si un patient a ces tumeurs ?

— Par une analyse d'urine.

— Vous voulez que j'intente une action contre Ackerman ?

— Pas si vite. La vérité sur le Dyloft sera bientôt rendue publique. Jusqu'à présent, il n'y a eu ni action en justice, ni demande d'indemnisation, ni étude préjudiciable publiée dans les revues médicales. D'après nos renseignements, chez Ackerman, on est en train de mettre de l'argent de côté pour payer les avocats en prévision du scandale. Ils peuvent aussi modifier la composition du médicament, mais cela prend du temps et nécessite l'accord de la FDA. Or ils ont besoin de liquidités car ils ont lourdement emprunté pour acquérir plusieurs sociétés qui, pour la plupart, restent déficitaires. L'action Ackerman se négocie aux environs de quarante-deux dollars ; l'an dernier, à la même époque, elle était cotée à quatre-vingts.

— Quel effet auront les révélations sur le Dyloft ?

— Un effet dévastateur sur le cours du titre, ce qui est précisément ce que souhaite mon client. Si l'action judiciaire est habilement menée – je pense qu'à nous deux nous pouvons réussir –, le coup sera terrible. Comme nous détenons la preuve que le Dyloft est dangereux, Ackerman n'aura d'autre choix que de rechercher un accord à l'amiable. Ils ne prendront pas le risque d'aller jusqu'au procès.

— Quels sont les véritables dangers ?

— Quatre-vingt-quinze pour cent des tumeurs sont bénignes et de très petite taille. Elles ne produisent aucune lésion dans la vessie.

— L'action judiciaire n'a d'autre but que de provoquer une onde de choc sur les marchés ?

— Oui. Et de dédommager les victimes, bien entendu. Qu'elles soient bénignes ou malignes, je ne veux pas de tumeurs dans ma vessie ; la plupart des jurés partageraient ce sentiment. Voici ce que nous allons faire. Vous rassemblez un groupe d'une cinquantaine de plaignants et vous engagez des poursuites au civil pour le compte de tous les patients prenant du Dyloft. Vous faites diffuser simultanément une série de spots télévisés pour attirer de nouveaux clients. Frappez vite et fort, vous en aurez des milliers. Les publicités passeront d'un bout à l'autre du pays ; des messages brefs qui instilleront la peur et inciteront les patients à composer le numéro vert que vous leur fournirez. Les appels arriveront à Washington, où vous aurez rassemblé un bataillon d'assistants juridiques pour répondre au téléphone et déblayer le terrain. Cela vous coûtera cher, mais si vous réunissez, disons cinq mille dossiers et que vous obtenez vingt mille dollars pour chacun d'eux, cela représente cent millions de dollars. Votre pourcentage sera d'un tiers.

— C'est exorbitant !

— Non, Clay, c'est le propre d'une action collective. Voilà comment le système fonctionne aujourd'hui. Si vous ne voulez pas vous en charger, je vous garantis qu'un autre le fera à votre place, et très bientôt. Il y a beaucoup d'argent à gagner. Vos confrères spécialisés dans ces actions en nom collectif attendent comme des charognards que l'on découvre un médicament dangereux. Croyez-moi, ce n'est pas ce qui manque.

— Pourquoi m'avoir choisi ?

— Question d'organisation. Si mon client sait précisément à quelle date vous engagerez l'action en justice, il pourra anticiper la réaction du marché.

— Où vais-je trouver cinquante clients ?

— Nous en connaissons au moins un millier, répondit Max en tapotant un autre dossier. Noms, adresses, tout est là.

— Vous avez parlé d'assistants juridiques à recruter ?

— Une demi-douzaine. Il faudra bien cela pour répondre au téléphone et préparer les dossiers. Il se peut que vous arriviez à cinq mille clients.

— Les publicités télévisées ?

— Je connais une société qui est en mesure de réaliser un message bien ficelé en moins de trois jours. Rien de sophistiqué : une voix off, des images de comprimés tombant sur une table, les dangers potentiels du Dyloft. Quinze secondes de terreur conçues pour inciter les gens à appeler le cabinet de Clay Carter. Ces messages sont efficaces, vous pouvez me croire. Diffusez-les pendant une semaine sur les principales chaînes et vous aurez des clients à ne savoir qu'en faire.

— Combien cela coûtera-t-il ?

— À peu près deux millions, mais vous pouvez vous le permettre.

Au tour de Clay de marcher de long en large. Il avait vu des spots télévisés dénonçant les effets secondaires de pilules amaigrissantes. Des avocats dont on ne voyait pas le visage essayaient d'effrayer les gens et les poussaient à composer un numéro d'appel gratuit. Il ne s'abaisserait certainement pas à cela.

Mais il y avait trente-trois millions de dollars à la clé ! Dire qu'il ne s'était pas encore remis de son premier gros lot.

— Quel est le calendrier ?

Max Pace avait établi une liste des premières choses à faire.

— Il faudra faire signer les clients, ce qui ne devrait pas prendre plus de deux semaines. Trois jours pour réaliser le spot et quelques jours pour acheter le temps d'antenne. Il faudra aussi recruter des assistants juridiques et trouver des locaux dans les faubourgs ; le centre-ville est trop cher. Vous devrez également être prêt à vous constituer partie civile. Vous avez une bonne équipe : tout devrait être terminé dans les trente jours.

— J'emmène tout le monde passer une semaine à Paris, mais nous y arriverons.

— Mon client tient à ce que la justice soit saisie dans moins d'un mois. Le 2 juillet, pour être précis.

Clay reprit place à la table et regarda Pace au fond des yeux.

— Jamais je n'ai intenté une action de cette importance.

— Avez-vous quelque chose à faire ce week-end ? demanda Max en prenant une brochure dans son dossier.

— Pas vraiment.

— Vous êtes allé à La Nouvelle-Orléans ces derniers temps ?

— Pas depuis une dizaine d'années.

— Vous avez entendu parler du cercle des Avocats ?

— Peut-être.

— Une ancienne association en pleine renaissance qui rassemble un groupe d'avocats spécialisés dans les actions collectives. Ils se réunissent deux fois par an pour parler des dernières tendances en matière judiciaire. Ce serait un week-end productif.

Il fit glisser la brochure vers Clay, qui vit sur la couverture une photographie en couleurs de l'hôtel Royal Sonesta, dans le Vieux Carré.

Comme toujours à La Nouvelle-Orléans, l'atmosphère était chaude et humide, particulièrement dans le Vieux Carré.

Clay était seul et trouvait cela très bien. Même s'il avait encore été avec Rebecca, elle n'aurait pas fait le voyage. Trop de travail, des courses avec sa mère, le train-train. Il avait pensé inviter Jonah, mais leurs relations s'étaient légèrement tendues. Clay avait troqué leur appartement exigu pour la confortable maison de Georgetown sans proposer à Jonah de le suivre – un affront –, mais il s'était attendu à sa réaction et il l'assumait. Pas question pour lui d'héberger un type qui ramenait à n'importe quelle heure une fille ramassée dans un bar.

L'argent commençait à l'isoler. Il n'appelait plus certains de ses vieux copains pour ne pas avoir à subir un feu roulant de questions. Il ne fréquentait plus certains lieux de sa jeunesse, car il avait accès à des endroits plus chics. En moins d'un mois, il avait changé de boulot, de maison, de voiture, de gymnase et de banque et il était assurément en train de changer de fiancée, même s'il n'y avait personne à l'horizon pour remplacer celle du passé. Ils n'avaient eu aucun contact depuis quatre semaines. Il supposait qu'il l'appellerait le trentième jour, comme promis, mais tellement de choses avaient changé depuis.

Quand il entra dans le hall du Royal Sonesta, sa chemise trempée collait à son dos. Les frais d'inscription se montaient à cinq mille dollars, une somme exorbitante pour passer quelques jours entre confrères. Sans doute un message à la profession pour montrer que tout le monde n'était pas invité, seulement les riches, qui traitaient leurs actions en nom collectif avec tout le sérieux voulu. La chambre coûtait quatre cent cinquante dollars la nuit ; il régla avec une carte de crédit encore vierge.

Différents séminaires étaient en cours. Clay écouta d'une oreille un débat mené par deux avocats qui avaient assigné en justice une société chimique accusée de polluer une eau potable devenue – ou non – cancérigène. La société chimique avait accepté un arrangement et versé cinq cents millions de dollars : les deux avocats étaient riches. Dans la salle voisine, un avocat que Clay avait déjà vu à la télévision s'exprimait avec passion devant une assistance clairsemée sur la manière dont il convenait de s'y prendre avec les médias. Ces débats, en fait, attiraient peu de monde, mais ce n'était que le vendredi après-midi ; les vedettes étaient attendues le samedi.

Clay finit par trouver une foule plus nombreuse dans le petit hall d'exposition où une compagnie aérienne projetait une vidéo sur son prochain modèle de jet privé, le plus sophistiqué de sa génération. La projection avait lieu sur un grand écran ; les avocats s'étaient regroupés pour admirer en silence, bouche bée, cette dernière merveille de l'industrie aéronautique. Avec une autonomie de vol de six mille quatre cents kilomètres, il permettait de relier une côte à l'autre des États-Unis ou bien New York à Paris, sans escale, bien entendu. L'avion consommait moins de carburant que quatre autres jets dont Clay n'avait jamais entendu parler et il volait plus vite. L'intérieur était spacieux, avec des sièges partout et, en prime, une charmante hôtesse en minijupe qui tenait une bouteille de champagne et une coupe de cerises. Les sièges étaient recouverts d'un beau cuir fauve. Le Galaxy 9000 pouvait être utilisé aussi bien pour les loisirs que pour les affaires : il était équipé d'une installation téléphonique dernier cri et d'une liaison par satellite permettant à l'avocat pressé d'appeler dans le monde entier. Il y avait en outre des fax, un copieur et, bien entendu, un accès à Internet. La cassette vidéo montrait ensuite un groupe d'hommes au visage dur rassemblés autour d'une petite table, les manches retroussées, sans doute des avocats qui travaillaient sur une proposition de transaction sans prêter la moindre attention ni à la blonde hôtesse ni à sa bouteille de champagne.

Clay se rapprocha avec le sentiment d'être un intrus. Le prix de vente du Galaxy 9000 n'était pas mentionné. La cassette vidéo proposait habilement des solutions intéressantes – multipropriété, crédit-bail, cession-bail – sur lesquelles des représentants mêlés à l'assistance étaient prêts à fournir tous les détails. Quand la cassette se termina, tout le monde se mit à parler en même temps, ni de médicaments dangereux ni d'actions collectives, mais de jets privés et du salaire des pilotes. Les représentants étaient entourés de clients avides. Clay entendit quelqu'un lancer dans la foule : « Neuf, il coûte dans les trente-cinq. »

Trente-cinq millions de dollars ?

D'autres exposants présentaient toutes sortes de produits de luxe. Un constructeur de navires avait attiré un groupe d'avocats passionnés par les yachts. Il y avait un spécialiste de l'immobilier dans les Antilles, un autre qui vendait des ranchs dans le Montana. Un stand d'électronique présentant les plus récents gadgets à des prix ébouriffants faisait un malheur.

Et les automobiles. Sur un mur entier étaient exposées des voitures de luxe : un coupé décapotable Mercedes, une Corvette en série limitée, une Bentley bordeaux que tout avocat respectable se devait de posséder. Porsche dévoilait son nouveau SUV ; un vendeur prenait des commandes. Le groupe le plus serré était agglutiné autour d'une superbe Lamborghini bleu roi. Le prix était presque caché, comme si le constructeur en avait honte. Seulement deux cent quatre-vingt-dix mille dollars, mais un stock réduit. Plusieurs avocats semblaient prêts à en venir aux mains pour l'avoir.

Dans une zone plus calme du hall d'exposition, un tailleur et ses assistants prenaient les mesures d'un avocat du genre corpulent pour lui confectionner un costume italien. Un panonceau indiquait qu'ils venaient de Milan, mais Clay surprit quelques mots en bon anglais.

Il avait un jour assisté à un débat organisé par la fac de droit sur les grosses réparations civiles et sur ce qu'il incombait aux avocats de faire pour protéger des tentations leurs clients d'un milieu modeste devenus riches du jour au lendemain. Plusieurs avocats avaient raconté des histoires horrifiques de familles ouvrières dont la vie avait été brisée par une fortune subite. Leurs récits constituaient une étude fascinante de comportements humains. Un des intervenants avait lâché : « Nos clients dépensent leur argent presque aussi vite que nous. »

En faisant du regard le tour du hall d'exposition, Clay vit tous ces avocats qui dépensaient leur argent presque aussi vite qu'ils le gagnaient. Pouvait-on lui reprocher la même chose ?

Bien sûr que non. Il s'en était tenu à l'essentiel. Qui n'aurait eu envie d'une voiture neuve et d'un foyer spacieux ? Il n'en était pas à faire l'acquisition d'un yacht, d'un avion privé ou d'un ranch : il n'en voulait pas. Et si le Dyloft devait lui rapporter une nouvelle fortune, il ne gaspillerait pas son argent en achetant un jet ou une résidence secondaire. Il le déposerait à la banque ou l'enterrerait au fond du jardin.

Cette orgie de biens de consommation le rendait malade. Il sortit de l'hôtel ; il avait envie d'huîtres et de bière Dixie.

15.

Le seul débat au programme, le samedi matin à 9 heures, était une conférence sur la législation des actions collectives en responsabilité civile, un sujet qui avait peu de succès. Clay était décidé à rentabiliser ses frais d'inscription. Il semblait le seul des rares auditeurs à ne pas avoir la gueule de bois.

L'orateur était un avocat de Washington qui faisait aussi du lobbying. Il prit un mauvais départ en racontant deux histoires cochonnes qui firent un bide. Le public, pourtant entièrement composé d'hommes, n'était pas d'humeur à écouter des grivoiseries. Passé son accès d'humour, l'orateur devint rapidement ennuyeux. Par bonheur, l'exposé était assez intéressant, voire instructif pour le débutant qu'était Clay.

À 10 heures, il eut le choix entre un débat sur les derniers développements de l'affaire Skinny Ben et un exposé sur la peinture à base de carbonate de plomb, un intitulé rébarbatif qui poussa Clay à choisir le premier sujet. La salle était pleine.

Skinny Ben était le surnom d'une pilule contre l'obésité prescrite à des millions de patients. Le fabricant avait empoché des milliards et les ventes allaient en s'accroissant quand des problèmes avaient commencé à apparaître chez un nombre significatif d'utilisateurs. Des problèmes cardiaques, aisément imputables à ce médicament. Les plaintes s'étaient multipliées en un temps record mais le groupe pharmaceutique n'avait aucune envie d'aller jusqu'au procès. Il disposait d'abondantes liquidités et avait commencé à dédommager les plaignants en négociant de coûteux règlements à l'amiable. Depuis trois ans, d'un bout à l'autre du pays, des avocats spécialisés dans les actions collectives faisaient des pieds et des mains pour rassembler les victimes de Skinny Ben.

Assis à une table de part et d'autre d'un animateur, quatre avocats faisaient face au public. À la dernière minute, un petit bonhomme nerveux se glissa précipitamment entre les rangs pour se laisser tomber dans le siège voisin de celui de Clay. Il entreprit aussitôt de vider sa serviette : carnets pour prendre des notes, documentation, deux téléphones cellulaires et un biper. Quand son poste de commandement fut installé, il se tourna vers Clay.

— Bonjour, fit-il à mi-voix.

— 'Jour, marmonna Clay qui n'avait aucune envie de faire la causette et s'écartait tant bien que mal.

En regardant les portables, il se demanda qui son voisin pouvait avoir l'intention d'appeler un samedi matin, à 10 heures.

— Combien de dossiers avez-vous ? reprit l'autre.

Une question intéressante. Clay était pris au dépourvu.

Il venait de conclure l'affaire du Tarvan et préparait son offensive contre le Dyloft, mais, dans l'immédiat, il n'avait pas un seul client. Une situation inacceptable dans ce milieu où les chiffres, déjà énormes, étaient largement gonflés.

— Quelques dizaines, répondit-il.

Le voisin haussa les sourcils comme si cette réponse était irrecevable. Elle jeta un froid ; ils n'échangèrent plus un mot pendant quelques minutes. Un des invités prit la parole et le silence se fit dans la salle. Son intervention portait sur le bilan de Healthy Living, le fabricant de Skinny Ben, qui comptait plusieurs départements, pour la plupart bénéficiaires. Le cours de l'action n'avait pas baissé. Après chaque transaction d'importance, le titre résistait bien, ce qui prouvait que les investisseurs savaient que le laboratoire disposait de liquidités.

— C'est Patton French, glissa le voisin de Clay.

— Qui ?

— Un spécialiste des actions en nom collectif qui a le vent en poupe. Trois cents millions d'honoraires l'an dernier.

— C'est lui qui doit prendre la parole pendant le déjeuner ?

— Oui. Il ne faut pas manquer ça.

Patton French expliqua avec un grand luxe de détails que près de trois cent mille dossiers Skinny Ben avaient été indemnisés pour un montant d'environ sept milliards et demi de dollars. Il estimait, en accord avec d'autres spécialistes, qu'il devait en rester une centaine de milliers représentant entre deux et trois milliards. Le laboratoire et ses assurances disposaient des ressources nécessaires pour dédommager les dernières victimes et il appartenait à ceux qui l'écoutaient de se mettre à leur recherche. À ces mots, un frisson parcourut l'assistance.

Clay n'avait aucune envie de se joindre à la meute. Il n'arrivait pas à se faire à l'idée que le petit bonhomme rondouillard et pontifiant qui tenait le micro avait gagné trois cents millions de dollars en un an et qu'il était encore assez motivé pour en vouloir plus. La discussion tournait sur la recherche de voies inédites pour attirer de nouveaux clients. Un des intervenants avait gagné tellement d'argent qu'il employait deux médecins à plein temps pour organiser, de ville en ville, le dépistage d'effets secondaires chez les patients ayant pris Skinny Ben. Un autre avait tout misé sur des spots télévisés. Le sujet intéressa un moment Clay, puis il s'enlisa : il s'agissait de savoir si l'avocat devait apparaître à l'écran en personne ou engager un acteur sur le retour.

Curieusement, il n'était pas question de la stratégie à suivre pendant un éventuel procès – témoignages d'experts, dénonciations, sélection du jury, constats médicaux –, des renseignements habituellement échangés entre avocats lors des séminaires. Clay découvrait que ces affaires allaient rarement jusqu'au procès. L'art de plaider n'avait aucune importance ; il s'agissait uniquement de racoler le maximum de clients. Et de percevoir des honoraires indécents. À plusieurs reprises, les quatre intervenants ne purent s'empêcher de faire savoir qu'ils avaient touché des millions à l'occasion de transactions récentes.

Clay avait envie de prendre une autre douche.

À 11 heures, le concessionnaire Porsche local donnait un cocktail, qui attira un monde fou. Plateaux d'huîtres, bloody-mary et interminables discussions sur le stock de clients dont chacun disposait. Et sur la façon de l'augmenter. Mille par-ci, deux mille par-là. À l'évidence, la tactique à la mode consistait à en rassembler autant que possible, puis à faire équipe avec Patton French, qui se faisait un plaisir de les inclure dans son fichier. Il exerçait dans le Mississippi. C'était son jardin privé : juges et jurés y allaient toujours dans le sens qu'il désirait et le fabricant attaqué en responsabilité civile y vivait dans la terreur.

Il reprit la parole à 13 heures, après un buffet proposant des spécialités cajuns arrosées de bière Dixie. Le teint rubicond, la langue déliée, il se lança sans notes dans un bref historique du système de la responsabilité civile et du rôle essentiel qu'il jouait pour protéger les masses de la cupidité et de la corruption des grandes entreprises qui fabriquaient des produits dangereux. Pendant qu'il y était, il eut quelques mots durs pour les compagnies d'assurances, les banques, les multinationales et même les républicains. Le capitalisme effréné rendait indispensable l'existence d'âmes fortes comme celles qui étaient regroupées au sein du cercle des Avocats. Elles montaient en première ligne, elles ne craignaient pas de s'attaquer aux gros pour prendre la défense des petits, des classes laborieuses.

Avec ses trois cents millions de dollars annuels d'honoraires, il était difficile de voir en Patton French un opprimé. Mais il était en représentation. Clay se demanda, une fois de plus, s'il était le seul dans l'assistance à être sain d'esprit. Ces gens dont la plupart possédaient un avion privé étaient-il aveuglés par l'argent au point de se prendre sincèrement pour les défenseurs des pauvres et des mal-portants ?

French continua de débiter ses histoires avec aisance. Une transaction de quatre cents millions de dollars pour un médicament contre le cholestérol ; une autre de un milliard pour un antidiabétique qui avait causé la mort d'au moins cent patients. Cent cinquante millions pour une installation électrique défectueuse dans deux cent mille foyers, qui avait provoqué quinze cents incendies et fait dix-sept victimes. L'assistance était suspendue aux lèvres de l'orateur qui, de loin en loin, donnait une indication sur l'emploi qu'il avait fait de son argent. Quand il déclara : « Cela leur a coûté un Gulfstream neuf », il reçut des applaudissements. Clay avait passé vingt-quatre heures à peine au Royal Sonesta, mais il savait déjà que le Gulfstream était ce qui se faisait de mieux comme jet privé et que le prix de l'appareil tournait autour de quarante-cinq millions de dollars.

Le grand rival de French était un avocat du Mississippi spécialisé dans la lutte contre les fabricants de cigarettes. Il avait empoché un milliard de dollars et acheté un yacht de cent quatre-vingts pieds. Celui de French n'en faisant que cent quarante, il l'avait troqué contre un autre de deux cents pieds. Le public trouva l'anecdote hilarante. Le cabinet de French employait trente avocats et il en aurait fallu trente autres. Il en était à sa quatrième épouse ; la précédente avait obtenu l'appartement à Londres.

Et ainsi de suite ; les fortunes gagnées étaient aussitôt dépensées. Pas étonnant qu'un tel homme travaille sept jours sur sept.

Dans un auditoire normal, tant de vulgarité eût certainement suscité de la gêne, mais Patton French savait à qui il s'adressait. Grossier, cynique, rarement ennuyeux, il incita pendant une heure d'horloge ceux qui l'écoutaient à racoler plus de clients, à gagner et à dépenser toujours plus.

Les cinq années passées au bureau de l'aide juridictionnelle avaient protégé Clay de certaines dérives récentes de la profession. Il avait lu des articles sur les actions collectives mais ne soupçonnait pas que ses confrères formaient un groupe aussi organisé et spécialisé. Ils ne semblaient pas dotés d'une intelligence exceptionnelle. Leur stratégie consistait essentiellement à rassembler un maximum de dossiers pour régler le litige à l'amiable sans aller jusqu'au procès.

French aurait pu continuer tout l'après-midi sans se lasser, mais il se retira au bout d'une heure sous les acclamations de l'assistance. Il devait revenir à 15 heures pour un débat dont le thème était : comment trouver la meilleure juridiction pour soumettre une affaire à la justice. L'intervention de l'après-midi s'annonçait comme une répétition de celle du matin et Clay en avait assez entendu.

Il se balada dans le Vieux Carré, sans s'intéresser aux bars ni aux boîtes de strip-tease, s'arrêtant plutôt devant les vitrines des antiquaires et des galeries d'art, sans rien acheter, car il était obsédé par l'idée de placer son argent. Après une longue marche, il s'assit à la terrasse d'un café de Jackson Square et regarda le défilé des passants. Il but sa chicorée à petites gorgées pour mieux la savourer, mais n'y prit aucun plaisir. Sans avoir jeté les chiffres sur le papier, il avait déjà fait le calcul de tête. Après avoir retranché les quarante-cinq pour cent prélevés par le fisc, ses frais professionnels et ce qu'il avait déjà dépensé, il lui resterait à peu près six millions et demi sur les honoraires du Tarvan. S'il plaçait la totalité dans une banque, il toucherait des intérêts d'un montant de trois cent mille dollars, ce qui représentait huit fois plus que son salaire de l'aide juridictionnelle. Trois cent mille dollars, soit vingt-cinq mille dollars par mois. Sur son banc ombragé, dans la chaleur de ce bel après-midi, il avait beau tourner et retourner les chiffres dans sa tête, il ne voyait pas comment dépenser une telle somme.

Ce n'était pas un rêve. C'était devenu une réalité ; l'argent avait été viré sur son compte. Il serait riche jusqu'à la fin de ses jours. Mais il ne deviendrait jamais comme les bouffons du Royal Sonesta qui râlaient sur le montant du salaire d'un pilote pour leur avion ou d'un skipper pour leur yacht.

Il y avait un seul inconvénient, mais de taille. Ceux qu'il avait recrutés ou débauchés, avec qui il avait pris des engagements. Rodney, Paulette, Jonah, miss Glick : ils avaient tous démissionné de leur poste pour le suivre aveuglément, avec une totale confiance. Il ne lui était pas possible d'empocher l'argent et de mettre fin à leur entreprise commune.

Il commanda une bière et prit une décision lourde

de conséquences. Il allait consacrer une courte période à travailler d'arrache-pied sur les dossiers du Dyloft, qu'il serait stupide de rejeter : Max Pace lui apportait une fortune sur un plateau. Quand l'affaire serait réglée, il distribuerait des primes colossales à son entourage et fermerait le cabinet. Il vivrait paisiblement dans sa maison de Georgetown, il partirait à la découverte du monde quand l'envie lui en prendrait, il irait pêcher avec son père et plus jamais, en aucun cas, il n'aurait le moindre contact avec le cercle des Avocats.

Il venait de commander le petit déjeuner quand le téléphone sonna. Il reconnut la voix de Paulette, la seule à savoir où le joindre.

— Tu as une belle chambre ? demanda-t-elle.

— On peut le dire.

— Avec un fax ?

— Naturellement.

— Donne-moi le numéro. Je t'envoie quelque chose.

C'était une copie d'une page de l'édition dominicale du *Washington Post*. Une annonce de mariage. Rebecca Allison Van Horn et Jason Shubert Myers IV. « M. et Mme Bennett Van Horn, McLean, Virginie, ont le plaisir d'annoncer les fiançailles de leur fille Rebecca avec Jason Shubert Myers IV, fils de M. et Mme D. Stephen Myers, Falls Church... » La photographie, une copie transmise sur plus de quinze cents kilomètres, était parfaitement nette. Une très jolie jeune fille s'apprêtait à épouser un autre homme que lui.

D. Stephen Myers était le fils de Dallas Myers, conseiller de plusieurs présidents des États-Unis, de Woodrow Wilson à Dwight Eisenhower. D'après le journal, Jason Myers avait fait ses études à l'université

Brown et à la faculté de droit de Harvard, et il était déjà associé chez Myers & O'Malley, probablement le plus ancien cabinet juridique de Washington et assurément le plus guindé. Il avait créé le service de la propriété intellectuelle et était devenu le plus jeune associé dans l'histoire du cabinet. À part ses lunettes rondes, il ne semblait pas y avoir grand-chose d'intellectuel chez lui, mais Clay savait qu'il ne pouvait être objectif, même s'il l'avait voulu. Sans être repoussant, Jason ne formait pas avec Rebecca un couple bien assorti.

Le mariage, prévu en décembre dans une église épiscopale de McLean, serait suivi d'une réception au Potomac Country Club.

En moins d'un mois, elle avait trouvé quelqu'un qu'elle aimait assez pour vouloir l'épouser. Quelqu'un disposé à supporter la vie avec Bennett et Barbara. Quelqu'un d'assez riche pour en mettre plein la vue à la tribu des Van Horn.

La sonnerie du téléphone le fit sursauter ; c'était encore Paulette.

— Tu as digéré la nouvelle ?

— Ça ira, affirma-t-il en s'efforçant de s'en persuader.

— Je suis sincèrement désolée, Clay.

— C'était fini, Paulette. Tout s'en allait en eau de boudin depuis un an. C'est mieux comme ça : je vais pouvoir l'oublier complètement.

— Si tu le dis...

— Ne t'inquiète pas. Merci d'avoir appelé.

— Quand rentres-tu ?

— Ce soir. Je serai au bureau demain.

On lui apporta le petit déjeuner qu'il ne se rappelait

plus avoir commandé. Il se contenta de quelques gorgées de jus de fruit, incapable d'avaler autre chose. Peut-être leur histoire avait-elle commencé depuis quelque temps, peut-être suffisait-il à Rebecca de se débarrasser de Clay, ce qu'elle était parvenue à faire assez facilement. Au fil des minutes, il voyait apparaître sur son visage le masque de la trahison. Il imaginait sa mère œuvrant dans la coulisse, mettant en scène leur rupture, tendant ses filets pour y prendre Myers et s'abandonnant maintenant aux joies des préparatifs du mariage.

— Bon débarras ! lâcha-t-il entre ses dents.

Mais il pensa au corps de Rebecca. Lorsqu'il se représenta Myers à sa place, il ne put se contenir et lança de toutes ses forces le verre vide contre le mur du fond, où il se fracassa. Il se maudit à voix basse de se conduire comme un imbécile.

Combien étaient-ils à avoir lu le journal, à se dire en pensant à Clay : « Eh bien, elle n'a pas perdu de temps pour lui trouver un remplaçant ! »

Et Rebecca ? Pensait-elle à lui ? Quelle satisfaction éprouvait-elle en contemplant sa photographie dans le journal ? Une satisfaction profonde ou pas du tout ? Qu'est-ce que cela pouvait bien changer ? Ses parents avaient déjà oublié Clay ; il n'avait qu'à en faire autant.

Elle précipitait les choses, il en était convaincu. Leur liaison avait été trop longue, trop passionnée et leur rupture était trop récente pour qu'elle se remette aussi vite avec un autre. Il avait couché avec elle pendant quatre ans, Myers depuis seulement un mois, du moins l'espérait-il.

Il se rendit à pied à Jackson Square, où cartomanciennes, jongleurs et musiciens de rue étaient déjà à pied d'œuvre. Il acheta une glace et s'installa sur un banc, près de la statue d'Andrew Jackson. Il prit la décision d'appeler Rebecca pour lui présenter ses vœux de bonheur. Puis il décida de trouver une blonde superbe et de s'afficher avec elle en présence de Rebecca. Peut-être l'emmènerait-il au mariage en jupe courte et jambes interminables. Avec l'argent dont il disposait, il devrait être facile de trouver une femme de ce genre. Il irait même jusqu'à en payer une s'il le fallait.

C'est fini, mon vieux, se dit-il. Ressaisis-toi.

Laisse-la vivre.

16.

Le code vestimentaire du cabinet s'était singulièrement relâché ; en fait, tout était permis. Le ton était donné par le patron dont le goût allait vers le jean et le T-shirt de qualité, une veste sport à portée de main pour les déjeuners au restaurant. Il avait des complets griffés pour ses rendez-vous ou pour se rendre au tribunal, mais ces occasions étaient rares, le cabinet n'ayant ni clients ni affaire en cours.

Ils se retrouvèrent tous le lundi, en fin de matinée, dans la salle de réunion : Clay, Paulette, Rodney et Jonah, avec une mine de déterré. Miss Glick avait certes un rôle-clé dans le fonctionnement du cabinet mais n'en restait pas moins la secrétaire-réceptionniste.

— Mes amis, commença Clay, nous avons du pain sur la planche.

Il leur présenta le Dyloft en s'appuyant sur les notes concises de Max Pace pour faire la description et l'historique du médicament. De mémoire, il brossa un tableau peu reluisant des laboratoires Ackerman : ventes, bénéfices, liquidités, concurrents, autres problèmes judiciaires. Il énuméra ensuite les bonnes nouvelles : les effets secondaires désastreux du Dyloft, les tumeurs de la vessie, le fait que le laboratoire ait connaissances des problèmes.

— Aucune plainte n'a été déposée jusqu'à présent,

poursuivit Clay, mais cela ne va pas tarder. Le 2 juillet, nous engagerons les hostilités en intentant une action collective pour le compte de tous les patients ayant eu à subir les effets du médicament. Ce sera le bazar et nous serons au premier rang.

— Nous avons des clients ? interrogea Paulette.

— Pas encore : nous ne disposons que d'une liste de noms et d'adresses. Nous commençons dès aujourd'hui à appeler les clients. Pour rassembler les dossiers, nous élaborerons un plan que tu auras la responsabilité de mettre en œuvre avec Rodney.

Malgré ses réticences à l'égard des spots télévisés, il s'était convaincu dans l'avion le ramenant de La Nouvelle-Orléans qu'il n'existait pas d'autre solution. Dès qu'il aurait intenté une action et rendu publics les méfaits du Dyloft, les charognards du cercle des Avocats se mettraient avidement à la recherche des patients. La diffusion de publicités télévisées était le seul moyen efficace de les prendre de vitesse en réunissant rapidement un grand nombre de dossiers.

C'est ce qu'il expliqua à son équipe avant d'annoncer que le coût serait d'au moins deux millions de dollars.

— Nous avons deux millions en caisse ? lança Jonah.

Il disait tout haut ce que chacun pensait tout bas.

— La réponse est oui. Nous nous mettons au travail sur les spots dès aujourd'hui.

— On ne va pas faire les comédiens, hein ? lança Jonah d'un ton presque implorant.

Comme toutes les grandes villes, aux premières heures de la matinée et en fin de soirée, Washington était noyée sous un déluge de publicités exhortant les victimes de tout poil à appeler tel ou tel avocat prêt à les défendre sans faire payer la première consultation.

Souvent, l'avocat apparaissait en personne et l'effet était plutôt gênant.

Paulette aussi avait l'air effrayé et secouait doucement la tête.

— Bien sûr que non. Nous nous adresserons à des professionnels.

— Combien de clients pouvons-nous espérer toucher ? demanda Rodney.

— Plusieurs milliers. Difficile à dire.

— Sauf erreur, poursuivit Rodney en pointant lentement l'index sur chacun d'eux, nous ne sommes que quatre.

— Nous allons recruter du personnel. Jonah est responsable du développement. Nous allons louer des locaux dans les faubourgs et nous y installerons des assistants juridiques qui auront pour tâche de répondre au téléphone et d'organiser les dossiers.

— Où trouve-t-on des assistants juridiques ? demanda Jonah.

— Dans la rubrique demandes d'emploi des revues du barreau. Commence à éplucher les petites annonces. Et tu as rendez-vous cet après-midi avec un agent immobilier, à Manassas. Nous aurons besoin d'environ cinq cents mètres carrés, rien de luxueux, mais avec une bonne installation téléphonique et un système informatique efficace, ce qui, tout le monde le sait, est ta spécialité. Loue les locaux, installe le matériel, recrute le personnel et organise le tout. Il n'y a pas de temps à perdre.

— Oui, chef.

— Combien peut rapporter chaque dossier ? interrogea Paulette.

— Ce que les laboratoires Ackerman accepteront de payer. La fourchette devrait aller de dix mille à cinquante mille dollars. Plusieurs facteurs doivent être pris en compte, en particulier la gravité des lésions causées à la vessie.

— Et combien de dossiers pouvons-nous espérer réunir ? poursuivit Paulette en griffonnant des chiffres sur une feuille.

— Impossible à dire.

— Donne une estimation.

— Je ne sais pas. Plusieurs milliers.

— Bon, disons trois mille, poursuivit-elle lentement en continuant de poser des chiffres. Trois mille dossiers à un minimum de dix mille dollars, cela fait trente millions. C'est bien ça ?

— Oui.

— Et à combien se montent les honoraires des avocats ?

Les trois autres ne quittaient pas Clay des yeux.

— Un tiers, répondit-il.

— Cela fait dix millions de dollars d'honoraires, articula lentement Paulette. Pour le cabinet ?

— Exact. Et ces honoraires, nous allons les partager.

Le mot « partager » flotta dans la pièce quelques secondes. Jonah et Rodney se tournèrent vers Paulette comme pour dire : « Vas-y, qu'on en finisse. »

— Qu'entends-tu par partager ? demanda-t-elle en détachant les syllabes.

— Dix pour cent pour chacun de vous.

— Dans l'hypothèse que nous avons retenue, ma part s'élèverait donc à un million de dollars ?

— Exact.

— Même chose pour moi ? fit Rodney.

— Même chose pour toi. Et pour Jonah. J'ajoute que nous sommes probablement dans le bas de la fourchette.

En tout état de cause, ils assimilèrent la nouvelle

dans un profond silence, pendant un temps qui parut interminable, chacun commençant instinctivement à dépenser l'argent en pensée. Pour Rodney, payer les études des enfants. Pour Paulette, divorcer de son Grec. Pour Jonah, c'était toute une vie sur un voilier.

— Tu parles sérieusement, Clay ? fit-il.

— On ne peut plus sérieusement. Si nous nous défonçons au boulot pendant un an, nous pourrons certainement choisir d'être de jeunes retraités.

— Qui t'a parlé du Dyloft ? demanda Rodney.

— Ne m'en veux pas, Rodney, mais cette question restera sans réponse. Fais-moi confiance.

Clay se prit à espérer que la confiance aveugle qu'il faisait lui-même à Max Pace n'était pas mal placée.

— J'en avais presque oublié Paris, glissa Paulette.

— Il ne faut pas. Nous y serons la semaine prochaine.

Jonah se leva d'un bond, son calepin à la main.

— Comment s'appelle ton agent immobilier ?

Clay avait aménagé un petit bureau au deuxième étage de sa maison de Georgetown ; il n'avait pas l'intention d'y travailler beaucoup, mais il lui fallait de la place pour ses papiers. La table de travail était un billot de boucher qu'il avait déniché chez un antiquaire de Fredericksburg, à deux pas de chez lui. Assez long pour y loger un téléphone, un fax et un ordinateur portable, il occupait un mur entier.

C'est là qu'il fit une entrée hésitante dans le monde du démarchage par téléphone. Il attendit 21 heures, une heure à laquelle certains se couchaient, surtout des gens âgés, peut-être ceux qui souffraient d'arthrite. Un verre d'alcool pour se donner du courage et il composa le premier numéro.

Une femme décrocha, peut-être Mme Ted Worley, de Upper Marlboro, Maryland. Clay se présenta poliment, précisant qu'il était avocat, comme si les membres de cette corporation avaient coutume d'appeler les gens chez eux à n'importe quelle heure sans qu'il y ait à s'inquiéter, et demanda à parler à M. Worley.

— Il regarde les Orioles.

À l'évidence, Ted Worley ne répondait pas au téléphone quand une rencontre de l'équipe de base-ball de Washington passait à la télévision.

— Bien sûr... Serait-il possible d'échanger quelques mots avec lui ?

— Vous dites que vous êtes avocat ?

— Oui, madame. J'exerce à Washington.

— Qu'est-ce qu'il a encore fait ?

— Rien du tout !... J'aimerais lui parler de son arthrite.

Clay se retint de raccrocher ; heureusement que personne ne regardait ni n'écoutait. Pense à l'argent, se dit-il. Pense à tes honoraires.

— Son arthrite ? Je croyais que vous étiez avocat, pas médecin.

— Oui, madame, je suis avocat et j'ai de bonnes raisons de croire que le médicament qu'il prend pour son arthrite est dangereux. Si vous voulez bien... Cela ne prendra qu'une seconde.

Il entendit des voix étouffées : Mme Worley cria quelque chose à son mari qui répondit sur le même ton. Ted finit par se déplacer.

— Qui est à l'appareil ?

Clay se présenta succinctement et demanda quel était le score.

— Trois à un pour les Red Sox dans la cinquième. Nous nous connaissons ?

M. Worley avait soixante-dix printemps.

— Non, monsieur. Je suis avocat à Washington, spécialisé dans les demandes en dommages-intérêts concernant des médicaments nocifs. Je poursuis en justice les laboratoires pharmaceutiques quand ils commercialisent des produits dangereux.

— Bon, qu'est-ce que vous voulez ?

— Des recherches sur Internet nous ont permis d'établir que vous êtes un utilisateur potentiel d'un médicament contre l'arthrite, le Dyloft. Pouvez-vous me dire si vous utilisez ce médicament ?

— Et si je ne veux pas vous dire ce qu'on m'a prescrit ?

Une objection parfaitement recevable, à laquelle Clay s'attendait.

— Rien ne vous y oblige, monsieur Worley. Mais le seul moyen de déterminer si vous pouvez prétendre à une indemnisation est de me dire si vous utilisez ce médicament.

— Foutu Internet ! marmonna M. Worley.

Il échangea quelques mots avec sa femme qui, de toute évidence, se trouvait près du téléphone.

— Quelle indemnisation ? demanda-t-il.

— Nous allons y venir. Il faut d'abord que je sache si on vous a prescrit le Dyloft. Dans le cas contraire, vous avez de la chance.

— Bon, je suppose que ce n'est pas un secret...

— Non.

C'était évidemment un secret : le traitement ordonné par un médecin ne pouvait qu'être confidentiel. Ces petits mensonges sont nécessaires, se répétait Clay. Il faut prendre du recul, se dire que Worley et des milliers d'autres patients ne sauront jamais qu'ils utilisent un médicament dangereux si on ne le leur révèle pas. Les laboratoires Ackerman n'avaient pas joué franc jeu ; à lui de rétablir la vérité.

— Oui, je prends du Dyloft.
— Depuis combien de temps ?
— À peu près un an. C'est très efficace.
— Des effets secondaires ?
— Par exemple ?
— Des saignements ou des brûlures quand vous urinez.

Clay s'était résigné à beaucoup parler urine et vessie dans les mois à venir. Il ne pouvait faire autrement. La fac de droit ne prépare pas un avocat à toutes les situations.

— Non. Pourquoi ?
— Nos recherches ont conduit à des résultats que le fabricant du médicament – les laboratoires Ackerman – s'efforce de passer sous silence. Nous avons découvert que le Dyloft produit des tumeurs de la vessie chez certains patients.

Ted Worley, qui n'avait rien demandé à personne et qui, quelques minutes auparavant, regardait tranquillement à la télévision une rencontre de base-ball de son équipe préférée, allait passer le reste de la nuit et une grande partie des jours suivants à se demander avec angoisse si des tumeurs malignes envahissaient sa vessie. Clay se sentait moche et aurait voulu s'excuser, mais il ne voyait pas comment faire autrement. Sinon, comment le pauvre homme aurait-il appris la vérité ? S'il avait réellement des tumeurs, il était en droit de le savoir.

— Quand j'y pense, reprit Worley en se frottant les reins d'une main, je me rappelle avoir eu une sensation de brûlure il y a deux ou trois jours.

Clay entendit la voix assourdie de Mme Worley.

— Qu'est-ce que tu racontes, Ted ?
— T'occupe !

Clay passa à l'offensive avant que la discussion ne s'envenime.

— Mon cabinet représente un grand nombre d'utilisateurs du Dyloft. Je pense que vous devriez envisager de vous faire faire une analyse.

— Quelle sorte d'analyse ?

— Une analyse d'urine. Nous avons l'adresse d'un médecin qui peut s'en charger dès demain ; cela ne vous coûtera pas un centime.

— Et s'il trouve quelque chose ?

— Dans ce cas, nous verrons ensemble quelles possibilités s'offrent à vous. Quand la vérité sur le Dyloft éclatera au grand jour, ce qui ne saurait tarder, les demandes d'indemnisation se multiplieront. Mon cabinet sera au premier rang pour attaquer les laboratoires Ackerman ; j'aimerais vous compter parmi nos clients.

— Je devrais peut-être en parler à mon médecin.

— Certainement, monsieur Worley, mais il se peut que sa responsabilité soit également engagée. C'est lui qui a prescrit ce médicament. Peut-être serait-il préférable d'avoir un avis impartial.

— Ne quittez pas.

Worley couvrit le microphone de la main pour avoir une discussion animée avec son épouse.

— Je n'aime pas l'idée de porter plainte contre un médecin, reprit-il au bout d'un moment.

— Moi non plus. Ma spécialité est d'attaquer en justice les grandes entreprises qui causent des préjudices à leurs clients.

— Faut-il que j'arrête de prendre ce médicament ?

— Faites d'abord l'analyse. Le Dyloft sera probablement retiré du marché dans le courant de l'été.

— L'analyse, je la fais où ?

— Le médecin exerce à Chevy Chase. Vous est-il possible d'y aller demain ?

— Bien sûr, pourquoi pas ? Ce serait idiot d'attendre, non ?

— Absolument.

Clay lui donna le nom et l'adresse d'un médecin repéré par Max Pace. L'analyse à quatre-vingts dollars en coûterait trois cents par tête à Clay, mais c'était le prix à payer pour avoir ce qu'il voulait.

Les détails réglés, Clay s'excusa du dérangement, remercia Worley de lui avoir accordé un peu de son temps et le laissa dans l'angoisse, devant son téléviseur. Ce n'est qu'en raccrochant qu'il sentit les gouttes de sueur perlant juste au-dessus de ses sourcils. Du démarchage par téléphone ! Quel genre d'avocat était-il donc devenu ?

Un avocat riche.

Il allait devoir se rendre insensible, ce qu'il n'était pas naturellement et n'était pas sûr de pouvoir devenir.

Le surlendemain, Clay gara sa voiture devant la maison des Worley, à Upper Marlboro. Un examen cytologique avait révélé la présence de cellules anormales dans les urines, ce qui, à en croire les études entrées indûment en possession de Max Pace, indiquait clairement que des tumeurs s'étaient formées dans la vessie. M. Worley avait été adressé à un urologue chez qui il avait rendez-vous la semaine suivante. L'examen et l'ablation des tumeurs seraient effectués par chirurgie cystoscopique, en faisant passer un petit instrument et un bistouri dans un tube traversant le pénis pour déboucher dans la vessie. Une intervention présentée comme banale à M. Worley qui, lui, se faisait un sang d'encre. D'après son épouse, il n'avait pas fermé l'œil les deux nuits précédentes ; elle non plus.

Clay se retint de leur dire que les tumeurs étaient probablement bénignes ; il valait mieux laisser le médecin l'annoncer après l'intervention.

En buvant un café soluble agrémenté d'un succédané de lait en poudre, Clay expliqua les termes du contrat qu'il leur présentait et répondit à leurs questions sur la demande en dommages-intérêts. Ted Worley signa les documents : il était le premier plaignant dans l'affaire du Dyloft.

Pendant un certain temps, il sembla devoir rester le seul. En passant de longues heures au téléphone, Clay avait réussi à convaincre onze autres personnes de se faire faire une analyse d'urine : dans les onze cas, le résultat fut négatif. Max Pace l'exhortait à persévérer. Un correspondant sur trois lui raccrochait au nez ou refusait de le prendre au sérieux.

Paulette, Rodney et lui-même avaient divisé entre Noirs et Blancs les listes de clients potentiels. Les Noirs, à l'évidence, étaient moins soupçonneux que les Blancs : il était plus facile de les convaincre de prendre rendez-vous chez un médecin. Ou bien ils étaient plus sensibles à l'attention soudain portée à leur santé. Ou encore, comme elle-même l'avait suggéré à plusieurs reprises, Paulette savait mieux leur parler.

À la fin de la première semaine, Clay avait fait signer trois clients dont l'analyse d'urine avait révélé la présence de cellules anormales. Rodney et Paulette, qui travaillaient en équipe, en avaient sept autres.

Les hostilités pouvaient commencer.

17.

L'escapade à Paris lui avait coûté la bagatelle de quatre-vingt-quinze mille trois cents dollars, d'après les factures soigneusement conservées par Rex Crittle, un homme pour qui la vie de Clay n'avait plus guère de secret. À la tête d'un cabinet d'experts-comptables de taille moyenne dont les bureaux se trouvaient à l'étage au-dessous de ceux de Clay, Crittle, comme de bien entendu, avait été recommandé par Max Pace.

Au moins une fois par semaine, l'un des deux prenait l'escalier pour rejoindre l'autre et ils passaient une bonne demi-heure à parler de l'argent de Clay et des moyens de le faire fructifier. Un système simple de comptabilité informatisée avait été installé ; miss Glick saisissait les chiffres et les transmettait aux ordinateurs du cabinet de Crittle.

L'expert-comptable craignait qu'un afflux si soudain de richesse ne déclenche un audit fiscal. Même si Max Pace assurait qu'il n'en serait rien, Clay partageait son avis. Il tenait à ce que la comptabilité de son cabinet soit transparente et ne voulait pas laisser de zones d'ombre sur des déductions de son revenu imposable. Ayant déjà gagné plus qu'il ne l'avait jamais rêvé, il estimait inutile d'essayer de flouer les services fiscaux. Il préférait payer et dormir tranquille.

— Que représente ce règlement d'un demi-million de dollars à East Media ? demanda Crittle.

— Nous diffusons des spots télévisés pour une action judiciaire. C'est le premier versement.

— Il y en aura d'autres ? Combien ?

Le comptable pencha la tête, regarda par-dessus ses lunettes et se retourna vers Clay, l'air réprobateur.

— Je me demande si vous n'avez pas perdu la tête.

— Le total sera de deux millions de dollars. Nous engageons dans quelques jours une action judiciaire d'envergure et nous lancerons simultanément une campagne télévisée percutante, des clips réalisés par East Media.

— Bon, bon, fit Crittle, sans cacher sa méfiance pour cette somme astronomique. Mais je suppose qu'il y aura de nouvelles rentrées pour couvrir ces dépenses.

— Je l'espère, répondit Clay en riant.

— Et ces nouveaux locaux à Manassas ? Je vois un dépôt de garantie d'un montant de quinze mille dollars !

— Eh oui ! Le cabinet se développe ! Je recrute six assistants juridiques qui travailleront là-bas : le loyer y est moins cher.

— Je suis content de voir que vous vous souciez de faire des économies... Six assistants ?

— J'en ai déjà engagé quatre. Les contrats de travail et les fiches individuelles sont sur mon bureau.

Crittle étudia un listing en silence ; derrière ses lunettes, une calculatrice fonctionnait à toute vitesse.

— Puis-je demander pourquoi vous avez besoin de six nouveaux assistants alors que vous n'avez aucune affaire en cours ?

— Voilà une question intéressante.

Clay brossa le tableau de la situation sans donner le nom ni du médicament ni du fabricant ; cet exposé sommaire ne sembla apporter qu'une réponse partielle aux questions que se posait Crittle. En bon comptable, il était sceptique sur l'issue d'un projet qui supposait de pousser des gens à aller en justice.

— Je pense que vous savez ce que vous faites, soupira-t-il, comme s'il était sûr du contraire.

— Faites-moi confiance, Rex. L'argent va couler à flots.

— Il vous coule des doigts, c'est sûr !

— Pour gagner de l'argent, il faut savoir en dépenser.

— C'est ce qu'on dit.

L'attaque fut lancée le 1er juillet, juste après le coucher du soleil. Tout le monde, excepté miss Glick, était rassemblé devant le téléviseur de la salle de réunion ; à 20 h 32 précises, le silence se fit, plus personne ne bougea. Le spot d'une durée de quinze secondes, commençait par l'image d'un jeune acteur en blouse blanche, un gros ouvrage à la main, qui regardait droit dans l'objectif de la caméra. « Je m'adresse à ceux qui souffrent d'arthrite. Si vous prenez du Dyloft, vous pourrez, le cas échéant, porter plainte contre le fabricant de ce médicament. Il serait lié à différents effets secondaires, en particulier la formation de tumeurs dans la vessie. »

En bas de l'écran apparut une inscription en caractères gras :

NUMÉRO VERT DYLOFT
APPELEZ LE 1-800-555 DYLO

« Appelez sans tarder ce numéro, poursuivit le comédien en blouse blanche. En téléphonant au numéro vert Dyloft, vous pourrez bénéficier d'un examen médical gratuit. Appelez vite ! »

Tout le monde avait retenu son souffle pendant quinze secondes et, quand le spot fut terminé, personne ne parla. Pour Clay, le moment était particulièrement poignant : il venait de lancer une offensive brutale, qui pouvait se révéler dévastatrice contre un puissant laboratoire pharmaceutique qui allait assurément répliquer avec violence. Et si Max Pace l'avait induit en erreur ? S'il faisait de Clay un simple pion dans une partie d'échecs entre deux géants de l'industrie pharmaceutique ? Si lui, Clay Carter, ne réussissait pas à apporter la preuve que ce médicament provoquait la formation de tumeurs ? Confronté à ces questions depuis plusieurs semaines, il harcelait Max Pace. Le ton était monté plusieurs fois et, en deux occasions, la discussion avait dégénéré en dispute. De guerre lasse, Max lui avait remis le rapport subtilisé, ou du moins acquis par des moyens discutables, sur les effets du Dyloft. Clay l'avait fait étudier par un ancien condisciple de Georgetown devenu médecin à Baltimore. L'étude paraissait sérieuse – et inquiétante.

Clay avait fini par se convaincre qu'il était dans le vrai et que les laboratoires Ackerman avaient commis une erreur. Mais, en regardant le spot télévisé et en prenant conscience de la gravité des accusations, il avait senti une faiblesse le saisir.

— Impressionnant, fit Rodney qui avait déjà vu une dizaine de fois la vidéo du spot.

Le résultat était plus saisissant sur l'écran d'un téléviseur. East Media avait promis que chaque spot serait vu par seize pour cent des téléspectateurs. Ils seraient diffusés un jour sur deux pendant dix jours sur quatre-vingt-dix chaînes de la côte est à la côte ouest. L'audience estimée était d'environ quatre-vingts millions de téléspectateurs.

— Cela va marcher, déclara Clay avec assurance.

La première heure, le spot fut diffusé sur trente chaînes de la côte est, puis il gagna le centre du pays sur dix-huit autres. Quatre heures après la première diffusion, il atteignit la côte ouest où il toucha quarante-deux nouveaux marchés. Le modeste cabinet de Clay venait de dépenser un peu plus de quatre cent mille dollars le premier soir.

Le numéro vert dirigeait les appels vers l'Atelier, le surnom donné à l'annexe du cabinet établie dans un centre commercial. Les six nouveaux assistants prenaient les appels, remplissaient des formulaires, posaient une liste de questions, communiquaient aux correspondants l'adresse du site Web Dyloft et promettaient qu'un avocat les rappellerait. Deux heures après la diffusion des premières publicités, toutes les lignes étaient occupées. Un ordinateur enregistrait le numéro des correspondants qui n'avaient pu les joindre et un message enregistré leur fournissait l'adresse du site Internet.

Le lendemain matin, à 9 heures, Clay reçut un appel urgent d'un confrère travaillant dans un gros cabinet tout proche. Il représentait les laboratoires Ackerman et exigeait l'interruption immédiate des spots télévisés. Prétentieux, condescendant, il alla jusqu'à menacer Clay de toutes sortes de représailles judiciaires s'il ne s'exécutait pas illico. La conversation s'envenima rapidement, puis les deux interlocuteurs se calmèrent.

— Serez-vous dans votre bureau d'ici à quelques minutes ? demanda Clay.

— Naturellement. Pourquoi ?

— J'ai quelque chose à vous faire porter. J'appelle mon coursier ; ce ne sera pas long.

Tandis que le coursier, Rodney, descendait avec une copie des vingt pages de la plainte, Clay se rendit au tribunal avec l'original du document. Conformément aux instructions de Pace, des copies avaient également été faxées au *Washington Post*, au *Wall Street Journal* et au *New York Times*.

Pace avait aussi donné à entendre que la vente à découvert d'actions Ackerman serait une opération de bourse judicieuse. Le vendredi, à la clôture, la valeur était cotée à quarante-deux dollars et cinquante cents. Le lundi matin, à l'ouverture, Clay avait passé un ordre de vente pour cent mille actions. Il les rachèterait quelques jours plus tard, aux environs de trente dollars, si tout se passait bien, et mettrait encore un million de dollars dans sa poche. C'était l'objectif.

À son retour, une activité fiévreuse régnait dans les bureaux. L'Atelier disposait de six lignes pour le numéro de téléphone à appel gratuit ; quand elles étaient toutes occupées, les appels étaient transférés au cabinet de Connecticut Avenue. Clay trouva Rodney, Paulette et Jonah en communication avec des patients sous Dyloft. Ils appelaient de toute l'Amérique du Nord.

— Cela peut vous intéresser, fit miss Glick en lui montrant la liste des messages, sur laquelle figurait le nom d'un journaliste du *Wall Street Journal*. Et M. Pace est dans votre bureau.

— C'est fait, annonça Clay à Max, qui se tenait à la fenêtre, un gobelet de café à la main. Nous avons mis le feu aux poudres.

— Je suis sûr que cela vous fait plaisir.

— Les avocats d'Ackerman se sont déjà manifestés. Je leur ai fait parvenir une copie de la plainte.

— Très bien. Ils sont pris à la gorge. Ils viennent de tomber dans un traquenard et ils savent qu'ils vont se faire massacrer. Vous vivez le rêve de tout avocat, Clay : profitez-en au maximum.

— Asseyez-vous. J'ai quelque chose à vous demander.

Tout en noir comme à son habitude, Max prit place dans un fauteuil et croisa les jambes. Ses bottes de cuir étaient en peau de serpent, apparemment.

— Si les laboratoires Ackerman vous engageaient aujourd'hui, que feriez-vous ?

— La communication est essentielle, répondit Max. Je ferais sans tarder des communiqués de presse pour tout nier et rejeter la responsabilité du scandale sur la voracité d'avocats peu scrupuleux. Je défendrais mon produit. La bombe a éclaté, l'onde de choc sera puissante ; l'objectif est d'éviter que le cours de l'action s'effondre. Le titre cotait quarante-deux dollars cinquante à l'ouverture, ce qui était bas ; il a déjà plongé à trente-trois. Je ferais passer le P-DG à la télévision pour dire ce qu'il faut dire. Je demanderais aux responsables des relations publiques d'utiliser tous les moyens de propagande et aux avocats d'organiser une défense en bon ordre. J'enverrais les visiteurs médicaux voir les médecins, les assurer que le médicament est sans danger.

— Il n'est pas sans danger.

— Je garderais cela pour plus tard. Les premiers jours, tout est affaire de communication, du moins en surface. Si les investisseurs ont des doutes, les rats quitteront le navire et le cours de l'action continuera de dégringoler. La communication en place, je jouerais cartes sur table avec la direction. Après avoir découvert que le médicament n'est pas sans danger, je me pencherais sur les chiffres et j'essaierais de déterminer le coût d'une transaction. On ne va pas jusqu'au procès avec un médicament dangereux. Les réactions d'un jury sont imprévisibles. Dans un État, il accordera un million de dollars aux plaignants ; dans l'État voisin, la colère le fera monter jusqu'à vingt millions de dommages-intérêts punitifs. C'est une gigantesque loterie. Alors, on conclut un arrangement. Les avocats, vous êtes bien placé pour le savoir, prennent leur pourcentage sur le montant total des réparations : il est donc facile de s'entendre avec eux.

— Jusqu'où pourraient aller les laboratoires Ackerman ?

— Ils sont assurés pour trois cents millions, au bas mot, et disposent d'un demi-milliard de liquidités, essentiellement grâce au Dyloft. Si j'étais à leur place, je prévoirais de verser un milliard. Et je ne perdrais pas de temps.

— Croyez-vous qu'ils feront vite ?

— Comme ils ne m'ont pas engagé, ils n'ont pas beaucoup de flair. Je les observe depuis longtemps et j'ai constaté qu'ils ne sont pas très ingénieux. Comme tous les fabricants de produits pharmaceutiques, ils ont horreur des tribunaux. Au lieu de faire appel à un pompier comme moi, ils préfèrent agir à l'ancienne en se reposant sur leurs avocats qui n'ont évidemment aucun intérêt à aboutir rapidement à un règlement à l'amiable. Ils se feront représenter par le cabinet Walker & Stearns, de New York ; vous n'allez pas tarder à avoir de leurs nouvelles.

— Il n'y aura pas de transaction rapide ?

— Vous avez déposé votre plainte il y a moins d'une heure.

— Je sais. Mais je suis en train de claquer tout l'argent que vous m'avez fait gagner.

— Un peu de patience. Dans un an, vous serez bien plus riche.

— Un an ?

— À vue de nez. Il faut d'abord laisser les avocats s'engraisser. Walker & Stearns va mettre cinquante de ses collaborateurs sur l'affaire et facturer à tour de bras. La demande en dommages-intérêts formée par M. Worley rapportera cent millions de dollars aux avocats d'Ackerman. Ne l'oubliez pas.

— Pourquoi ne me proposent-ils pas la même somme pour que je retire ma plainte ?

— Vous commencez à raisonner comme il faut. Ils vous verseront beaucoup plus, mais il leur faudra d'abord payer leurs avocats. Voilà comment cela fonctionne.

— Vous n'agiriez pas de la même manière ?

— Bien sûr que non. Pour le Tarvan, mon client m'a dit la vérité, ce qui arrive rarement. Je me suis mis au travail, je vous ai trouvé et l'affaire a été réglée discrètement, rapidement et à moindres frais. Cinquante millions et pas un sou pour leurs avocats.

Miss Glick surgit dans l'embrasure de la porte.

— J'ai encore le journaliste du *Wall Street Journal* au téléphone.

Clay lança un regard interrogateur à Pace.

— Baratinez-le, conseilla Max. Et n'oubliez pas que, dans l'autre camp, ils sont tous en train de s'atteler à la communication.

Dès le lendemain matin, le *New York Times* et le *Washington Post* publièrent un court article en première page de leur rubrique économique. Le nom de Clay était cité, un plaisir qu'il savoura discrètement. L'article donnait plus de place aux déclarations des représentants du groupe pharmaceutique. Le P-DG qualifiait la plainte d'« infondée » et y voyait « un nouvel exemple des excès de ces avocats qui intentent des actions à tout propos ». D'après le vice-président en charge de la recherche, « les contrôles réalisés sur le Dyloft n'avaient pas révélé d'effets secondaires nocifs ». Les deux quotidiens signalaient que l'action Ackerman, qui avait chuté de cinquante pour cent au cours des trois trimestres précédents, venait encore de dégringoler à la suite cette attaque-surprise.

Le journaliste du *Wall Street Journal* avait trouvé le ton juste, du moins selon Clay. D'entrée de jeu, il lui avait demandé son âge et s'était étonné d'apprendre qu'il n'avait que trente et un ans. La réponse avait déclenché une ribambelle de questions sur l'expérience professionnelle de Clay, les caractéristiques de son cabinet et ainsi de suite. L'histoire de David contre Goliath, c'est plus facile à lire que des données financières arides ou des rapports de laboratoire. Un photographe appelé en urgence fit poser Clay sous le regard amusé de ses collaborateurs.

En première page, colonne de gauche, s'étalait un titre ronflant : « Un novice s'attaque aux puissants laboratoires Ackerman ». À côté, une caricature assistée par ordinateur d'un Clay Carter souriant. Le premier paragraphe commençait ainsi : « Il y a à peine deux mois, Me Clay Carter, avocat à Washington, œuvrait pour un salaire de misère dans l'anonymat du bureau de l'aide juridictionnelle. Hier, il a formé une demande en dommages-intérêts pour une somme de un milliard de dollars contre le troisième groupe pharmaceutique au monde, alléguant que son nouveau médicament miracle, le Dyloft, utilisé pour soulager les douleurs des arthritiques, serait à l'origine de tumeurs dans la vessie. »

Le journaliste se posait un certain nombre de questions sur ce qui avait pu provoquer une transformation si radicale et si rapide dans la situation de Clay.

Comme il n'avait pas pu parler du Tarvan ni de ce qui s'y rapportait, il avait fait une vague allusion à des arrangements rapidement conclus concernant des gens rencontrés dans le cadre de sa précédente activité professionnelle. Les laboratoires Ackerman recevaient quelques coups de griffe pour punition de leur position bien connue sur les excès des avocats et les chasseurs d'ambulances qu'ils accusaient de mettre à mal l'économie, mais le gros de l'article traitait de Clay et de sa stupéfiante ascension au firmament de la profession. Le journaliste glissait quelques mots aimables sur son père, un « célèbre avocat de Washington », qui s'était « retiré des affaires pour s'établir aux Bahamas ».

Glenda, l'ex-patronne de Clay, voyait en lui un « ardent défenseur des pauvres », un compliment qui lui vaudrait une invitation à déjeuner dans un grand restaurant. Le président de l'ordre national des avocats reconnaissait n'avoir jamais entendu parler de Clay Carter, mais se disait « très impressionné par son travail ».

Un professeur de droit à Yale déplorait « une nouvelle utilisation abusive de l'action collective en responsabilité civile », alors qu'un de ses collègues,enseignant à Harvard, affirmait qu'il s'agissait de l'« exemple parfait de la manière dont ce type d'action doit être utilisé pour contrecarrer les pratiques des grandes entreprises ».

— Il faut que cela apparaisse sur notre site Web, dit Clay à Jonah en lui tendant l'article découpé. Nos clients vont apprécier.

18.

Tequila Watson plaida coupable du meurtre de Ramon Pumphrey et fut condamné à la réclusion à perpétuité. Il pourrait se voir accorder une libération conditionnelle au bout de vingt ans, ce que le *Washington Post* ne mentionnait pas. L'article signalait seulement que Ramon était une victime parmi d'autres d'une vague d'homicides inexplicables, même pour une ville habituée à la violence aveugle. La police n'avait aucune piste. Clay nota de passer un coup de fil à Adelfa pour savoir ce qu'elle devenait.

Il était redevable à Tequila, sans très bien savoir de quoi. Et il n'avait aucun moyen de dédommager son ex-client. Il avait beau se dire que Tequila avait été camé la majeure partie de sa vie et qu'avec ou sans le Tarvan il aurait probablement passé le reste de ses jours derrière les barreaux, Clay n'était pas très fier de lui : il l'avait trahi, tout simplement. Il avait empoché l'argent et caché la vérité.

Deux pages plus loin, un autre article lui fit oublier Tequila Watson. Une photographie prise sur un chantier montrait le visage bouffi de Bennett Van Horn coiffé d'un casque portant son monogramme. Il étudiait des plans en compagnie d'un autre homme présenté comme l'ingénieur de projet du groupe BVH. La société était engagée dans un combat sans pitié pour un projet immobilier à proximité du champ de bataille de Chancellorsville, à une heure de route au sud de Washington. Comme à son habitude, Bennett proposait un assortiment hideux de maisons individuelles, de résidences, de commerces, de terrains de jeux, de courts de tennis, sans oublier l'indispensable étang artificiel, tout cela à un kilomètre du champ de bataille, près de l'endroit où le général Stonewall Jackson avait été abattu par des sentinelles de l'armée des Confédérés. Le projet avait provoqué une levée de boucliers des défenseurs de l'environnement et du patrimoine historique, d'avocats et d'historiens ainsi que de la Société des Confédérés, qui fulminaient contre Bennett le Bulldozer. Le *Washington Post* prenait naturellement parti pour les premiers, sans un mot pour défendre le second. Mais les terres en question appartenaient à des fermiers âgés et le Bulldozer semblait avoir l'avantage, du moins dans l'immédiat.

L'article énumérait ensuite d'autres champs de bataille de Virginie défigurés par des promoteurs. Un organisme baptisé Fonds de la guerre de Sécession se plaçait en première ligne de défense. Son avocat était présenté comme un radical qui n'hésitait pas à engager des procédures judiciaires pour préserver le patrimoine historique. « Mais il nous faut de l'argent pour aller en justice », déclarait-il.

Deux coups de téléphone suffirent à Clay pour joindre l'avocat. Ils s'entretinrent une demi-heure. En raccrochant, Clay signa un chèque de cent mille dollars au profit du Fonds de la guerre de Sécession, pour la défense du site de Chancellorsville.

Miss Glick lui tendit au passage un message téléphonique. Il regarda le nom du correspondant, écarquilla les yeux ; il était encore sceptique quand il composa le numéro dans la salle de réunion. Le message disait que c'était urgent.

— J'aimerais parler à Me Patton French.

— De la part de qui ?

— Clay Carter, de Washington.

— Bien sûr. Il attend votre appel.

Clay avait de la peine à se représenter un avocat aussi puissant et occupé que Patton French attendant son appel. Quelques secondes plus tard, il était en ligne avec le grand homme.

— Bonjour, Clay, merci d'avoir rappelé, commença Patton French avec une telle désinvolture que l'interpellé en resta coi. Vous avez un bel article dans le *Wall Street Journal*. Pas mal pour un débutant ! Je regrette de ne pas avoir eu l'occasion de vous saluer à La Nouvelle-Orléans.

C'était bien la voix que Clay avait entendue au micro, mais le ton était plus détendu.

— Pas de problème, fit-il.

Le week-end du cercle des Avocats avait rassemblé deux cents de leurs confrères. Il n'y avait aucune raison pour que Clay y ait fait la connaissance de Patton French et surtout pour que ce dernier soit au courant de la présence de Clay. Il avait manifestement fait son enquête.

— J'aimerais vous rencontrer, Clay ; je crois que nous pouvons faire des affaires ensemble. J'étais sur la piste du Dyloft il y a deux mois. Vous m'avez coiffé sur le poteau, mais il y a gros à gagner.

Clay n'avait pas la moindre envie de s'acoquiner avec Patton French, même si ses méthodes pour arracher à des groupes pharmaceutiques des réparations colossales avaient fait leurs preuves.

— Nous pouvons en parler.

— Écoutez, Clay, je suis en route pour New York. Voulez-vous que je passe vous prendre à Washington et que je vous emmène avec moi ? J'ai un nouveau Gulfstream 5 que je brûle de vous montrer. Nous passerons la soirée à Manhattan, nous parlerons affaires dans un bon restaurant et nous rentrerons demain soir. Qu'en dites-vous ?

— C'est que je suis assez pris...

Clay n'avait pas oublié le dégoût que lui avait inspiré le discours de French et ses allusions appuyées à ses jouets de luxe : le dernier Gulfstream, le yacht, le château en Écosse.

— Je n'en doute pas. Moi aussi, je suis très pris. Comment pourrions-nous ne pas l'être ? Mais ce voyage pourrait être le plus profitable de votre vie ; vous ne pouvez pas refuser. Rendez-vous dans trois heures à Reagan National. D'accord ?

À part quelques coups de téléphone à donner et une partie de racquet-ball dans la soirée, Clay n'avait pas grand-chose à faire. Dans tous les bureaux, les téléphones sonnaient en continu, mais il ne répondait pas lui-même aux appels. Et il n'était pas allé à New York depuis plusieurs années.

— Bon, pourquoi pas ? fit-il, aussi impatient de voir de près un Gulfstream 5 que de dîner dans un grand restaurant.

— C'est le bon choix, Clay. C'est le bon choix.

Le terminal privé de l'aéroport Reagan National grouillait de cadres et de fonctionnaires pressés qui couraient en tous sens. Près d'un comptoir, une jolie brune en jupe courte tenait une pancarte portant son nom écrit à la main. Il se présenta ; elle s'appelait Julia, tout court.

— Suivez-moi, fit-elle avec un sourire pétillant.

Ils franchirent une porte de sortie gardée et montèrent dans une navette pour gagner la piste. Des dizaines d'appareils, Lear, Falcon, Hawker, Challenger et Citation étaient en stationnement ou au ralenti. Le personnel au sol réglait le chassé-croisé des jets qui se frôlaient du bout des ailes dans le vacarme des moteurs. La scène mettait les nerfs à rude épreuve.

— D'où venez-vous ? demanda Clay.

— Nous sommes basés à Biloxi, répondit Julia. C'est là que Me French a ses bureaux.

— Je l'ai vu il y a une quinzaine de jours, à La Nouvelle-Orléans.

— Oui, nous y étions. Nous restons rarement longtemps à Biloxi.

— Il est toujours sur la brèche, j'imagine.

— Une centaine d'heures par semaine.

Ils s'arrêtèrent devant le plus gros des jets privés.

— C'est le nôtre, annonça Julia.

Ils descendirent du véhicule ; un pilote s'empara du sac de Clay et disparut.

Patton French était évidemment au téléphone. Il accueillit Clay d'un signe de la main tandis que Julia le débarrassait de sa veste et lui demandait ce qu'il voulait boire. De l'eau plate, avec une rondelle de citron. Clay, qui voyait pour la première fois l'intérieur d'un jet privé, en avait le souffle coupé. Les vidéos de La Nouvelle-Orléans étaient bien au-dessous de la réalité.

Il y flottait une riche odeur de cuir. Les fauteuils, les canapés, les appuis-tête et même les tables étaient recouverts de cuir aux tons de bleu et de beige. L'appareillage électrique, les boutons et les commandes étaient en plaqué or. Le bois sombre et luisant des moulures devait être de l'acajou. C'était une suite de luxe dans un palace avec des ailes et des moteurs.

Clay mesurait plus d'un mètre quatre-vingts, mais sa tête ne touchait pas le plafond. Un téléphone collé à l'oreille, French était assis au fond de la longue cabine, dans un espace aménagé en bureau. Le bar et la cuisine se trouvaient juste derrière le cockpit ; Julia en sortit avec le verre d'eau.

— Vous feriez mieux de vous asseoir, fit-elle. Nous allons bientôt décoller.

Dès que l'appareil se mit en mouvement, French termina sèchement sa conversation téléphonique. Il s'élança vers Clay avec impétuosité, un sourire de carnassier aux lèvres, et lui broya les doigts dans une poigne de fer tout en s'excusant de nouveau de ne pas l'avoir salué à La Nouvelle-Orléans. À peine enveloppé, il avait les cheveux épais, ondulant en vagues argentées. Dans les cinquante-cinq ans, moins de soixante. Il irradiait l'énergie par tous les pores.

Ils prirent place l'un en face de l'autre, à une des tables.

— Joli cadre, non ? lança French avec un geste circulaire du bras gauche.

— Très joli.

— Vous avez votre jet ?

— Non.

Clay eut aussitôt le sentiment cuisant de ne pas être à la hauteur. Quel avocat était-il donc ?

— Ce n'est qu'une question de temps, reprit French. Vous verrez, on ne peut pas s'en passer. Julia, apportez-moi une vodka. Cela m'en fait quatre, maintenant... des jets, pas des vodkas. Il faut douze pilotes pour faire tourner quatre avions. Et cinq Julia. Elle est mignonne, hein ?

— Très.

— Les frais sont élevés, mais il y a tellement d'argent à prendre. Avez-vous écouté mon laïus, à La Nouvelle-Orléans ?

— Oui, avec beaucoup d'intérêt.

Ce n'était qu'un demi-mensonge. Le discours de l'odieux personnage avait été divertissant et instructif.

— Je n'aime pas m'appesantir sur l'argent comme je l'ai fait ce jour-là, mais c'est ce que l'assistance attendait de moi. La plupart de ceux qui m'écoutaient m'apporteront tôt ou tard une affaire juteuse. Il faut qu'ils soient gonflés à bloc. J'ai bâti un cabinet qui marche très fort et nous ne nous attaquons qu'aux gros. Pour assigner des groupes comme les laboratoires Ackerman ou n'importe quelle grande entreprise, il faut avoir les reins solides et une certaine renommée. Leurs réserves financières sont inépuisables ; je ne fais qu'égaliser les chances.

Julia apporta la vodka et s'installa pour le décollage.

— Voulez-vous manger quelque chose ? demanda French. Elle vous préparera ce que vous voulez.

— Merci, répondit Clay. Je n'ai pas faim.

French avala une grande lampée de vodka et se jeta brusquement en arrière. Les yeux fermés, il donna l'impression de prier pendant que le Gulfstream prenait de la vitesse, puis quittait le sol. Clay profita du moment de silence pour admirer l'intérieur de l'appareil. Tout était tellement luxueux que c'en était presque obscène. Quarante à quarante-cinq millions de dollars pour se l'offrir. À en croire les conversations surprises entre les membres du cercle des Avocats, la société n'arrivait pas à les fabriquer assez vite. Le délai de livraison atteignait deux ans !

Quelques minutes s'écoulèrent ; quand l'appareil amorça le vol en palier, Julia disparut dans la cuisine. French sortit brusquement de sa méditation et prit aussitôt une gorgée de vodka.

— Ce que dit l'article du *Wall Street Journal* est vrai ? interrogea-t-il d'un ton plus calme.

Clay eut l'impression que French était sujet à des sautes d'humeur rapides et spectaculaires.

— Dans l'ensemble, oui.

— J'ai eu deux fois les honneurs de leur une, mais pas à mon avantage. Pas étonnant qu'ils ne nous aiment pas. En fait, personne ne nous aime, vous allez vous en rendre compte. L'argent apaise les blessures d'amour-propre causées par notre image négative. Vous vous y ferez, comme tout le monde. J'ai connu votre père, vous savez.

Il plissait les yeux en parlant et jetait des coups d'œil dans toutes les directions, comme s'il était déjà en train de réfléchir à ce qu'il allait dire trois phrases plus tard.

— Vraiment ? fit Clay, sans savoir s'il devait le croire.

— Il y a vingt ans, je travaillais au ministère de la Justice. Nous étions en procès avec les Indiens au sujet de terres ancestrales. Les Indiens ont fait appel à Jarrett Carter et nous avons dû enterrer la hache de guerre. Il était très fort.

— Merci, fit Clay, empli d'une immense fierté.

— Il faut que je vous dise, Clay, que votre attaque contre Ackerman est de toute beauté. Et qu'elle sort de l'ordinaire. Le plus souvent, la révélation des dangers d'un médicament se propage lentement, à mesure que les plaintes des patients s'accumulent. Les médecins prennent leur temps pour faire connaître leur avis ; comme ils sont de mèche avec les fabricants, ils ne sont pas pressés de tirer la sonnette d'alarme. Sans compter que, dans la plupart des juridictions, ils sont eux aussi traînés devant les tribunaux pour avoir prescrit le médicament. Les avocats entrent lentement en scène. L'oncle Luke découvre un jour qu'il a du sang dans les urines. Il attend un mois et finit par en parler à son médecin traitant qui va décider de ne plus prescrire le nouveau médicament miracle. L'oncle Luke, un peu plus tard, ira peut-être consulter l'avocat de la famille, le plus souvent un crève-la-faim exerçant dans une ville de province, qui s'occupe de testaments et de divorces, et qui, dans la plupart des cas, ne voit pas le parti qu'il pourrait tirer de la situation. Il faut du temps pour que la vérité éclate au grand jour. Ce que vous avez fait est exceptionnel.

Pendant que French parlait, Clay se contentait d'écouter en hochant la tête.

— Cela me donne à penser, poursuivit French, que vous avez des complicités dans la place.

Il y eut un blanc, un bref silence pour permettre à Clay de confirmer ce qui venait d'être dit. Mais il ne laissa rien paraître.

— Je dispose d'un vaste réseau d'avocats et de contacts en tout genre d'un bout à l'autre du pays, reprit Patton French. Personne, pas un seul d'entre eux n'avait eu connaissance de problèmes avec le Dyloft avant ces dernières semaines. Deux avocats de mon cabinet en étaient au stade des recherches préliminaires sur le médicament, mais nous étions loin de préparer une action en justice. Et, d'un seul coup, j'apprends que vous avez déposé une plainte et je découvre votre visage souriant dans le *Wall Street Journal*. Je connais les règles du jeu, Clay : je sais que vous tenez vos renseignements de quelqu'un qui est dans la maison.

— C'est exact, mais je ne dirai pas un mot là-dessus.

— OK, j'aime mieux ça. J'ai vu vos publicités : nous surveillons tout sur toutes les chaînes. Elles sont bien faites. Il est prouvé que le spot de quinze secondes que vous avez choisi est la méthode la plus efficace. Le saviez-vous ?

— Non.

— Frapper fort le soir et le matin de bonne heure. Un message bref pour faire peur, puis un numéro de téléphone pour apporter de l'aide. J'ai fait cela cent fois. Combien de dossiers avez-vous rassemblés ?

— Difficile à dire. Il faut d'abord faire une analyse d'urine, mais les téléphones n'arrêtent pas de sonner.

— La diffusion de mes propres spots commencera demain. J'ai six personnes dans mes bureaux qui ne font rien d'autre que travailler sur les publicités. Six personnes à plein temps, vous vous rendez compte ? Et elles se font payer cher.

Julia s'approcha avec deux plateaux, un de crevettes, l'autre de fromages et de charcuteries : jambon cru, salami, d'autres dont Clay ignorait le nom.

— Apportez une bouteille de vin blanc du Chili, ordonna French à Julia. Il devrait être frais maintenant. Vous aimez le vin ? poursuivit-il en prenant une crevette par la queue.

— Un peu. Je ne suis pas un grand connaisseur.

— J'adore le vin : j'ai une centaine de bouteilles dans cet avion. Nous avons estimé, glissa-t-il en prenant une autre crevette, qu'il y aura entre cinquante mille et cent mille dossiers Dyloft. Cela vous paraît proche de la vérité ?

— Je resterais dans le bas de la fourchette, répondit prudemment Clay.

— Les laboratoires Ackerman m'inquiètent quelque peu. Je les ai déjà attaqués deux fois, le saviez-vous ?

— Je l'ignorais.

— Il y a dix ans, à l'époque où ils roulaient sur l'or, avant que deux P-DG successifs fassent des acquisitions hasardeuses. Ils ont maintenant dix milliards de dettes. Des initiatives stupides, caractéristiques des années 1990. Les banques ouvraient leurs coffres aux sociétés les plus solides qui achetaient tout ce qui se présentait. Quoi qu'il en soit, les laboratoires Ackerman ne sont pas en difficulté et les assurances les couvrent.

French se renseignait discrètement sur ce que Clay savait ; il décida de mordre à l'hameçon.

— Ils sont assurés à hauteur de trois cents millions. Et ils ont peut-être un demi-milliard à dépenser pour le Dyloft.

Souriant jusqu'aux oreilles, le visage extasié, French n'essaya même pas de cacher son admiration.

— Du beau travail. Magnifique. Vos sources sont bonnes ?

— Excellentes. On nous fournit des renseignements et nous disposons de documents qui ne sont pas censés être en notre possession. Devant un jury, Ackerman n'a aucune chance.

— Fantastique ! souffla French, les yeux fermés.

Un avocat débutant recevant son premier client pour un accident de voiture n'aurait pu être plus heureux.

Julia revint avec le vin qu'elle servit dans deux verres à pied en cristal. French huma longuement le vin ; quand il fut satisfait, il prit une petite gorgée pour le goûter. Il fit claquer sa langue avec un hochement de tête approbateur, puis se pencha vers Clay pour reprendre la conversation.

— Quand on coince une grosse société prospère et respectable qui a commis quelque chose de répréhensible, on éprouve une émotion qui ne se compare à rien. Pas même au sexe. Je ne connais rien de plus fort, Clay. Quand l'avidité pousse ces salopards à commercialiser des produits dangereux pour la santé, c'est à l'avocat qu'il revient de les châtier. Voilà pourquoi je vis. Bien sûr que l'argent est un grand plaisir, mais il n'arrive qu'après. Même si je devais gagner des fortunes inimaginables, jamais je n'arrêterais. On me croit exagérément âpre au gain parce que je pourrais tout laisser tomber et rester les doigts de pied en éventail jusqu'à la fin de mes jours. Quel ennui ! Je préfère travailler cent heures par semaine à traquer ces tricheurs. C'est ma vie.

Son ardeur était contagieuse ; l'exaltation illuminait son visage. Il laissa échapper un long soupir.

— Vous aimez ce vin ?

— Non. Il a goût de kérosène.

— Vous avez raison. Julia, jetez-moi ça ! Apportez-nous une bouteille du meursault que nous avons pris hier.

Elle arriva aussitôt, un téléphone portable à la main.

— C'est Muriel, annonça-t-elle à French, qui saisit l'appareil.

— Allô !

— Muriel est la secrétaire de direction, expliqua Julia à mi-voix en se penchant vers Clay. La mère supérieure. Il prend les appels de Muriel, pas ceux de ses ex-épouses.

French coupa la communication et se retourna vers Clay.

— Permettez-moi d'esquisser un scénario pour vous, Clay. Je vous garantis qu'il vous permettra de gagner plus en moins de temps. Beaucoup plus.

— J'écoute.

— Je finirai par avoir autant de dossiers Dyloft que vous. Maintenant que vous avez ouvert la porte, les avocats, par centaines, vont se mettre en chasse. Nous pouvons, vous et moi, garder le contrôle de l'affaire si vous faites passer votre plainte de Washington au Mississippi, chez moi. Les laboratoires Ackerman seront terrifiés au-delà de tout ce que vous pouvez imaginer. Ils sont inquiets, bien sûr, de ce qui leur arrive à Washington, mais ils se disent : « C'est un novice, il n'a jamais fait ça, il n'a jamais eu à piloter une affaire de cette importance, c'est sa première action collective. » Si nous regroupons nos dossiers, si nous introduisons une action commune dans le Mississippi, les laboratoires Ackerman font faire un infarctus !

Assailli de doutes et de questions, Clay ne put articuler qu'un mot.

— J'écoute.

— Chacun conserve ses dossiers et nous les mettons en commun. Quand d'autres avocats commenceront à nous rejoindre, je demanderai au juge de nommer un comité de pilotage des plaignants. Cela se fait tout le temps. J'en serai le président et vous y siégerez, puisque vous avez été le premier à introduire l'action. Cela nous permettra de contrôler l'évolution des événements. Avec tous les avocats qui se seront joints à nous, ce ne sera pas une partie de plaisir, mais je l'ai déjà fait des dizaines de fois. Nous entamerons le plus vite possible les négociations avec Ackerman ; je connais leurs représentants. Si vos renseignements internes sont aussi solides que vous l'affirmez, nous ferons du forcing pour arriver à une transaction rapide.

— Qu'entendez-vous par rapide ?

— Plusieurs facteurs entrent en ligne de compte : le nombre de dossiers que nous pouvons réellement réunir ; le temps nécessaire pour faire signer ces clients ; le nombre d'avocats qui entreront en lice. Mais surtout la gravité des dommages subis par nos clients.

— Pas très graves. La quasi-totalité des tumeurs sont bénignes.

French prit le temps de réfléchir à ce qu'il prit d'abord pour une mauvaise nouvelle avant de voir le bon côté des choses.

— Tant mieux. Pour le traitement : cystoscopie et ablation des tumeurs.

— Exact. Une intervention en consultation externe qui revient à peu près à mille dollars.

— Et le pronostic à long terme ?

— Pas de séquelles. En arrêtant le Dyloft, tout redevient normal, ce qui, pour certains arthritiques, n'a rien d'agréable.

French huma le vin, le fit tourner dans son verre et prit une petite gorgée.

— Bien meilleur. Qu'en pensez-vous ?

— Absolument.

— J'ai fait une tournée de dégustation en Bourgogne, l'an dernier. Une semaine à sentir et à cracher. Très agréable.

Il but une autre gorgée en réfléchissant à ses trois prochaines idées, mais sans cracher.

— C'est beaucoup mieux, fit-il. Pour nos clients, bien sûr, qui ne seront pas aussi malades qu'ils auraient pu l'être. Pour nous aussi, car les réparations seront versées plus vite. Le point-clé est de réunir les dossiers. Plus ils seront nombreux, plus nous pourrons peser sur l'action collective. Et plus il y aura de dossiers, plus nos honoraires seront élevés.

— J'ai compris.

— Quel est votre budget publicité ?

— Deux millions.

— Pas mal. Pas mal du tout.

Une question brûlait les lèvres de French : où un novice comme Clay Carter avait-il trouvé deux millions pour sa publicité ? Mais il parvint à se contenir.

La puissance des moteurs se réduisit sensiblement et l'appareil piqua légèrement du nez.

— Quel est la durée du vol jusqu'à New York ? demanda Clay.

— De Washington, une quarantaine de minutes. Ce petit bijou vole à neuf cent soixante kilomètres à l'heure.

— Quel aéroport ?

— Teterboro, dans le New Jersey. Tous les jets privés se posent là-bas.

— Je n'en avais jamais entendu parler.

— Vous aurez bientôt votre avion, Clay, préparez-vous. Si je ne devais garder qu'un seul de mes jouets, ce serait celui-là : mon jet. Il vous en faut un.

— Je me contenterai de profiter du vôtre.

— Commencez par un petit Lear. On en trouve partout à deux millions. Il vous faudra deux pilotes, à soixante-quinze mille dollars par tête. Cela entre dans les frais généraux. Il vous en faut un, croyez-moi.

Pour la première fois de sa vie, Clay se faisait conseiller pour l'achat d'un jet.

En enlevant les plateaux, Julia annonça qu'ils allaient atterrir dans cinq minutes. Clay se plongea dans la contemplation du ciel de Manhattan, tandis que French s'assoupissait.

L'avion se posa et roula le long d'une rangée de terminaux privés où attendaient des dizaines de jets en stationnement ou en maintenance.

— Il y a plus de jets privés ici que n'importe où au monde, expliqua French en regardant à son tour par le hublot. Tous les gros bonnets de New York y garent leur appareil ; le centre de la ville est à quarante-cinq minutes en voiture. S'ils sont vraiment pressés, ils prennent leur hélicoptère : le trajet ne dure que dix minutes.

— Avons-nous un hélicoptère ? demanda Clay.

— Non. Mais si je vivais ici, j'en aurais un.

La limousine qui venait les chercher s'arrêta à quelques mètres de la passerelle. Les pilotes et Julia restèrent dans l'appareil pour tout nettoyer, sans oublier le vin à mettre au frais pour le prochain vol.

— Le Peninsula, lança French au chauffeur.

— Bien, monsieur French.

Était-ce un véhicule de location ou une limousine appartenant à French ? Un avocat aussi prospère ne ferait certainement pas appel à une société de location. Clay décida de ne pas poser la question : quelle importance ?

— J'aimerais en savoir plus sur vos publicités, reprit French tandis que la limousine roulait au pas dans un encombrement de voitures. Quand avez-vous commencé la diffusion ?

— Dimanche soir, sur quatre-vingt-dix chaînes de la côte est à la côte ouest.

— Comment traitez-vous les appels ?

— J'ai neuf personnes au téléphone : sept assistants juridiques et deux avocats. Nous avons reçu deux mille appels lundi, trois mille hier. Il y a huit mille connexions par jour sur notre site Dyloft, ce qui représente déjà un millier de clients.

— Et le total se monterait à combien ?

— Cinquante mille à soixante-quinze mille, d'après l'estimation de ma source qui, jusqu'à présent, a été d'une grande précision.

— J'aimerais faire sa connaissance.

— Hors de question.

French fit craquer ses jointures en digérant cette fin de non-recevoir.

— Il nous faut ces dossiers, Clay. Mes publicités commencent demain. Que diriez-vous de couper le pays en deux ? Vous prenez le nord et l'est, et vous me laissez le sud et l'ouest. Il sera plus facile de cibler des marchés plus petits et surtout de s'occuper des dossiers. Il y a un avocat à Miami qui va passer à la télévision dans quelques jours et un autre en Californie – je ne vous raconte pas d'histoires – qui est en train de copier vos propres publicités. Nous sommes des requins ; nous ne nous faisons pas de cadeaux. La course est lancée ; nous avons une bonne avance, mais, derrière, c'est la ruée.

— Je fais de mon mieux.

— Quel est votre budget ? demanda French, comme s'il était en cheville avec Clay depuis des années.

Pourquoi pas ? se dit Clay. Assis côte à côte dans la limousine, ils auraient certainement pu être des associés de longue date.

— Deux millions de dollars pour la publicité, autant pour les analyses d'urine.

— Voici ce que nous allons faire, déclara French en lui laissant tout juste le temps de répondre. Mettez la totalité de votre budget dans la publicité. Il nous faut ces clients ! De mon côté, je paie les analyses ; Ackerman nous remboursera quand la transaction sera conclue. C'est la règle dans toutes les transactions : la société couvre les frais médicaux.

— Les analyses reviennent à trois cents dollars pièce.

— Vous vous faites entuber ! Je vais réunir des techniciens et cela nous reviendra beaucoup moins cher.

Et French raconta une histoire du bon vieux temps. Au tout début de l'action collective Skinny Ben, il avait transformé quatre vieux cars Greyhound en cliniques itinérantes pour leur faire sillonner les campagnes et inviter les clients potentiels à un dépistage gratuit. Quand ils traversèrent le pont George-Washington, Clay n'écoutait que d'une oreille. Une autre histoire suivait.

Les fenêtres de sa suite à l'hôtel Peninsula donnaient sur la 5e Avenue. Dès qu'il fut seul, loin de Patton French, il sauta sur le téléphone et essaya de joindre Max Pace.

19.

Au troisième numéro de portable, il eut Pace en ligne, sans savoir où. L'homme sans domicile avait passé de moins en moins de temps à Washington ces dernières semaines. Il avait évidemment été appelé ailleurs pour éteindre un autre incendie, empêcher une action en justice pour le compte d'un autre client. Il n'en disait rien, mais Clay le connaissait assez bien à présent pour savoir qu'il était très demandé. Les produits dangereux ne manquaient pas sur le marché.

Clay s'étonna de constater à quel point il était réconfortant d'entendre la voix de Pace. Il expliqua qu'il était à New York, lui apprit avec qui et pour quelle raison. Les premiers mots de Pace n'auraient pu être plus rassurants.

— Magnifique ! s'écria-t-il. Absolument magnifique !

— Vous le connaissez ?

— Qui ne connaît pas Patton French, dans notre milieu ? Je n'ai jamais travaillé avec lui mais sa réputation n'est plus à faire.

Clay énonça les termes de la proposition de French. Max Pace ne fut pas long à imaginer la suite.

— Si vous déposez votre plainte à Biloxi, l'action Ackerman va encore plonger. Il subissent déjà une pression terrible de la part des banques et de leurs actionnaires. C'est une idée de génie, Clay. Foncez !

— D'accord.

— Ne manquez pas le *New York Times,* demain matin. Un grand article sur le Dyloft. Le premier rapport médical a été publié : il est accablant.

— Parfait.

Il prit une bière dans le minibar – huit dollars, mais qui s'en souciait ? – et passa un long moment assis devant la fenêtre à regarder l'agitation de la 5e Avenue. Il n'était pas totalement rassurant d'être obligé de demander conseil à Max Pace, mais Clay n'avait personne d'autre vers qui se tourner. Personne, pas même son père, ne s'était trouvé devant un tel choix. « Apportez-moi vos cinq mille dossiers, regroupons-les avec mes cinq mille dossiers et engageons une action collective unique. J'allonge un million pour le dépistage, vous doublez votre budget publicité, nous prélevons quarante pour cent, sans les frais, du montant des réparations et nous ramassons une fortune. Qu'en dites-vous, Clay ? »

Il avait en un mois gagné plus d'argent qu'il ne l'avait jamais rêvé. Mais tout s'accélérait, les choses lui échappaient et il avait le sentiment de le dépenser encore plus vite. De l'audace ! se répétait-il. L'occasion est trop belle. Frappe vite et fort, prends des risques, saisis ta chance. Une autre voix l'exhortait à lever le pied : ne claque pas tout, place l'argent et tu seras tranquille jusqu'à la fin de tes jours.

Il avait viré un million de dollars sur un compte offshore, non pour le dissimuler, mais comme une sécurité. Jamais, quoi qu'il advienne, il n'y toucherait. S'il faisait de mauvais choix, s'il devait tout perdre, il lui resterait de quoi vivre au soleil. Il disparaîtrait, comme son père, et ne reviendrait jamais.

Le million de dollars sur le compte secret était une solution de compromis.

Il appela son bureau, mais toutes les lignes étaient occupées. C'était bon signe. Il réussit à joindre Jonah sur son portable.

— C'est de la folie, lâcha Jonah avec une lassitude évidente. On ne sait plus où donner de la tête.

— Parfait.

— Tu ne veux pas revenir pour nous donner un coup de main ?

— Demain.

À 19 h 32, Clay alluma le téléviseur. Il vit sa publicité sur une chaîne câblée ; à New York, le Dyloft paraissait encore plus dangereux.

Ils dînèrent au Montrachet, pas pour la nourriture, qui était excellente, mais pour la carte des vins, la meilleure de New York. French avait envie de goûter plusieurs bourgognes rouges avec son veau marengo. Un serveur apporta cinq bouteilles et disposa cinq verres sur la table ; il ne restait plus beaucoup de place pour le reste.

Patton French et le sommelier se lancèrent dans une conversation truffée d'un vocabulaire hermétique dont Clay se désintéressa rapidement. Il aurait préféré une bière et un hamburger, même s'il pressentait que ses goûts culinaires allaient changer du tout au tout dans un proche avenir.

Les bouteilles ouvertes, ils laissèrent le vin respirer.

— J'ai appelé mon bureau, annonça French. Notre confrère de Miami a déjà lancé ses premières publicités. Il a ouvert deux centres de dépistage qui ne désemplissent pas. Il s'appelle Carlos Hernandez et il est très, très bon.

— Mon équipe ne parvient pas à répondre à tous les appels.

— Faisons-nous cause commune, Clay ?

— Voyons les termes de notre accord.

— En voici les grandes lignes, déclara Patton French en faisant apparaître un document qu'il tendit à Clay avant d'attaquer la première bouteille. Cela récapitule ce dont nous avons parlé.

Clay lut soigneusement le texte et signa au bas de la page. Entre deux gorgées de bourgogne, Patton French apposa sa signature à côté de celle de son nouvel associé.

— Nous déposons dès demain la plainte au tribunal de Biloxi, déclara French. Je m'en occupe à mon retour ; j'ai mis deux avocats dessus. Dès que ce sera fait, vous retirerez celle de Washington. Je connais l'avocat maison des laboratoires Ackerman ; je peux essayer de lui parler. Si la société accepte de négocier directement avec nous, sans passer par le cabinet qui la représente, elle économisera une fortune et ce sera autant de gagné pour nous. Cela accélérera grandement les choses. Si le cabinet extérieur s'occupe des négociations, nous risquons de perdre six mois.

— Une centaine de millions, c'est ça ?

— À peu près. Cet argent pourrait être à nous.

Un portable sonna dans une des poches de French. Il le prit de la main gauche sans lâcher le verre qu'il tenait de l'autre. Il pria Clay de l'excuser avant de répondre.

Une conversation au sujet du Dyloft avec un autre avocat, un Texan, un ami de longue date, capable de parler plus vite que Patton French. Le ton était celui du badinage, mais French restait sur ses gardes.

— Merde ! lâcha-t-il refermant le couvercle du portable.

— Un concurrent ?

— Un concurrent sérieux. Vic Brennan, un gros

avocat de Houston, un battant, très intelligent. Il est sur le coup du Dyloft et veut avoir une vue d'ensemble.

— Vous ne lui avez rien dit.

— Il sait déjà à quoi s'en tenir. Il lance des publicités demain : radio, télé, presse écrite. Il va rassembler plusieurs milliers de dossiers.

Pour se consoler, French prit une gorgée de vin qui lui arracha un sourire.

— C'est une course contre la montre, Clay. Il nous faut ces clients.

— Cela ne fait que commencer, glissa Clay.

French avait la bouche pleine de vin – du pinot noir – et ne pouvait pas parler. Mais son visage se fit interrogateur.

— Il y aura demain matin un grand article dans le *New York Times*, continua Clay. D'après ma source, ils publient un rapport médical sur les dangers du Dyloft.

C'était ce qu'il ne fallait pas dire. French en oublia son veau marengo, qui n'était pas encore servi. Il en oublia les grands vins disposés sur la table, même s'il réussit à en venir à bout dans les heures qui suivirent. Mais comment un avocat de son envergure aurait-il pu se concentrer sur les plaisirs de la table quand un grand quotidien s'apprêtait à faire la lumière sur les dangers d'un médicament que fabriquait son prochain adversaire ?

Le téléphone sonnait, mais il faisait encore nuit. Quand ses yeux parvinrent à s'accommoder, Clay vit que le réveil indiquait 5 h 45.

— Debout ! gronda French. Et ouvrez votre porte !

Clay se leva pour ouvrir. À peine avait-il tourné le bouton que French entrait, des journaux sous le bras et une tasse de café à la main.

— Incroyable ! s'écria-t-il en lançant un exemplaire du *New York Times* sur le lit. Allons ! vous n'allez pas dormir toute la journée ! Lisez donc ça !

French portait le peignoir en éponge de l'hôtel et des mules blanches.

— Il n'est pas 6 heures.

— Cela fait trente ans que je me lève avant 5 heures. Il y a trop à faire.

Clay s'assit sur son lit, en caleçon. En buvant son café à grandes lampées, French relut l'article, ses lunettes sur le bout du nez.

Aucun signe d'une gueule de bois. Clay s'était vite lassé des vins qui, pour lui, avaient tous le même goût, et il avait terminé la soirée à l'eau minérale. French, de son côté, bien que distrait par la prochaine parution de l'article sur le Dyloft, avait poursuivi l'expérience, résolu à désigner un vainqueur parmi les cinq bourgognes.

D'après l'*Atlantic Journal of Medicine*, un lien avait été établi entre le dylofedamint, commercialisé sous le nom de Dyloft, et l'apparition de tumeurs de la vessie chez près de six pour cent des patients qui avaient pris ce médicament pendant un an.

— C'était cinq pour cent, observa Clay.

— Merveilleux, non ? lança French.

— Pas pour ceux qui sont dans les six pour cent.

— Ce n'est pas mon cas.

Certains médecins avaient déjà cessé de prescrire le médicament. Les laboratoires Ackerman niaient mollement, rejetant, comme à leur habitude, la responsabilité du scandale sur l'avidité des avocats, mais la société semblait vaciller. Pas de commentaire de la FDA. Un médecin de Chicago, cité sur une demi-colonne, affirmait qu'il s'agissait d'un excellent médicament et que ses patients en étaient très contents. La bonne nouvelle, si l'on pouvait s'exprimer ainsi, était que les tumeurs, au vu des premiers résultats, paraissaient ne pas être malignes. À mesure que Clay avançait dans sa lecture, il acquérait le sentiment que Max Pace avait lu l'article un mois auparavant.

Un paragraphe faisait état de l'action collective intentée le lundi précédent à Washington, mais le jeune avocat qui l'avait introduite n'était pas nommé.

L'action Ackerman, en trois jours, avait perdu dix dollars, à trente-deux dollars cinquante.

— J'aurais dû vendre à découvert marmonna French.

Clay préféra ne rien dire : un des rares secrets qu'il aurait réussi à garder dcpuis vingt-quatre heures.

— Nous aurons le temps de le relire dans l'avion, reprit French. Faisons nos bagages et partons.

Quand Clay entra dans son bureau après avoir salué ses collaborateurs épuisés, l'action avait dégringolé à vingt-huit dollars. Il se connecta à un site Web présentant les cotations de Wall Street en temps réel. Il consultait le cours de l'action Ackerman tous les quarts d'heure et faisait le compte de ses gains. Avec tout ce qu'il dépensait d'un côté, il était réconfortant de voir qu'il gagnait un peu de l'autre.

Jonah fut le premier à passer le voir.

— Nous sommes restés au téléphone jusqu'à minuit ! C'est de la folie !

— Et ça ne va pas s'arranger. Nous doublons le budget publicité.

— Nous n'y arrivons déjà pas, Clay !

— Engage du personnel temporaire.

— Il nous faut du monde pour la saisie informatique. Au moins deux personnes. On ne peut pas entrer les données assez vite.

— Tu peux les trouver ?

— Peut-être. Je connais un type, deux même, qui pourraient venir le soir pour essayer de rattraper le retard.

— Engage-les.

Jonah s'apprêtait à sortir, mais il changea d'avis et ferma la porte du bureau.

— Clay, je peux te parler seul à seul ?

Clay regarda autour de lui sans voir personne d'autre.

— Que veux-tu ?

— Tu es un gars intelligent et tout, mais es-tu sûr de savoir ce que tu fais ? Tu dépenses de l'argent à une vitesse incroyable. Qu'arrivera-t-il si cela ne marche pas ?

— Tu es inquiet ?

— Nous sommes tous un peu inquiets, je ne te cache pas. Le cabinet a pris un départ du feu de Dieu et nous voulons y rester, nous amuser et gagner de l'argent. Mais imagine que tu te sois trompé et que tu te ramasses. On est en droit de se poser la question, non ?

Clay fit le tour de son bureau et s'assit sur le coin.

— Je vais être franc avec toi. Je crois savoir ce que je fais ; mais, comme c'est la première fois, je ne peux en être certain. C'est un pari, un risque énorme à prendre. Si je gagne, nous allons tous empocher gros. Si je perds, nous continuerons à travailler, mais nous ne serons pas riches, c'est tout.

— Si tu en as l'occasion, dis-le aux autres, tu veux bien ?

— Je n'y manquerai pas.

Ils firent une pause de dix minutes pour déjeuner d'un sandwich dans la salle de réunion. Jonah leur fit part des chiffres les plus récents. Sur les trois premiers jours, le numéro vert avait reçu sept mille cent appels et le site Web avait enregistré une moyenne de huit mille demandes d'informations quotidiennes. Les documentations et les contrats types avaient été expédiés aussi rapidement que possible, mais ils n'arrivaient pas à suivre le rythme. Clay autorisa Jonah à engager deux personnes à temps partiel pour la saisie des dossiers et chargea Paulette de trouver trois ou quatre assistants supplémentaires pour travailler à l'Atelier. Miss Glick, pour sa part, reçut l'ordre de recruter du personnel temporaire pour assurer la correspondance avec les clients.

Clay raconta sa journée avec Patton French et expliqua leur nouvelle stratégie. Il montra une copie de l'article du *New York Times*, dont la publication avait échappé à ses collaborateurs.

— Tout le monde s'engouffre dans la brèche, déclara Clay, s'efforçant de motiver son équipe marquée par la fatigue. Les requins pourchassent nos clients.

— Nous sommes les requins, observa Paulette.

Patton French appela en fin d'après-midi pour annoncer que l'action collective avait été modifiée pour inclure des plaignants du Mississippi et que le tribunal de Biloxi avait été saisi de l'affaire.

— Nous avons ce que nous voulions, affirma-t-il.

— Je retirerai ma plainte demain, fit Clay.

Il espérait ne pas commettre une erreur.

— Vous allez prévenir la presse ? poursuivit French.

— Je n'avais pas envisagé de le faire, répondit Clay qui n'avait pas la moindre idée de la manière dont il fallait s'y prendre.

— Laissez, je m'en charge.

L'action Ackerman cotait vingt-six dollars vingt-cinq à la clôture de Wall Street, un gain sur le papier de un million six cent vingt-cinq mille dollars si Clay achetait pour couvrir sa vente à découvert. Il décida d'attendre : la nouvelle du dépôt de la plainte à Biloxi se répandrait dès le lendemain matin et le cours de l'action s'en ressentirait.

À minuit, il était encore en conversation avec un correspondant de Seattle qui, sous Dyloft depuis près d'un an, était terrorisé. Clay lui conseilla de prendre rendez-vous dès que possible avec son médecin pour une analyse d'urine. Il lui donna l'adresse du site Web et promit de poster une documentation dès le lendemain matin. Quand il raccrocha, l'homme était au bord des larmes.

20.

Les mauvaises nouvelles concernant le médicament miracle continuaient de s'accumuler. Deux nouveaux rapports médicaux furent rendus publics. L'un des deux affirmait, de façon convaincante, que les laboratoires Ackerman avaient rogné sur la recherche et pesé de tout leur poids pour obtenir l'autorisation de mise sur le marché. À la suite de cette publication, la FDA retira le médicament du marché.

Ces nouvelles avaient évidemment pour les avocats une tout autre connotation ; la lutte devenait de plus en plus acharnée à mesure que des retardataires entraient dans la danse. Les patients prenant du Dyloft recevaient dans leur courrier des mises en garde des laboratoires Ackerman et de leur médecin traitant, des messages presque toujours suivis d'inquiétantes sollicitations provenant d'avocats spécialisés dans les actions collectives. La lettre personnalisée était des plus efficaces. Les annonces dans la presse et les numéros verts affichés dans les spots télévisés étaient omniprésents. La menace de tumeurs se disséminant dans leur organisme poussa finalement la quasi-totalité des utilisateurs de Dyloft à prendre contact avec un avocat.

Patton French n'avait jamais vu une action collective se présenter sous d'aussi heureux auspices. Clay et lui ayant été les premiers à déposer leur plainte au tribunal de Biloxi, tous les autres plaignants désireux d'engager une procédure en représentation collective seraient obligés de se joindre à leur action. Le comité de pilotage des plaignants prélevait un pourcentage au passage. Pour faire gagner du temps à French, le juge avait déjà nommé les cinq membres du comité : Patton French, Clay Carter, Carlos Hernandez, de Miami, et deux autres avocats de La Nouvelle-Orléans. En théorie, le comité avait pour tâche de gérer la procédure lourde et compliquée engagée contre les laboratoires Ackerman. En réalité, les cinq membres brassaient de la paperasse et s'efforçaient d'organiser l'ensemble des cinquante mille clients et de leurs avocats.

Il était toujours loisible à un plaignant de se retirer de l'action collective et d'attaquer individuellement les laboratoires Ackerman. Tandis que les avocats rassemblaient les dossiers d'un bout à l'autre du pays et formaient leur coalition, d'inévitables conflits se produisaient. Certains désapprouvaient l'action introduite à Biloxi et préféraient faire cavalier seul. D'autres n'avaient que mépris pour Patton French. D'autres encore voulaient un procès dans leur juridiction avec l'espoir d'obtenir de plus grosses indemnités.

Mais French n'en était pas à son coup d'essai. Il vivait à bord de son Gulfstream, sillonnait le pays en tous sens, rencontrait ses confrères et réussissait à maintenir en bon ordre la fragile coalition. Il promettait à tous que les dommages-intérêts seraient plus élevés à Biloxi.

Il s'entretenait tous les jours au téléphone avec l'avocat maison d'Ackerman, un vieux routier qui avait essayé deux fois de prendre sa retraite mais s'était vu opposer deux refus par le P-DG. Le message de French était simple et parfaitement clair : « ouvrons immédiatement les négociations, sans vos avocats extérieurs, car vous savez aussi bien que nous que vous n'irez pas jusqu'au procès. » La direction d'Ackerman commençait à prêter une oreille attentive.

À la mi-août, French organisa une réunion des avocats du Dyloft. Elle se tiendrait dans son ranch, près de Ketchum, Idaho. Il expliqua à Clay que sa présence était obligatoire en sa qualité de membre du comité de pilotage et que, tout aussi important, les participants étaient impatients de faire la connaissance du petit nouveau qui avait fait éclater l'affaire du Dyloft.

— Avec ces gars-là, ajouta French, il ne faut pas manquer une seule réunion, sinon ils vous poignardent dans le dos.

— J'y serai, affirma Clay.

— J'enverrai un jet, proposa French.

— Merci. Je me débrouillerai.

Clay loua un Lear 35, un joli petit appareil dont la taille était le tiers de celle d'un Gulfstream 5, mais comme il voyageait seul, cela suffisait amplement. Il retrouva les pilotes au terminal de l'aviation privée de Reagan National. Au milieu des gros riches, tous plus âgés que lui, il s'efforça de se comporter comme s'il n'y avait rien d'exceptionnel dans le fait de monter à bord de son propre jet. Certes, l'appareil appartenait à une société de location, mais il en disposerait à sa guise pendant trois jours.

Quand l'avion décolla, Clay contempla le Potomac, puis il reconnut le Lincoln Monument et les édifices du cœur de la cité. Il distingua l'immeuble abritant ses bureaux ; un peu plus loin se trouvait le bâtiment de l'aide juridictionnelle. Comment réagiraient Glenda, Jermaine et les autres en le voyant maintenant ?

Et Rebecca ?

Ah ! si elle avait pu tenir un mois de plus !

Il avait eu si peu de temps pour penser à elle.

L'avion pénétra dans les nuages : il n'y avait plus rien à voir. Washington était déjà loin. Clay Carter se rendait à une réunion secrète de quelques avocats parmi les plus fortunés des États-Unis, les spécialistes des actions collectives, ceux qui avaient le cerveau et les tripes pour s'attaquer aux plus puissantes sociétés.

Et ils étaient impatients de faire sa connaissance.

Son appareil était le plus petit des jets stationnés sur le tarmac de l'aérodrome de Ketchum-Sun Valley, à Friedman, Idaho. En longeant la rangée de Gulfstream et de Challenger, il lui vint l'idée ridicule que son avion était inadéquat, qu'il lui en fallait un plus gros. Mais il se moqua aussitôt de lui-même. Il était dans la cabine d'un Lear à trois millions de dollars et il faisait la fine bouche ! Heureusement qu'il était encore capable d'autodérision. Qu'est-ce que ce serait quand il ne le serait plus ?

Le jet s'arrêta près d'un appareil à l'aspect familier, immatriculé 000MT ; la résidence itinérante de Patton French. Le Lear paraissait minuscule à côté du Gulfstream 5 ; Clay ne put s'empêcher, l'espace d'un instant, de considérer avec envie le plus beau jet de luxe au monde.

Un homme en costume de cow-boy attendait au volant d'un monospace. Par bonheur, il n'était pas loquace ; Clay put profiter du paysage pendant les quarante-cinq minutes du trajet. En s'élevant, la route devint sinueuse et étroite. La propriété de Patton French, comme il fallait s'y attendre, avait la beauté d'une carte postale et respirait le neuf. La vaste demeure comprenait assez d'ailes et de niveaux pour abriter un cabinet juridique d'une bonne taille. Un autre cow-boy prit le sac de voyage de Clay.

— Me French vous attend sur la terrasse de derrière, annonça-t-il, comme si Clay était un habitué de la maison.

Quand Clay trouva French et ses invités, la conversation roulait sur la Suisse et leurs préférences pour telle ou telle station de ski retirée, au charme discret. Il approcha tout en écoutant distraitement. Les quatre autres membres du comité de pilotage se prélassaient dans un fauteuil, face à la montagne, un gros cigare à la main, un verre d'alcool devant eux. Quand ils prirent conscience de la présence de Clay, ils se redressèrent brusquement, comme si le juge venait d'entrer dans sa salle d'audience. Pendant les trois premières minutes d'une conversation animée, on le qualifia de « brillant », de « sagace », de « gonflé » et on loua même ses qualités de « visionnaire ».

— Il faut nous raconter comment vous avez trouvé la piste du Dyloft, déclara Carlos Hernandez.

— Il ne veut rien dire, observa Patton French, qui préparait dans un shaker un mélange innommable destiné à Clay.

— Allons, insista Wes Saulsberry, qui faisait ami-ami avec Clay.

Il allait bientôt apprendre que Wes avait gagné près d'un demi milliard trois ans auparavant, à l'occasion d'une transaction négociée avec les fabricants de cigarettes.

— On m'a fait jurer le secret, protesta Clay.

L'autre avocat de La Nouvelle-Orléans, Damon Didier, était l'un des intervenants d'un débat auquel Clay avait assisté pendant son week-end à La Nouvelle-Orléans. Clay se souvint qu'il s'était demandé comment ce type au visage impénétrable et au regard d'acier parvenait à émouvoir un jury. Il ne tarda pas à découvrir que Didier avait fait fortune à la suite du naufrage dans le lac Pontchartrain d'un bateau transportant un groupe d'étudiants. À quelque chose malheur est bon.

Il leur fallait des décorations et des médailles, comme aux héros : cette plaque, on me l'a remise pour l'explosion d'un tanker qui a fait vingt victimes ; j'ai reçu cette médaille pour les ouvriers qui sont morts dans l'incendie d'une plate-forme de forage ; la grosse, je l'ai eue pour la campagne Skinny Ben ; celle-là, pour la bataille contre l'industrie du tabac.

N'ayant pas d'histoires de guerre à raconter, Clay se contentait d'écouter. Celle du Tarvan les aurait sidérés, mais elle devait rester secrète.

Un maître d'hôtel en chemise dans le goût de Roy Rogers vint annoncer à Me French que le dîner serait servi d'ici à une heure. Ils prirent un escalier pour descendre dans une salle de jeu où étaient disposés plusieurs tables de billard et de grands écrans. Une douzaine d'hommes, tous Blancs, certains une queue de billard à la main, buvaient et conversaient.

— Le reste de la conspiration, murmura Hernandez à l'oreille de Clay.

Patton le présenta. Les noms, les visages et les villes d'origine se brouillèrent rapidement dans l'esprit de Clay. Seattle, Houston, Topeka, Boston, d'autres encore qu'il n'eut pas le temps de saisir. Et Effingham, Illinois. Tous rendirent hommage au brillant jeune homme qui les avait impressionnés par son audace.

— J'ai vu la publicité le soir de la première diffusion, raconta un nommé Bernie, de Boston. Je n'avais jamais entendu parler du Dyloft. J'ai donc appelé votre numéro vert et j'ai eu un jeune homme charmant au bout du fil. J'ai dit que je prenais du Dyloft, je me suis fait passer pour un arthritique. Puis j'ai visité votre site Web : parfait. Trois jours plus tard, mes propres publicités passaient à la télé et j'avais mon numéro vert.

Tout le monde éclata de rire ; chacun d'eux aurait certainement pu raconter une histoire similaire. Jamais il n'était venu à l'esprit de Clay que ses confrères puissent appeler son numéro vert et s'inspirer de son site Web pour détourner des clients. Mais, au fond, cela n'avait rien de surprenant.

French prit la parole pour annoncer qu'il y aurait deux ou trois choses dont il souhaitait parler avant le dîner qui, il le signalait au passage, leur permettrait de déguster une fabuleuse sélection de vins australiens. Clay avait déjà la tête qui lui tournait après un havane et un double cocktail à base de vodka. Il était de loin le plus jeune de l'assemblée ; il sentait son inexpérience dans tous les domaines. Surtout dans celui des alcools où il avait affaire à des amateurs éclairés.

Le plus jeune avocat. Le plus petit avion. Pas d'histoires de guerre. Le foie le plus fragile. Clay se dit qu'il était temps de grandir.

Tout le monde se rapprocha de French, qui vivait pour des moments comme celui-là.

— Comme vous le savez, commença-t-il, j'ai passé beaucoup de temps avec Wicks, l'avocat des laboratoires Ackerman. En résumé, ils vont accepter une transaction et le plus tôt sera le mieux. Ils sont attaqués de tous côtés et veulent se mettre à l'abri aussi vite que possible. Le cours de leur action est descendu si bas qu'ils redoutent une OPA. Les vautours, dont nous sommes, guettent le dénouement. Si les types d'Ackerman savent combien le Dyloft leur coûtera, ils pourront restructurer leur dette et réussiront peut-être à tenir. Ils ne veulent surtout pas de litiges qui se prolongent sur une quantité de fronts ni de jurys qui accordent un peu partout des indemnités. Il ne veulent pas non plus engloutir des dizaines de millions pour les frais de défense.

— Les pauvres, glissa une voix dans l'assistance.

— *Business Week* a évoqué la possibilité d'un dépôt de bilan, lança quelqu'un d'autre. Ont-ils brandi cette menace ?

— Pas encore. Je ne crois pas qu'ils en arriveront là. Ackerman a un actif trop important. Nous venons d'achever l'analyse financière – nous verrons les chiffres demain matin – et nos spécialistes estiment qu'Ackerman dispose de deux à trois milliards pour la transaction du Dyloft.

— Quel est le montant de la couverture de l'assurance ?

— Seulement trois cents millions. Ackerman a introduit sa division cosmétiques en Bourse depuis un an. Ils en veulent un milliard ; la valeur réelle est environ des trois quarts. Ils peuvent s'en débarrasser pour un demi-milliard et disposer de liquidités suffisantes pour satisfaire nos clients.

Clay avait remarqué qu'il était rarement question des clients.

Les vautours resserrèrent leurs rangs autour de French, qui n'avait pas terminé.

— Nous avons deux choses à établir. D'abord le nombre de plaignants potentiels. Ensuite, la valeur de chaque client.

— Nous n'avons qu'à les additionner, lança une voix traînante de Texan. J'en ai mille.

— Moi, mille huit cents, déclara French. Carlos ?

— Deux mille, répondit Hernandez en griffonnant des chiffres.

— Wes ?

— Neuf cents.

L'avocat de Topeka en avait six cents, le plus petit

nombre. Le score le plus élevé était de deux mille, jusqu'à ce que French, qui avait gardé le meilleur pour la fin, interroge Clay. Toutes les oreilles se tendirent.

— Trois mille deux cents, annonça Clay en réussissant à garder un visage impassible.

Ses nouveaux amis semblèrent ravis ou du moins firent comme s'ils l'étaient.

— Bravo ! s'écria quelqu'un.

Clay soupçonnait que les grands sourires et les bravos cachaient de l'envie.

— Nous en sommes à vingt-quatre mille, déclara Carlos qui avait fait le calcul.

— Nous pouvons raisonnablement multiplier par deux, reprit French, et nous arriverons tout près de cinquante mille, le chiffre retenu par Ackerman. En divisant deux milliards par cinquante mille, nous recevrons quarante mille dollars par client. Un bon point de départ.

Clay fit un rapide calcul mental : quarante mille dollars pour chacun de ses trois mille deux cents clients faisaient un total de cent vingt-huit millions. Le tiers de cette somme... Frappé de stupeur, il sentit ses jambes flageoler.

— Les laboratoires Ackerman ont-ils une idée de ce que sera le pourcentage de tumeurs malignes ? demanda Bernie, l'avocat de Boston.

— Non, répondit French. Ils estiment le risque à un pour cent.

— Ce qui représente cinq cents clients.

— Un million de dollars chacun, au bas mot.

— Ce qui fait un demi-milliard de plus.

— Un million de dollars, c'est très loin du compte !

— On est allé jusqu'à cinq à Seattle.

— Nous parlons d'homicides par imprudence.

Chaque avocat avait son opinion et tous l'exprimaient en même temps. Il fallut un petit moment à French pour rétablir l'ordre.

— Messieurs, annonça-t-il, nous passons à table.

Le dîner fut un fiasco. La table était dressée sur un bloc de bois poli découpé dans le tronc d'un érable rouge, un arbre vénérable, qui s'était majestueusement dressé vers le ciel pendant des siècles, jusqu'à ce que des Américains fortunés en décident autrement. Une quarantaine de convives pouvaient y prendre place. Ce soir-là, ils n'étaient que dix-huit, éparpillés de part et d'autre, afin qu'on n'en vienne pas aux mains.

Dans cette assemblée d'ego surdimensionnés où chacun se prenait pour le plus grand avocat de la création, le moulin à paroles le plus odieux avait pour nom Victor K. Brennan. C'était un Texan de Houston à la voix forte et nasillarde. Au troisième ou quatrième verre de vin, servi pour accompagner le pavé de bœuf grillé, Brennan commença à se plaindre de la modicité des indemnités prévues pour chaque client. On avait découvert chez l'un des siens, un riche Texan de quarante ans, la présence de tumeurs malignes provoquées par le Dyloft. Il se faisait fort d'obtenir de n'importe quel jury de son État dix millions de dollars d'indemnités et vingt millions de dommages-intérêts punitifs. La plupart des autres étaient de son avis. Certains allaient jusqu'à affirmer qu'ils toucheraient encore plus dans leur juridiction. French répétait avec obstination que si quelques individus recevaient de très fortes sommes, il ne resterait plus grand-chose pour l'action collective. Brennan avait du mal à réfuter cet argument. Il soupçonna les laboratoires Ackerman d'avoir des disponibilités plus importantes qu'ils ne voulaient le dire.

Le groupe était divisé sur ce point, mais la démarcation était si fluctuante et les alliances si fugitives que Clay avait toutes les peines du monde à déterminer qui pensait quoi. French mit Brennan au défi de démontrer qu'il serait facile d'obtenir des dommages-intérêts punitifs.

— Vous avez des documents ? lança Brennan.

— Clay nous a fourni des documents. Ackerman ne le sait pas encore et vous ne les avez pas vus. Peut-être ne les verrez-vous jamais si vous vous retirez de notre action collective.

Le cliquetis des couverts cessa immédiatement ; tout le monde se mit à hurler en même temps. Les serveurs battirent en retraite. Clay les imaginait dans la cuisine, accroupis derrière les tables. Brennan avait envie de faire le coup de poing ; Wes Saulsberry lui tenait tête. Les injures commencèrent à fuser. Dans la confusion générale, Clay se tourna vers Patton French : il le vit porter un verre de vin à ses narines et le goûter en fermant les yeux.

Combien d'empoignades de ce genre avait-il connues ? Une multitude, certainement. Clay coupa tranquillement une bouchée de viande.

Quand le calme fut revenu, Bernie raconta une blague sur un prêtre catholique et tout le monde s'esclaffa. Les convives prirent plaisir à boire et à manger pendant cinq minutes, jusqu'à ce qu'Albert, l'avocat de Topeka, suggère de pousser Ackerman au dépôt de bilan. Il l'avait déjà fait pour deux autres sociétés, avec des résultats satisfaisants. Les deux sociétés en question s'étaient abritées derrière la législation sur la faillite pour échapper aux banques et à leurs autres créanciers, ce qui avait dégagé plus de liquidités pour

Albert et ses milliers de clients. Ceux qui ne soutenaient pas cette stratégie émirent des réserves ; Albert s'en offensa et une nouvelle querelle éclata.

Ils n'étaient d'accord sur rien. Fallait-il aller jusqu'au procès en refusant une transaction rapidement négociée ? Les documents, encore, la publicité mensongère, le meilleur moyen de rassembler le maximum de dossiers, les frais de justice, les honoraires, tout n'était que dissensions. L'estomac noué, Clay n'ouvrait pas la bouche. Les autres semblaient apprécier la nourriture tout en menant deux ou trois discussions de front.

L'expérience, se dit Clay.

À la fin de ce dîner interminable, French invita ses hôtes à descendre dans la salle de billard, où on leur proposa un cognac et un cigare. Après s'être insultés pendant trois heures, ils burent en riant ensemble comme une joyeuse bande d'étudiants. À la première occasion, Clay s'éclipsa et parvint, non sans difficulté, à trouver sa chambre.

Le numéro de Barry et Harry était programmé à 10 heures, le samedi matin, ce qui laissait à tout le monde le temps de cuver son vin et d'ingurgiter un solide petit déjeuner. French avait prévu une partie de pêche à la truite et une séance de tir au pigeon : ni l'une ni l'autre n'attira un seul amateur.

Barry et Harry dirigeaient à New York une société qui ne faisait rien d'autre qu'analyser la situation financière d'entreprises cibles. Ils avaient des sources, des contacts, des espions et la réputation bien établie de savoir regarder derrière les chiffres pour dénicher la vérité vraie. French les avait fait venir en jet de New York pour une intervention d'une heure.

— Cela nous coûte deux cent mille dollars, glissa fièrement French à l'oreille de Clay, et Ackerman nous remboursera. Vous vous rendez compte ?

Ils travaillaient en équipe. Barry présentait les graphiques, Harry les commentait, une baguette à la main, tels deux professeurs au tableau noir, sur la scène du petit théâtre, juste au-dessous de la salle de billard. Les avocats, pour une fois, se tenaient cois.

Les laboratoires Ackerman étaient couverts par leurs assurances à hauteur de cinq cents millions de dollars, trois cents par un contrat responsabilité civile, deux cents par un réassureur. L'analyse du cash-flow était si fouillée que les duettistes ne furent pas trop de deux pour la présenter. L'assistance fut bientôt noyée sous un déluge de chiffres et de pourcentages.

Ils parlèrent de la division cosmétiques qui pourrait être bradée à six cents millions. Il y avait aussi une division plastiques établie au Mexique, dont les laboratoires Ackerman étaient prêts à se débarrasser pour deux cents millions. Un quart d'heure fut nécessaire pour expliquer en détail la structure de la dette.

Barry et Harry étaient aussi avocats et parfaitement compétents pour prévoir la réponse la plus vraisemblable d'une grosse société à une catastrophe comme celle du Dyloft. Le plus sage, pour Ackerman, serait de négocier rapidement, par étapes. Une transaction par tranches.

Il ne faisait aucun doute pour Clay qu'il était le seul à ignorer de quoi il s'agissait.

— La première étape consisterait en un versement de deux milliards pour les plaignants du groupe un, expliqua Harry au grand soulagement de Clay.

— Nous estimons que cela pourrait être réalisé dans les quatre-vingt-dix jours, ajouta Barry.

— La deuxième étape en un versement d'un demi-milliard pour les plaignants du groupe deux, ceux qui sont atteints de tumeurs malignes mais n'en meurent pas.

— La troisième resterait ouverte cinq ans et permettrait de couvrir les décès.

— Nous estimons qu'Ackerman est en mesure de débourser deux milliards et demi à trois milliards dans les douze mois et un demi-milliard de plus dans les cinq ans.

— Au-delà, il y a le risque d'un dépôt de bilan.

— Ce que nous ne conseillons pas pour cette société. Trop de banques sont des créanciers privilégiés.

— Une faillite réduirait singulièrement les disponibilités. Il faudrait de trois à cinq ans pour aboutir à une transaction acceptable.

Les avocats eurent évidemment envie de discuter. Vincent, de Boston, était particulièrement déterminé à impressionner ses confrères en faisant étalage d'un sens aigu de la finance. Il ne fallut pas longtemps aux duettistes pour le remettre à sa place. Au bout d'une heure, Barry et Harry partirent à la pêche.

French les remplaça sur la scène. Tous les arguments avaient été exprimés, les disputes étaient terminées ; le moment était venu de se mettre d'accord sur un plan de campagne.

Première étape : rassembler tous les clients potentiels. Chacun pour soi, tous les coups étaient permis. Il y avait encore de nombreux clients potentiels à attirer dans leurs filets, autant que les plaignants déjà connus. Il fallait remuer ciel et terre, écumer les petits cabinets d'avocats qui n'en comptaient que quelques dizaines, leur faire rejoindre le troupeau. Mettre la main sur eux, coûte que coûte.

Deuxième étape : mettre sur pied dans les deux mois une réunion de négociations avec les laboratoires

Ackerman. Le comité de pilotage s'en chargerait et avertirait les intéressés.

Troisième étape : s'assurer à tout prix que tout le monde reste au sein de l'action collective. L'union fait la force. Ceux qui choisiraient de se retirer pour avoir leur propre procès n'auraient pas accès aux documents accablants. C'était aussi simple que cela. Pas de cadeaux, mais le jeu en valait la chandelle.

Tout le monde avait des objections sur telle ou telle partie du plan, mais l'alliance resta solide. L'affaire donnait l'impression de devoir aboutir à la plus rapide transaction jamais réalisée et les avocats humaient déjà le parfum des billets verts.

21.

La réorganisation suivante du jeune cabinet juridique eut lieu de la même manière chaotique que les précédentes et pour les mêmes raisons. Trop de nouveaux clients, trop de paperasse, un manque de personnel, une hiérarchie floue et une direction au style très incertain, car personne n'avait jamais dirigé une équipe. Trois jours après le retour de Clay, Paulette et Jonah se présentèrent dans son bureau avec une longue liste de problèmes urgents. Il y avait de la rébellion dans l'air. Les nerfs étaient à fleur de peau et la fatigue ne faisait qu'aggraver les choses.

D'après la dernière estimation, le cabinet comptait trois mille trois cent vingt dossiers Dyloft, tous très récents, qui demandaient une attention immédiate. Sans compter Paulette, qui assumait à son corps défendant le rôle de responsable du cabinet, sans compter Jonah, qui passait dix heures par jour sur l'ordinateur à saisir tous les dossiers et, bien entendu, sans compter Clay, le patron, qui donnait des interviews et visitait l'Idaho, le cabinet comptait maintenant deux avocats et dix assistants dont pas un seul, à l'exception de Rodney, n'avait plus de trois mois d'expérience.

— Je ne saurais dire lesquels sont bons, expliqua Paulette. Il est trop tôt.

Elle estimait que chaque assistant pouvait prendre en charge entre cent et deux cents dossiers.

— Les clients ont peur, reprit-elle. Ils ont peur à cause de ces tumeurs et parce que la presse ne parle que du Dyloft. Ils ont peur parce que nous leur avons foutu les jetons.

— Ils veulent qu'on leur parle, ajouta Jonah. Ils veulent avoir un avocat au bout du fil, pas un assistant stressé qui travaille à la chaîne. Je crains que nous ne perdions bientôt des clients.

— Nous ne perdrons pas de clients, répliqua Clay en pensant à tous les requins qu'il venait de rencontrer et qui se feraient un plaisir de récupérer les mécontents.

— Nous sommes submergés par la paperasse, déclara Paulette en prenant le relais de Jonah. Les examens médicaux préliminaires doivent être analysés et confirmés par une visite de contrôle. Nous pensons qu'environ quatre cents personnes ont besoin d'examens complémentaires. Il s'agit peut-être des cas les plus graves, Clay, de gens qui succomberont à ces tumeurs. Il faut absolument que quelqu'un coordonne le suivi médical, mais personne ne s'en occupe. Tu entends, Clay ?

— J'écoute. De combien d'avocats avons-nous besoin ?

Paulette lança un regard désabusé en direction de Jonah. Ils ne savaient que répondre.

— Dix ? hasarda-t-elle.

— Au moins, approuva Jonah. Dix tout de suite, peut-être plus dans les jours à venir.

— Nous allons augmenter la publicité, déclara Clay.

Un long silence résigné suivit. Clay leur avait raconté la réunion de Ketchum dans ses grandes lignes, sans entrer dans les détails. Il les avait assurés que chaque nouveau client leur rapporterait gros dans un avenir proche, mais avait gardé pour lui le contenu de la stratégie. Moins on en sait, moins on en dit. French l'avait mis en garde contre ceux qui ne savent pas tenir leur langue ; compte tenu de l'inexpérience de son équipe, il préférait les laisser dans l'ignorance.

Un cabinet juridique voisin venait de licencier trente-cinq de ses collaborateurs. Le ralentissement de l'économie, la facturation en baisse, une fusion en préparation, quelle qu'ait été la véritable raison, la nouvelle avait fait jaser. Des licenciements ! Dans un cabinet juridique ! À Washington !

Paulette suggéra de recruter quelques-uns de ceux qui faisaient partie de la charrette en leur proposant un contrat d'un an sans promesse d'avancement. Clay s'engagea à téléphoner dès le lendemain matin. Il s'occuperait aussi de louer des bureaux et de les meubler.

Jonah avait une idée assez originale : le recrutement d'un médecin pour la même durée, quelqu'un qui serait chargé de coordonner les examens médicaux et les analyses.

— Nous pouvons avoir un jeune diplômé pour cent mille dollars par an. Il manquera d'expérience, mais peu importe. On ne lui demandera pas d'opérer mais de s'occuper de la paperasse.

— Tu as carte blanche, déclara Clay.

Sur la liste de Jonah figurait ensuite la question du site Web. La publicité avait attiré beaucoup de visiteurs, mais il fallait du personnel à plein temps pour répondre. Le site devait aussi être mis à jour toutes les semaines pour faire le point sur la procédure judiciaire et présenter les révélations les plus récentes sur le Dyloft.

— Tous ces clients sont avides de renseignements, Clay, conclut Jonah.

Pour ceux qui n'utilisaient pas Internet – Paulette estimait qu'ils représentaient au moins la moitié de leurs clients –, une lettre d'information était indispensable.

— Il nous faut une personne à plein temps pour la rédiger et l'expédier, déclara-t-elle.

— Peux-tu trouver quelqu'un ? demanda Clay.

— Je suppose.

— Alors, vas-y.

Elle se tourna vers Jonah, comme si ce qui devait être dit ne pouvait venir que de lui.

Jonah lança son calepin sur le bureau et fit craquer ses jointures.

— Clay, commença-t-il, nous engloutissons des sommes folles dans cette affaire. Es-tu sûr de savoir ce que tu fais ?

— Non, mais je pense qu'il faut le faire. Faites-moi confiance. Nous allons gagner très gros, mais, pour y arriver, ces dépenses sont nécessaires.

— Tu disposes de cet argent ? demanda Paulette.

— Oui.

Max Pace avait téléphoné pour inviter Clay à boire un verre le soir, dans un bar proche de sa maison de Georgetown. Il ne faisait que passer à Washington ; il était resté vague, comme à son habitude, sur ses déplacements et ses activités. Il avait éclairci sa garde-robe : santiags en peau de serpent marron, veste en daim marron. Clay se dit que c'était une sorte de déguisement. Dès la première bière, Pace en vint au Dyloft et il fut rapidement évident que son projet en cours, quel qu'il soit, avait un rapport avec les laboratoires Ackerman.

Avec son flair de débutant, Clay lui fit une description haute en couleur de son séjour dans le ranch de

Patton French, de la bande de vautours qu'il y avait rencontré, de l'interminable dîner où tout le monde s'insultait à qui mieux mieux, du numéro de duettistes de Barry et Harry. Il n'hésita pas à fournir les détails ; Pace en savait plus long que quiconque.

— Je connais Barry et Harry, déclara Pace, comme s'ils appartenaient au milieu.

— Ils semblaient connaître leur boulot. Pour deux cent mille dollars, c'est la moindre des choses.

Clay parla ensuite de Carlos Hernandez, de Wes Saulsberry et de Damon Didier, ses nouveaux copains du comité de pilotage. Pace les connaissait tous de nom.

— Vous avez vendu les actions Ackerman à découvert, n'est-ce pas ? demanda-t-il en buvant une gorgée de la deuxième bière.

Un regard circulaire dans le bar d'étudiants à moitié vide le rassura : personne n'écoutait.

— Cent mille actions à quarante-deux cinquante, précisa Clay avec fierté.

— À la clôture, Ackerman était à vingt-trois dollars.

— Je sais. Je fais le calcul tous les jours.

— Il est temps de racheter. Faites-le demain, dès l'ouverture.

— Il va se passer quelque chose ?

— Oui. Pendant que vous y êtes, achetez tout ce que vous pourrez à vingt-trois et attendez que ça monte.

— Cela montera jusqu'où ?

— Le cours de l'action va doubler.

Six heures plus tard, avant le lever du jour, assis à son bureau, Clay se préparait à une nouvelle journée de folie. Il attendait aussi avec impatience l'ouverture des marchés. La liste de ce qu'il avait à faire couvrait près de deux pages. Recruter dix nouveaux avocats et leur trouver des locaux en constituait l'essentiel. Tâche apparemment impossible. Mais Clay n'avait pas le choix. À 7 h 30, il appela un agent immobilier qu'il tira de sous la douche. À 8 h 30, il avait un premier entretien de dix minutes avec un jeune avocat nommé Oscar Mulrooney. Brillant diplômé de Yale, recruté à prix d'or, Oscar avait été victime d'une fusion de l'énorme cabinet juridique qui l'employait. Marié depuis deux mois, il devait gagner sa vie. Clay l'engagea sans hésiter avec un salaire annuel de soixante-quinze mille dollars. Oscar avait quatre amis, diplômés de Yale comme lui, qui cherchaient eux aussi du travail. Clay lui demanda de les joindre.

À 10 heures, il appela son opérateur financier pour couvrir sa vente à découvert des actions Ackerman, réalisant un bénéfice de un million neuf cent mille dollars. Il réinvestit aussitôt son bénéfice dans l'achat de deux cent mille actions à vingt-trois dollars. Il suivit toute la matinée l'évolution des cours sur Internet : pas de changement.

Oscar Mulrooney revint à midi avec ses amis pleins d'enthousiasme. Clay les engagea tous et les chargea de louer leur mobilier, de faire installer le téléphone et tout ce qui était nécessaire pour commencer leur nouvelle carrière. Il confia à Oscar la tâche de trouver cinq autres avocats qui se débrouilleraient pour dénicher un bureau, et ainsi de suite.

L'annexe Yale venait d'être créée.

À 17 heures, le groupe Philo Products annonça qu'il allait acheter les actions en circulation des laboratoires Ackerman au prix de cinquante dollars l'action. Une opération d'un montant de quatorze milliards. Clay suivit les événements sur le grand écran de la salle de réunion, seul, tous les autres étant bloqués au téléphone. Les chaînes financières consacraient leur antenne à la nouvelle. CNN avait expédié des journalistes à White Plains, dans l'État de New York, où se trouvait le siège des laboratoires Ackerman. Ils faisaient le pied de grue devant les grilles, comme si la direction aux abois devait sortir pour fondre en larmes devant les caméras.

Une ribambelle d'experts et d'analystes de marché occupaient les écrans pour émettre des interprétations sans fondement. Le Dyloft revenait souvent dans leurs discours. Les laboratoires Ackerman souffraient depuis des années d'une mauvaise gestion, mais il ne faisait aucun doute que le scandale du Dyloft avait précipité la chute du groupe.

Philo Products était-il le fabricant du Tarvan ? Le client de Max ? Clay avait-il été manipulé pour provoquer une OPA de quatorze milliards ? Plus inquiétant, quelles seraient les conséquences sur l'avenir d'Ackerman et l'affaire du Dyloft ? Aussi excitant fût-il de calculer le montant de ses profits du jour sur la valeur du titre Ackerman, il ne pouvait que se demander si la nouvelle donne signifiait la fin d'un rêve.

En vérité, il n'avait aucun moyen de le savoir. Il n'était qu'un modeste pion dans la partie qui opposait deux sociétés géantes. Il se dit, pour se rassurer, qu'Ackerman avait des ressources. Et le groupe avait commercialisé un produit dangereux qui ferait des victimes. La justice l'emporterait.

Patton French appela de son jet, quelque part entre la Floride et le Texas ; il demanda à Clay de ne pas bouger pendant une heure. Le comité de pilotage devait organiser d'urgence une audioconférence : sa secrétaire s'en occupait.

French rappela une heure plus tard. Il venait d'atterrir à Beaumont où il devait participer le lendemain à une réunion avec un groupe d'avocats qui voulaient le consulter au sujet d'un médicament contre le cholestérol, une affaire juteuse. En tout état de cause, il n'avait pas réussi à joindre les autres membres du comité de pilotage. Il s'était entretenu avec Barry et Harry, que l'annonce de l'OPA de Philo Products n'inquiétait pas outre mesure.

— Ackerman possède douze millions d'actions qui valent aujourd'hui cinquante dollars, mais peut-être plus avant que les choses se calment. Le groupe dispose de six cents millions de fonds propres. En outre, le gouvernement doit donner son aval à la fusion et il voudra que les actions en justice en cours soient réglées avant de donner son feu vert. J'ajoute que Philo Products est connu pour éviter les tribunaux ; ces gens-là préfèrent les accords rapides et discrets.

Comme pour le Tarvan, se dit Clay.

— L'un dans l'autre, les nouvelles sont plutôt bonnes, reprit French, tandis que, quelque part dans son jet, un télécopieur se mettait en marche.

Clay l'imaginait en train d'aller et venir dans la cabine du Gulfstream.

— Je vous tiens au courant, ajouta French avant de couper la communication.

22.

Rex Crittle avait envie de râler, d'être rassuré, de sermonner, d'expliquer, mais le client assis de l'autre côté de son bureau ne paraissait aucunement ébranlé par les chiffres.

— Votre cabinet a six mois d'existence, commença Crittle en jetant un coup d'œil par-dessus ses lunettes à la pile de documents entassés devant lui.

La preuve. Il avait là la preuve que le cabinet d'avocats de Clay Carter était géré par des incapables !

— Vos frais généraux se montaient, au début, au total impressionnant de soixante-quinze mille dollars par mois : trois avocats, un assistant, un loyer élevé, un beau mobilier. Vous en êtes maintenant à un demi-million et ils sont en augmentation constante.

— Il faut savoir dépenser pour gagner de l'argent, répliqua Clay en prenant une gorgée de café.

La nervosité de son comptable était un sujet de satisfaction. Il y voyait la marque d'un bon professionnel, à qui les dépenses excessives de son client font perdre le sommeil.

— Mais vous ne gagnez rien, objecta prudemment Crittle. Pas de revenus depuis trois mois.

— L'année a été bonne.

— Je ne dis pas le contraire. Quinze millions d'honoraires représentent une très belle année. Le problème est que l'argent s'évapore ; rien qu'en location d'avions, vous en avez eu pour quatorze mille dollars le mois dernier.

— Puisque vous en parlez, je pense en acheter un. J'aurai besoin de vous pour faire les calculs.

— Les calculs sont faits : un tel achat ne se justifie pas.

— La question n'est pas là. Elle est simplement de savoir si je peux me le permettre.

— Non, vous ne pouvez pas.

— Un peu de patience, Rex. Vous allez bientôt respirer.

— J'imagine que vous pensez au Dyloft. Quatre millions de dollars pour le budget publicité, trois mille par mois pour le site Web, la même chose pour la lettre d'information. Tous ces assistants à Manassas et les avocats que vous venez d'engager.

— Je pense que la question sera la suivante : vaut-il mieux en louer un pour cinq ans ou l'acheter au comptant ?

— Acheter quoi ?

— Le Gulfstream.

— Qu'est-ce que c'est ?

— Le plus beau jet privé au monde.

— Qu'allez-vous faire avec un Gulfstream ?

— Voler.

— Pourquoi, exactement, croyez-vous avoir besoin de cet avion ?

— C'est l'appareil préféré de tous les gros avocats dans ma spécialité.

— Ah ! Excellente raison, en effet !

— Je savais que vous comprendriez.

— Avez-vous une idée du prix ?

— Quarante, quarante-cinq millions.

— Je suis au regret de vous dire, Clay, que vous n'avez pas quarante millions.

— Vous avez raison. Je crois que je vais en louer un.

Crittle enleva ses lunettes et entreprit de masser son long nez, comme si la migraine était imminente.

— Écoutez, Clay, je ne suis que votre comptable, mais je me demande si quelqu'un d'autre que moi vous incite à la prudence. Allez-y mollo ! Vous avez gagné une fortune, profitez-en. Vous n'avez pas besoin d'un gros cabinet avec tous ces avocats. Vous n'avez pas besoin d'un avion. Que vous faudra-t-il ensuite ? Un yacht ?

— Oui.

— Vous êtes sérieux ?

— Oui.

— Je croyais que vous détestiez les bateaux.

— Exact. C'est pour mon père. Y a-t-il un moyen de l'amortir ?

— Non.

— Je parie que si.

— Comment ?

— En le louant quand je ne l'utiliserai pas.

Son massage du nez terminé, Crittle remit ses lunettes.

— C'est votre argent, mon vieux, soupira-t-il.

Ils se retrouvèrent à New York, en terrain neutre, dans la salle de danse miteuse d'un vieil hôtel, près de Central Park, le dernier endroit auquel on aurait pensé pour une réunion de cette importance. D'un côté de la table avaient pris place les membres du comité de pilotage, tous les cinq, y compris le jeune Clay Carter qui était dans ses petits souliers. Derrière eux était assis un groupe de sous-fifres venus assister Patton French. De l'autre côté se trouvaient les représentants des laboratoires Ackerman, sous la conduite de Cal Wicks, un vieux routier à l'allure distinguée, entouré par un personnel en nombre équivalent.

La semaine précédente, le gouvernement avait donné son feu vert à la fusion avec Philo Products, à cinquante-trois dollars l'action, un bonus pour Clay, dont les profits s'élevaient à six millions de dollars. Il en avait placé la moitié à l'étranger et n'y toucherait sous aucun prétexte. La vénérable société fondée par les frères Ackerman un siècle plus tôt allait donc être absorbée par Philo Products, un groupe dont le chiffre d'affaires était d'à peine la moitié, mais beaucoup moins endetté et bien mieux administré.

Tandis que Clay s'installait, disposait ses dossiers devant lui et essayait de se convaincre qu'il était bien à sa place, il crut remarquer des regards peu amènes dans la délégation de la partie adverse. Ceux de chez Ackerman avaient enfin l'occasion de voir en personne le débutant de Washington qui avait déclenché la cauchemardesque affaire du Dyloft.

Patton French s'était déplacé avec son équipe mais, en fait, il n'avait besoin de personne. Il prit d'emblée les choses en main et fut bientôt le seul à parler, à l'exception de Wicks qui n'ouvrait la bouche que lorsque c'était nécessaire. Ils passèrent la matinée à établir le nombre précis de dossiers. L'action collective de Biloxi comptait trente-six mille sept cents plaignants. Un groupe d'avocats de Georgie entré en dissidence en avait cinq mille deux cents et menaçait de former une autre action collective. Patton French se faisait fort de les en dissuader. Quelques autres avocats avaient choisi de se retirer pour voler de leurs propres ailes et préparaient des procès à domicile, mais cela ne semblait pas inquiéter French. Ils n'avaient pas eu connaissance des documents accablants pour Ackerman et n'en disposeraient jamais.

Clay se lassa rapidement de cette kyrielle de chiffres. Le seul qui importait pour lui était le nombre de ses clients, soit cinq mille trois cent quatre-vingts. Il en avait plus que n'importe lequel de ses confrères, mais French avait sensiblement réduit l'écart et franchi la barre des cinq mille.

Au bout de trois heures de statistiques à jet continu, les deux parties se mirent d'accord pour une pause déjeuner d'une heure. Les membres du comité de pilotage montèrent dans une suite de l'hôtel pour manger un sandwich accompagné d'eau minérale. La dernière bouchée avalée, French se jeta sur son portable et commença à hurler. Wes Saulsberry avait besoin de se dégourdir les jambes ; il proposa à Clay de faire le tour du pâté de maisons. Ils remontèrent la 5e Avenue, de l'autre côté du parc. L'air de la mi-novembre était froid et vif, les feuilles mortes voletaient sur l'asphalte.

— J'aime venir à New York, déclara Saulsberry, et j'aime aussi en partir. En ce moment, il fait trente degrés à La Nouvelle-Orléans et l'atmosphère est encore très humide.

Clay se contentait d'écouter. Il était tout à son excitation : dans quelques heures, ils seraient parvenus à un accord, avec la perspective d'honoraires colossaux et la liberté totale qu'ils conféreraient à un homme jeune et célibataire.

— Quel âge avez-vous, Clay ?

— Trente et un ans.

— À votre âge, avec mon associé, nous avons conclu une transaction pour l'explosion d'un pétrolier ; une affaire atroce, une douzaine d'hommes étaient morts brûlés. Nous avons partagé en deux les vingt-huit millions d'honoraires. Mon associé a empoché ses quatorze millions et choisi de prendre sa retraite. J'ai investi les miens dans un nouveau cabinet et j'ai recruté des avocats dévoués, des gens de talent qui aiment ce qu'ils font. J'ai fait construire un immeuble au centre de La Nouvelle-Orléans et j'ai continué à recruter les meilleurs. Nous sommes maintenant quatre-vingt-dix avocats ; en dix ans, nous avons perçu huit cents millions de dollars d'honoraires. Et mon ancien associé ? Triste histoire. On ne prend pas sa retraite à trente-trois ans, ce n'est pas normal. Il a dilapidé sa fortune : la coke, le jeu, trois mariages ratés. Je l'ai engagé il y a deux ans : un poste d'assistant à soixante mille dollars par an et il ne les vaut pas.

— L'idée de prendre ma retraite ne m'est pas venue à l'esprit, mentit Clay.

— Je l'espère. Vous allez toucher un gros paquet que vous avez bien mérité. Profitez-en. Offrez-vous un avion, un joli bateau, un appartement en front de mer, un chalet à Aspen, tous les jouets que vous désirez. Mais réinvestissez le gros de l'argent dans votre cabinet. Croyez-en quelqu'un qui est passé par-là.

— Merci du conseil.

Ils tournèrent dans la 73e Rue et continuèrent de marcher. Saulsberry n'avait pas terminé.

— La peinture au carbonate de plomb, vous connaissez ?

— Pas vraient.

— Il y a eu des affaires lucratives, pas aussi connues que celles des médicaments dangereux, bien sûr. J'ai lancé la mode il y a une dizaine d'années. Nos clients sont des établissements scolaires, des églises, des hôpitaux, des commerces dont les murs ont reçu des couches de peinture au carbonate de plomb, autrement dit de la céruse, un poison violent. Nous avons porté plainte contre les fabricants de peinture ; certains ont accepté un règlement à l'amiable. Cela nous a rapporté à peu près deux millions. Quoi qu'il en soit, au cours d'une enquête chez l'un de ces fabricants, où nous cherchions des preuves, je suis tombé sur quelque chose qui pourrait vous intéresser. Je ne peux m'en occuper, pour des raisons personnelles.

— Je suis tout ouïe.

— La société en question, qui a son siège à Reedsburg, Pennsylvanie, fabrique le mortier utilisé par des maçons dans la construction de maisons neuves. Un produit assez rudimentaire mais une mine d'or potentielle. Il semble qu'il y ait eu des problèmes avec ce mortier. Un lot défectueux. Au bout de trois ans, il s'effrite ; quand le mortier se désagrège, les briques lâchent. Cela ne s'est produit que dans la région de Baltimore et concerne à peu près deux mille maisons individuelles. On commence seulement à prendre conscience de l'ampleur du problème.

— Quels sont les dégâts ?

— Il faut compter environ quinze mille dollars pour remettre une maison en état.

Quinze mille multipliés par deux mille habitations. Avec des honoraires du tiers des indemnités versées, on arrivait à dix millions de dollars. Clay faisait des progrès en calcul mental.

— La preuve sera facile à obtenir, poursuivit Saulsberry. La société sait qu'elle risque gros : elle devrait accepter une transaction.

— J'aimerais voir cela de plus près.

— Je vous ferai parvenir le dossier, mais sous le sceau du secret.

— Vous prenez une commission ?

— Non, je vous renvoie l'ascenseur pour le Dyloft.

Disons que, si l'occasion se présente un jour de me rendre la pareille, cela me fera plaisir. Certains d'entre nous travaillent de cette manière, Clay. Dans notre milieu, la plupart ont le culte du moi et sont prêts à s'entrégorger, mais nous sommes quelques-uns à nous serrer les coudes.

En fin d'après-midi, les laboratoires Ackerman acceptèrent de verser un minimum de soixante-deux mille dollars à chacun des plaignants du groupe un, ceux sur qui l'ablation des tumeurs bénignes pouvait être pratiquée par une intervention chirurgicale relativement simple, dont le coût serait également pris en charge par le fabricant du Dyloft. Ils étaient environ quarante mille à entrer dans cette catégorie et l'argent serait immédiatement disponible. On chicana surtout sur la méthode à employer pour savoir qui en bénéficierait. Une empoignade féroce éclata quand la question des honoraires des avocats fut mise sur le tapis. Comme la plupart de ses confrères, Clay avait signé avec ses clients un contrat qui lui octroyait un tiers du montant des indemnités, mais, dans des transactions de ce genre, ce pourcentage était en général revu à la baisse. Une formule très compliquée fut proposée et débattue. French se montra particulièrement agressif. Ackerman finit par accepter que les honoraires soient fixés à vingt-huit pour cent pour le groupe un.

Les clients du groupe deux étaient ceux qui souffraient de tumeurs malignes et dont le traitement prendrait des mois ou des années. Aucun plafond n'était fixé ; la preuve, selon Barry et Harry, que Philo Products se tenait dans l'ombre, prêt à renflouer Ackerman, si besoin était. Pour les plaignants du groupe deux les avocats recevraient vingt-cinq pour cent.

Les plaignants du groupe trois étaient ceux du groupe deux qui mourraient à cause du Dyloft. Comme il n'y avait encore eu aucun décès à déplorer, aucun montant ne fut déterminé. Les honoraires des avocats furent plafonnés à vingt-deux pour cent.

Ils se séparèrent à 19 heures en prévoyant de se retrouver le lendemain pour régler les derniers détails concernant les groupes deux et trois. Dans l'ascenseur, French tendit à Clay une feuille de listing.

— Une bonne journée de travail, fit-il en souriant.

La feuille présentait le nombre de patients de Clay et ses honoraires estimés, auxquels s'ajoutaient sept pour cent pour son rôle dans le comité de pilotage.

Ses honoraires bruts, uniquement pour le groupe un, s'élevaient à cent six millions.

Quand il fut enfin seul sa dans chambre, il se planta devant la fenêtre et regarda longuement la nuit tomber sur Central Park. À l'évidence, le Tarvan ne l'avait pas aguerri contre l'émotion. Il était abasourdi, hébété, figé devant la vitre, tandis que des pensées éparses traversaient son cerveau surmené. Il but deux flacons de whisky du minibar, sans effet.

Il revint à la fenêtre pour appeler Paulette, qui décrocha avant la fin de la première sonnerie.

— Raconte, fit-elle dès qu'elle eut reconnu sa voix.

— Le premier round est terminé.

— Ne tourne pas autour du pot !

— Tu viens de gagner dix millions de dollars.

Les mots sortaient de sa bouche, mais il avait l'impression que c'était la voix d'un autre.

— Pas de salades, Clay ! lança-t-elle d'une voix mal assurée.

— C'est la vérité. Je ne te raconte pas d'histoires.

Un silence, puis Clay l'entendit sangloter doucement. Il recula, s'assit sur le bord du lit et se retint de pleurer un bon coup, lui aussi.

— Mon Dieu ! articula Paulette d'une voix étranglée.

— Je te rappelle dans quelques minutes, fit Clay.

Jonah était encore au bureau. Il décrocha, poussa un hurlement et jeta l'appareil pour aller chercher Rodney. Clay entendit leurs voix étouffées, puis une porte qui claquait. Rodney saisit le combiné.

— Oui, j'écoute.

— Ta part est de dix millions de dollars, annonça Clay pour la troisième fois, jouant au Père Noël comme jamais plus il ne le ferait.

— Pas possible, pas possible ! ne pouvait que répéter Rodney.

— Difficile à croire, en effet.

Il eut un moment devant les yeux l'image de Rodney à son ancien bureau de l'aide juridictionnelle, noyé sous des tonnes de paperasse, des photos de sa femme et des gosses punaisées au mur, travaillant dur pour gagner chichement sa vie.

Qu'allait-il dire à sa femme quand il l'appellerait, après s'être remis de ses émotions ?

Jonah se mit en ligne d'un autre poste et ils discutèrent un moment tous les trois de la réunion de New York : qui était présent, où avait-elle eu lieu, qu'avaient-ils fait ? Ils ne voulaient pas le quitter, mais Clay dit qu'il avait promis à Paulette de la rappeler.

Après avoir raccroché, il resta un long moment assis sur le lit, constatant avec tristesse qu'il n'avait personne d'autre à appeler. Il voyait Rebecca, il entendait sa voix, il touchait son corps... Ils pourraient acheter une maison en Toscane, à Maui ou à n'importe quel endroit de la planète. Ils pourraient y vivre heureux, entourés d'une ribambelle d'enfants, sans les beaux-parents mais avec des nounous, des femmes de ménage, des cuisinières et – pourquoi pas ? – un maître d'hôtel. Deux fois par an, elle prendrait le jet pour se rendre aux États-Unis et se chamailler avec ses parents.

Les Van Horn seraient peut-être moins odieux, avec tous ces millions dans la famille, hors de leur portée, certes, mais assez proches pour leur permettre de la ramener.

Il rassembla son courage et composa le numéro de Rebecca. C'était un mercredi, une soirée calme au country club ; elle devait être chez elle. Elle décrocha à la troisième sonnerie.

— Allô !

Quand il entendit sa voix, une faiblesse le saisit.

— Bonsoir, c'est Clay, fit-il en s'efforçant de prendre un ton dégagé.

Ils n'avaient pas échangé un mot depuis six mois, mais elle se comporta comme si de rien n'était.

— Tiens, un revenant ! fit-elle cordialement.

— Comment vas-tu ?

— Bien, toujours très occupée. Et toi ?

— Très occupé aussi. Je suis à New York pour boucler une affaire.

— On dirait que tout se passe bien pour toi.

C'était peu dire.

— Je n'ai pas à me plaindre. Ton boulot, ça va ?

— Il me reste six jours.

— Tu arrêtes ?

— Oui. Je me marie, tu sais ?

— J'ai appris ça. La date est fixée ?

— Le 12 décembre.

— Je n'ai pas reçu d'invitation.

— Je ne t'en ai pas envoyé. Je ne pensais pas que tu voudrais venir.

— Probablement pas. Tu es sûre de vouloir te marier ?

— Parlons d'autre chose.

— Il n'y a rien d'autre.

— Tu sors avec quelqu'un ?

— Les femmes me pourchassent. Où as-tu rencontré ce type ?

— Il paraît que tu as acheté une maison à Georgetown.

— Cela fait un bout de temps.

Il était ravi de voir qu'elle était au courant. Cette réussite toute fraîche avait peut-être éveillé sa curiosité.

— Ce type est un minable.

— Allons, Clay, restons bons amis.

— Un minable, Rebecca, et tu le sais.

— Je vais raccrocher.

— Ne l'épouse pas, Rebecca. On raconte qu'il est homo.

— Un minable. Un homo. Déballe tout ce que tu as sur le cœur, Clay. Tu te sentiras mieux.

— Ne fais pas ça, Rebecca. Tes parents ne feront qu'une bouchée de lui. Et tes gamins lui ressembleront : tu imagines de quoi ils auront l'air ?

Un déclic. La communication était coupée.

Clay s'étira sur le lit, les yeux fixés au plafond. Il entendait encore sa voix et s'étonnait de sentir à quel point elle lui manquait. La sonnerie du téléphone le fit sursauter : c'était Patton French. Il était dans le hall ; une limousine attendait devant l'hôtel. Ils allaient faire bonne chère et boire de bons vins. Clay ne pouvait y couper.

23.

Tous les participants étaient tenus au secret. Les avocats avaient signé d'épais documents par lesquels ils s'engageaient à ne rien dévoiler ni des négociations ni de la transaction sur le Dyloft. Avant de quitter New York, Patton French avait confié à son entourage : « Les journaux l'annonceront dans les quarante-huit heures. Philo Products laissera filtrer des informations et leur action décollera. »

Le lendemain matin, le *Wall Street Journal* publiait un article qui, comme de bien entendu, s'en prenait aux membres du barreau. « LES AVOCATS DES PARTIES CIVILES ARRACHENT UN RÈGLEMENT RAPIDE DANS L'AFFAIRE DU DYLOFT », annonçait le titre. Des sources dont l'identité n'était pas divulguée fournissaient quantité d'informations et des détails précis. Un fonds de deux milliards et demi serait constitué pour la première tranche des réparations et un milliard et demi serait mis en réserve pour les cas les plus graves.

À l'ouverture de Wall Street, l'action Philo Products grimpa en flèche de quatre-vingt-deux à quatre-vingt-cinq dollars. Un analyste déclara que les actionnaires étaient soulagés par l'accord qui venait d'être conclu. Le groupe pharmaceutique serait en mesure de maîtriser le coût de l'action collective : pas de procès interminable, pas de menace de dommages-intérêts colossaux.

On avait coupé l'herbe sous le pied aux avocats ; de source anonyme, on s'en réjouissait chez Philo Products.

De son bureau, Clay suivait les nouvelles à la télévision ; il répondait aussi aux demandes d'interview. À 11 heures, il reçut un journaliste du *Wall Street Journal*, accompagné d'un photographe. Pendant la préparation de l'entretien, Clay découvrit que le journaliste en savait aussi long que lui sur la transaction.

— Le secret est impossible à garder. Nous savions même dans quel hôtel vous vous cachiez.

Pendant la discussion préalable, Clay répondit à toutes les questions. Officiellement, il n'avait aucune déclaration à faire. Il apporta des précisions sur sa carrière, son ascension fulgurante de l'anonymat de l'aide juridictionnelle au statut de multimillionnaire, le cabinet juridique qu'il développait à toute vitesse, et ainsi de suite. Il voyait le papier du journaliste prendre forme, et c'était prometteur.

Le lendemain matin, avant le lever du jour, il prit connaissance de l'article sur Internet. Il y avait son visage, une de ces caricatures féroces dont le *Wall Street Journal* s'était fait la spécialité, juste au-dessous du titre : « LE REDRESSEUR DE TORTS, DE QUARANTE MILLE À CENT MILLIONS DE DOLLARS EN SIX MOIS ». L'article était précédé d'un intertitre : « Comment ne pas aimer ce métier ? »

C'était un long papier, entièrement consacré à Clay Carter. Son milieu familial, sa jeunesse à Washington, son père, la faculté de droit de Georgetown, quelques mots élogieux de Glenda et de Jermaine, un commentaire d'un professeur dont il avait oublié jusqu'au nom, un résumé de l'action collective contre le Dyloft. La partie la plus flatteuse consistait en un long entretien avec Patton French, dans lequel le « célèbre avocat » faisait de Clay « une étoile montante », « un homme intrépide », « un nouveau venu qui faisait une entrée en fanfare et avec qui il faudrait compter ». « Son nom va faire trembler l'Amérique des entreprises », poursuivait French avec emphase avant d'achever l'entretien par cette affirmation péremptoire : « Il ne fait aucun doute que Clay Carter mérite son titre : le Redresseur de torts. »

Clay lut deux fois l'article, puis l'envoya à Rebecca par courrier électronique, avec une note au début et à la fin de l'e-mail : « Rebecca, attends, je t'en prie. Clay. » Il en envoya un à son domicile, un autre à son bureau et, pendant qu'il y était, après avoir supprimé les notes, il le faxa aux bureaux du groupe BVH. Il restait un mois avant le mariage.

À son arrivée au bureau, miss Glick lui tendit une pile de messages : la moitié d'anciens copains de fac qui demandaient sur le ton de la plaisanterie s'il pouvait leur prêter de l'argent, l'autre moitié de journalistes de tous les horizons. L'atmosphère était encore plus frénétique qu'à l'accoutumée. Paulette, Jonah et Rodney ne s'étaient visiblement pas remis de leur émotion. Tous les clients exigeaient d'être payés le jour même.

Par bonheur, l'annexe Yale, sous l'inspiration d'Oscar Mulrooney, monta au créneau et présenta un plan permettant d'attendre que le règlement soit effectué. Clay installa Mulrooney dans un des bureaux du cabinet, doubla son salaire et le laissa régler le problème.

Il avait besoin de se changer les idées.

Le passeport de Jarrett Carter ayant été discrètement confisqué par le ministère de la Justice, ses mouvements étaient quelque peu limités. Il n'était même pas sûr de pouvoir retourner dans son pays, mais n'avait pas essayé une seule fois en six ans d'exil. L'accord obtenu par copinage qui lui avait permis de quitter les États-Unis sans être jugé conservait des zones d'ombre. Il affirma à Clay qu'il valait mieux pour lui rester aux Bahamas.

Ils quittèrent Abaco à bord d'un Cessna Citation V, un nouveau jouet que Clay venait de découvrir, et mirent le cap sur Nassau, un vol de trente minutes.

— Allez, fit Jarrett quand l'appareil eut décollé, raconte-moi tout.

Il avait déjà ouvert une bière. Avec son short en jean effrangé, ses sandales et sa vieille casquette de pêcheur, il était l'image même du marginal exilé, sorte de flibustier des temps modernes.

Clay prit une bière, commença par le Tarvan et acheva son récit par la transaction du Dyloft. Jarrett avait eu des échos de la réussite de son fils, mais il n'ouvrait jamais un journal et s'intéressait le moins possible à ce qui se passait aux États-Unis. Il prit une autre bière pour s'aider à assimiler l'idée d'avoir cinq mille clients en même temps.

En entendant le chiffre de cent millions, il ferma les yeux et pâlit – plus exactement, son hâle devint moins profond. Son front parcheminé se creusa de longues rides ; il secoua la tête, avala une gorgée de bière et finit par éclater de rire.

Clay était résolu à en finir avant l'atterrissage.

— Que vas-tu faire de cet argent ? interrogea Jarrett, encore secoué.

— Je vais tout claquer.

À la sortie de l'aéroport de Nassau, ils prirent un taxi, une Cadillac jaune de 1974 dont le chauffeur fumait de l'herbe. Il les déposa sans encombre devant le Sunset, un hôtel et casino sur Paradise Island, face au port de Nassau.

Jarrett fila vers les tables de black-jack avec les cinq mille dollars en espèces que son fils lui avait donnés. Clay choisit la piscine et une séance de bronzage. Il avait envie de prendre le soleil et de voir des filles en maillot de bain.

Le bateau était un catamaran de soixante-trois pieds fabriqué par un chantier naval réputé de Fort Lauderdale, le vendeur un vieil Anglais excentrique du nom de Maltbee, flanqué d'un Bahamien émacié. Maltbee s'affaira en râlant jusqu'à ce qu'ils s'engagent dans la baie, à la sortie du port de plaisance de Nassau. Ils allaient prendre la passe par le sud et s'offrir une demi-journée de navigation sous le soleil pour essayer un bateau qui, d'après Jarrett, pouvait rapporter de l'argent.

Quand le moteur fut coupé et les voiles hissées, Clay descendit examiner l'intérieur. On pouvait théoriquement y dormir à huit, plus deux hommes d'équipage. Mais tout était conçu en taille enfant ; on ne pouvait même pas se retourner dans la douche. La cabine principale aurait tenu dans sa penderie. Les joies de la vie à bord d'un voilier.

À en croire Jarrett, la pêche ne nourrissait pas son homme : trop d'aléas. Une sortie quotidienne était indispensable pour gagner sa croûte, mais c'était trop de travail. Impossible de garder les hommes d'équipage. Les pourboires étaient insuffisants. La plupart des clients étaient supportables mais il suffisait de quelques chieurs pour lui gâcher la vie. Il faisait ce boulot depuis cinq ans et la lassitude commençait à se faire sentir.

Le bon créneau était la location de voiliers à de

petits groupes de clients fortunés qui voulaient travailler, pas se faire dorloter. Des gens qui aimaient la mer. Il fallait un grand bateau dont on était totalement propriétaire, de préférence sans hypothèque, et on partait pour un mois de navigation dans la mer des Antilles. Jarrett avait un ami à Freeport qui faisait cela depuis des années avec deux bateaux et gagnait fort bien sa vie. Les clients traçaient l'itinéraire, choisissaient les dates et les escales, sélectionnaient les menus et les boissons, et ils embarquaient pour un mois avec un skipper et un homme d'équipage.

— Dix mille dollars la semaine, expliqua Jarrett. On navigue, on profite du vent, du soleil et de la mer, on n'a pas de destination. Rien à voir avec la pêche où tout le monde fait la gueule si on n'a pas attrapé un gros marlin.

Quand Clay remonta sur le pont du catamaran, Jarrett était à la barre, apparemment très à son aise, comme s'il avait fait cela toute sa vie. Clay fit quelques pas et s'allongea au soleil.

Une risée leur permit de prendre de la vitesse. Ils filèrent vers l'est sur une mer d'huile tandis que la ville de Nassau rapetissait au fond de la baie. Clay avait enlevé sa chemise et s'était enduit de crème solaire. Il allait s'assoupir quand Maltbee s'approcha furtivement.

— Votre père m'a dit que l'argent est à vous, commença l'Anglais, les yeux dissimulés par d'épaisses lunettes de soleil.

— Il a raison, fit Clay.

— Le bateau est comme neuf ; il vaut quatre millions ; c'est un de nos plus beaux. Il a été construit pour un de ces patrons d'une société informatique qui ont perdu leur argent encore plus vite qu'ils ne l'avaient gagné. Pitoyable ! En tout cas, le bateau nous reste sur les bras et les affaires sont calmes. Nous le cédons à trois millions : à ce prix-là, on devrait vous inculper de vol. Si vous créez une société de charter sous pavillon bahamien, il existe des tas d'échappatoires fiscales. Je ne peux pas vous expliquer, mais nous avons un avocat à Nassau qui vous donnera tous les détails. Si vous réussissez à le coincer entre deux cuites.

— Je suis avocat.

— Alors, pourquoi ne buvez-vous pas ?

Ils partirent tous deux d'un rire forcé.

— Et la dépréciation ? demanda Clay.

— Forte, très forte. Vous verrez cela entre avocats ; moi, je ne suis qu'un vendeur. Je crois qu'il plaît à votre père. Ce genre de bateau fait fureur en ce moment. Des Bermudes à l'Amérique du Sud, il lui fera bien gagner sa vie.

L'argument d'un piètre vendeur. Si Clay achetait un bateau pour son père, il espérait seulement ne rien perdre. Maltbee disparut aussi vite qu'il était arrivé.

Trois jours plus tard, Clay signa un contrat pour l'achat du catamaran à deux millions neuf cent mille dollars. L'avocat rencontré à deux reprises, les deux fois un peu éméché, avait fait enregistrer les statuts de la société au nom de Jarrett Carter. Le bateau était un don du fils à son père, un bien qui resterait caché dans les îles, tout comme son nouveau propriétaire.

Pour leur dernière soirée à Nassau, ils dînèrent dans une gargote où la clientèle composée d'expatriés, presque tous Américains, vivait là pour vendre de la drogue, pour échapper au fisc ou à une ex-épouse trop gourmande. Après avoir mangé ses pinces de crabe, Clay posa à son père la question qui le tracassait depuis longtemps.

— Crois-tu pouvoir revenir un jour aux États-Unis ?

— Pour quoi faire ?

— Reprendre l'exercice de ta profession. Devenir mon associé. Plaider, gagner des procès.

La question fit sourire Jarrett. L'image du père et du fils travaillant la main dans la main. L'idée même que Clay ait envie qu'il revienne, qu'il retrouve un bureau, une occupation respectable. La vie de Clay avait été assombrie par l'exil de son père, mais ses exploits récents avaient contribué à éclaircir son horizon.

— J'en doute, Clay. J'ai renoncé à exercer et je me suis engagé à ne pas revenir.

— Aimerais-tu le faire quand même ?

— Pour me réhabiliter peut-être, pas pour exercer. J'ai trop de boulets à traîner, trop de vieux ennemis prêts à me nuire. J'ai cinquante-cinq ans, Clay ; un peu tard pour repartir de zéro.

— Que seras-tu devenu dans dix ans ?

— Je ne raisonne pas comme ça. Je ne crois pas aux calendriers, aux programmes, aux listes de tâches à accomplir. Se fixer des objectifs est une manie stupide, bien américaine. Très peu pour moi. Je vis au jour le jour en pensant parfois à une ou deux choses pour le lendemain. C'est tout. Tracer son avenir est parfaitement ridicule.

— Pardon d'avoir posé cette question.

— Vis le moment présent, Clay. Demain il fera jour. Tu as de quoi faire, il me semble.

— L'argent devrait suffire à m'occuper.

— Ne claque pas tout. Je sais que cela paraît impossible, mais tu seras surpris. Tu vas avoir quantité de nouveaux amis qui apparaîtront comme par magie. Les femmes tomberont du ciel.

— Quand ?

— Un peu de patience. Cela me rappelle un livre que j'ai lu, *L'Argent des imbéciles*, ou quelque chose de ce genre. Une suite de récits sur de grosses fortunes dilapidées par des idiots. Une lecture fascinante ; je t'en offrirai un exemplaire.

— Merci, ne te donne pas cette peine.

Jarrett goba une crevette et décida de changer de sujet.

— As-tu l'intention d'aider ta mère ?

— Probablement pas ; elle n'a pas besoin de moi. Elle a épousé un homme très riche, au cas où tu l'aurais oublié.

— Quand l'as-tu vue pour la dernière fois ?

— Il y a onze ans, papa. Pourquoi poses-tu ces questions ?

— Simple curiosité. C'est drôle : on épouse une femme, on passe vingt-cinq ans de sa vie avec elle et, de loin en loin, on se demande ce qu'elle devient.

— Parlons d'autre chose.

— Rebecca ?

— Non, autre chose.

— Allons faire un tour au casino. Jusqu'à présent, j'ai gagné quatre mille dollars.

Quand Ted Worley, d'Upper Marlboro, Maryland, reçut au courrier du matin une épaisse enveloppe du cabinet juridique J. Clay Carter II, il l'ouvrit sans perdre une seconde. La transaction avait été annoncée dans plusieurs bulletins d'information, il avait consulté consciencieusement tout ce que le site Web présentait, dans l'attente d'un signe indiquant que l'heure était venue de toucher l'argent des laboratoires Ackerman. Il commença à lire :

« Cher monsieur,

Nous avons le plaisir de vous informer que l'action

en représentation collective contre les laboratoires Ackerman, introduite devant le tribunal civil pour le district sud du Mississippi, a abouti à un règlement. En votre qualité de plaignant du groupe un, votre quote-part s'élève à soixante-deux mille dollars. Conformément au contrat conclu avec notre cabinet juridique et à la convention d'honoraires qui nous lie, vingt-huit pour cent de cette somme seront retenus au titre des honoraires. En outre, le tribunal a fixé à mille quatre cents dollars les frais de justice. Le montant net du dédommagement s'établit donc à quarante-trois mille deux cent quarante dollars. Veuillez signer les documents ci-inclus et les renvoyer par retour du courrier dans l'enveloppe ci-jointe.

Je vous prie d'agréer l'assurance de mes meilleurs sentiments.

Me Oscar Mulrooney, avocat. »

« Jamais le même avocat ! » grommela Worley en tournant les feuilles. Il y avait une copie de l'ordonnance du juge approuvant la transaction, une note d'information à toutes les parties civiles et d'autres papiers qu'il n'avait même pas envie de lire.

Quarante-trois mille dollars ! Telle était la somme faramineuse qu'il allait recevoir d'un géant de la pharmacie qui avait délibérément lancé sur le marché un médicament ayant provoqué la formation de quatre tumeurs dans sa vessie. Quarante-trois mille dollars pour des mois d'angoisse, avec cette épée de Damoclès au-dessus de sa tête ! Quarante-trois mille dollars pour subir l'attaque d'un bistouri microscopique passant dans un tube glissé à l'intérieur de sa vessie, d'où les quatre tumeurs avaient été enlevées une par une et extraites par le tube qui traversait son pénis ! Quarante-trois mille dollars pour les trois jours passés à pisser du sang et des fragments de tissus !

À cette évocation, son front se couvrit de sueur.

Il appela six fois, laissa six messages exaspérés et attendit six heures que Me Mulrooney rappelle.

— Qui êtes-vous, d'abord ? commença Worley en guise de bonjour.

Depuis dix jours qu'il ne faisait que répondre à des appels de cette nature, Oscar Mulrooney était devenu expert en la matière. Il expliqua à M. Worley qu'il était l'avocat en charge de son dossier.

— Ce règlement est une fumisterie ! lança Worley. Quarante-trois mille dollars, un scandale !

— Votre quote-part s'élève à soixante-deux mille dollars, objecta Oscar.

— Je vais en toucher quarante-trois mille.

— Non. Vous recevez soixante-deux mille dollars sur lesquels vous avez accepté de laisser un tiers à votre avocat sans qui vous n'auriez rien obtenu du tout. Ces honoraires ont été réduits à vingt-huit pour cent. La plupart des avocats prennent quarante-cinq, voire cinquante pour cent.

— Je devrais donc m'estimer heureux ? Eh bien, je n'accepte pas !

Oscar se lança dans un exposé sommaire et bien rodé destiné à expliquer à son correspondant que les laboratoires Ackerman ne pouvaient payer plus sans risquer le dépôt de bilan, en conséquence de quoi M. Worley toucherait beaucoup moins ou même rien du tout.

— D'accord. Mais je n'accepte pas cette transaction.

— Vous n'avez pas le choix.

— C'est ce qu'on verra !

— Regardez le contrat que nous avons signé, monsieur Worley. Page onze du document que vous avez reçu. Le paragraphe huit est intitulé « Autorisation préalable ». Lisez attentivement, monsieur, et vous verrez que vous avez autorisé notre cabinet à conclure une transaction pour toute somme dépassant cinquante mille dollars.

— Je m'en souviens, mais on m'avait dit que c'était un minimum. Je m'attendais à beaucoup plus.

— Le montant de vos indemnités a été approuvé par le juge, monsieur Worley. C'est ainsi que fonctionnent les actions collectives. Si vous ne signez pas l'acceptation, votre quote-part restera dans la cagnotte et finira dans la poche d'un autre.

— Vous n'êtes qu'une bande d'escrocs, je tiens à vous le dire ! Je me demande qui sont les pires, du laboratoire qui a fabriqué ce médicament ou de mes propres avocats qui me privent de ce qui me revient !

— Je regrette que vous preniez les choses de cette manière.

— Vous ne regrettez rien du tout. J'ai vu sur le journal que vous allez vous faire cent millions. Voleurs !

Ted Worley écrasa le combiné sur son support et balança les papiers dans la cuisine.

24.

Clay Carter faisait la couverture du numéro de décembre de *Capitol Magazine*. Le teint hâlé, élégant dans son costume Armani, il était perché sur le coin de son bureau dans un décor plein de goût. Une substitution de dernière minute. L'article prévu était intitulé « Noël sur le Potomac », un reportage traditionnel dans lequel un vieux sénateur fortuné et sa dernière épouse en date ouvraient aux lecteurs les portes de leur résidence privée à Washington. Le couple, sa demeure, ses chats et ses recettes préférées avaient été relégués dans les pages intérieures : Washington était avant tout une ville d'argent et de pouvoir. Pour le mensuel, l'occasion ne se représenterait pas de si tôt de publier un papier sur l'incroyable histoire de ce jeune avocat fauché qui avait fait fortune en quelques mois.

Il présentait des photographies de Clay dans son patio avec un chien emprunté à Rodney, de Clay devant le banc des jurés, dans une salle d'audience vide, comme s'il venait d'obtenir des dommages-intérêts colossaux pour ses clients, de Clay lavant sa Porsche neuve. Il confiait que la voile était sa passion, qu'il venait d'acheter un bateau aux Bahamas et n'avait pas, dans l'immédiat, de liaison sérieuse ; le journaliste ne manquait pas de le présenter comme un des plus beaux partis de la capitale.

Dans ses dernières pages, la revue présentait toujours des photographies de futures mariées, accompagnées d'annonces de cérémonies prochaines. Débutantes, élèves des écoles privées, jeunes filles de la bonne société de Washington, toutes rêvaient du jour où elles se verraient dans les pages de *Capitol Magazine*. Plus la photographie était grande, plus la famille comptait. Certaines mères dévorées d'ambition allaient jusqu'à mesurer les dimensions de la photo pour les comparer à celles de leurs rivales. Selon le résultat, elles jubilaient ou en concevaient des rancunes tenaces.

Il y avait Rebecca Van Horn, resplendissante sur un banc de jardin en osier. La photographie était gâchée par la présence de l'honorable Jason Shubert Myers IV, qui l'enlaçait avec un plaisir visible. Les mariages sont faits pour les jeunes filles ; pourquoi certains hommes tiennent-ils à se montrer eux aussi ?

Bennett et Barbara avaient fait jouer leurs relations ; la photo de Rebecca était la deuxième par la taille de la douzaine publiées ce jour-là. Un peu plus loin, Clay trouva une publicité pleine page pour le groupe BVH. Le pot-de-vin.

Clay se délectait à imaginer le supplice infligé aux Van Horn par la couverture de la revue. Le mariage de Rebecca, la grande fête mondaine qui devait permettre à Bennett et Barbara d'en mettre plein la vue à leurs invités étaient éclipsés par un fantôme de leur passé. Combien de fois leur fille aurait-elle sa photographie dans la rubrique mariage de *Capitol Magazine* ? Que de mal ils s'étaient donné pour s'assurer qu'elle serait à son avantage ! Tout était gâché par Clay le conquérant !

Et ils n'étaient pas au bout de leurs peines.

Jonah avait déjà annoncé qu'il envisageait de prendre sa retraite. Il venait de passer dix jours à Antigua avec, non pas une, mais deux filles. À son retour à Washington, dans la ville noyée sous une tempête de neige, il avait confié à Clay qu'il ne se sentait plus capable, ni intellectuellement ni psychologiquement, d'exercer la profession d'avocat. Il n'en pouvait plus ; sa carrière était arrivée à son terme. Il cherchait un bateau, lui aussi : il avait trouvé une fille qui aimait la voile, une fille qui sortait d'un mariage raté et avait besoin de passer un long moment en mer. Originaire d'Annapolis, Jonah avait toujours fait de la voile, contrairement à Clay.

— J'ai besoin d'une bombe sexuelle, blonde de préférence, déclara Clay en s'installant dans un fauteuil, devant le bureau de Jonah, après avoir donné un tour de clé à la porte.

C'était un mercredi, peu après 18 heures ; Jonah avait ouvert sa première bière. Ils avaient adopté une règle tacite : pas d'alcool avant 18 heures. D'ordinaire, Jonah commençait après le déjeuner.

— Le célibataire le plus convoité de Washington aurait du mal à trouver une nana ?

— Je ne suis plus dans le coup. Je vais au mariage de Rebecca et il me faut quelqu'un qui attirera tous les regards.

— Merveilleuse idée ! s'exclama Jonah en rigolant.

Il ouvrit un tiroir de son bureau : il fallait s'appeler Jonah pour mettre les femmes en fiches. Il fouilla dans des papiers, finit par trouver ce qu'il cherchait. Il lança sur le bureau un journal plié qui montrait une publicité pour le rayon lingerie d'un grand magasin. La jeune femme au corps de rêve ne portait pratiquement rien en bas et cachait à peine sa poitrine de ses bras croisés. Clay se souvint que cette publicité avait attiré son regard, le jour de sa publication ; elle datait de quatre mois.

— Tu la connais ?

— Bien sûr que je la connais. Tu crois que je garde des photos de ce genre juste pour le plaisir ?

— Ça ne m'étonnerait pas.

— Je te présente Ridley. Du moins elle se fait appeler comme ça.

— Elle habite ici ? poursuivit Clay sans parvenir à détacher son regard de la photo en noir et blanc de la fille d'une beauté à couper le souffle.

— Elle vient de Géorgie.

— Ah ! une fille du Sud...

— Non, d'Europe de l'Est. À côté de la Russie. Elle est arrivée dans le cadre d'un échange d'étudiants et n'est jamais repartie.

— Elle fait dix-huit ans.

— Elle en a vingt-cinq.

— Quelle taille ?

— Un mètre soixante-quinze.

— Elle a des jambes interminables.

— Tu ne vas pas t'en plaindre ?

D'un geste qu'il voulait nonchalant, Clay relança le journal sur le bureau.

— Elle a des défauts ?

— On raconte qu'elle est à poil et à plume.

— Comment ?

— Elle aime autant les filles que les garçons.

— Ah ! ah !

— Je ne peux pas le confirmer, mais c'est assez courant chez les mannequins. Il ne s'agit peut-être que d'une rumeur.

— Tu es sorti avec elle ?

— Non. L'ami d'un ami, oui. Elle est sur ma liste. Tu peux essayer ; si elle ne te plaît pas, nous en trouverons une autre.

— Tu peux l'appeler de ma part ?

— Bien sûr, pas de problème. C'est facile, maintenant que tu fais les couvertures des revues, monsieur le Redresseur de torts. Je me demande s'ils savent ce que c'est, en Géorgie.

— Je ne le leur souhaite pas. Appelle-la, s'il te plaît.

Ils avaient rendez-vous pour dîner dans le restaurant branché du moment, un établissement japonais fréquenté par la jeunesse dorée. Quand elle parut en chair et en os, Ridley se révéla plus belle encore. Des têtes se tournèrent et des cous se tordirent sur leur passage, tandis qu'on les conduisait au centre de la salle pour les placer à une table de choix. Les conversations restaient suspendues au milieu d'une phrase, les serveurs s'empressèrent autour d'eux. L'anglais qu'elle parlait avec un léger accent était parfait, avec juste la pointe d'accent exotique qu'il fallait pour exacerber sa sensualité.

Des fripes dénichées au marché aux puces auraient parfaitement convenu à Ridley. Elle s'habillait simplement, afin que les vêtements mettent en valeur ses cheveux blonds, ses yeux bleu-vert, ses pommettes hautes et ses traits d'une rare perfection.

Elle s'appelait Ridal Petashnakol de son vrai nom ; elle l'épela deux fois pour Clay. Les mannequins, heureusement, à l'instar des joueurs de football, peuvent faire carrière avec un prénom : Clay s'en tint donc à Ridley. Comme elle ne buvait pas d'alcool, elle commanda un jus de canneberge. Clay se prit à espérer qu'elle n'allait pas dîner d'une assiette de carottes râpées.

Outre son physique, elle avait de l'argent. Comme ils ne pouvaient aborder aucun de ces deux sujets, la conversation fut décousue pendant les premières minutes de leur tête-à-tête. Elle était Géorgienne, pas Russe, et ne s'intéressait ni à la politique, ni au terrorisme, ni au football. Au cinéma, si ! Elle voyait tous les films et les adorait tous. Les pires navets, les flops les plus retentissants avaient sa faveur ; Clay commençait à avoir des doutes.

Ce n'est vraiment qu'une belle écervelée, se dit-il. Après ce dîner, il y aura le mariage de Rebecca et adieu ma jolie !

Elle parlait cinq langues, des pays de l'Est pour la plupart, ce qui ne servait pas à grand-chose dans les milieux où elle évoluait. Au grand soulagement de Clay, elle commanda une entrée, un plat et un dessert. La conversation n'était pas facile, mais chacun y mettait du sien. Leurs passés respectifs étaient si différents. L'avocat qu'était Clay aurait voulu procéder à un interrogatoire en règle du témoin : identité, date et lieu de naissance, groupe sanguin, profession du père, revenus, situation de famille, préférences sexuelles – est-il vrai que vous êtes à poil et à plume ? Mais il parvint à contenir sa curiosité ; il décida de s'en tenir au cinéma. Elle connaissait tous les acteurs de série B à peine sortis de l'adolescence et savait qui était leur petite amie du moment. Mortellement ennuyeux, mais peut-être pas autant qu'un groupe d'avocats claironnant leur plus récente victoire ou exposant complaisamment le montant de leur dernière transaction.

Clay descendit plusieurs verres de vin et commença à se détendre. C'était un bourgogne rouge ; Patton French aurait été fier de lui. Si lui et les autres pouvaient le voir maintenant, en compagnie de sa poupée Barbie...

Le seul point noir était cette rumeur. Mais non, elle ne pouvait aimer les femmes ! Elle était trop parfaite, d'une beauté si exquise, comme modelée pour le sexe opposé. Elle était destinée à devenir l'épouse de quelque célébrité. Quelque chose pourtant éveillait la méfiance de Clay. Après s'être remis de la secousse provoquée par la plastique de Ridley – ce qui avait pris deux heures et une bouteille de vin entière –, il se rendit compte qu'il restait à la surface des choses. Soit il n'y avait guère de profondeur, soit elle se protégeait soigneusement.

Quand le dessert fut servi, une mousse au chocolat dont elle ne prit que quelques cuillères, il l'invita à une réception de mariage. Il avoua que la future mariée était son ex, mais mentit en affirmant qu'ils étaient restés en bons termes. Ridley haussa les épaules – elle aurait sans doute préféré rester au cinéma.

— Pourquoi pas ? fit-elle.

Quand Clay tourna dans l'allée du Potomac Country Club, les souvenirs affluèrent. Sa dernière visite dans ce lieu de malheur remontait à sept mois, pour ce dîner abominable avec les parents de Rebecca. Lui qui avait alors caché sa vieille Honda derrière les courts de tennis arrivait à présent dans la Porsche Carrera qu'on venait de lui livrer. Lui qui avait évité le voiturier pour économiser quelques sous donnerait un pourboire royal. Lui qui était venu seul, plein d'inquiétude, avait à son bras l'inégalable Ridley, capable de croiser les jambes de telle manière que le regard remonte le long de sa jupe fendue jusqu'à la taille ; et les parents de Ridley, eux, ne se mêlaient pas de sa vie. Lui qui s'était senti comme un intrus en terre sacrée, il savait qu'il pouvait se faire ouvrir du jour au lendemain les portes du Potomac Country Club.

— Réception de mariage Van Horn, indiqua-t-il au gardien, qui lui fit signe de passer.

Ils avaient une heure de retard, parfait. La salle de danse était bondée ; un orchestre de blues jouait sur une estrade.

— Restez près de moi, murmura Ridley en entrant. Je ne connais personne.

— Ne vous inquiétez pas.

Rester près d'elle n'était pas un problème et, même s'il voulait faire croire le contraire, il ne connaissait personne non plus.

Des têtes se tournèrent, des yeux s'agrandirent. Le cerveau déjà pris par l'alcool, les hommes dévoraient du regard l'apparition qui s'avançait lentement dans la salle. Quelqu'un héla Clay ; il reconnut le visage souriant de Randy Spino, un copain de fac qui travaillait dans un énorme cabinet juridique. Il ne lui aurait jamais adressé la parole en temps normal, du moins dans pareille assemblée. S'ils s'étaient trouvés nez à nez dans la rue, peut-être aurait-il lancé un « Ça va ? » distrait, sans ralentir le pas. Jamais dans un country club et surtout pas devant cette assistance grouillant de confrères prospères.

Spino s'avançait, la main tendue, souriant de toutes ses dents à Ridley. Un petit groupe lui emboîtait le pas. Spino prit les choses en main et présenta à tous ses bons amis son bon ami Clay Carter et Ridley tout court. Ils brûlaient d'envie d'attirer son attention : elle serra plus fort le bras de Clay

Pour approcher de Ridley, il fallait bavarder avec Clay. « Félicitations, Clay, pour les laboratoires Ackerman ! » s'écria quelqu'un qu'il n'avait jamais vu. Il supposa qu'il s'agissait d'un avocat, probablement d'un gros cabinet, un gros cabinet qui devait représenter de grosses sociétés comme les laboratoires Ackerman. Il comprit aussitôt que les compliments étaient suscités par l'envie. Et par le désir de voir Ridley de plus près.

— Merci, fit Clay avec désinvolture, comme s'il était au bureau.

— Cent millions ! C'est quelque chose !

Le nouveau visage était aussi celui d'un inconnu qui paraissait bien éméché.

— Bof ! la moitié partira en impôts.

Comme si on pouvait vivre aujourd'hui avec cinquante millions de dollars...

On s'esclaffa, on n'avait jamais rien entendu de plus drôle. D'autres accoururent, tous des hommes, droit vers la blonde incendiaire au visage vaguement familier. En couleur et habillée, ils ne devaient pas la reconnaître.

— On a Philo Products, déclara un type au regard comme une vrille. Quel soulagement que l'affaire de cette saloperie de Dyloft soit enfin réglée.

C'était une maladie dont souffraient la plupart des avocats de la capitale. Toutes les multinationales étaient représentées par un cabinet de Washington, ne fût-ce que nominalement, de sorte que les litiges et les transactions avaient un grand retentissement dans la ville. Quand une raffinerie explosait en Thaïlande, il y avait toujours un avocat pour dire : « On a Exxon. » Quand un film faisait un flop, quelqu'un confiait : « On a Disney. » Un monospace se retournait et tuait cinq personnes, un autre déclarait : « On a Ford. » Clay avait entendu ça jusqu'à la nausée.

« J'ai Ridley », eut-il envie de répliquer. Pas touche !

Quelqu'un fit une annonce sur l'estrade ; le vacarme cessa. Les mariés allaient danser, puis la mariée danserait avec son père, le marié avec sa mère, et ainsi de suite. On s'écarta pour regarder ; l'orchestre attaqua *Smoke Gets in Your Eyes*.

— Elle est très jolie, murmura Ridley à l'oreille de Clay.

Très jolie, en effet. Et elle dansait avec Jason Myers qui mesurait cinq centimètres de moins qu'elle mais semblait à ses yeux le seul être au monde. Rebecca souriait, elle rayonnait. Le couple tournait lentement sur le parquet, la mariée conduisant son cavalier raide comme un manche à balai.

Clay avait envie de se frayer un passage dans la foule pour aller balancer à Myers un coup de pied entre les jambes. Voler au secours de Rebecca, l'enlever et zigouiller sa mère, si jamais elle les retrouvait.

— Vous l'aimez encore, n'est-ce pas ? reprit la voix de Ridley dans son oreille.

— Non, tout est fini entre nous, répondit-il sur le même ton.

— Vous l'aimez. Je le sens.

— Non.

Après les réjouissances, le couple se retirerait quelque part pour consommer le mariage. Clay connaissait assez Rebecca pour savoir que ce ne serait pas leur première nuit. Elle avait dû faire l'éducation sexuelle de cette lavette de Myers ; heureux homme. Tout ce que Clay lui avait appris, elle le transmettait à un autre !

Il lui était pénible de les regarder ; il se demanda ce qu'il était venu faire à cette réception. Tourner la page, comme on dit. Un éternel adieu. Mais il voulait que Rebecca le voie en compagnie de Ridley, qu'elle sache que tout allait bien pour lui et qu'elle ne lui manquait pas.

Il lui était tout aussi pénible de regarder Bennett le Bulldozer, pour d'autres raisons. Il était de ceux qui dansent sans bouger les pieds ; quand il entreprit de se trémousser, les musiciens éclatèrent de rire. Il avait déjà la face cramoisie à force de Chivas.

Ce fut au tour de Jason d'inviter à danser Barbara Van Horn ; elle donnait l'impression d'avoir encore eu quelques séances avec son plasticien au rabais. Elle était boudinée dans une robe, jolie, certes, mais que les bourrelets semblaient sur le point de faire éclater d'une seconde à l'autre. Un sourire encore plus factice qu'à l'accoutumée s'étalait sur son visage où le Botox avait effacé la moindre esquisse de ride. De son côté, Myers arborait une expression béate censée promettre une affection éternelle. Elle commençait déjà à lui donner des coups de couteau dans le dos, mais il était trop bête pour s'en rendre compte. Elle ne s'en rendait pas compte non plus : c'était dans sa nature.

— Voulez-vous danser ? demanda quelqu'un à Ridley.

— Dégagez ! lâcha Clay en entraînant sa cavalière vers la piste où les danseurs se déhanchaient sur un air de Motown.

Immobile, Ridley était déjà un beau tableau, mais quand elle se mettait en mouvement, on touchait au chef-d'œuvre. Elle ondulait avec un sens inné du rythme et une grâce nonchalante ; sa robe ajustée s'entrouvrait pour dévoiler çà et là des portions de chair. De petits groupes d'hommes s'assemblaient, le regard fixe.

Rebecca non plus ne la quittait pas des yeux. Son attention avait été attirée par l'attroupement pendant qu'elle bavardait avec quelques invités. Elle avait alors découvert Clay en train de danser avec une fille d'une beauté à couper le souffle. Elle aussi était fascinée par Ridley, mais pour d'autres raisons. Elle continua de discuter un moment, puis s'avança.

Clay avait toutes les peines du monde à observer Rebecca du coin de l'œil sans rater une des ondulations de Ridley. La chanson s'acheva, les premières notes d'un slow s'égrenèrent et Rebecca se glissa entre eux.

— Bonjour, Clay, fit-elle, sans un regard pour sa cavalière. Tu veux danser ?

— Volontiers.

Avec un petit haussement d'épaules, Ridley s'écarta. Dans la seconde qui suivit, ce fut une ruée féroce. Elle choisit le plus grand, passa les bras autour de sa taille et commença à se balancer langoureusement.

— Je ne me souviens pas de t'avoir invité, commença Rebecca en posant le bras sur l'épaule de Clay.

— Tu veux que je parte ?

Il l'attira vers lui, mais la volumineuse robe de mariée interdisait le contact espéré.

— On nous regarde, protesta Rebecca en distribuant des sourires. Que fais-tu ici ?

— Je suis venu fêter ton mariage. Et voir de près à quoi ressemble l'élu de ton cœur.

— Ne sois pas méchant, Clay. Tu es jaloux, c'est tout.

— Le mot n'est pas assez fort. Je voudrais lui briser le cou.

— Où as-tu déniché ta ravissante idiote ?

— À toi d'être jalouse ?

— Oui.

— Ne t'inquiète pas, Rebecca, elle ne t'arrive pas à la cheville, au lit.

— Jason n'est pas mauvais.

— Épargne-moi les détails. Essaie seulement de ne pas tomber enceinte, tu veux bien ?

— Je ne vois pas en quoi cela te regarde.

— Bien sûr que ça me regarde.

Ridley et son cavalier passèrent près d'eux ; Clay put ainsi voir son dos pour la première fois, la regarder de dos, lequel était entièrement nu ; le tissu de la robe ne montait que quelques centimètres au-dessus de la courbe parfaite des fesses. Son regard n'échappa pas à Rebecca.

— Elle fait partie de ton personnel ?

— Pas encore.

— Elle est mineure ?

— Pas du tout ; elle est très adulte. Dis-moi que tu m'aimes encore.

— Je ne t'aime plus.

— Tu mens.

— Il vaudrait peut-être mieux que tu partes maintenant et que tu l'emmènes.

— C'est ton mariage. Je ne veux pas m'imposer.

— Tu n'es venu que pour ça, Clay, riposta Rebecca en s'écartant légèrement sans cesser de danser.

— Attends-moi un an, veux-tu ? D'ici là, j'aurai deux cents millions. Nous sauterons dans mon jet, nous dirons adieu à tout ça et nous passerons le reste de nos jours sur un yacht. Tes parents ne nous retrouveront jamais.

— C'est moi qui te dis adieu, Clay, fit-elle en s'immobilisant.

— J'attendrai...

Clay fut bousculé par Bennett, qui s'excusa en titubant. Il empoigna sa fille par le bras et l'entraîna à l'autre bout de la salle.

Barbara n'était pas loin. Elle prit la main de Clay en esquissant un sourire artificiel.

— Pas de scandale, fit-elle sans remuer les lèvres.

Ils commencèrent à se déplacer avec raideur, un mouvement qu'il était difficile de prendre pour une danse.

— Comment allez-vous donc, madame Van Horn ? demanda Clay avec l'impression de se trouver devant une vipère à cornes.

— J'allais bien avant de vous voir. Je suis certaine que vous n'étiez pas sur la liste des invités.

— J'allais partir.

— Parfait. Je préférerais ne pas faire appel au service de sécurité.

— Ce ne sera pas nécessaire.

— Ne gâchez pas sa fête, je vous en prie.

— Je l'ai dit, j'allais partir.

Dès que la musique eut cessé, Clay s'écarta de Mme Van Horn. Il arracha Ridley à la petite foule qui l'entourait, et ils se replièrent vers le fond de la salle où se dressait le buffet. Clay prit une bière. Il préparait sa sortie quand le cercle se reforma autour d'eux. Parmi les nouveaux venus, quelques avocats qui brûlaient de parler boutique avec Clay tout en se rinçant l'œil.

Après quelques minutes de niaiseries débitées à des gens qu'il détestait, Clay vit apparaître à ses côtés un jeune homme dont les muscles saillaient sous le smoking de location.

— Service de sécurité, lui souffla-t-il à l'oreille.

Il avait un visage avenant mais Clay sentit le professionnel.

— Je m'en vais, fit-il à mi-voix.

Chassé de la réception de mariage des Van Horn, éjecté du Potomac Country Club, Ridley collée contre lui, Clay prit le chemin du retour en se disant que c'était un des plus beaux moments de sa vie.

25.

Le journal avait annoncé que les nouveaux mariés partiraient en voyage de noces au Mexique. Clay décida de prendre, lui aussi, des vacances ; il estimait avoir mérité de passer un mois dans une île.

Son équipe, naguère si admirable, semblait totalement déboussolée ; les vacances, peut-être, ou bien l'argent. Quelle qu'en soit la raison, Jonah, Paulette et Rodney passaient de moins en moins de temps au cabinet.

Il en allait de même pour Clay. Tout n'y était que tensions et récriminations. Leur maigre quote-part avait mécontenté nombre de clients du Dyloft. Le courrier apportait des lettres d'injures, chacun évitait soigneusement de répondre au téléphone. Plusieurs de ces clients avaient trouvé l'adresse du cabinet et s'étaient présentés à miss Glick en exigeant d'être reçus par Me Carter ; il était naturellement absent, retenu quelque part par un gros procès. En fait, le plus souvent, il se réfugiait dans son bureau, la porte fermée à double tour, pour laisser passer l'orage. Au terme d'une journée particulièrement éprouvante, il appela Patton French pour lui demander conseil.

— Il faut vous endurcir, mon vieux. C'est le métier qui entre. Vous venez de gagner une fortune, mais il y a quelques inconvénients. Apprenez à vous blinder.

Le plus endurci était assurément Oscar Mulrooney. Il épatait Clay par ses qualités d'organisateur et son ambition. Il travaillait quinze heures par jour et se donnait à fond, lui et son équipe de l'annexe Yale. Il assumait sans rechigner les tâches les plus déplaisantes. Jonah ne cachant pas son projet de tour du monde, Paulette ayant donné à entendre qu'elle partirait volontiers étudier l'art africain pendant un an, Rodney évoquant dans la foulée une retraite précoce, il était évident qu'il y aurait bientôt de la place au sommet.

Tout aussi évident était le fait qu'Oscar se dépensait sans compter dans l'espoir d'être pris comme associé, ou du moins de recevoir sa part du gâteau. Après avoir étudié l'énorme dossier Skinny Ben, du nom de ces pilules amaigrissantes aux effets nocifs, il avait acquis la conviction qu'il existait encore une centaine de milliers de clients potentiels, des victimes qui ne s'étaient pas fait connaître malgré quatre années de publicité continue.

L'annexe Yale comptait maintenant onze avocats dont sept diplômés de Yale, et l'Atelier abritait douze assistants, noyés sous des flots de paperasse. Clay n'avait aucun scrupule à laisser pendant quelques semaines les deux équipes sous la supervision de Mulrooney. Il était certain qu'à son retour le fonctionnement du cabinet serait plus satisfaisant qu'à son départ.

Les fêtes de fin d'année étaient devenues au fil du temps une période dont il essayait de faire abstraction. Comme il n'avait pas de famille chez qui aller, Rebecca s'était toujours efforcée de le faire participer aux réjouissances des Van Horn. Il lui en savait gré mais préférait de loin passer la soirée seul dans son appartement à boire une bouteille de vin médiocre en regardant de vieux films que d'ouvrir des cadeaux de Noël avec des gens qui jamais ne trouvaient les siens assez beaux.

La famille de Ridley vivait encore en Géorgie et y resterait probablement. Au début, elle redoutait de ne pas pouvoir réorganiser son planning pour les semaines à venir. Clay se sentit réconforté par sa détermination ; elle avait vraiment envie de partir s'ébattre avec lui sur une plage tropicale. Elle finit par dire à un de ses clients qu'il pouvait résilier son contrat, et réussit à se libérer.

C'était la première fois qu'elle montait dans un jet privé. Clay avait résolu de lui en mettre plein la vue. Vol sans escale de Washington à Sainte-Lucie, quatre heures et des milliers de kilomètres. Le temps était froid et gris au départ de Washington ; à leur descente d'avion, ils furent surpris par la chaleur et la luminosité. Ils passèrent à la douane, sans un regard des fonctionnaires pour Clay ; ils avaient tous la tête tournée vers Ridley. Il commençait à s'y habituer. Elle semblait ne pas en avoir conscience. Elle vivait cette situation depuis si longtemps qu'elle ne voyait plus personne, ce qui était encore pis pour ceux qui la dévoraient des yeux. Le corps parfait d'une créature de rêve, mais inaccessible.

Un vol assurait en quinze minutes la liaison entre Sainte-Lucie et Moustique. La petite île était le domaine des gens riches et célèbres. Il n'y manquait qu'une piste d'atterrissage assez longue pour un jet. Les villas appartenaient à des rock stars, des vedettes de l'écran et des milliardaires. Celle où ils allaient passer une semaine avait appartenu à un prince avant d'être achetée par le patron d'une société d'informatique qui la louait à l'occasion.

L'île se présentait sous la forme d'une montagne cernée par les eaux paisibles de la mer des Caraïbes. À trois mille pieds d'altitude, elle paraissait recouverte d'une végétation sombre et luxuriante, un paysage de carte postale. Ridley serra les dents et s'accrocha à son siège pendant la descente vers la minuscule piste d'atterrissage. Le pilote portait une casquette de paille ; il aurait pu se poser les yeux bandés.

Marshall, le chauffeur, attendait en souriant de toutes ses dents, près d'une Jeep décapotée. Ils lancèrent leurs bagages à l'arrière et le véhicule s'engagea sur la route serpentant à flanc de montagne. Pas d'hôtels, pas de résidences, pas de touristes, pas de circulation. En dix minutes de trajet, ils ne virent pas une seule voiture. La maison était accrochée à la montagne, selon les termes de Marshall. Il s'agissait plutôt d'un escarpement d'où la vue était d'une beauté à couper le souffle : un à-pic de soixante mètres surplombant la mer à perte de vue. On ne voyait aucune autre île, pas la plus petite voile au loin, pas âme qui vive.

Il y avait quatre ou cinq chambres disposées autour du corps de logis auquel elles étaient reliées par des allées dallées. Ils pouvaient commander ce qu'ils désiraient pour le déjeuner : le cuisinier était à leur service. Il y avait aussi un jardinier, deux femmes de chambre et un maître d'hôtel, sans compter Marshall. Les domestiques logeaient tous sur place. Avant que Clay ait eu le temps de déballer ses affaires, Ridley avait plongé dans la piscine. Seins nus, avec un string pour ne pas l'être totalement. Clay croyait s'être habitué à la vue de son corps, mais il en fut tout retourné.

Elle s'habilla pour déjeuner. Fruits de mer frais, crevettes et huîtres grillées. Après la deuxième bière, Clay se dirigea d'un pas incertain vers un hamac. C'était l'avant-veille de Noël ; Rebecca se trouvait quelque part dans un hôtel pour touristes, à roucouler avec son Jason.

Il s'en fichait.

Le surlendemain de Noël, Max Pace arriva avec une amie prénommée Valeria. Le genre sportif, brusque, farouche, des épaules musclées, pas un soupçon de maquillage et un sourire parcimonieux. Autant Max était bel homme, autant sa compagne était totalement dépourvue de charme. Clay espérait qu'elle resterait habillée, même au bord de la piscine. En lui serrant la main, il avait senti des cals ; il s'était dit avec soulagement qu'elle ne soumettrait pas Ridley à la tentation.

Il ne fallut pas longtemps à Max pour se mettre en maillot de bain. Valeria enfila des chaussures de marche et demanda où étaient les sentiers de randonnée. Il fallut consulter Marshall, qui avoua ne pas être sûr qu'il y en ait ; cette réponse n'eut pas l'heur de plaire à Valeria. Elle partit en annonçant qu'elle allait faire de la grimpe. Ridley se retira dans le séjour ; elle avait une pile de cassettes à regarder.

Pace n'ayant rien révélé de lui, il était difficile de trouver des sujets de conversation. Mais il fut rapidement évident qu'il avait une idée derrière la tête.

— Parlons affaires, dit-il à Clay après une petite sieste au soleil.

Ils s'installèrent au bar ; Marshall leur servit un verre.

— Il y a un autre médicament dont je voudrais vous parler, commença Max. Un gros coup.

— C'est reparti pour un tour, fit Clay, l'esprit soudain en éveil, excité par l'odeur de l'argent.

— Il y aura une petite différence. Je veux ma part du gâteau.

— Pour qui travaillez-vous ?

— Pour moi. Et pour vous. Je prends vingt-cinq pour cent des honoraires bruts des avocats.

— Les perspectives ?

— Encore mieux que le Dyloft.

— Vous aurez vos vingt-cinq pour cent. Plus, si vous voulez.

Ils partageaient tant de secrets inavouables. Comment Clay aurait-il pu refuser ?

— C'est un pourcentage honnête, reprit Max.

Il tendit le bras ; Clay scella l'accord d'une poignée de main.

— Je suis tout oreilles.

— Je vais vous parler d'un médicament contenant des hormones, du nom de Maxatil. Utilisé par plus de quatre millions de femmes en cours de ménopause ou déjà ménopausées, âgées de quarante-cinq à soixante-quinze ans. Commercialisé depuis cinq ans, encore un produit miracle. Il prévient les bouffées de chaleur et les autres symptômes liés à la ménopause. Très efficace. Il est aussi censé préserver le tissu osseux, réduire l'hypertension et les risques de maladies cardiovasculaires. Il est fabriqué par les laboratoires Goffman.

— Goffman ? Les lames de rasoir et les bains de bouche ?

— C'est ça. Trente-huit milliards de dollars de chiffre d'affaires l'an dernier. On ne fait pas plus solide : très peu de dettes, une gestion saine, la valeur sûre par excellence. Mais ils sont allés trop vite avec le Maxatil. Le schéma classique : des perspectives de gains colossaux, un médicament qui semble ne présenter aucun risque, le forcing pour obtenir l'autorisation de mise sur le marché. Les premières années, tout le monde était content : les médecins comme les femmes, qui s'en trouvaient fort bien.

— Mais...

— Mais il y a des problèmes. D'énormes problèmes. Dans le cadre d'une étude menée par les autorités fédérales, vingt mille femmes prenant le médicament depuis quatre ans ont été suivies. L'étude vient de s'achever, un rapport sera remis dans quelques semaines. Les résultats sont accablants. Chez un certain nombre de ces femmes, le Maxatil augmente fortement les risques de cancer du sein, de crise cardiaque et d'hémorragie cérébrale.

— Quel pourcentage ?

— Autour de huit pour cent.

— Qui est au courant de l'existence de ce rapport ?

— Très peu de gens. J'en ai une copie.

— Pas possible !

Clay vida son verre et chercha Marshall du regard. Son pouls s'était accéléré ; d'un seul coup, il en avait assez de Moustique.

— Il y a quelques avocats aux aguets, poursuivit Max, mais aucun n'a eu connaissance du rapport officiel. Une plainte a été déposée en Arizona, mais ce n'est pas une action collective.

— C'est quoi, alors ?

— Une simple demande en dommages-intérêts.

— Quel ennui !

— Ne dites pas ça. L'avocat est Dale Mooneyham, de Tucson. Il engage les procédures civiles client par client et ne perd jamais. Il est bien parti pour être le premier à attaquer Goffman ; cela pourrait donner le ton. Il est vital d'être le premier à introduire une action collective, comme Patton French vous l'a appris.

— Nous pouvons être les premiers, affirma Clay, comme s'il faisait cela depuis des années.

— Et vous pouvez agir seul, sans French ni les autres vautours. Faites-le à Washington et déclenchez immédiatement une campagne de publicité. C'est un très gros coup.

— Comme le Dyloft.

— Avec cette différence que vous serez seul à mener la barque. Je me tiendrai dans la coulisse, je tirerai les ficelles, je ferai le sale boulot. J'ai tous les contacts nécessaires. Ce sera notre action commune ; en voyant votre nom, on s'arrachera les cheveux, chez Goffman.

— Pouvons-nous espérer une transaction rapide ?

— Probablement pas autant que pour le Dyloft, mais c'était exceptionnel. Il faudra vous donner du mal, réunir les preuves, engager des experts, porter plainte contre les médecins qui ont prescrit le médicament, réclamer un procès rapide. Il vous faudra convaincre les laboratoires Goffman que vous ne recherchez pas une transaction, que vous voulez un vrai procès, un grand déballage public, chez vous, à Washington.

— Quels sont les risques ? interrogea Clay par acquit de conscience.

— Je n'en vois aucun, mais il faudra un investissement de plusieurs millions pour la publicité et la préparation du procès.

— Pas de problème.

— Vous semblez avoir le chic pour dépenser sans compter.

— J'ai à peine écorné ma fortune.

— J'aimerais avoir une avance de un million de dollars. Sur mes futurs honoraires. J'ai de vieilles affaires à régler.

Clay trouva curieux que Max Pace demande de l'argent. Mais avec tout ce qui était en jeu et le secret du Tarvan entre eux deux, il aurait eu mauvaise grâce à refuser.

— Entendu.

Ils se balançaient dans les hamacs quand Valeria revint, trempée de sueur, un peu détendue, semblait-il. Elle enleva tous ses vêtements et plongea dans la piscine.

— Une Californienne, glissa Max Pace.

— C'est sérieux ? hasarda Clay.

— Nous nous voyons par intermittence depuis de longues années.

Pour Max, le sujet était clos.

La Californienne exigea pour le dîner un repas ne comportant ni viande, ni poisson, ni poulet, ni œufs, ni fromage. Elle ne touchait pas à l'alcool non plus. Clay fit préparer de l'espadon grillé pour les autres convives. Ils ne s'attardèrent pas à table. Ridley n'avait qu'une hâte, se réfugier dans sa chambre, et Clay était pressé de s'éloigner de Valeria.

Max et son amie restèrent deux jours, au moins vingt-quatre heures de trop. Le voyage de Max était purement professionnel ; l'accord conclu, il pouvait repartir. Clay regarda s'éloigner la Jeep conduite par Marshall, qui roulait encore plus vite qu'à l'accoutumée.

— Tu attends d'autres invités ? demanda Ridley avec méfiance.

— Non, ça suffit ! répondit Clay.

— Tant mieux.

26.

L'étage au-dessus du cabinet se libéra à la fin de l'année. Clay en loua la moitié pour agrandir ses locaux. Il y installa les douze assistants et les cinq secrétaires de l'Atelier ; les avocats de l'annexe Yale déménagèrent eux aussi pour prendre des bureaux dans Connecticut Avenue, un quartier plus chic où il se sentaient chez eux. Clay voulait tout le personnel à portée de main : il avait l'intention de les faire travailler jusqu'à ce qu'ils tombent d'épuisement.

Il attaqua la nouvelle année avec des horaires effrayants : au travail à six heures, petit déjeuner, déjeuner et parfois dîner au bureau. Il travaillait jusqu'à 20 heures ou même plus tard et faisait clairement comprendre qu'il attendait la même chose de ceux qui voulaient rester avec lui.

Ce ne fut pas le cas de Jonah. À la mi-janvier, il fit des adieux bâclés et libéra son bureau. Le voilier attendait. Ce n'était pas la peine de l'appeler ; il suffirait de virer l'argent sur un compte à Aruba.

Oscar Mulrooney avait pris les mesures de la pièce avant même son départ. Plus vaste, avec une meilleure vue, mais surtout plus proche du bureau de Clay, la seule chose qui importait pour lui. L'appât du gain était irrésistible. Il avait raté le coche pour le Dyloft ; cela ne se reproduirait pas. Tous ceux de l'annexe Yale avaient été trahis par les gros cabinets qu'on leur avait appris à respecter et ils étaient résolus à prendre leur revanche en faisant fortune. Quel meilleur moyen que le démarchage à outrance et les pratiques de chasseurs d'ambulance ? Rien n'était plus choquant, pour les avocats des gros cabinets, engoncés dans leurs principes. Les actions collectives n'avaient rien à voir avec leur conception de la profession ; il s'agissait d'une perversion de l'esprit d'entreprise.

Le Grec vieillissant qui avait laissé tomber Paulette Tullos après l'avoir épousée avait eu vent de sa bonne fortune. Dès son arrivée à Washington, il avait laissé un message sur son répondeur. Aussitôt après avoir entendu sa voix, Paulette avait fait ses bagages et sauté dans le premier avion pour Londres, où elle avait passé les fêtes de fin d'année et continuait de se cacher. Elle avait envoyé une dizaine d'e-mails à Clay pendant son séjour à Moustique pour l'informer de la situation et lui expliquer dans le détail comment préparer son divorce. Clay avait engagé la procédure, mais le Grec était introuvable. Paulette aussi. Peut-être reviendrait-elle dans quelques mois, peut-être pas. « Je regrette, Clay, avait-elle dit au téléphone, mais je n'ai vraiment plus envie de travailler. »

Mulrooney était donc devenu le confident, l'associé de fait, dévoré d'ambition. Avec son équipe, il avait étudié l'univers mouvant des actions en représentation collective. Ils avaient appris la législation et les procédures. Ils avaient lu les articles d'éminents juristes et les souvenirs de guerre des avocats spécialisés. Les sites Web se comptaient par dizaines. L'un d'eux se vantait d'offrir la liste de toutes les actions collectives engagées aux États-Unis, onze mille au total ; un autre expliquait aux plaignants potentiels la manière de se joindre à une action collective en vue d'obtenir un dédommagement. Un site se spécialisait dans les procédures relatives à la santé des femmes, un autre faisait la même chose pour les hommes. Plusieurs traitaient de Skinny Ben, la tristement célèbre pilule amaigrissante, et quelques autres des procès du tabac en cours. Jamais de tels moyens, aussi bien intellectuels que financiers, n'avaient été mis au service de la lutte contre les fabricants de produits dangereux.

Oscar Mulrooney avait un plan. Avec la quantité d'actions collectives déjà engagées, le cabinet pouvait consacrer ses ressources considérables à rassembler de nouveaux clients dans le cadre des procédures en cours. Clay disposant de l'argent nécessaire pour la publicité et le marketing, ils pouvaient choisir les actions collectives les plus lucratives et concentrer leurs efforts sur les plaignants qui ne s'étaient pas encore manifestés. Après des négociations conclues par une transaction, comme pour le Dyloft, les victimes qui ne s'étaient pas encore fait connaître disposaient de plusieurs années pour réclamer leur dû. Le cabinet de Clay pouvait se mettre à la remorque et rassembler les pièces manquantes en empochant au passage de confortables honoraires. Oscar prit l'exemple de Skinny Ben. Le nombre de plaignants potentiels s'élevait à environ trois cent mille auxquels il fallait ajouter une centaine de milliers d'autres représentés en justice. Une transaction avait été conclue, le fabricant allongeait des milliards de dollars. Il suffisait à un requérant de fournir un certificat médical pour toucher sa quote-part dans le cadre de l'action collective.

Tel un général déployant ses troupes sur le terrain, Clay plaça deux avocats et un assistant sur le front Skinny Ben. Mulrooney aurait souhaité qu'ils soient plus nombreux mais Clay avait un autre projet. Il préparait contre le Maxatil une guerre dont il dirigerait en personne les opérations. Le rapport gouvernemental qui n'avait pas encore été publié et que Max Pace s'était illégalement approprié présentait au long de ses cent quarante pages un constat accablant. Clay le lut deux fois avant de le communiquer à Mulrooney.

Par une soirée neigeuse de la fin janvier, ils l'étudièrent ensemble jusqu'après minuit, puis ils élaborèrent le plan de leur offensive. Clay confia le dossier Maxatil à Mulrooney ; il serait entouré de deux autres avocats, deux assistants et trois secrétaires.

À 2 heures du matin, tandis que de gros flocons venaient s'écraser sur la fenêtre de la salle de réunion, Mulrooney annonça qu'il fallait aborder un sujet désagréable.

— Nous avons besoin d'une augmentation.

— Combien ?

— Nous sommes maintenant treize avocats, venus de gros cabinets où nous gagnions bien notre vie. Dix d'entre nous sont mariés et la plupart ont des enfants ; la pression est forte, Clay. Vous nous avez fait des contrats d'un an pour soixante-quinze mille dollars et, soyez-en sûr, nous vous en sommes reconnaissants. Vous ne pouvez imaginer ce que l'on ressent quand, après être sorti de Yale ou d'une autre fac réputée, après avoir été courtisé par les grands cabinets, avoir trouvé un boulot et fondé une famille, on se retrouve à la rue du jour au lendemain. L'ego en prend un coup, croyez-moi.

— Je comprends.

— Vous avez doublé mon salaire et je vous en sais infiniment gré. Je m'en sors bien, mais les autres ont du mal. Et ce sont des gens très fiers.

— Combien ?

— Je ne voudrais me séparer d'aucun d'eux. Ils sont intelligents et travaillent d'arrache-pied.

— Voici ce que je propose, Oscar. Comme je me sens d'humeur généreuse, je vais vous faire à tous un nouveau contrat pour un an, à deux cent mille dollars. En échange, je vous demanderai de travailler sans compter vos heures. Nous sommes sur le point de réussir quelque chose d'énorme, encore mieux que l'an dernier. Si vous êtes à la hauteur, il y aura une prime. Une bonne grosse prime comme je les aime. Qu'en dites-vous, Oscar ?

— Je suis d'accord, patron.

La neige étant trop épaisse pour rentrer chez eux en voiture, ils poursuivirent leur marathon nocturne. Clay avait en sa possession des rapports préliminaires sur la société de Reedsburg, Pennsylvanie, qui avait commercialisé un mortier défectueux. Wes Saulsberry lui avait fait parvenir le dossier confidentiel dont il avait parlé à New York. Le ciment n'était pas un sujet aussi passionnant que des tumeurs dans la vessie, des caillots de sang ou des valvules déficientes, mais il y avait toujours des billets verts à ramasser. Ils choisirent deux avocats et un assistant qui seraient chargés de préparer l'action collective et de se mettre en quête de plaignants.

Ils passèrent dix heures d'affilée dans la salle de réunion à avaler café sur café, à grignoter des biscuits rassis en regardant la chute de neige se transformer en tourmente, à tracer les grandes lignes de l'année à venir. La réunion qui avait commencé par un simple échange de vues se mua en quelque chose de bien plus important. Un nouveau cabinet juridique prenait forme et les principaux acteurs avaient une idée claire des directions à suivre et des objectifs à atteindre.

Le président avait besoin de lui ! À deux ans de la prochaine élection, ses ennemis étaient déjà en train de lever des sommes colossales. Il avait soutenu les avocats depuis son entrée en politique en qualité de jeune sénateur ; au vrai, il avait exercé lui-même dans une petite ville et il en était fier. Il avait donc besoin de l'aide de Clay pour tenir en respect les intérêts égoïstes des grandes entreprises. Pour entrer en contact avec Clay, le président avait choisi le biais du groupe de réflexion présidentiel, un organisme composé d'un petit nombre d'avocats et de syndicalistes triés sur le volet, capables de signer un gros chèque et de donner leur avis sur les questions du moment.

Le camp adverse fourbissait ses armes pour lancer une violente offensive baptisée « Réforme immédiate des actions en responsabilité civile ». Ils voulaient imposer un plafond inacceptable aux dommages-intérêts simples aussi bien que punitifs octroyés par les tribunaux. Ils voulaient démanteler le système fructueux des actions en représentation collective. Ils voulaient empêcher les particuliers de porter plainte contre les médecins.

Le président resterait inflexible, comme il l'avait toujours été, mais il avait besoin d'un soutien financier. La lettre de trois pages sur un beau papier à en-tête doré s'achevait sur un appel à la générosité du destinataire. Clay demanda conseil à Patton French qui, curieusement, se trouvait à Biloxi, dans son bureau. « Vous n'avez qu'à lui signer son chèque », déclara French avec sa brusquerie coutumière.

Plusieurs conversations téléphoniques eurent lieu entre Clay et le directeur du groupe de réflexion présidentiel. Il ne se souvenait plus de la somme qu'il s'était initialement proposé de verser, mais elle était loin des deux cent cinquante mille dollars portés sur le chèque qu'il finit par signer. Un coursier passa le prendre pour l'apporter à la Maison Blanche. Quatre heures plus tard, un autre coursier remit à Clay une petite enveloppe contenant une carte rédigée de la main du président.

Cher Clay

Je suis pris par une réunion du cabinet (où je lutte contre le sommeil), sinon je vous aurais appelé. Merci pour votre soutien. Nous pouvons dîner ensemble et faire connaissance.

Il reconnut la signature du président.

Un mot gentil mais, pour deux cent cinquante mille dollars, il n'en attendait pas moins. Le lendemain, un troisième coursier lui remit une invitation de la Maison Blanche pour deux personnes. Il s'agissait d'un dîner de gala en l'honneur du président de la République argentine. Tenue de soirée de rigueur. Un tampon sur l'enveloppe demandait une réponse urgente : il ne restait que quatre jours avant la réception. Étonnant ce qu'un chèque de deux cent cinquante mille dollars peut ouvrir comme portes, à Washington.

Ridley, cela allait sans dire, n'avait rien à se mettre pour pareille occasion. Clay, qui réglerait les achats, était en droit d'exprimer son avis : il décida de l'accompagner. Il ne voulait pas courir le risque qu'elle se présente aux Argentins avec un haut transparent et un bas fendu jusqu'à la taille. Il tenait à voir avant de payer.

Elle fut étonnamment raisonnable dans son choix. Il est vrai que tout lui allait ; même si elle travaillait de moins en moins, Ridley gardait son corps de mannequin. Son choix se porta finalement sur une robe rouge toute simple qui la découvrait moins que ses tenues habituelles. Pour trois mille dollars, c'était une affaire. Avec les chaussures, un rang de perles et un bracelet en or et diamants, Clay s'en sortit pour moins de quinze mille dollars.

La limousine s'arrêta devant la Maison Blanche en attendant que les véhicules qui la précédaient soient fouillés par un essaim de membres du service de sécurité.

— Je n'arrive pas à y croire, fit Ridley d'une petite voix. Une pauvre fille de Géorgie comme moi reçue à la Maison Blanche !

Elle étreignait le bras droit de Clay, qui avait la main sur sa cuisse. Elle avait parlé avec un accent plus prononcé qu'à l'ordinaire, ce qui arrivait quand elle était nerveuse.

— Difficile à croire, en effet, approuva Clay, lui-même très excité.

Quand ils descendirent de la limousine sous un dais tendu devant l'aile est, un marine en grand uniforme prit le bras de Ridley pour l'escorter jusqu'à la salle est de la Maison Blanche, où les invités se rassemblaient pour prendre l'apéritif. Clay les suivit jusqu'au moment où le marine lâcha à contrecœur le bras de Ridley. À leur entrée, on les photographia.

Ils se dirigèrent vers le groupe le plus proche et se présentèrent à des gens qu'ils ne reverraient jamais. On annonça que le dîner était prêt ; les invités se dirigèrent vers la salle de réception où étaient dressées quinze tables de dix couverts, sur lesquelles les porcelaines, les pièces d'argenterie et les cristaux s'étalaient avec faste. Conformément aux plans de table, les couples étaient séparés. Clay accompagna Ridley jusqu'à sa table et l'aida à s'asseoir. « Bonne chance », murmura-t-il en posant un baiser sur sa joue. Elle le remercia d'un sourire de mannequin, éclatant et confiant, mais il savait qu'elle n'était à cet instant qu'une petite Géorgienne apeurée.

Il avait à peine tourné le dos que les deux hommes encadrant Ridley étaient penchés sur elle pour se présenter avec effusion.

Clay se dit que la soirée serait longue. Il avait à sa droite une femme de la haute société de Manhattan, sèche comme un hareng, qui s'était si longtemps privée de nourriture qu'on aurait dit un squelette. Elle était sourde et parlait haut. À sa gauche, la fille du patron d'une chaîne de centres commerciaux du Middle West qui avait fait ses études avec le président. Clay concentra son attention sur elle pendant cinq bonnes minutes avant de se rendre compte qu'elle n'avait strictement rien à dire.

Comment allait-il tenir jusqu'à la fin du dîner ?

Il avait le dos tourné à Ridley et ne savait pas comment elle s'en sortait.

Après une brève allocution du président, on servit les entrées. En face de Clay, un chanteur d'opéra commença à boire en racontant des histoires cochonnes d'une voix forte et nasillarde ; ni la présence des dames ni le cadre de la Maison Blanche ne l'arrêtaient.

Trois heures plus tard, Clay se leva et prit congé de ses merveilleux nouveaux amis. La soirée était terminée, un orchestre commençait à jouer dans la salle est. Clay récupéra Ridley et ils se dirigèrent vers la musique. Peu avant minuit, le président et la première dame se joignirent aux quelques dizaines de convives restants. On présenta Clay au président, qui parut sincèrement ravi de faire sa connaissance.

— On dit du bien de vous dans la presse. Félicitations.

— Merci, monsieur le président.
— Qui est la nana ?
— Une amie.
Comment réagiraient les féministes si elles apprenaient que le président employait le mot « nana » ?
— Puis-je l'inviter à danser ?
— Naturellement, monsieur le président.
C'est ainsi que Ridal Petashnakol, une ex-étudiante de vingt-quatre ans venue de sa lointaine Géorgie, dansa une valse avec le président des États-Unis, qui la serrait de très près.

27.

Le délai de livraison d'un Gulfstream 5 neuf était de vingt-deux mois au minimum, mais, plus que l'attente, le principal obstacle était le prix de vente de l'appareil. Quarante-quatre millions – entièrement équipé, cela allait sans dire, de tous les gadgets dernier cri. Aussi tenté qu'il soit, Clay ne pouvait se l'offrir. Le courtier expliqua que la plupart des G-5 neufs étaient achetés par de grosses sociétés qui en commandaient deux ou trois à la fois et les utilisaient en continu. La meilleure solution pour un particulier comme Clay consistait à louer un appareil légèrement plus ancien sur une durée d'environ six mois afin de s'assurer qu'il correspondait à ses besoins. Il pourrait ensuite décider d'en devenir propriétaire, quatre-vingt-dix pour cent de ses versements étant déduits du prix d'achat.

Le courtier avait justement ce qu'il fallait. Un modèle 1998, un G-4 SP (Special Performance) qu'une grosse société venait d'échanger contre un G-5 flambant neuf. Quand Clay découvrit l'appareil aux lignes majestueuses sur le tarmac de Reagan National, son cœur fit un bond et son pouls s'accéléra. Il était blanc, orné d'une sobre bande bleu roi. Paris en six heures, Londres en cinq.

Accompagné du courtier, il monta à bord. Peut-être était-il légèrement plus petit que le G-5 de Patton

French, Clay n'aurait su le dire. Il y avait du cuir, de l'acajou et du cuivre partout. Une cuisine, un bar et des toilettes à l'arrière, tous les équipements techniques de pointe dans le poste de pilotage. Un canapé se dépliait pour se transformer en lit ; fugitivement, il s'y vit allongé avec Ridley, à quarante mille pieds au-dessus du sol. Chaîne stéréo haut de gamme, vidéo et téléphone, fax, ordinateur avec accès Internet, tout y était.

L'appareil avait l'air neuf. Le courtier expliqua qu'il sortait des ateliers, où l'extérieur avait été repeint et l'intérieur remis à neuf.

— Il est à vous pour trente millions, finit-il par lâcher devant l'insistance de Clay.

Ils prirent place à une petite table et commencèrent à discuter. L'idée d'une location fut rapidement écartée. Avec ses revenus, Clay n'aurait aucune difficulté à obtenir un financement à de bonnes conditions. Les mensualités s'élèveraient à trois cent mille dollars, à peine plus que les versements pour une location. S'il décidait un jour de passer à un appareil plus cher, le courtier le lui reprendrait au meilleur prix et lui fournirait le modèle qu'il souhaitait.

Deux pilotes coûteraient deux cent mille dollars par an, tout compris. Clay pouvait envisager de mettre l'appareil à la disposition d'une société de charter.

— Tout dépend de l'utilisation que vous voulez en faire, expliqua le courtier, décidé à emporter le morceau. Si vous le frétez, cela peut vous rapporter près de un million par an, de quoi couvrir les frais de gardiennage et de maintenance ainsi que les salaires des pilotes.

— Avez-vous une idée de l'utilisation que j'en ferai ? demanda Clay, étourdi par les possibilités que cette solution offrait.

— J'ai vendu un certain nombre d'appareils à des

avocats, répondit le courtier, bien documenté sur le sujet. Trois cents heures par an est un maximum. Vous pourrez le fréter pour le double de ce temps.

Clay se dit que ce truc pourrait même lui rapporter de l'argent.

Une voix intérieure lui conseillait la prudence. Mais pourquoi attendre ? Et à qui pouvait-il demander conseil ? Parmi ses relations, les seules personnes qui avaient de l'expérience en la matière étaient ses confrères rencontrés chez Patton French. « Vous n'avez pas encore un jet à vous ? s'écrieraient-ils. Achetez-en un tout de suite ! »

Et il l'acheta.

Les résultats de Goffman pour le second semestre étaient en progression par rapport à l'année précédente, avec des ventes record. L'action atteignait soixante-cinq dollars, le cours le plus élevé depuis deux ans. À partir de la première semaine de janvier, le laboratoire avait lancé une campagne publicitaire inhabituelle pour la promotion, non pas de l'un de ses nombreux produits, mais de la société elle-même. « Goffman a toujours été là », répétait le slogan. Les spots télévisés présentaient un montage de produits bien connus utilisés pour le bien-être et la protection des consommateurs. Une mère fixant un pansement sur le bobo de son petit garçon ; un jeune homme au ventre plat en train de se raser avec un plaisir manifeste ; un couple grisonnant sur une plage, soulagé de ne plus souffrir de ses hémorroïdes ; un joggeur grimaçant, le bras tendu vers un antalgique et ainsi de suite. L'éventail des produits de consommation courante de Goffman était large.

Mulrooney suivait le groupe avec plus d'attention

qu'un analyste financier ; il était convaincu que cette campagne publicitaire était un stratagème destiné à préparer actionnaires et consommateurs au choc des révélations sur le Maxatil. Ses recherches dans l'histoire du marketing de Goffman ne lui avaient permis de découvrir aucun autre message de « bien-être ». Le groupe était un des cinq plus gros annonceurs du pays, mais les investissements publicitaires avaient toujours été consacrés à un seul produit à la fois, avec des résultats remarquables.

L'opinion de Mulrooney était partagée par Max Pace, alors installé à l'hôtel Hay-Adams. Le soir où il invita Clay à dîner dans sa suite, il était nerveux, impatient de déclencher l'attaque contre Goffman. Il lut attentivement la dernière mouture de l'action collective qui devait être engagée à Washington ; comme à son habitude, il l'annota dans la marge.

— Quel est le plan de bataille ? demanda-t-il sans un regard pour son repas.

— Les premières publicités seront diffusées à huit heures du matin, fit Clay en prenant une bouchée de viande. Une attaque éclair sur quatre-vingts chaînes d'est en ouest. Le numéro vert est en place, le site Web est prêt, mon petit cabinet est opérationnel. Je me rendrai au palais de justice vers 10 heures pour déposer la plainte en personne.

— Tout cela me paraît bien.

— Nous n'en sommes pas à notre coup d'essai : le cabinet J. Clay Carter est une machine bien huilée, grâce à vous.

— Vos nouveaux amis ne sont au courant de rien ?

— Bien sûr que non ! Pourquoi leur en aurais-je parlé ? Nous marchons la main dans la main avec le Dyloft, mais French et les autres sont aussi des concurrents. Je les ai surpris une première fois, je vais recommencer. Je brûle d'impatience.

— Ne croyez pas refaire le coup du Dyloft. Vous avez eu la chance d'attaquer au bon moment une société dans une mauvaise passe ; Goffman, c'est une autre paire de manches.

Pace lança la plainte sur le buffet et prit place à table.

— Ils ont fabriqué un médicament dangereux, insista Clay. On ne va pas jusqu'au procès dans ces conditions.

— Pas pour une action collective. Mais, si j'en crois mes sources, Goffman pourrait tenter le coup à Flagstaff, car c'est une plainte individuelle.

— La cliente de Mooneyham ?

— Précisément. S'ils perdent, ils envisageront peut-être une transaction ; s'ils gagnent, le combat risque d'être long et âpre.

— Vous avez dit que Mooneyham ne perd jamais.

— Pas une seule fois en vingt ans. Il sait plaire aux jurés. Il porte des chapeaux de cow-boy, des vestes en daim, des bottes rouges, toute la panoplie. Un retour à l'époque où les avocats défendaient réellement leur cause devant un juge. Un sacré numéro. Vous devriez le rencontrer ; cela vaut le déplacement.

— Je vais le mettre sur ma liste.

Le Gulfstream attendait dans son hangar, prêt à prendre l'air.

Un téléphone sonna. Pace passa cinq minutes à converser à voix basse au fond de la suite. Il revint s'asseoir ; c'était Valeria. Clay se représenta la créature asexuée en train de grignoter une carotte. Pauvre Max ! Il méritait mieux.

Clay dormit au cabinet. Il avait fait aménager une petite chambre et une salle de bains derrière la salle de réunion. Il se couchait souvent après minuit, dormait quelques heures et prenait une douche rapide pour être à pied d'œuvre à 6 heures. Son rythme de travail devenait légendaire non seulement à l'intérieur de son cabinet mais aussi dans la profession, où il était un des sujets de conversation favoris du moment. Dans les bars et les cocktails, ses seize heures de travail quotidien se muaient souvent en dix-huit et même vingt.

Et pourquoi pas ? Il avait trente-deux ans, il était célibataire et ne devait rien à personne. Un gros coup de chance et une modeste dose de talent l'avaient mis en position de réussir comme il est donné à peu d'autres de le faire. Pourquoi ne pas consacrer pendant quelques années son énergie au cabinet avant de tout bazarder et de finir sa vie sans soucis ?

Mulrooney arriva peu après 6 heures avec quatre tasses de café dans l'estomac et des idées qui se bousculaient dans sa tête.

— C'est le jour J ? lança-t-il en poussant la porte du bureau de Clay.

— C'est le jour J.

— Pas de quartier !

À 7 heures, les bureaux grouillaient de collaborateurs et d'assistants, l'œil rivé à l'horloge, attendant le déclenchement des hostilités. Les secrétaires distribuaient des cafés et des petits pains. À 8 heures, tout le monde s'entassa dans la salle de réunion, devant un téléviseur grand écran. La filiale d'ABC pour Washington diffusa la première publicité.

Une femme séduisante d'une soixantaine d'années, aux cheveux gris coupés court, bien coiffée, portant des lunettes de marque, est assise à la table d'une cuisine, regardant tristement par la fenêtre. Une voix off aux intonations sinistres se fait entendre : « Si, pour un traitement hormonal, vous prenez du Maxatil, il se peut que les risques de cancer du sein, de maladie du cœur et d'hémorragie cérébrale soient accrus. » Gros plan près des mains de la femme, sur un flacon de pilules portant le nom de MAXATIL en caractères bien lisibles. Une tête de mort n'aurait pas été plus effrayante. « Consultez immédiatement votre médecin traitant, reprend la voix off. Le Maxatil peut représenter une menace sérieuse pour votre santé. » Gros plan du visage, encore plus triste, les yeux mouillés de larmes. Voix off : « Pour plus de détails, composez le numéro vert Maxatil. » Un numéro de téléphone clignote en bas de l'écran. Plan final : la femme enlève ses lunettes pour essuyer une larme.

Des cris de joie et des applaudissements retentirent comme si on allait leur apporter dans l'instant l'argent sur un plateau. Clay envoya tout le monde à son poste de travail pour répondre au téléphone et commencer à rassembler les clients. Les premiers appels ne se firent pas attendre. À 9 heures précises, comme prévu, des copies de la plainte furent faxées aux journaux et aux chaînes financières câblées. Clay appela le journaliste du *Wall Street Journal* pour lui annoncer la nouvelle de vive voix. Il en profita pour suggérer une interview dès le lendemain ou le surlendemain.

Le titre Goffman cotait soixante-cinq dollars vingt-cinq à l'ouverture mais il plongea rapidement quand la nouvelle de l'action introduite à Washington se répandit. Clay se fit photographier au moment où il entrait dans le palais de justice.

À midi, l'action Goffman était tombée à soixante et un dollars. Le laboratoire publia précipitamment un communiqué dans lequel il niait catégoriquement que le Maxatil pouvait être responsable des affections citées dans la plainte. Il se défendrait vigoureusement.

Patton French appela à l'heure du déjeuner ; Clay

mangeait un sandwich debout en regardant les messages téléphoniques s'empiler sur son bureau.

— J'espère que vous savez où vous mettez les pieds, commença French avec suspicion.

— Je l'espère aussi, Patton. Comment allez-vous ?

— Fort bien. Nous avons examiné de près le sujet du Maxatil il y a six mois et nous avons décidé de laisser tomber. Le lien de causalité va être difficile à prouver.

Le souffle coupé par la surprise, Clay lâcha son sandwich. Patton French refusait de s'engager dans une action collective contre une des sociétés les plus prospères du pays ? Il y eut un silence embarrassé des deux côtés.

— Eh bien, Patton, reprit-il, chacun voit midi à sa porte.

Il chercha son fauteuil derrière lui d'une main tâtonnante. Il finit par le trouver et se laissa tomber dans le siège.

— En fait, expliqua French, tout le monde s'est déballonné, sauf vous. Saulsberry, Didier, Carlos... Il y a quelqu'un à Chicago qui a un paquet de dossiers, mais il n'a pas encore engagé une action. Cela dit, vous avez peut-être raison. Nous ne l'avons pas senti, c'est tout.

French le sondait discrètement.

— Nous n'avons pas les mains vides, affirma Clay.

Le rapport gouvernemental ! Il était en sa possession, mais French ignorait ses conclusions ! Soulagé, il sentit le sang se remettre à circuler dans ses veines.

— J'espère que vous n'avancez pas à découvert, Clay. Ces gars-là sont redoutables. À côté d'eux, Wicks et toute la bande de chez Ackerman sont des boy-scouts.

— Vous semblez avoir peur, Patton. Permettez-moi de m'en étonner.

— Je n'ai pas peur, mais s'il y a une faille dans votre théorie de la responsabilité civile, ils vous dévoreront tout cru. Et n'espérez surtout pas une transaction rapide.

— Vous me suivez ?

— Non. Je n'ai pas senti cette affaire il y a six mois, je ne la sens toujours pas aujourd'hui. Et puis j'ai déjà trop de fers au feu. Bonne chance.

Clay se leva pour donner un tour de clé à la porte. Il s'avança vers la fenêtre et resta cinq longues minutes immobile avant de prendre conscience que, dans son dos, sa chemise lui collait à la peau. En passant la main sur son front, il sentit des gouttes de sueur.

28.

« CENT MILLIONS NE LEUR SUFFISENT DONC PAS ? » proclamait le titre à la une du *Daily Profit*. Mais le pire suivait. L'article commençait par un rappel de l'action « infondée » introduite la veille à Washington contre les laboratoires Goffman, une société des plus sérieuses du pays. Le Maxatil, un médicament remarquablement efficace, qui avait aidé d'innombrables femmes à franchir le cap douloureux de la ménopause, était en butte aux attaques des requins qui avaient poussé à la faillite des sociétés telles que A.H. Robins, Johns Manville, Owens-Illinois et la quasi-totalité de l'industrie de l'amiante.

Le journaliste poursuivait en montrant du doigt le principal responsable, Clay Carter. Ce jeune avocat de Washington n'avait pas froid aux yeux mais, d'après ses sources, il n'avait jamais de toute sa carrière plaidé devant un jury. Il avait pourtant gagné plus de cent millions l'année précédente à la grande loterie des actions collectives. L'enquêteur disposait à l'évidence de sources dignes de confiance. La première de ces sources était un responsable de la chambre de commerce ; il s'emportait contre les plaintes en responsabilité civile en général et les avocats qui les engageaient en particulier : « Clay Carter et consorts ne peuvent qu'inciter des confrères à engager ce type d'action tirée par les cheveux. Notre pays compte un million d'avocats. Si un parfait inconnu comme Me Carter peut gagner tant d'argent en si peu de temps, plus aucune société n'est en sécurité. » Un professeur de droit d'une faculté dont Clay n'avait jamais entendu parler déclarait ensuite : « Ces gens-là sont tellement avides qu'ils finiront par tuer la poule aux œufs d'or. » Un obscur parlementaire du Connecticut sautait sur l'occasion pour demander l'adoption d'une loi – dont il était l'auteur – réformant les actions collectives. Une commission serait formée et Me Carter pourrait être appelé à comparaître devant le Congrès.

Un responsable de Goffman qui préférait garder l'anonymat indiquait que la société se défendrait bec et ongles, qu'elle ne céderait pas à ce chantage et que, en temps opportun, elle demanderait le remboursement des honoraires de ses avocats et des frais de justice en raison de la nature scandaleuse et injustifiée de la plainte. L'action Goffman avait chuté de onze pour cent, une perte de l'ordre de deux milliards pour les actionnaires, tout cela à cause de ces accusations bidon. Le professeur de droit se demandait si les actionnaires de Goffman ne devaient pas à leur tour traîner Clay Carter en justice.

Ce n'était pas une lecture agréable, mais Clay ne pouvait refuser de regarder les choses en face. Dans son éditorial, l'*Investment Times* demandait au Congrès d'envisager sérieusement une réforme des actions en responsabilité civile. Il soulignait que Me Carter avait gagné une fortune en moins d'un an et stigmatisait un comportement de « brute » ; il redoutait que ces gains mal acquis n'incitent ses confrères à introduire des actions à tout propos.

Surnommé pendant quelques jours « la brute » au bureau, Clay jouait le jeu : il faisait comme si c'était un honneur. « Il y a un an, personne ne connaissait mon nom, plastronnait-il. Aujourd'hui, il n'y en a que pour moi. » Mais, dans la solitude de son bureau, il se faisait du mauvais sang. Il se demandait s'il n'avait pas attaqué trop hâtivement Goffman. Le plus inquiétant, c'était que les autres ne lui avaient pas emboîté le pas. La presse l'écorchait, et pas une seule voix ne s'était encore élevée pour le défendre. Max Pace avait disparu, ce qui n'était pas inhabituel, mais pas franchement opportun.

Six jours après le déclenchement des hostilités, il appela de Californie.

— C'est demain le grand jour, annonça-t-il.

— J'ai besoin d'entendre des bonnes nouvelles, fit Clay. Le rapport ?

— Je ne peux rien dire. Et plus de coups de téléphone ; il se peut qu'il y ait des oreilles indiscrètes. Je vous expliquerai à mon retour. Plus tard.

Des oreilles indiscrètes ? De quel côté ? Celui de Clay ou celui de Pace ? Et de qui s'agissait-il ? Encore une nuit blanche en perspective.

L'étude réalisée par l'Institut américain sur le vieillissement avait pour objectif de contrôler vingt mille femmes ayant entre quarante-cinq et soixante-quinze ans sur une période de sept ans. Deux groupes égaux avaient été constitués, l'un prenant une dose quotidienne de Maxatil, l'autre un placebo. Au bout de quatre années, les chercheurs avaient mis un terme au programme : les résultats étaient trop mauvais. Ils avaient découvert un accroissement du risque de cancer du sein, de maladie du cœur et d'hémorragie cérébrale chez un pourcentage inquiétant de sujets. Pour les femmes prenant le médicament, le risque de cancer du sein augmentait de trente-trois pour cent, celui de crise cardiaque de vingt et un pour cent et celui d'hémorragie cérébrale de vingt pour cent.

D'après les conclusions de l'étude, sur cent mille femmes prenant du Maxatil depuis quatre ans ou plus, quatre cents seraient atteintes d'un cancer du sein, trois cents souffriraient de problèmes cardiaques et trois cents seraient victimes d'une hémorragie cérébrale plus ou moins grave.

Le lendemain du coup de fil de Pace, le rapport était rendu public ; l'action Goffman dégringola aussitôt à cinquante et un dollars. Clay et Mulrooney passèrent l'après-midi à surveiller les sites Web et les chaînes câblées, à l'affût d'une réaction des laboratoires Goffman. Rien. Aucun des journalistes financiers qui avaient éreinté Clay ne lui demandait de déclaration. Quelques lignes faisaient état de la publication du rapport. Le *Washington Post* fit un résumé sommaire de son contenu sans mentionner Clay Carter. Les faits lui donnaient raison, mais personne ne s'intéressait à lui. Il avait beaucoup à dire en réponse aux critiques, mais nul n'était disposé à l'écouter.

Le déluge d'appels téléphoniques en provenance de patientes sous Maxatil contribua à calmer son anxiété.

L'envie de faire voler le Gulfstream démangeait Clay ; l'appareil, qui venait de passer huit jours dans un hangar, allait enfin prendre l'air. Il embarqua Ridley et mit le cap à l'ouest, avec un premier arrêt à Las Vegas, dont il n'avait fait part à aucun de ses collaborateurs. Il était parti en voyage d'affaires, un voyage important : il avait rendez-vous à Tucson avec Dale Mooneyham.

Ils passèrent deux nuits à Las Vegas, dans un hôtel où de vrais guépards et de vraies panthères évoluaient dans une fausse réserve de chasse aménagée devant l'entrée de l'établissement. Clay perdit trente mille dollars au black-jack et Ridley en dépensa vingt-cinq mille dans les boutiques bordant l'atrium de l'hôtel. Le Gulfstream s'envola pour Tucson.

Mott & Mooneyham avaient transformé une ancienne gare du centre-ville en un ensemble de bureaux de piètre apparence. L'entrée correspondait à l'ancienne salle d'attente, une longue pièce voûtée. Les deux secrétaires se tenaient chacune à une extrémité, comme s'il avait fallu les séparer pour avoir la paix, sauf qu'en regardant de plus près, on les jugeait incapables de se crêper le chignon ; elles avaient toutes deux soixante-dix ans bien tassés et l'esprit ailleurs. La salle était une manière de musée. Les vitrines rassemblaient les objets qu'au cours de sa carrière Dale Mooneyham avait transportés au tribunal pour les montrer aux jurés. On y voyait un chauffe-eau à gaz ; une plaque en bronze donnait le nom de l'affaire et le montant des dédommagements : quatre millions et demi de dollars, le 3 octobre 1988, comté de Stone, Arkansas. À côté, une voiture à trois roues qui avait coûté trois millions à Honda en Californie, et un fusil de chasse ayant mis un jury du Texas dans une telle rage qu'il avait accordé onze millions au plaignant. Les objets se comptaient par dizaines : une tondeuse à gazon, la carcasse calcinée d'une Toyota Celica, une perforatrice, un gilet de sauvetage défectueux, une échelle déformée. Sur les murs s'étalaient des coupures de presse et des photographies du grand homme remettant leurs chèques à ses clients. Clay était seul ; Ridley faisait les boutiques. Fasciné, il passa près d'une heure à flâner d'objet en objet sans voir le temps passer.

Une assistante vint enfin le chercher ; il la suivit dans un grand couloir bordé de bureaux spacieux. Là aussi, les murs étaient couverts d'extraits de presse encadrés relatant les victoires de Mooneyham. Mott avait certainement un rôle insignifiant dans le cabinet, qui ne comptait que quatre autres associés.

Dale Mooneyham était à son bureau. Il se leva à moitié à l'entrée de Clay, visiteur non désiré. Ils échangèrent une poignée de main sans chaleur, pour la forme. Clay n'était pas le bienvenu et il le sentait. Âgé d'au moins soixante-dix ans, Mooneyham était un grand gaillard large de poitrine et ventru. Il portait un jean, des bottes d'un rouge criard, une chemise de cowboy froissée. Pas de cravate. La teinture de ses cheveux aurait mérité d'être rafraîchie : les tempes étaient blanches, le sommet du crâne noir et couvert de gomina. Il avait le visage long et large, les yeux gonflés d'un buveur.

— Jolis bureaux, un décor unique, lança Clay pour détendre l'atmosphère.

— J'ai acheté ça il y a quarante ans. Cinq mille dollars.

— Votre collection de souvenirs est étonnante.

— J'ai poursuivi mon petit bonhomme de chemin. Je n'ai pas perdu un seul procès depuis vingt et un ans, voyez-vous. Je suppose que cela arrivera un jour, comme le disent chaque fois mes adversaires.

Dans le vieux fauteuil bas où il avait pris place, Clay essaya de se détendre. Le bureau était au moins cinq fois plus vaste que le sien ; sur les murs, des têtes d'animaux empaillées suivaient tous ses gestes. Pas de sonnerie de téléphone, pas de crépitement de fax. Pas même un ordinateur.

— Comme vous pouvez l'imaginer, reprit Clay qui risquait d'être éjecté d'un moment à l'autre, je suis venu parler du Maxatil.

Un instant d'hésitation, un clignement fugitif des petits yeux noirs.

— C'est un médicament dangereux, déclara simplement Mooneyham comme si Clay n'était pas au courant. J'ai déposé une plainte il y a cinq mois à Flagstaff. Nous avons une procédure accélérée pour les affaires soumises à nos tribunaux de l'Arizona : le procès devrait s'ouvrir au début de l'automne. Contrairement à vous, je ne dépose une plainte qu'après avoir fait des recherches méticuleuses et lorsque je suis prêt à défendre ma cause devant un juge. En s'y prenant ainsi, la partie adverse ne comble jamais son retard. J'ai écrit un livre sur la préparation d'un procès ; je ne me lasse pas de le relire. Vous devriez en faire autant.

Clay faillit demander s'il devait se retirer.

— Et votre cliente ?

— J'en ai une seule. Les actions collectives ne sont qu'une escroquerie, du moins de la manière dont vous les menez, vous et vos petits copains. Une arnaque organisée, motivée par la cupidité, qui finira par nuire à tout le monde. Votre avidité sans limites provoquera un retour de manivelle ; il y aura des réformes et elles seront draconiennes. Vous n'aurez plus de boulot, mais quelle importance avec tout l'argent que vous aurez mis de côté ? Ceux qui en pâtiront sont les futurs plaignants, les petites gens qui ne seront plus en mesure de demander réparation d'un préjudice.

— J'ai demandé qui était votre cliente.

— Soixante-six ans, race blanche, non fumeuse, a pris du Maxatil pendant quatre ans. J'ai fait sa connaissance il y a un an. Nous prenons notre temps, par ici, nous ne mettons pas la charrue devant les bœufs.

Clay était venu pour aborder de grands sujets, brasser de grandes idées, par exemple le nombre de clients potentiels à rassembler, ce que Mooneyham attendait des laboratoires Goffman, le genre d'experts qu'il avait prévu de citer au tribunal. Et là, il en était réduit à chercher le moyen de mettre au plus vite un terme à l'entretien.

— Vous n'espérez pas une transaction ? demanda-t-il en s'efforçant de paraître convaincu.

— Jamais de transaction ; mes clients le savent d'entrée de jeu. Je ne prends par an que trois affaires soigneusement sélectionnées par mes soins. J'aime aborder des produits différents, des domaines nouveaux. Des tribunaux que je ne connais pas. J'ai le choix : des avocats m'appellent tous les jours. Et je vais toujours jusqu'au procès. Quand je prends une affaire, je sais qu'il n'y aura pas de transaction. Les choses sont parfaitement claires et je dis d'emblée à mon client qu'il est inutile qu'il perde son temps à penser à une transaction.

Il remua enfin, un léger déplacement de son poids, comme s'il avait mal au dos.

— Voilà qui devrait vous faire plaisir : je serai le premier à croiser le fer avec Goffman. Si je réussis à convaincre le jury, il accordera à ma cliente un beau dédommagement. Après quoi, vous pourrez prendre le train en marche, faire de la publicité pour racoler de nouveaux clients, prélever des honoraires bien gras sur ce qu'ils toucheront. Je vais vous faire gagner une nouvelle fortune.

— J'aimerais aller jusqu'au procès, glissa Clay.

— Si ce qu'on dit sur vous est vrai, vous ne savez même pas où est le tribunal.

— Je le trouverai.

— Vous n'aurez probablement pas à vous donner cette peine, fit Mooneyham avec un petit haussement d'épaules. Quand j'en aurai fini avec Goffman, ils éviteront les tribunaux.

— Je ne suis pas obligé de négocier.

— Vous le ferez. Vous aurez des milliers de clients et certainement pas le cran d'aller en justice.

Sur ces mots, il se leva et serra mollement la main de Clay.

— J'ai du travail, dit-il.

Clay sortit du bureau, suivit le couloir, traversa le musée et se retrouva dehors, dans la chaleur étouffante du désert.

Pas de chance au jeu à Las Vegas et un fiasco à Tucson. Le voyage fut sauvé dans le ciel de l'Oklahoma, à une altitude de quarante-deux mille pieds. Ridley dormait sur le canapé, enroulée dans une couverture, quand le fax se mit en marche. Clay se dirigea dans la pénombre vers l'arrière de la cabine et prit la feuille. Elle était expédiée par Oscar Mulrooney. Il avait trouvé sur Internet le classement annuel des cabinets et des honoraires établi par la revue *American Attorney*. Me Clay Carter figurait sur la liste des vingt avocats les mieux payés du pays, en huitième position, avec des revenus annuels estimés à cent dix millions de dollars. Il y avait même une petite photographie portant en légende : « Le débutant de l'année ».

Pas mal vu, se dit Clay. Des revenus malheureusement amputés des trente millions de dollars versés à Paulette, Jonah et Rodney – un acte de générosité qui lui avait paru naturel mais qui, avec le recul, se révélait franchement stupide. Plus jamais il ne ferait cela. Les rédacteurs d'*American Attorney* ignoraient l'existence de ces gratifications. Mais Clay ne se plaignait pas : aucun autre avocat de Washington ne figurait sur la liste des vingt premiers.

Tout en haut de cette liste apparaissait le nom de Jock Ramsey, un célèbre avocat d'Amarillo. Il avait négocié une affaire de déchets toxiques impliquant plusieurs sociétés chimiques et compagnies pétrolières.

L'affaire avait traîné neuf ans ; les honoraires de Ramsey étaient estimés à quatre cent cinquante millions. En deuxième position, venait un avocat du tabac de Palm Beach, avec des revenus de quatre cents millions. Un de ses confrères de New York occupait la troisième place avec trois cent vingt-cinq millions. Patton French arrivait en quatrième position, ce qui devait l'irriter fortement.

Dans la solitude luxueuse du Gulfstream, en considérant sa photographie imprimée dans la revue, Clay se prit à penser une fois de plus qu'il vivait un rêve. Il y avait soixante-seize mille avocats à Washington et il était le numéro un. Un an plus tôt, il ignorait tout du Tarvan, du Dyloft, du Maxatil et ne s'intéressait que de loin aux actions collectives en responsabilité civile. Un an plus tôt, ses aspirations se limitaient à quitter le bureau de l'aide juridictionnelle pour se faire engager dans un cabinet respectable, avec un salaire suffisant pour étoffer sa garde-robe et changer de voiture. De quoi impressionner Rebecca et tenir ses parents à distance. Un bureau plus grand et des clients moins misérables lui auraient permis de ne plus fuir ses vieux copains de fac. Modestes rêves.

Il décida de ne pas montrer l'article à Ridley, qui était de moins en moins insensible à l'argent – elle se découvrait une passion pour les bijoux et les voyages. Elle ne connaissait pas l'Italie et avait laissé entendre qu'elle aimerait découvrir Rome et Florence.

À Washington, on allait beaucoup parler de la présence de Clay sur la liste des vingt plus gros revenus de l'année écoulée. Il eut une pensée pour ses amis et ses rivaux, pour ses vieux copains de fac et ceux de l'aide juridictionnelle, mais son esprit allait surtout vers Rebecca.

29.

La société Hanna Portland Cement, fondée en 1946, en pleine explosion des constructions individuelles, était, dès sa création, devenue le plus gros employeur de la petite ville de Reedsburg, Pennsylvanie. Les frères Hanna dirigeaient leur boîte d'une main de fer, mais ils étaient justes avec leurs ouvriers qui se trouvaient être aussi leurs voisins. Quand les affaires étaient bonnes, ils savaient se montrer généreux ; quand elles l'étaient moins, tout le monde se serrait la ceinture en attendant des jours meilleurs. Les débauchages étaient rares et ne se produisaient qu'en dernier recours. Satisfaits, les ouvriers n'avaient jamais eu besoin de se syndiquer.

Les frères Hanna réinvestissaient les bénéfices dans leur outil de production, mais aussi dans les infrastructures communales. Ils avaient bâti un centre administratif, un hôpital, un théâtre et le plus beau terrain de football de la région. Deux ou trois fois, ils avaient été tentés de tout vendre, d'empocher un joli paquet et de passer leurs vieux jours à jouer au golf ; mais, comme ils ne pouvaient être certains que leur usine continuerait de tourner, ils l'avaient gardée.

Après cinquante années d'une saine gestion, la société employait quatre mille des onze mille habitants de la ville. Le chiffre d'affaires s'élevait à soixante millions de dollars, mais les bénéfices étaient en baisse. Une âpre concurrence de l'étranger et un ralentissement de la demande de logements neufs pesaient sur l'activité. Le bâtiment était un secteur cyclique, ce à quoi les Hanna avaient essayé de remédier en diversifiant leurs activités. Le bilan de l'entreprise montrait l'existence de dettes plus importantes qu'à l'ordinaire.

Marcus Hanna était le P-DG du moment, un titre dont il ne faisait jamais usage. Il était simplement le « patron », le numéro un. Fils d'un des fondateurs de la société, Marcus avait passé toute sa vie à l'usine. Il n'y avait pas moins de huit Hanna parmi les dirigeants de la société, et plusieurs autres de la génération montante occupaient dans l'usine des postes subalternes, comme l'avaient fait leurs parents.

Le jour où on lui notifia la plainte, Marcus était en réunion avec Joel, son cousin germain et avocat maison. L'huissier de justice traversa l'accueil, passa sans s'arrêter devant les bureaux des secrétaires et se présenta à Marcus et Joel, une grosse enveloppe à la main.

— Lequel de vous deux est Marcus Hanna ?

— C'est moi. Qui êtes-vous ?

— Un huissier de justice. Voici la plainte déposée contre vous.

Il remit l'enveloppe à Marcus et tourna les talons.

L'action introduite dans le comté de Howard, Maryland, demandait des dommages-intérêts d'un montant non spécifié, en réparation du préjudice causé par la défectuosité d'un mortier de ciment Portland fabriqué par la société Hanna. Joel lut lentement le texte en expliquant le jargon juridique à Marcus. Quand il eut terminé, les deux hommes restèrent un moment silencieux avant de maudire la corporation des avocats, cette sale engeance.

Une secrétaire entreprit des recherches et découvrit rapidement une abondance d'articles récents sur l'avocat des plaignants, un certain Clay Carter, de Washington.

Il n'y avait pas de quoi s'étonner des problèmes apparus dans le comté de Howard. Un lot défectueux de ciment Portland avait été commercialisé quelques années auparavant. Passant par les circuits de distribution habituels, il avait été utilisé par différentes entreprises du bâtiment dans la construction de maisons neuves. Les plaintes étaient récentes ; la société Hanna s'efforçait de cerner le problème. On avait constaté qu'il fallait à peu près trois ans pour que le mortier se désagrège et que les briques commencent à se disjoindre. Marcus et Joel s'étaient rendus dans le comté de Howard où ils avaient rencontré leurs fournisseurs et les entrepreneurs. Ils avaient inspecté plusieurs maisons : d'après leurs calculs, le nombre de plaintes potentielles serait de cinq cents environ et le coût des réparations s'élèverait en moyenne à douze mille dollars chacune. L'assurance responsabilité civile du fabricant de ciment couvrirait les cinq premiers millions.

Mais la procédure engagée prétendait représenter « au moins deux mille victimes potentielles » demandant vingt-cinq mille dollars de dommages-intérêts par tête.

— Cela fait cinquante millions ! s'écria Marcus.

— Et leur avocat en empochera quarante pour cent, glissa Joel.

— Impossible !

— C'est comme cela que ça se passe.

Nouvelle bordée d'injures en direction des avocats en général, suivie d'invectives proférées contre Me Carter en particulier. Joel partit avec la plainte ; il allait en notifier la compagnie d'assurances qui transmettrait le dossier à un cabinet juridique spécialisé, probablement à Philadelphie. Cela se produisait au moins une fois par an, mais jamais pour un litige de cette importance. Le montant des réparations demandées étant beaucoup plus élevé que la couverture de l'assurance, Hanna serait contraint de s'adresser à un cabinet d'avocats qui travaillerait avec l'assurance. Et ce ne serait pas donné.

La publicité pleine page publiée dans le *Larkin Gazette* mit en effervescence la petite ville nichée dans les montagnes du sud-ouest de la Virginie. Comme il y avait trois usines dans l'agglomération, la population dépassait légèrement les dix mille habitants, ce qui faisait de Larkin un centre d'activités de ce pays minier. Dix mille habitants, telle était la limite fixée par Oscar Mulrooney pour une publicité pleine page et un dépistage gratuit dans le dossier Skinny Ben. Une étude approfondie des marchés lui avait permis d'arriver à la conclusion que les plus petits d'entre eux étaient négligés. Ses recherches avaient également mis en lumière le fait que les femmes vivant à la campagne, notamment dans la région des Appalaches, étaient plus corpulentes que les citadines. Une aubaine pour le Skinny Ben !

La publicité indiquait que le dépistage aurait lieu le lendemain, dans un motel, au nord de la petite ville et qu'il serait effectué par un médecin. Il était gratuit, réservé à toute personne ayant pris du Benafoxadil, plus connu sous le nom de Skinny Ben, et confidentiel. Il pouvait, en fonction du résultat, donner droit à un dédommagement versé par le fabricant du médicament.

Au bas de la page, en petits caractères, figuraient le nom, l'adresse et le numéro de téléphone du cabinet J. Clay Carter, de Washington. La plupart des lecteurs étaient déjà passés à autre chose, mais certains d'entre eux ne pensaient plus qu'au dépistage du lendemain.

Nora Tackett vivait dans un mobile home, à la limite de la ville. Elle n'avait pas vu la publicité, car elle ne lisait pas le journal. Elle ne lisait rien. Elle regardait la télévision seize heures par jour et passait le plus clair de ce temps à manger. Nora vivait avec les deux enfants que son ex-mari avait laissés quand il avait pris la tangente deux ans plus tôt. Ses enfants à lui, d'un premier lit, pas à elle ; Nora n'avait toujours pas compris comment elle s'était retrouvée dans cette situation, avec les deux gosses à sa charge. En tout cas, il avait bel et bien disparu ; pas un mot, pas un sou pour subvenir aux besoins des enfants, pas une carte postale ni un coup de téléphone pour prendre de leurs nouvelles. Alors, Nora mangeait.

Après avoir lu le journal, sa sœur, MaryBeth passa la prendre au pied levé pour la conduire au dépistage. Nora avait pris du Skinny Ben pendant un an, jusqu'à ce que son médecin cesse de lui prescrire le médicament – il avait été alors retiré du marché. Nora n'aurait su dire si ces pilules amaigrissantes lui avaient fait perdre du poids.

Après l'avoir aidée à monter dans sa fourgonnette, sa sœur lui fourra la page de publicité sous le nez en lui ordonnant de tout lire. Vingt ans auparavant, MaryBeth suivait elle-même la route qui conduit à l'obésité, mais une congestion cérébrale survenue à l'âge de vingt-six ans lui avait donné un avertissement salutaire. Elle était lasse de faire la leçon à Nora ; elles se disputaient depuis des années sur ce qu'elle ingurgitait. Quelques minutes après avoir pris la route du motel, elles commençaient à échanger des propos aigres-doux.

Le Village Inn avait été choisi par la secrétaire de Mulrooney car il semblait être le motel le plus récent de Larkin et elle n'en avait pas trouvé d'autre sur Internet. En prenant le petit déjeuner dans la salle crasseuse du café, Mulrooney s'était demandé comment il avait pu descendre aussi bas. Troisième de sa promotion à Yale, courtisé par les cabinets les plus respectables de Wall Street et les grosses boîtes de Washington. Son père était un médecin en vue à Buffalo, son oncle siégeait à la Cour suprême du Vermont, son frère était associé dans un des cabinets les plus prospères de Manhattan. Sa femme lui en voulait de partir en pleine cambrousse pour racoler des clients. Il s'en voulait aussi !

Il faisait équipe avec un interne bolivien qui parlait anglais avec un accent à couper au couteau, à tel point que son « Bonjour » matinal était presque incompréhensible. Âgé de vingt-cinq ans, il en paraissait seize malgré la blouse verte qu'Oscar lui imposait de porter pour lui conférer un peu de crédibilité. Il avait obtenu son diplôme à Grenade, dans les Petites Antilles. Oscar avait trouvé le Dr Livan dans les offres d'emploi d'une revue médicale ; il lui versait la bagatelle de deux mille dollars par jour.

Oscar assurait l'accueil à l'avant, Livan s'occupait de l'arrière. La seule salle assez vaste du motel disposait d'une cloison pliante qu'ils s'étaient échinés à tirer à travers la pièce pour la diviser en deux espaces à peu près égaux. Quand Nora entra, à 8 h 45, Oscar regarda sa montre et la salua d'un « Bonjour, madame » souriant. Elle avait un quart d'heure d'avance, mais il avait pris l'habitude de voir les clients arriver avant l'heure indiquée.

En la regardant, il pensa à l'argent qu'elle représentait. Au moins cent cinquante kilos, peut-être pas loin de cent quatre-vingts. Il était triste de constater qu'il pouvait deviner leur poids comme un bonimenteur de foire.

— C'est vous, l'avocat ? demanda MaryBeth d'un ton suspicieux.

Oscar avait déjà vécu cela des centaines de fois.

— Oui, madame. Le médecin est derrière. Je vais vous demander de remplir quelques papiers.

Il tendit plusieurs questionnaires conçus pour être compris des gens les plus simples.

— Si vous avez des questions, n'hésitez pas à les poser.

MaryBeth et Nora se dirigèrent vers des fauteuils pliants. Nora se laissa pesamment tomber dans son siège ; elle transpirait déjà à grosses gouttes. Tandis que les deux sœurs se plongeaient dans les papiers, la porte s'ouvrit sur une autre femme corpulente qui jeta un regard méfiant à l'intérieur. Ses yeux se fixèrent immédiatement sur Nora, qui lui rendit un regard de biche prise dans le faisceau des phares d'une voiture. Deux grosses femmes avides prises en flagrant délit.

— Entrez ! lança Oscar avec le sourire chaleureux d'un vendeur de voitures.

Il se dirigea vers elle pour l'inviter à s'avancer, lui fourra les formulaires dans les mains et la conduisit à l'autre bout de la pièce. Entre cent quinze et cent vingt-cinq kilos.

L'examen coûtait mille dollars ; une femme sur dix deviendrait une cliente. Chaque dossier rapporterait entre cent cinquante et deux cent mille dollars. Ils se contentaient des restes : quatre-vingts pour cent des clientes potentielles s'étaient déjà adressées à des avocats d'un bout à l'autre du pays.

Mais ces restes représentaient une fortune. Pas autant que le Dyloft, mais des millions de dollars.

Les questionnaires remplis, Nora parvint à s'extraire de son siège. Elle remit les papiers à Oscar qui les parcourut, s'assurant au passage qu'on lui avait bien prescrit le Skinny Ben, et apposa sa signature au bas des feuilles.

— Passez par-là, madame. Le médecin vous attend.

Nora s'avança vers une large ouverture aménagée dans la cloison tandis que MaryBeth commençait à assaillir l'avocat de questions.

Livan se présenta à Nora qui ne comprit pas un traître mot de ce qu'il disait. Il ne la comprenait pas non plus. Il prit sa tension artérielle, secoua la tête d'un air mécontent : 18-10. Le pouls était anormalement élevé : cent trente pulsations par minute. Il indiqua une bascule de boucher ; elle monta en hésitant sur la plate-forme : cent soixante-quinze kilos.

Quarante-quatre ans. Dans son état, elle aurait de la chance si elle arrivait à son cinquantième anniversaire.

Il ouvrit une petite porte et la conduisit à l'extérieur où un petit camion médical était stationné.

— C'est là que nous faisons les examens, expliqua-t-il.

Les portes arrière du véhicule étaient ouvertes. Deux échographistes en blouse blanche, un homme et une femme, attendaient. Ils aidèrent Nora à monter et à s'étendre sur un lit.

— Ça sert à quoi ? demanda-t-elle, terrifiée, en montrant l'appareil le plus proche.

— Nous allons pratiquer un échocardiogramme, répondit l'homme.

— Pour examiner votre poitrine, précisa la femme en employant un vocabulaire plus compréhensible. Nous allons prendre une image numérique de votre cœur. Cela ne durera pas plus de dix minutes.

— Et vous ne sentirez rien.

Nora ferma les yeux et pria pour ne pas mourir.

Le Skinny Ben était lucratif, la preuve de sa nocivité étant des plus faciles à apporter. À la longue, cet amaigrissant dont l'efficacité semblait, tout bien considéré, assez limitée, provoquait une lésion irréversible. Si l'insuffisance aortique ou mitrale était d'au moins vingt pour cent, le patient avait droit à des dommages-intérêts.

Le Dr Livan communiqua le résultat à Nora, toujours en train de prier, et leva le pouce en direction des deux manipulateurs : vingt-deux pour cent. Il apporta le listing à Oscar, qui distribuait des questionnaires aux patients dans la salle d'attente. Ils revinrent ensemble à la camionnette où Nora, sur son séant, pâle comme un linge, buvait un jus de fruits. Oscar aurait pu dire : « Félicitations, madame Tackett, votre aorte est suffisamment endommagée. » Mais les congratulations étaient réservées aux avocats. Il fit venir MaryBeth et entreprit, sans entrer dans le détail, de leur expliquer la procédure à venir.

L'échocardiogramme serait étudié par un cardiologue chargé d'expertises, qui transmettrait son rapport à l'administrateur de l'action collective. L'échelle des indemnisations avait été approuvée par le juge.

— Combien ? demanda MaryBeth apparemment plus préoccupée par l'argent que par l'état de santé de sa sœur qui semblait marmonner encore une prière.

— Compte tenu de l'âge de Nora, aux environs de cent mille dollars, répondit Oscar en oubliant de mentionner que le cabinet J. Clay Carter en prélèverait trente pour cent.

— Cent mille dollars ! s'écria Nora en se redressant.

— Oui, madame.

Comme un chirurgien avant une intervention de routine, Oscar avait appris à minimiser ses chances de réussite. En évitant de leur faire miroiter une somme mirobolante, elles supporteraient mieux le choc de la ponction des honoraires.

Nora se prit à rêver d'une caravane grande largeur

tandis que sa sœur imaginait un plein camion d'Ultra SlimFast. Oscar signa les derniers papiers et les remercia de leur visite.

— Quand aurons-nous l'argent ? demanda MaryBeth.

— Nous ? fit Nora.

— Dans les soixante jours, répondit Oscar en les accompagnant jusqu'à la porte.

Les dix-sept patients suivants avaient par malheur des lésions aortiques insuffisantes, mais il toucha le gros lot avec le dix-neuvième, un jeune homme qui fit monter la bascule à deux cent trente-trois kilos. Son échocardiogramme était magnifique : quarante pour cent d'insuffisance. Il avait pris du Skinny Ben pendant deux ans. Comme il n'avait que vingt-six ans, il lui en restait statistiquement trente et un à vivre, avec un cœur en piteux état. Son dossier valait au moins cinq cent mille dollars.

La fin de l'après-midi fut marquée par un fâcheux incident. Une jeune femme aux formes plantureuses s'en prit au Dr Livan quand il l'informa que son cœur allait très bien. Pas la moindre lésion. Elle avait entendu dire que Nora Tackett allait toucher cent mille dollars, on le lui avait assuré au salon de coiffure et, même si elle ne pesait pas autant que Nora, elle avait pris les mêmes pilules amaigrissantes et avait donc droit au même dédommagement.

— J'ai vraiment besoin de cet argent, déclarait-elle avec conviction.

Le Dr Livan s'excusait, mais rien n'y faisait. Il appela Oscar à la rescousse. Le ton montait, la jeune femme devenait vulgaire. Pour se débarrasser d'elle, Oscar promit de faire étudier attentivement son échocardiogramme par leur cardiologue.

— Nous ferons un second examen et les médecins de Washington réexamineront votre dossier, déclara-t-il, comme s'il savait de quoi il parlait.

Elle finit par se calmer et s'en alla.

Mais qu'est-ce que je fais ici ? se demandait Oscar. Il paraissait peu probable qu'un habitant de Larkin eût fait des études à Yale, mais il n'en était pas moins terrifié. Si on apprenait ce qu'il faisait, il serait perdu de réputation. Pense à l'argent, se répétait-il. Pense à l'argent.

Ils examinèrent trente et un utilisateurs du Skinny Ben à Larkin ; trois d'entre eux devinrent des clients. Oscar quitta la ville dans sa BMW et prit la route de Washington avec la perspective réjouissante de près de deux cent mille dollars d'honoraires. Une bonne journée. Sa prochaine expédition dans la cambrousse aurait lieu, toujours en secret, au plus profond de la Virginie-Occidentale. Il en avait une douzaine à son programme pour le mois à venir.

C'était un racket qui n'avait rien à voir avec l'exercice de sa profession. Aller chercher les clients, les faire signer, empocher l'argent et oublier au plus vite.

30.

Le 1er mai, Rex Crittle quitta les bureaux où il avait travaillé dix-huit ans et monta au quatrième étage pour prendre le poste de directeur financier du cabinet J. Clay Carter. Il n'avait pu refuser sa proposition alléchante. Le cabinet était en pleine prospérité, mais son développement se faisait d'une façon anarchique. Clay lui confia une large autorité et lui assigna un bureau proche du sien.

Crittle se réjouissait assurément de toucher un salaire confortable, mais il s'interrogeait sur celui des autres. Il estimait en son for intérieur que la plupart des employés étaient surpayés. Il y avait maintenant quatorze avocats qui gagnaient au moins deux cent mille dollars par an, vingt et un assistants à soixante-quinze mille dollars et vingt-six secrétaires à cinquante mille dollars – miss Glick en touchait pour sa part soixante mille. En ajoutant une douzaine d'employés subalternes à vingt mille dollars et quatre coursiers à quinze mille, on arrivait à soixante-dix-sept personnes, sans compter Clay et son directeur financier. Avec les à-côtés, la masse salariale s'élevait à huit millions quatre cent mille dollars et ne cessait de gonfler.

Le loyer mensuel se montait à soixante-douze mille dollars et les frais de bureau – matériel informatique, téléphones et autres – à quarante mille dollars. Le

Gulfstream – un énorme gaspillage, mais Clay ne pouvait s'en passer – coûtait au cabinet trois cent mille dollars par mensualité et trente mille pour le salaire des pilotes, les frais de maintenance et de hangar. Les revenus que Clay espérait de l'affrètement de l'appareil étaient encore inexistants, en grande partie parce qu'il n'avait pas envie que quelqu'un d'autre l'utilise.

D'après les chiffres que Crittle étudiait quotidiennement, les frais généraux s'élevaient à peu près à un million trois cent mille dollars par mois, soit quinze millions six cent mille par an. Il y avait de quoi glacer un comptable de terreur, mais, après les honoraires colossaux engrangés grâce au Dyloft, il n'était pas en position de se plaindre. Pas dans l'immédiat. Rex rencontrait Clay au moins trois fois par semaine et, à chaque observation sur des dépenses discutables, il s'entendait répondre : « Il faut dépenser pour gagner. »

Les dépenses ne manquaient pas. Si les frais généraux faisaient frémir Crittle, les frais de publicité et d'examens cliniques lui donnaient des ulcères. Pour le Maxatil, le cabinet avait englouti en quatre mois six millions deux cent mille dollars de publicité par la presse, la radio, la télévision et Internet. Il en avait fait la remarque. « On fonce ! avait répondu Clay. Je veux vingt-cinq mille clients ! » Le nombre de dossiers qui s'établissait aux environs de dix-huit mille était en constante augmentation.

Selon une lettre d'information publiée sur Internet, dont Crittle prenait quotidiennement connaissance, la raison pour laquelle le cabinet Carter rassemblait une telle quantité de clients pour le Maxatil était que peu d'autres avocats leur faisaient la chasse. Il avait préféré garder cela pour lui.

« Le Maxatil rapportera plus que le Dyloft, » répétait Clay pour motiver ses troupes. Et il semblait y croire dur comme fer.

Le Skinny Ben coûtait moins cher au cabinet, mais les dépenses s'accumulaient et les rentrées se faisaient attendre. Au 1er mai, ils avaient dépensé six cent mille dollars en publicité et à peu près autant en examens cliniques : le cabinet comptait cent cinquante clients. Oscar Mulrooney avait pondu une note dans laquelle il affirmait que chaque dossier valait en moyenne cent quatre-vingt mille dollars et prévoyait que le cabinet encaisserait des honoraires de l'ordre de neuf millions « dans les mois à venir ».

Cette perspective avait provoqué des frissons d'excitation dans les bureaux, mais l'attente devenait préoccupante. Le Skinny Ben n'avait pas encore rapporté un sou alors que les versements auraient dû être automatiques. Des centaines d'avocats étaient déjà sur le coup, ce qui avait évidemment conduit à de sérieuses complications. Les subtilités juridiques échappaient à Crittle, mais il apprenait. Il s'était déjà habitué aux dépenses colossales que n'équilibrait aucune rentrée d'honoraires.

Le lendemain de l'arrivée de Crittle, Rodney avait tiré sa révérence ; il n'y avait aucun lien de cause à effet entre les deux événements. Les poches pleines, Rodney partait s'installer dans les faubourgs de Washington où il venait d'acheter une belle maison dans une rue sûre, avec une église, une école et un jardin public à proximité immédiate. Peut-être chercherait-il du travail, mais pas dans l'immédiat. Oubliés les cours du soir à la fac de droit ! Avec son compte en banque bien garni, il n'avait pas véritablement de projets, juste la détermination d'être un bon père et un bon mari. Quelques heures avant de faire ses adieux au personnel, Rodney avait emmené Clay manger un morceau dans un petit restaurant du quartier. Ils avaient travaillé six ans ensemble, cinq à l'aide juridictionnelle, la dernière année dans le nouveau cabinet ; Rodney tenait à mettre son ami en garde.

— Ne dépense pas tout, Clay.

— Impossible. Il y en a trop.

— Ne fais pas de bêtises.

En vérité, le cabinet n'avait plus besoin de Rodney. Les diplômés de Yale et les autres avocats le traitaient avec déférence, essentiellement en raison de ses liens d'amitié avec Clay, mais il n'était qu'un assistant. Rodney, de son côté, n'avait plus besoin du cabinet. Il ne pensait qu'à protéger son argent et était secrètement horrifié de voir Clay claquer sa fortune. Il pensait que le gaspillage se paie tôt ou tard.

Jonah naviguait sur son bateau, Paulette se cachait à Londres et ne semblait pas pressée de revenir : fin de la belle équipe du départ. C'était triste, mais Clay avait trop à faire pour s'abandonner à la nostalgie.

Patton French avait décidé d'organiser une réunion du comité de pilotage ; les difficultés logistiques étaient telles qu'un mois de préparation fut nécessaire. Clay se demandait pourquoi ils ne pouvaient pas régler les choses par téléphone, fax, e-mail ou encore par l'intermédiaire de leurs secrétaires, mais French tenait à ce qu'ils passent une journée ensemble, tous les cinq dans la même pièce. Comme leur action collective avait été introduite à Biloxi, il voulait que tout le monde se retrouve là-bas.

Ridley était du voyage. Sa carrière de mannequin appartenait au passé : elle consacrait le plus clair de son temps au gymnase et le reste de la journée à faire des emplettes. Clay ne voyait rien à redire aux longues heures d'exercice physique, loin de là. Le shopping suscitait quelques inquiétudes, mais Ridley faisait preuve d'une grande modération. Elle pouvait passer une demi-journée à faire du lèche-vitrines et se contenter de quelques modestes achats.

Le mois précédent, au retour d'un long week-end à New York, Ridley avait passé la nuit dans la maison de Georgetown. Ce n'était ni la première ni, selon toute probabilité, la dernière. Rien n'avait été dit sur son installation, cela s'était fait tout seul. Clay avait constaté un beau jour que son peignoir, sa brosse à dents, ses produits de maquillage et sa lingerie étaient là, sans qu'il ait rien remarqué. Discrète, elle n'avait pas dit un mot là-dessus. Elle était restée trois nuits de suite, faisant en sorte de ne pas le gêner. Elle avait ensuite avoué d'une petite voix qu'elle avait besoin de rentrer chez elle ; ils ne s'étaient pas vus pendant deux jours et elle était revenue.

Jamais il n'avait été question de mariage, même si Ridley achetait assez de vêtements et de bijoux pour entretenir un harem. Ils ne semblaient ni l'un ni l'autre en quête d'une relation permanente. Ils appréciaient leur mutuelle compagnie, mais chacun restait à l'affût d'une aventure. Elle entretenait des mystères que Clay ne cherchait pas à percer. Elle était belle, facile à vivre, elle se débrouillait bien au lit et ne semblait pas courir après son argent. Mais elle avait des secrets.

Clay aussi avait son jardin secret. Jamais il ne l'aurait avoué à personne, mais, si Rebecca l'appelait au bon moment, il bazarderait tout sauf le Gulfstream et l'emmènerait au bout du monde.

En attendant, il se rendait à Biloxi avec Ridley qui, pour le voyage, avait choisi une minijupe en daim qui ne cachait pas grand-chose : aucune importance puisqu'ils étaient les deux seuls passagers à bord. Tandis qu'ils survolaient la Virginie-Occidentale, l'idée vint à Clay de la jeter sur le canapé et de passer à l'action. Il hésita un moment, puis renonça, en partie par frustration. Pourquoi était-il toujours le premier à entreprendre quelque chose ? Ridley était consentante, mais ne prenait jamais l'initiative.

Et il regarda en soupirant sa serviette bourrée de documents du comité de pilotage.

Une limousine les attendait à l'aéroport de Biloxi. Elle les conduisit à un port distant de quelques kilomètres où ils embarquèrent sur un hors-bord. Patton French passait la majeure partie de son temps sur son yacht qui mouillait au large, dans les eaux du golfe du Mexique. Il était entre deux épouses, pris dans la tourmente d'un méchant divorce. Son ex voulait la moitié de sa fortune et surtout elle voulait sa peau. La vie était beaucoup plus tranquille sur un bateau, comme il appelait son luxueux yacht de croisière de deux cents pieds.

Patton French les accueillit en bermuda, pieds nus. Wes Saulsberry et Damon Didier étaient déjà là, un verre à la main. Ils attendaient Carlos Hernandez d'un moment à l'autre. Pendant la visite rapide du navire commentée par French, Clay compta huit personnes en tenue de marin d'un blanc immaculé, prêtes à satisfaire le moindre de ses désirs. Le navire avait cinq niveaux, six salons, il avait coûté vingt millions et blablabla. Ridley se réfugia dans une cabine et entreprit de se changer.

Les hommes se retrouvèrent pour prendre un verre sur le pont supérieur. French annonça qu'il devait plaider quinze jours plus tard, ce qui lui arrivait peu souvent, les sociétés qu'il attaquait préférant vider leur bourse sans avoir à l'affronter devant un jury. Il affirma se faire une joie d'aller au prétoire et bassina tout le monde avec les détails de l'affaire pendant la première tournée de vodka.

French s'arrêta net, en plein milieu d'une phrase. Ridley venait d'apparaître sur un pont inférieur, seins nus et, à première vue, le reste aussi ; le bas, en réalité, était vaguement caché par une lanière de tissu. Les trois hommes se dressèrent d'un bond, le souffle coupé.

— Une Européenne, expliqua Clay, guettant chez ses confrères les signes annonciateurs d'un malaise cardiaque. Dès qu'elle est près de l'eau, elle enlève ses vêtements.

— Il faut lui acheter un bateau, déclara Saulsberry.

— J'ai une meilleure idée, glissa French, qui reprenait lentement ses esprits. Elle peut rester sur le mien.

Ridley leva les yeux, constata le trouble qu'elle avait causé et disparut. Tout le personnel du bord devait être dans son sillage.

— Où en étais-je ? fit Patton French, redevenu lui-même.

— Vous veniez de terminer votre histoire, s'empressa de répondre Damon Didier.

Un canot automobile s'approchait. C'était Carlos Hernandez, accompagné de deux jeunes femmes. Tout le monde monta à bord, French montra leur cabine à ses invités et Carlos rejoignit ses confrères sur le pont.

— Qui sont ces filles ? demanda Wes Saulsberry.

— Mes assistantes, répondit Carlos.

— J'espère que vous n'en ferez pas vos associées, glissa French.

Ils parlèrent femmes quelques minutes. Tous, à l'évidence, avaient été mariés plusieurs fois ; peut-être était-ce pour cela qu'ils continuaient à travailler si dur. Clay n'ouvrit pas la bouche, se contentant d'écouter.

— Où en êtes-vous avec le Maxatil ? demanda soudain Carlos. J'ai un millier de dossiers, mais je ne sais pas quoi en faire.

— Vous me demandez ce qu'il faut faire de vos clients ? s'étonna Clay.

— Combien en avez-vous ? lança French.

L'atmosphère avait changé du tout au tout : on parlait de choses sérieuses.

— Vingt mille, répondit Clay en gonflant à peine le chiffre.

En vérité, il ne savait pas exactement combien le cabinet avait rassemblé de clients.

— Je n'ai pas encore engagé une procédure, poursuivit Carlos. Le lien de causalité sera extrêmement difficile à établir.

Clay n'avait pas envie d'entendre cela une fois de plus. Depuis quatre mois il attendait qu'un autre spécialiste des actions collectives se joigne à lui pour lancer l'offensive contre le Maxatil.

— Décidément, reprit French, je ne sens pas cette affaire. J'ai parlé à Scotty Gaines, hier, à Dallas. Il a deux mille dossiers, mais ne sait pas non plus quoi en faire.

— Il est très difficile de s'appuyer sur une seule étude pour établir le lien de causalité, glissa Ramon Didier à l'intention de Clay. Cela ne me plaît pas non plus.

— Le problème, expliqua Carlos, est que les affections causées par le Maxatil dépendent d'un certain nombre de facteurs. J'ai fait étudier le médicament par quatre experts. Ils s'accordent à dire que lorsqu'un cancer du sein se déclare chez une femme sous Maxatil, il est impossible de lier la maladie au médicament.

— Il y a du nouveau chez Goffman ? demanda French.

Clay, qui était prêt à sauter par-dessus bord, avala une grande rasade de vodka en s'efforçant de prendre la contenance assurée de celui qui a l'adversaire à sa merci.

— Rien, répondit-il. La recherche de la preuve ne fait que commencer. Je crois que tout le monde attend Mooneyham.

— Je lui ai parlé hier, fit Saulsberry.

Même s'ils se méfiaient du Maxatil, ils continuaient de suivre de près l'évolution des choses. Clay avait déjà assez d'expérience pour savoir que leur hantise était de passer à côté du gros coup. Et l'affaire du Dyloft lui avait appris que le plus excitant était de lancer une attaque surprise qui prenait tout le monde au dépourvu.

Il ne savait pas encore ce que le Maxatil lui apprendrait, mais il voyait bien que les autres essayaient de lui tirer les vers du nez pour en savoir un peu plus. Comme les laboratoires Goffman étaient restés très évasifs depuis le déclenchement de la procédure, Clay n'avait rien à leur livrer en pâture.

— Je connais très bien Mooneyham, poursuivit Saulsberry. Nous avons travaillé ensemble il y a quelques années.

— C'est une grande gueule, observa French, comme si un hâbleur était une honte pour la profession

— Oui, mais il est très bon. Il n'a pas perdu un procès depuis vingt ans.

— Vingt et un, rectifia Clay. Il me l'a dit lui-même.

— Peu importe, coupa Saulsberry qui avait des nouvelles fraîches. Vous avez raison, Clay, tout le monde, y compris Goffman, a l'œil sur Mooneyham. Le procès est prévu pour septembre. S'il parvient à établir la responsabilité du laboratoire, il y a de fortes chances que Goffman accepte un plan national de dédommagement.

Mais si le jury donne raison au laboratoire, ce sera la guerre : ils ne verseront pas un sou, à personne.

— C'est la position de Mooneyham ? demanda French.

— Oui.

— Une grande gueule, vous dis-je.

— Non, objecta Carlos, j'ai une source qui dit exactement la même chose que Wes.

— Je n'ai jamais entendu parler d'un défendeur qui veut à toute force aller jusqu'au procès, déclara French.

— Ils n'ont pas froid aux yeux, chez Goffman, ajouta Damon Didier. Je les ai attaqués il y a quinze ans. Si on réussit à prouver leur responsabilité, ils acceptent une transaction honnête. Dans le cas contraire, on l'a dans l'os !

Clay eut de nouveau envie de se jeter par-dessus bord. Par chance, tout le monde oublia le Maxatil quand les deux assistantes cubaines firent leur apparition sur le pont inférieur, en tenue très légère.

— Des assistantes, vous êtes sûr ? lança French en se tordant le cou pour mieux voir.

— Laquelle est la vôtre ? demanda Saulsberry, à moitié levé.

— Faites votre choix, les gars, annonça Carlos. Ce sont des professionnelles, un cadeau que je vous fais. Il y en aura pour tout le monde.

À ces mots, un silence profond tomba sur le pont supérieur.

Une tempête se leva juste avant l'aube, troublant la tranquillité du yacht. French se réveilla avec une méchante gueule de bois et une Cubaine à ses côtés ; de son lit, il appela le capitaine pour lui donner l'ordre de gagner le port. Le petit déjeuner attendrait, mais personne n'avait vraiment faim. Le dîner avait traîné en longueur, avec des récits de hauts faits, des histoires cochonnes et, en fin de soirée, les inévitables prises de bec dues aux excès de table. Clay et Ridley s'étaient retirés de bonne heure, fermant à double tour la porte de leur cabine.

Sur le yacht au mouillage dans le port de Biloxi, à l'abri des éléments déchaînés, les membres du comité de pilotage réussirent à passer en revue tous les documents sur lesquels ils étaient censés faire le point. Il y avait des directives à adresser à l'administrateur de l'action collective et des signatures à apposer par dizaines sur les papiers. Quand tout fut terminé, Clay se sentait nauséeux. Il aspirait à retrouver le plancher des vaches.

Au milieu de toute la paperasse, figurait le dernier relevé des honoraires. Clay, ou plus précisément son cabinet, encaisserait sous peu un chèque de quatre millions de dollars supplémentaires. Il y avait de quoi se réjouir, mais Clay n'était pas sûr de voir la couleur de cet argent. Il servirait à combler en partie le gouffre des frais généraux, d'une manière très provisoire.

Cela lui permettrait au moins de ne plus avoir Rex Crittle sur le dos pendant quelques semaines. Le directeur financier errait comme une âme en peine dans les couloirs du cabinet, dans l'attente de rentrées d'argent.

Plus jamais ça ! se jura-t-il en descendant du yacht. Plus jamais il ne se laisserait retenir pour la nuit sur un bateau avec des gens qu'il n'aimait pas. La limousine les reconduisit à l'aéroport et le Gulfstream les emmena à tire-d'aile vers les Antilles.

31.

Ils avaient la villa pour une semaine, mais Clay ne pensait pas pouvoir rester si longtemps loin du cabinet. Nichée à flanc de colline, elle dominait le port de Gustavia où la circulation automobile, les groupes de touristes et les allées et venues de bateaux de toute sorte créaient une animation continue. Ridley l'avait trouvée dans un catalogue de locations de luxe. C'était une belle construction : architecture traditionnelle des Antilles, toit rouge, longs porches et vérandas. Il y avait des chambres et des salles de bains à ne savoir qu'en faire, un cuisinier, deux bonnes et un jardinier. Ils déballèrent rapidement leurs affaires et Clay commença à feuilleter des brochures d'agences immobilières qu'un précédent locataire avait laissées dans la chambre.

Son premier contact avec une plage naturiste fut une immense déception. La première femme nue sur laquelle se posa son regard était une grand-mère à la peau fripée qui aurait mieux fait de rester couverte. Son mari vint la rejoindre, ventripotent, les fesses brûlées par le soleil ; le nudisme aurait pu trouver meilleurs défenseurs. Ridley, elle, était dans son élément. Tandis qu'elle allait et venait le long de la grève, les cous se tordaient sur son passage. Au bout de deux heures sur le sable, ils quittèrent la plage pour aller faire un repas fabuleux dans un restaurant français. Tous les bons restaurants étaient français et il y en avait partout dans l'île.

Il faisait chaud, ce n'était pas la meilleure saison mais personne n'en avait informé les touristes. Ils occupaient toute la largeur des trottoirs, obstruaient l'entrée des boutiques, encombraient les rues dans leurs Jeep et autres voitures de location. Il y avait aussi de l'animation sur l'eau où les petits bateaux de pêche manœuvraient autour des yachts des célébrités.

Contrairement à Moustique, privée, retirée, Saint-Barthélemy était trop construite, trop fréquentée. Elle n'en avait pas moins beaucoup de charme. Les deux îles plaisaient beaucoup à Clay. Ridley, qui manifestait un vif intérêt pour l'immobilier, préférait Saint Barth pour les courses et la nourriture. Elle aimait la ville : voir des gens, sentir des regards sur elle.

Le troisième jour, Clay enleva sa montre et s'allongea dans un hamac, sous le porche. Ridley passait de longues heures à lire et à regarder des cassettes de vieux films. L'ennui les guettait quand Jarrett Carter fit son entrée dans le port de Gustavia à la barre de son magnifique catamaran. Clay attendait son père en buvant un soda à la terrasse d'un café, près du quai.

L'équipage du catamaran était composé d'une Allemande d'une quarantaine d'années, aux jambes aussi longues que celles de Ridley, et d'un vieil Écossais malicieux du nom de MacKenzie, l'instructeur de voile. Jarrett présenta l'Allemande, Irmgard, sans préciser si elle était sa maîtresse ou un simple membre de son équipage. Clay fit monter tout le monde dans sa Jeep et prit la route de la villa. Après une douche interminable, ils le rejoignirent sous le porche pour prendre un verre en regardant le soleil disparaître au-dessous de l'horizon. MacKenzie, qui avait forcé sur le bourbon, ne tarda pas à s'affaler dans un hamac où il se mit à ronfler.

Les affaires n'allaient pas très fort. Le catamaran ne se louait pas mieux que le Gulfstream : quatre fois seulement en six mois. Le plus long voyage avait été un aller et retour Nassau-Aruba, une croisière de trois semaines avec un couple de retraités anglais qui avait rapporté trente mille dollars. Le plus court un saut de puce jusqu'à la Jamaïque, au cours duquel ils avaient failli perdre le bateau dans un coup de chien. MacKenzie leur avait sauvé la mise. Au large de Cuba, ils avaient croisé la route de pirates. Et les anecdotes se succédaient.

Jarrett, comme Clay l'avait prévu, se toqua de Ridley ; il était très fier de son fils. Irmgard restait muette et se contentait apparemment de contempler les lumières de Gustavia en buvant et en fumant.

Bien après le dîner, quand les femmes se furent retirées dans leur chambre, Jarrett et Clay s'installèrent sous un autre porche pour prendre un dernier verre.

— Où as-tu trouvé cette fille ? demanda Jarrett.

Clay lui raconta l'histoire dans les grandes lignes. Ils vivaient plus ou moins ensemble, mais ni l'un ni l'autre n'avait jamais exprimé le désir d'une relation permanente. Irmgard aussi ne faisait que passer.

Sur le plan professionnel, Jarrett avait une multitude de questions. La croissance sans fin du cabinet de Clay l'alarmait ; il se sentait obligé de donner des conseils sur la meilleure manière de gérer ce développement. Clay écouta patiemment. Le catamaran était équipé d'un ordinateur avec accès Internet ; Jarrett avait suivi l'affaire Maxatil et savait que la presse était tombée à bras raccourcis sur son fils. Quand Clay indiqua qu'il avait vingt mille clients, Jarrett trouva que c'était beaucoup trop pour un seul cabinet.

— Tu ne comprends pas le principe des actions collectives, objecta Clay.

— Je comprends que tu t'exposes beaucoup, répliqua Jarrett. Quelle est ta couverture pour faute professionnelle ?

— Dix millions.

— Pas suffisant.

— La compagnie d'assurances n'a pas voulu aller au-delà. Détends-toi, papa, je sais ce que je fais.

Devant la réussite de son fils, Jarrett n'avait pas d'autres arguments. L'argent que gagnait Clay lui donnait la nostalgie du bon vieux temps des prétoires. Il entendait encore la voix lointaine du premier juré prononcer les mots magiques : « Votre Honneur, le jury se prononce en faveur du plaignant et lui accorde des dommages-intérêts d'un montant de dix millions de dollars. » Il serrait le plaignant dans ses bras, adressait quelques paroles aimables à l'avocat de la défense et quittait la salle d'audience avec une nouvelle victoire.

Il y eut un long silence ; les deux hommes avaient sommeil. Jarrett se leva et fit quelques pas sous le porche.

— T'arrive-t-il de penser à ce jeune homme que tu avais été désigné pour défendre ? demanda-t-il sans se retourner, le regard perdu au loin. Tu sais, celui qui a abattu un pauvre garçon sans savoir pourquoi ?

— Tequila ?

— C'est ça. Tu m'as parlé de lui à Nassau, quand nous avons acheté le bateau.

— Oui, je pense à lui de temps en temps.

— Bien. L'argent n'est pas tout, Clay.

Sur ces mots, Jarrett Carter alla se coucher.

Le tour de l'île à la voile prit la majeure partie de la journée. Le capitaine semblait comprendre le fonctionnement du catamaran et le réglage des voiles, mais, sans MacKenzie, ils auraient pu dévier vers le large et se perdre. Jarrett faisait son possible, mais il était trop distrait par Ridley, qui passait le plus clair de son temps à se dorer au soleil dans le plus simple appareil ; il ne pouvait détacher les yeux de la jeune femme. MacKenzie non plus, mais il aurait régaté même en dormant.

Ils déjeunèrent dans une crique abritée, sur la côte nord de l'île. Aux abords de Saint-Martin, Clay prit la barre tandis que son père se jetait sur les bières. Pendant près de huit heures, Clay avait été au bord de la nausée ; jouer au skipper ne fit rien pour améliorer son état. La vie sur un bateau n'était décidément pas son truc. Insensible à l'appel du large, il rendrait tripes et boyaux sur toutes les mers du globe. Il préférait l'avion.

Après deux nuits à terre, Jarrett était prêt à reprendre la mer. Dès le lendemain matin, le catamaran sortit au moteur du port de Gustavia, sans destination précise. Du quai, Clay entendit au loin son père et MacKenzie se chamailler.

Il n'avait jamais très bien compris pour quelle raison l'agent immobilier avait franchi la porte de la villa. Il avait trouvé à son retour une charmante Française en train de papoter sous le porche avec Ridley en prenant un café. Elle indiqua qu'elle passait par là et qu'elle s'était arrêtée un moment pour s'assurer que la maison leur donnait satisfaction. Celle-ci appartenait à des clients de l'agence, un couple de Canadiens en instance de divorce. Qu'en pensait-il ?

— C'est parfait, répondit Clay en s'asseyant. Une maison magnifique.

— Une merveille, insista la Française. Une de nos plus belles propriétés. Je disais justement à Ridley qu'elle a été construite il y a quatre ans pour ces Canadiens d'Ottawa. Ils n'ont dû venir que deux fois. Lui a fait de mauvaises affaires, elle est sortie avec son médecin, plus rien n'allait. Alors, ils ont mis la villa en vente, à un prix très raisonnable.

Clay surprit un regard de connivence de Ridley ; il posa la question que tout le monde attendait.

— Combien ?

— Trois millions de dollars seulement. Ils en demandaient cinq, mais, pour ne rien vous cacher, le marché est hésitant en ce moment.

Après le départ de l'agent immobilier, Ridley sauta sur lui. Elle n'était pas du matin mais elle y mit tout son cœur. Rebelote, l'après-midi. Tout le long du dîner dans un bon restaurant, elle se montra caressante. La séance nocturne commença dans la piscine, se poursuivit dans le jacuzzi et connut son apothéose dans la chambre. Le lendemain matin, après une nuit des plus courtes, l'agent immobilier était de retour.

Clay était épuisé et n'avait pas vraiment envie de faire une nouvelle acquisition. Mais Ridley voulait la villa plus qu'elle n'avait jamais voulu autre chose : il l'acheta. Le prix était dans le bas de la fourchette ; il faisait une affaire ; le marché allait se redresser ; il pourrait toujours la revendre avec un bénéfice.

Pendant qu'ils signaient les papiers, Ridley prit Clay à part pour lui demander s'il ne serait pas judicieux de mettre la maison à son nom, pour des raisons fiscales. Elle en savait aussi long sur le code des impôts français et américain que lui sur les droits de succession en Géorgie, s'il y en avait.

— Non, répondit-il avec fermeté. Cela ne marchera pas, pour des raisons fiscales.

Elle parut blessée mais s'en remit rapidement. Clay se rendit dans une banque de Gustavia, seul, et fit virer l'argent d'un compte offshore. C'est seul aussi qu'il alla chez le notaire.

— J'aimerais rester quelque temps, glissa Ridley tandis qu'ils se prélassaient sous le porche pour leur dernier après-midi.

Clay avait prévu de partir le lendemain ; il avait supposé qu'elle l'accompagnerait.

— Je voudrais arranger la villa, reprit-elle. Voir un décorateur et me détendre ici pendant une semaine.

Pourquoi pas ? se dit Clay. Maintenant que cette maison est à moi, autant que quelqu'un en profite.

Il rentra seul à Washington et, pour la première fois depuis plusieurs semaines, apprécia la solitude de la maison de Georgetown.

Depuis plusieurs jours, Joel Hanna envisageait un numéro en solo : lui, tout seul, d'un côté, face à une petite armée d'avocats de la partie adverse, flanqués de leurs assistants. Il présenterait le plan de sauvetage de la société ; il n'avait besoin de personne à ses côtés, puisqu'il l'avait élaboré lui-même.

Mais Babcock, l'avocat de la compagnie d'assurances, tenait à être présent. Son client était couvert à hauteur de cinq millions et Joel ne pouvait l'empêcher de l'accompagner.

Ils entrèrent ensemble dans l'immeuble de Connecticut Avenue. L'ascenseur s'arrêta au quatrième étage et ils pénétrèrent dans les luxueux bureaux du cabinet J. Clay Carter. Le logo JCC s'étalait en hautes lettres de bronze sur un mur qui semblait être en merisier, peut-être en acajou. Dans l'entrée, le mobilier aux lignes pures venait d'Italie. Derrière un bureau en verre et acier chromé, une blonde avenante les accueillit avec le sourire et indiqua un bureau au début du couloir. Un avocat du nom de Wyatt leur ouvrit la porte, s'effaça pour les laisser entrer et fit les présentations à un petit groupe de gens déjà installé. Pendant que Joel Hanna et Babcock déballaient leurs affaires, une autre gracieuse jeune femme vint leur demander s'ils désiraient boire quelque chose. Ils commandèrent un café qu'elle servit dans des tasses de porcelaine portant le logo JCC. Quand tout le monde fut prêt, Wyatt se tourna vers un assistant.

— Dites à Clay que nous sommes tous là, ordonna-t-il sèchement.

Dans un silence gêné, tout le monde attendit l'arrivée de JCC. Il entra sans frapper, en manches de chemise, parlant à une secrétaire par-dessus son épaule, offrant l'image d'un homme très occupé. Il s'avança vers Joel Hanna et Babcock, et se présenta, comme si tout le monde était là de son plein gré et s'apprêtait à œuvrer pour le bien commun. Puis il passa de l'autre côté du bureau et prit place au milieu de son équipe, tel un souverain entouré de sa cour.

Joel Hanna ne put s'empêcher de penser que cet homme avait gagné cent millions de dollars en un an.

Babcock se disait la même chose, mais il y ajoutait *in petto* que Clay Carter, à ce qu'on racontait, n'avait jamais plaidé dans un procès au civil. Il avait côtoyé des drogués pendant cinq ans en qualité d'avocat au criminel, mais n'avait jamais demandé un dollar de dommages-intérêts à un jury. Derrière la mise en scène, Babcock croyait percevoir des signes de nervosité.

— Vous avez dit que vous aviez un plan, commença JCC. Je vous écoute.

Le plan était simple. La société Hanna reconnaissait

avoir fabriqué un lot défectueux de ciment Portland. Pour cette raison, il était nécessaire de reprendre la maçonnerie de briques d'un nombre à déterminer de maisons individuelles de la région de Baltimore. Un fonds d'indemnisation serait créé pour dédommager les propriétaires sans étrangler la société Hanna. Le plan était effectivement des plus simples, mais il fallut une demi-heure à Joel pour l'exposer.

Babcock s'exprima pour le compte de la compagnie d'assurances. Il reconnut l'existence d'une couverture de cinq millions de dollars, un chiffre qu'il n'avait pas coutume de dévoiler si tôt dans le déroulement d'une négociation. L'assurance et la société Hanna constitueraient un fonds d'indemnisation.

Joel Hanna expliqua ensuite que sa société était à court de liquidités mais qu'elle était disposée à emprunter lourdement pour dédommager les victimes.

— Nous avons commis une erreur et nous voulons la réparer, affirma-t-il.

— Avez-vous le compte exact des habitations en cause ? demanda JCC.

Tout son entourage prit fébrilement des notes.

— Neuf cent vingt-deux, répondit Joel. Nous avons vu les grossistes, puis les entrepreneurs et enfin les sous-traitants. Je pense que le chiffre est assez précis, avec une marge d'erreur de cinq pour cent.

JCC griffonna quelque chose sur son calepin, puis il releva la tête.

— En admettant qu'une somme de vingt-cinq mille dollars permette de dédommager convenablement chacune des victimes, nous arrivons à un total de vingt-trois millions de dollars.

— Nous sommes certains que la remise en état de chaque maison coûtera moins de vingt mille dollars.

— Nous avons ici les déclarations de quatre sous-traitants en maçonnerie du comté de Howard, poursuivit Clay en prenant le document que lui tendait un assistant. Chacun d'eux s'est rendu sur place pour constater les dégâts et chacun a établi un devis. Le plus bas s'élève à dix-huit mille neuf cents dollars, le plus haut à vingt et un mille cinq cents. La moyenne est de vingt mille.

— J'aimerais jeter un coup d'œil à ces devis.

— Plus tard, peut-être. D'autres dommages doivent être pris en compte. Il convient de verser une compensation aux propriétaires pour la gêne occasionnée, le trouble de jouissance, leur frustration et leur détresse. Un de nos clients souffre de terribles maux de tête provoqués par cette situation. Un autre a perdu l'occasion de vendre sa maison à un bon prix à cause de la malfaçon.

— Nous avons fait des devis qui tournent autour de douze mille dollars, insista Joel.

— Il n'est pas question de régler ces dossiers à douze mille dollars, déclara JCC, avec l'approbation unanime de son camp.

Quinze mille dollars étaient un compromis honnête pour les travaux de réparation ; mais, à ce prix-là, quand JCC en aurait prélevé le tiers, il ne resterait que dix mille dollars pour les clients. Avec dix mille dollars, on pouvait retirer les anciennes briques et en faire livrer de nouvelles sur le chantier, mais il n'y aurait pas de quoi payer les maçons pour terminer le travail. Avec dix mille dollars, la situation serait encore pire : la maison dénudée jusqu'au Placoplâtre, des matériaux entassés dans la cour, des palettes de briques neuves sur le chantier, mais personne pour les poser.

Neuf cent vingt-deux dossiers à cinq mille dollars : quatre millions six cent mille dollars d'honoraires.

Clay fit rapidement le calcul, s'étonnant de sa facilité à jongler avec les zéros. Quatre-vingt-dix pour cent de cette somme lui reviendraient ; il verserait le reste à une poignée d'avocats qui avaient pris le train en marche. Une belle opération. Cela lui permettrait de couvrir l'achat de la maison de Saint-Barthélemy où Ridley prolongeait son séjour. Après impôts, il ne resterait pas grand-chose.

À quinze mille dollars par client, la société Hanna s'en sortirait. Aux cinq millions de la compagnie d'assurances représentée par Babcock, Hanna était en mesure d'ajouter deux millions de fonds propres. Une cagnotte de quinze millions était nécessaire pour faire face à toutes les plaintes potentielles. Les huit millions manquants pouvaient être empruntés à des banques de Pittsburgh. Joel Hanna et Babcock gardèrent cela pour eux ; c'était la première réunion, ils n'avaient pas à abattre leurs cartes.

Tout allait dépendre de la somme que JCC voulait s'adjuger. Il pouvait négocier une transaction équitable, réduire son pourcentage en empochant quand même plusieurs millions, protéger ses clients, permettre à une société saine et solidement implantée de poursuivre son activité et se prévaloir d'une nouvelle victoire.

Il pouvait aussi choisir une ligne dure et tout le monde en subirait les conséquences.

32.

À l'interphone, miss Glick avait la voix chevrotante.

— Deux hommes demandent à vous voir, Clay. Ils sont du FBI.

Ceux qui débutent dans l'univers des actions collectives sont souvent en proie au doute, comme si ce qu'ils font pouvait être, d'une certaine manière, illégal. À la longue, ils s'endurcissent et finissent par se croire blindés. Clay eut un haut-le-corps en entendant les initiales FBI, puis rit de sa propre lâcheté. Il n'avait rien fait de mal.

Ils semblaient sortir tout droit d'un film policier : deux jeunes agents soignés de leur personne, présentant leur badge à bout de bras et cherchant à impressionner tout le monde. Le Noir s'appelait Spooner, le Blanc Lohse. Ils déboutonnèrent leur veston d'un même mouvement et prirent place dans un fauteuil du bureau de Clay.

— Connaissez-vous un homme répondant au nom de Martin Grace ? demanda Spooner.

— Non.

— Mike Packer ? fit Lohse.

— Non.

— Nelson Martin ?

— Non.

— Max Pace ?

— Oui.

— C'est une seule et même personne, expliqua Spooner. Savez-vous où il se trouve ?

— Non.

— Quand l'avez-vous vu pour la dernière fois ?

Clay s'avança vers son bureau, prit un agenda et retourna s'asseoir. Il essayait de gagner du temps pour mettre de l'ordre dans ses idées. Rien ne l'obligeait à répondre à leurs questions. Il pouvait, quand bon lui semblerait, les prier de se retirer et de ne revenir que lorsqu'il serait assisté d'un avocat. S'ils abordaient le sujet du Tarvan, il mettrait fin à l'entretien.

— Je ne sais pas exactement, fit-il en tournant les pages. Il y a plusieurs mois ; ce devait être vers la mi-février.

Lohse prenait les notes, Spooner posait les questions.

— Où l'avez-vous vu ?

— À son hôtel, pour dîner.

— Quel hôtel ?

— Je ne sais plus. Pourquoi vous intéressez-vous à Max Pace ?

Les deux hommes échangèrent un regard furtif.

— Nous travaillons dans le cadre d'une enquête de la SEC, le gendarme de la Bourse, comme vous le savez. Pace est soupçonné d'infractions sur des opérations en Bourse, de délit d'initié. Que savez-vous sur lui ?

— Pas grand-chose. Il est toujours resté très vague sur son passé.

— Dans quelles circonstances avez-vous fait sa connaissance ?

— Disons que nous étions en relation d'affaires, répondit Clay en lançant l'agenda sur la table basse.

— La plupart de ses relations d'affaires finissent en prison. Vous feriez mieux de trouver autre chose.

— Restons-en là pour l'instant. Que voulez-vous ?

— Nous interrogeons des témoins. Nous savons que Pace a passé un certain temps à Washington et qu'il vous a rendu visite à Moustique pendant les vacances de Noël. Nous savons aussi qu'en janvier il a vendu à découvert un paquet d'actions Goffman à soixante-deux dollars vingt-cinq, la veille du jour où vous avez déposé votre plainte. Il les a rachetées à quarante-neuf, empochant au passage plusieurs millions. Nous pensons qu'il a eu accès à un rapport confidentiel sur le Maxatil, un médicament fabriqué par les laboratoires Goffman et qu'il s'est servi de ces informations pour commettre une infraction sur des opérations en Bourse.

— Autre chose ?

Lohse cessa de prendre des notes et leva la tête vers Clay.

— Avez-vous opéré à découvert sur des actions Goffman avant de déposer votre plainte ?

— Non.

— Avez-vous déjà détenu des actions Goffman ?

— Non.

— Des membres de votre famille, des associés de votre cabinet, des sociétés écrans, des fonds placés à l'étranger, dont vous avez le contrôle ?

— La réponse est toujours non.

Lohse glissa son stylo dans sa poche. Un bon flic sait faire court pour un premier contact. Il faut laisser mariner le témoin/suspect ; peut-être fera-t-il une bêtise. La visite suivante serait beaucoup plus longue.

Ils se levèrent et se dirigèrent vers la porte.

— Si vous avez des nouvelles de Pace, nous aimerions en être informés, lança Spooner par-dessus son épaule.

— N'y comptez pas, répondit Clay.

Jamais il ne trahirait Pace ; ils partageaient trop de secrets.

— Bien sûr que nous y comptons, Me Carter. La prochaine fois, nous parlerons des laboratoires Ackerman.

Au bout de deux ans de transactions, après avoir déboursé huit millions de dollars d'indemnités, Healthy Living jeta l'éponge. Le laboratoire estimait avoir fait la preuve de sa bonne foi pour remédier à la catastrophe. Il s'était vaillamment efforcé de dédommager le demi-million de victimes qui avaient fait confiance à la publicité pour l'amaigrissant Skinny Ben. Il avait patiemment résisté aux assauts furieux des requins.

Sa réputation en miettes, au bord du gouffre, la société continuait d'être pilonnée et n'en pouvait plus. Le coup de grâce fut porté par deux actions collectives douteuses introduites par des avocats encore plus douteux, représentant plusieurs milliers de « patients » qui avaient pris du Skinny Ben sans souffrir d'effets secondaires nocifs. Ils demandaient des millions de dollars de dommages-intérêts simplement parce qu'ils avaient pris le médicament, qu'ils s'inquiétaient, qu'ils risquaient de s'inquiéter dans l'avenir et de compromettre un équilibre psychique déjà fragile.

Healthy Living choisit la solution de la faillite ; trois de ses divisions étaient à vendre et la cessation des activités était proche. L'affaire s'achevait sur un pied de nez aux avocats et à tous leurs clients.

Ce fut une surprise pour la communauté financière et un véritable choc pour les spécialistes des actions collectives : ils avaient fini par tuer la poule aux œufs d'or. Quand Oscar Mulrooney apprit la nouvelle sur Internet, il se boucla dans son bureau. Sous l'impulsion de Mulrooney le visionnaire, le cabinet avait englouti deux millions deux cent mille dollars en publicité et dépistage, des opérations qui lui avaient apporté à ce jour deux cent quinze clients. Le montant moyen de l'indemnisation étant de cent quatre-vingt mille dollars, ces clients représentaient quinze millions d'honoraires, sur lesquels devait être calculée sa prime de fin d'année tant attendue.

Au cours des trois derniers mois, il n'avait pas réussi à faire approuver ses demandes d'indemnisation par l'administrateur de l'action collective. Il y avait des rumeurs de dissensions entre les innombrables avocats et les associations de consommateurs. Certains avaient des difficultés à obtenir l'argent censé être disponible.

Le front moite de sueur, il passa une heure au téléphone, à appeler des confrères participant à l'action collective et à essayer de joindre l'administrateur, puis le juge. Ses pires craintes furent confirmées par un avocat de Nashville qui avait déposé plusieurs centaines de dossiers avant les siens.

— Nous l'avons dans l'os. Le montant des dettes d'Healthy Living représente quatre fois la valeur de l'actif et il n'y a plus d'argent dans les caisses. Nous sommes baisés.

Oscar essaya de se ressaisir. Il arrangea sa cravate, boutonna ses manches de chemise, mit son veston et alla annoncer la nouvelle à Clay.

Une heure plus tard, il rédigea une lettre destinée à ses deux cent quinze clients. Il ne leur donnait pas de faux espoirs ; la situation paraissait très sombre. Le cabinet suivrait de près l'évolution des choses et rechercherait des dédommagements par tous les moyens.

Mais il n'y avait guère de raisons d'être optimiste.

Nora Tackett reçut sa lettre le surlendemain. Le facteur la connaissait ; il savait qu'elle avait changé d'adresse. Elle vivait maintenant dans une caravane toute neuve, plus près de la ville. Elle était chez elle, comme d'habitude, sans doute en train de regarder un feuilleton à l'eau de rose sur son téléviseur grand écran en grignotant des cookies. Il glissa la lettre en provenance d'un cabinet juridique, trois factures et quelques prospectus dans sa boîte. Nora recevait beaucoup de courrier des avocats de Washington ; tout le monde à Larkin savait pourquoi. On avait d'abord murmuré que le chèque qu'elle attendait du fabricant de la pilule amaigrissante était de cent mille dollars, mais elle avait donné à entendre à la banque qu'il pourrait être plus près de deux cent mille. Le chiffre avait encore gonflé au gré des commérages.

Earl Jeter lui avait vendu la caravane car il avait entendu dire qu'elle devait toucher près d'un demi-million et que cela n'allait pas traîner.

Le facteur savait que cet argent était une source de problèmes pour Nora. Tous les Tackett du comté l'appelaient pour lui demander de payer la caution de membres de la famille fraîchement arrêtés. Ses enfants, du moins ceux qu'elle élevait, se faisaient charrier à l'école à cause de leur mère qui était si grosse et si riche. Leur père, qui n'avait pas mis les pieds dans le coin depuis deux ans, était revenu à Larkin. Il racontait chez le coiffeur que Nora était la plus gentille de ses diverses épouses. Le père de Nora avait menacé de le tuer ; une raison de plus pour qu'elle reste enfermée dans sa caravane.

Mais la plupart des factures n'avaient pas été réglées. Le bruit courait que, le vendredi précédent, quelqu'un de la banque avait avoué qu'il n'y avait aucun signe d'un règlement imminent. Où était l'argent de Nora ? Telle était la grande question qui agitait la ville de Larkin. La réponse se trouvait peut-être dans cette enveloppe.

Elle sortit une heure plus tard, après s'être assurée qu'il n'y avait personne à proximité. Elle prit le courrier dans la boîte, regagna en hâte l'abri de la caravane. Ses coups de téléphone à Me Mulrooney restèrent sans réponse : sa secrétaire prétendait qu'il était absent.

La rencontre eut lieu en début de soirée, au moment où Clay s'apprêtait à quitter son bureau. Elle commença par une mauvaise nouvelle et les choses ne firent qu'empirer.

Crittle entra, le visage fermé.

— Notre assureur nous notifie qu'il résilie notre contrat responsabilité civile professionnelle, annonça-t-il tout de go.

— Quoi ? s'écria Clay.

— Vous avez entendu.

— Pourquoi me dites-vous ça maintenant ? Je suis en retard pour mon dîner.

— Nous avons discuté toute la journée au téléphone.

Un silence pendant que Clay lançait sa veste sur le canapé et s'avançait vers la fenêtre.

— Pour quelle raison ?

— Ils ont étudié le fonctionnement du cabinet et n'ont pas aimé ce qu'ils ont vu. Ils sont effrayés par les vingt-quatre mille dossiers Maxatil : trop de risques si les choses ne se passent pas comme prévu. Leurs dix millions de couverture ne représenteraient qu'une goutte d'eau dans la mer ; ils préfèrent quitter le navire.

— Ils ont le droit de faire ça ?

— Bien sûr. Une compagnie d'assurances est en droit de résilier un contrat quand bon lui semble. Il y aura des frais de dédit, mais l'indemnité sera minime. Nous n'avons plus de couverture, Clay.

— Nous n'en avons pas besoin.

— J'entends bien, mais je suis inquiet.

— Vous l'étiez aussi pour le Dyloft, si j'ai bonne mémoire.

— J'avais tort.

— Eh bien, mon cher Rex, vous avez tort pour le Maxatil aussi. Quand Me Mooneyham en aura terminé avec Goffman à Flagstaff, ils chercheront à tout prix à négocier. Ils sont déjà en train de mettre des milliards de côté en prévision de l'action collective. Avez-vous la moindre idée de ce que ces vingt-quatre mille dossiers peuvent nous rapporter ? Dites un chiffre !

— Étonnez-moi.

— Près de un milliard de dollars, Rex. Et Goffman peut payer.

— Je reste inquiet. Imaginez que cela se passe mal...

— Ayez confiance, mon vieux. Il faut du temps pour que ces procédures aboutissent. Le procès à Flagstaff est prévu pour septembre. Quand ce sera fini, l'argent rentrera à flots.

— Nous avons déjà dépensé huit millions en publicité et en dépistage. Pourrions-nous au moins lever le pied ? Pourquoi ne pouvez-vous considérer que vingt-quatre mille clients suffisent ?

— Parce que cela ne suffit pas.

Avec un sourire, Clay reprit sa veste, donna une tape amicale à Rex Crittle et partit dîner.

Il devait retrouver un vieux copain de fac, avec qui il avait partagé un appartement. Le rendez-vous était à 20 h 30, au grill Old Ebbitt, dans la 15e Rue. Il attendit près d'une heure au bar, avant que son portable sonne. Le copain était retenu par une réunion dont il ne voyait pas la fin. Les excuses habituelles.

En se dirigeant vers la sortie, Clay jeta un coup d'œil

dans le restaurant et vit Rebecca en train de dîner avec deux jeunes femmes. Il repartit vers le bar, se jucha sur son tabouret et commanda une autre bière blonde. Il avait follement envie de lui parler mais ne voulait à aucun prix avoir l'air de s'imposer. Se rendre aux toilettes était une bonne solution.

Quand il passa devant sa table, Rebecca leva la tête et sourit immédiatement. Elle présenta Clay à ses deux amies ; il expliqua qu'il attendait au bar un vieux copain avec qui il devait dîner. L'autre était en retard. Il ne savait pas quand il arriverait. Excusez-moi de vous avoir dérangées. Il faut que je file. Ravi de vous avoir rencontrées.

Un quart d'heure plus tard, Rebecca entra dans le bar et vint s'asseoir près de lui. Très près.

— Je ne peux rester qu'une minute, fit-elle en indiquant de la tête la salle de restaurant. Elles attendent.

— Tu as l'air en pleine forme, fit Clay en se retenant pour ne pas la prendre par la taille.

— Toi aussi.

— Où est Myers ?

Elle haussa les épaules en signe d'indifférence.

— Il travaille. Il travaille toujours.

— Et la vie conjugale ?

— Une grande solitude, répondit-elle en détournant la tête.

Clay prit une gorgée de bière. Si elle n'avait pas été dans ce bar bondé, avec ses amies qui l'attendaient à côté, elle aurait ouvert son cœur. Elle avait tellement de choses à dire.

Son mariage était un échec. Clay fit un effort surhumain pour ne pas sourire.

— Je t'attends encore, fit-il.

Quand Rebecca se pencha pour lui poser un baiser sur la joue, elle avait les larmes aux yeux. Elle sortit sans se retourner.

33.

Ted Worley s'était assoupi. Quand il ouvrit les yeux, les Washington Orioles étaient menés de six points. Il se demanda s'il valait mieux aller aux toilettes tout de suite ou attendre le prochain tour de batte. Il avait dormi une heure, ce qui n'était pas dans ses habitudes ; sa sieste quotidienne, à 14 heures précises, lui suffisait. Le jeu des Orioles n'avait rien d'excitant, mais de là à s'endormir...

Depuis le cauchemar du Dyloft, il épargnait sa vessie. Pas trop de liquides, pas de bière du tout. Dès qu'il avait besoin d'aller aux toilettes, il n'attendait pas. Quelle importance s'il ratait deux ou trois lancers ? Il se dirigea vers la petite salle de bains attenante à la chambre, où son épouse, installée sur son rocking-chair, faisait sa tapisserie au point de croix, une occupation à laquelle elle consacrait le plus clair de ses journées. Il ouvrit sa braguette et commença à uriner. Une légère sensation de brûlure lui fit baisser la tête ; il faillit tourner de l'œil.

Son urine avait la couleur de la rouille, un liquide rouge-brun. Il étouffa un cri, s'appuya d'une main au mur. Quand il eut fini, il ne tira pas la chasse. Il s'assit sur le siège des toilettes et resta plusieurs minutes, essayant de se ressaisir.

— Qu'est-ce que tu fabriques là-dedans ? s'écria sa femme.

— Occupe-toi de tes affaires !

— Tout va bien, Ted ?

— Oui, oui.

C'était un mensonge. Il souleva le couvercle, se pencha de nouveau sur le liquide à l'aspect si inquiétant et se décida enfin à tirer la chasse. De retour dans le salon, il vit que les Orioles avaient maintenant huit points de retard, mais l'issue de la rencontre n'avait plus aucune importance. Après avoir avalé trois verres d'eau, il descendit furtivement vingt minutes plus tard au sous-sol, où se trouvaient d'autres toilettes. Aussi loin que possible de sa femme.

Il pissait du sang. Les tumeurs s'étaient reformées et, cette fois, c'était bien plus grave.

Il attendit le lendemain matin, au petit déjeuner, pour dire la vérité à sa femme. Il avait préféré la laisser aussi longtemps que possible dans l'ignorance, mais ils étaient si proches qu'ils ne pouvaient avoir de secrets l'un pour l'autre, surtout en ce qui concernait leur santé. Elle prit les choses en main, appela aussitôt l'urologue et dut hausser le ton pour obtenir un rendez-vous le jour même, en début d'après-midi. C'était une urgence ; pas question d'attendre le lendemain.

Quatre jours plus tard, on découvrit des tumeurs malignes dans les reins de Ted Worley. Il passa cinq heures sur le billard ; les chirurgiens retirèrent tout ce qu'ils pouvaient.

Le chef du service d'urologie suivait le patient de très près. Un confrère de l'hôpital de Kansas City avait signalé un cas semblable le mois précédent : apparition de tumeurs du rein chez un patient ayant pris du Dyloft. Malgré la chimiothérapie qu'il suivait, son état se dégradait rapidement.

On pouvait redouter la même évolution pour Worley. Lors de sa première visite, l'oncologue y alla sur la pointe des pieds. Mme Worley faisait de la tapisserie dans la chambre en se plaignant de la nourriture. Elle n'espérait pas une haute qualité, mais les repas pourraient au moins être servis chauds. À ce prix-là ! Son mari, les draps remontés jusqu'au menton, regardait la télévision. Il coupa obligeamment le son à l'arrivée de l'oncologue, mais il était trop déprimé pour soutenir la conversation.

Il regagnerait son domicile dans une huitaine de jours et, dès qu'il serait en état, on s'attaquerait vigoureusement à son cancer. À la fin de l'entretien, Ted Worley sanglotait doucement.

À l'occasion d'une nouvelle conversation avec son confrère de Kansas City, le chef du service d'urologie apprit l'existence d'un troisième cas. Les trois patients appartenaient au groupe un des victimes du Dyloft. Maintenant, ils allaient mourir. Le nom d'un avocat fut prononcé. Le patient de Kansas City était représenté par un petit cabinet de New York.

Il était rare et satisfaisant pour un médecin d'être en mesure de communiquer à un patient le nom d'un avocat qui attaquerait un autre avocat en justice ; le chef de service était bien décidé à profiter de l'aubaine. Il se rendit dans la chambre de Ted Worley qu'il n'avait pas encore rencontré, se présenta et expliqua ce que serait son rôle dans le traitement. Worley en avait par-dessus la tête des médecins ; s'il n'y avait pas eu tous ces tubes dans son corps ravagé par la maladie, il aurait pris ses cliques et ses claques et serait rentré chez lui. La conversation aborda rapidement le sujet du Dyloft, puis celui de la transaction avant d'aboutir aux avocats. Ted Worley s'enflamma aussitôt : son visage reprit des couleurs, ses yeux lancèrent des éclairs.

La transaction avait été négociée contre son gré. Trente-quatre mille dollars, une somme dérisoire, voilà ce qui lui restait après que les avocats s'étaient sucrés ! Au terme d'innombrables tentatives, il avait fini par avoir au téléphone un jeune prétentieux qui lui avait conseillé de relire attentivement les documents qu'il avait signés. Il y avait une clause intitulée « Préautorisation » qui permettait à l'avocat de négocier un compromis dès que la somme proposée dépassait un seuil au demeurant assez bas. Worley avait adressé à Me Clay Carter deux lettres de protestation restées sans réponse.

— J'étais contre cette transaction, affirma-t-il.

— Je suppose qu'il est trop tard, maintenant, ajouta Mme Worley.

— Peut-être pas, glissa l'urologue.

Il leur parla du patient de Kansas City, un homme dont le cas était voisin de celui de Ted Worley.

— Il a engagé un avocat pour poursuivre son avocat, déclara le chef de service sans cacher sa satisfaction.

— Les avocats, j'en ai ma claque ! affirma Worley en se retenant d'ajouter qu'il pensait la même chose des médecins.

— Auriez-vous son numéro de téléphone ? demanda Mme Worley.

Elle était plus lucide que son mari. Et elle voyait plus loin, se projetait avec tristesse un ou deux ans plus tard, quand Ted ne serait plus là.

L'urologue avait justement le numéro de téléphone sur lui.

La seule chose que redoutaient les avocats spécialisés dans les actions collectives était d'être attaqués par un de leurs pairs. Un prédateur. Un traître prétendant réparer leurs erreurs. Ainsi s'était créée une sous-spécialité. Elle regroupait une poignée d'avocats aussi brillants qu'impitoyables qui poursuivaient leurs confrères suspectés d'avoir signé des transactions mal négociées. Helen Warshaw était une pionnière dans ce domaine.

L'amour du prétoire qu'ils proclamaient n'empêchait pas les spécialistes des actions collectives de trembler en s'imaginant voir dévoilé devant un jury le détail de leurs finances personnelles. Helen Warshaw se faisait un devoir de les amener jusque-là.

En fait, cela n'arrivait pas souvent. Dès que la preuve de leur responsabilité était établie, les intéressés s'empressaient de négocier un compromis. Nul ne déployait tant d'énergie pour éviter de mettre le pied au tribunal qu'un spécialiste des actions collectives accusé d'avoir filouté ses clients à l'occasion d'une transaction.

Helen Warshaw représentait quatre clients Dyloft et s'était rapprochée de trois autres quand elle reçut l'appel de Mme Worley. Le petit cabinet avait constitué un dossier sur Clay Carter et un autre, beaucoup plus épais, sur Patton French. Helen avait l'œil sur les vingt plus gros cabinets du pays et suivait de près des dizaines d'actions collectives en cours. Elle avait des clients en nombre et percevait des honoraires confortables, mais rien ne l'excitait autant qu'une affaire comme celle du Dyloft.

Quelques minutes d'entretien au téléphone avec Mme Worley suffirent à Helen pour comprendre exactement ce qui s'était passé.

— Je serai là à 17 heures, déclara-t-elle.

— Aujourd'hui ?

— Oui. Cet après-midi.

Elle prit un avion à destination de l'aéroport Dulles. Elle ne possédait pas de jet privé, pour deux excellentes raisons. Un, elle était prudente dans ses dépenses et refusait ce qu'elle considérait comme du gaspillage. Deux, si jamais elle se retrouvait à son tour devant un jury, elle ne voulait pas qu'il soit fait mention d'un jet privé. L'année précédente, à l'occasion de la seule affaire qu'elle avait réussi à pousser jusqu'au procès, elle avait montré au jury de grandes photos couleurs, intérieur et extérieur, des deux jets de l'avocat, ainsi que des photos de son yacht, de son chalet à Aspen et ainsi de suite. Le jury, très impressionné, avait accordé vingt millions de dollars de dommages-intérêts punitifs.

Helen loua une voiture – pas une limousine – pour se rendre à l'hôpital de Bethesda. Mme Worley avait apporté tous les papiers ; Helen passa une heure à les étudier pendant que M. Worley faisait un somme. À son réveil, il refusa de parler. Il se méfiait des avocats en général et celle-là ne lui disait rien de bon. Mme Worley, elle, avait tout son temps et elle trouvait plus facile de se confier à une femme. Elles sortirent pour prendre un café et eurent une longue conversation.

Le responsable au premier chef était et resterait les laboratoires Ackerman. Ils avaient fabriqué un médicament dangereux, précipité sa mise sur le marché, fait du matraquage publicitaire. Ils n'avaient pas effectué tous les contrôles nécessaires et s'étaient bien gardés de rendre public ce qu'ils avaient découvert. Et, maintenant, on se rendait compte que les effets du Dyloft étaient plus insidieux qu'on ne l'avait cru de prime abord. Helen Warshaw était déjà en possession de preuves médicales que l'apparition de tumeurs secondaires était liée au Dyloft.

Le deuxième responsable était le médecin prescripteur, même si sa culpabilité était minime. Il avait fait confiance aux laboratoires Ackerman en prescrivant ce médicament censé faire des miracles.

Les deux premiers coupables avaient malheureusement été déchargés de toute responsabilité quand M. Worley avait accepté une transaction dans le cadre de l'action collective de Biloxi.

Mme Worley affirma à plusieurs reprises que son mari ne voulait pas de cette transaction. Trop tard. Il avait signé. Il avait donné pouvoir de négocier à son avocat. L'avocat devenait de ce fait le troisième coupable. Le seul dont la responsabilité restait engagée.

La semaine suivante, Helen Warshaw introduisit une action en justice contre J. Clay Carter, F. Patton French, M. Wesley Saulsberry et les autres avocats connus et inconnus qui avaient prématurément négocié un accord pour les victimes du Dyloft. Le premier plaignant était cette fois encore Ted Worley, d'Upper Marlboro, Maryland, pour le compte et au nom de toutes les victimes connues ou ne s'étant pas encore fait connaître. La plainte avait été déposée devant la Cour fédérale du district de Columbia, pas très loin du cabinet JCC.

Reprenant à son compte les méthodes des défendeurs, Helen Warshaw faxa une copie de sa plainte à une douzaine des plus gros quotidiens un quart d'heure après sa sortie du tribunal.

Un huissier de justice aux manières brusques se présenta à l'accueil du cabinet JCC et demanda à voir Me Carter, affirmant que c'était urgent. On l'adressa à miss Glick, qui appela son patron. Clay finit par venir prendre possession des papiers qui allaient gâcher sa journée. Peut-être même toute son année.

Quand il acheva la lecture de la plainte en nom collectif, les journalistes avaient déjà commencé à téléphoner. Oscar Mulrooney était avec lui dans le bureau où il s'était barricadé.

— Qu'est-ce que c'est que cette histoire ? marmonna Clay, qui prenait douloureusement conscience de l'étendue de son ignorance en matière d'action collective.

Il ne voyait rien à redire à l'attaque surprise puisqu'il l'avait pratiquée, mais les sociétés contre lesquelles il avait déposé une plainte pouvaient prévoir qu'elles allaient au-devant des ennuis. Ackerman savait que le médicament était dangereux avant que le Dyloft soit commercialisé. Hanna avait envoyé du monde sur le terrain dans le comté de Howard pour évaluer les dégâts. Goffman faisait déjà l'objet d'une action en justice par Mooneyham pour le Maxatil et d'autres avocats s'apprêtaient à l'imiter. Mais là, c'était différent. Il ne pouvait pas savoir que l'état de santé de Ted Worley avait empiré. Rien ne laissait supposer qu'il puisse y avoir des complications. Cela lui paraissait injuste.

Oscar était trop abasourdi pour dire quoi que ce soit.

— Clay, annonça miss Glick par l'interphone, il y a un journaliste du *Washington Post* qui attend.

— Fusillez-le ! gronda Clay.

— Doit-il prendre cela comme un refus ?

— Et comment !

— Dites-lui que Me Carter n'est pas là, parvint à articuler Mulrooney.

— Et appelez le service de sécurité, ajouta Clay.

La mort tragique d'un ami proche ne les aurait pas plongés dans une humeur plus noire. Ils parlèrent de communication : comment réagir et quand ? Fallait-il rédiger en hâte un démenti cinglant et le publier le jour même ? Faxer des copies à la presse ? Clay devait-il s'entretenir avec les journalistes ? Ils étaient incapables de prendre une décision. Ils se trouvaient de l'autre côté de la barrière, en territoire inconnu.

Oscar se porta volontaire pour informer les employés en présentant les choses sous un éclairage positif afin de préserver le moral des troupes.

— Si j'ai commis une erreur, je paierai, déclara Clay.

— Espérons que Worley sera la seule partie civile de ce cabinet.

— C'est la grande question, Oscar. Combien de Ted Worley y aura-t-il demain ?

Le sommeil le fuyait. Par bonheur, Ridley se trouvait encore à Saint-Barthélemy, où elle terminait la décoration de la villa. Clay se sentait embarrassé, humilié ; il était soulagé de savoir qu'il n'aurait pas à partager cela avec elle.

Ses pensées revinrent à Ted Worley ; il ne lui en voulait pas, loin de là. Les allégations contenues dans les plaintes sont souvent exagérées mais, cette fois, cela ne semblait pas être le cas. Son ex-client ne prétendrait pas avoir des tumeurs malignes si elles n'existaient pas réellement. Le cancer de Ted Worley avait été provoqué par un médicament dangereux, pas par un avocat. Mais, aboutir précipitamment à une transaction pour soixante-deux mille dollars alors que l'affaire portée devant un tribunal aurait pu rapporter plusieurs millions de dommages-intérêts, cela sentait la faute professionnelle. Il ne pouvait tenir rigueur à Ted Worley de sa réaction.

Dans le courant de cette interminable nuit, Clay s'apitoya longuement sur lui-même : son ego malmené, l'humiliation devant ses pairs, ses amis, ses employés, le ravissement de ses ennemis, la crainte du lendemain et de la presse qui allait le désigner à la vindicte publique sans qu'une seule voix s'élève pour prendre sa défense.

De loin en loin, une angoisse l'étreignait : risquait-il de tout perdre ? Était-ce le commencement de la fin ? La partie adverse éprouverait de la délectation à aller jusqu'au procès. Et combien de plaignants potentiels allaient-ils se faire connaître ? Chaque dossier valait plusieurs millions.

Pas de panique ! Avec les vingt-cinq mille dossiers Maxatil qu'il tenait en réserve, il pouvait voir venir.

Mais il en revenait toujours à Ted Worley, un client qui n'avait pas été protégé par son avocat. Rongé par un sentiment de culpabilité, Clay avait presque envie de lui téléphoner pour présenter ses excuses. Peut-être lui écrirait-il une lettre. Il se souvenait parfaitement des deux lettres d'insultes envoyées par son ancien client ; elles les avaient bien fait rire, Jonah et lui.

Il se leva à 4 heures du matin pour préparer un café fort. À 5 heures, il chercha sur Internet le site du *Washington Post*. Pas d'attaque terroriste depuis vingt-quatre heures. Pas de nouvelle victime d'un tueur en série. C'était l'intersession parlementaire et le président prenait des vacances. Pourquoi ne pas publier à la une le visage souriant du Redresseur de torts ? Le titre ne manquait pas de finesse : RETOUR DE BÂTON. Le premier paragraphe commençait ainsi :

« J. Clay Carter, l'avocat de Washington surnommé le Redresseur de torts, s'est trouvé pris hier à son propre piège quand une plainte a été déposée contre lui au nom de clients mécontents. Ils reprochent à Me Carter, qui aurait encaissé l'an dernier cent dix millions de dollars d'honoraires, d'avoir négocié prématurément une indemnisation pour un faible montant alors que certains de ses clients auraient pu prétendre à des millions de dollars à titre de dédommagement. »

Les huit paragraphes suivants étaient du même tonneau. Les intestins de Clay s'étaient déglingués pendant la nuit ; il se précipita aux toilettes.

Le journaliste du *Wall Street Journal* faisait donner l'artillerie lourde. À la une, colonne de gauche, il avait ressorti l'horrible caricature d'un Clay au sourire suffisant, et intitulé son article : LE REDRESSEUR DE TORTS TOMBE DE SON PIÉDESTAL. Le ton de l'article donnait à penser que Clay devrait être inculpé et emprisonné plutôt que simplement poussé dudit piédestal. Tous les secteurs du commerce et de l'industrie avaient sur le sujet une opinion qui dissimulait mal une profonde satisfaction. Ironiquement, ils se réjouissaient de cette nouvelle action en justice. Le président de l'Académie nationale des avocats ne faisait « aucun commentaire ».

Pas de commentaire ! De la part du seul et unique groupe dont le soutien aux avocats était indéfectible ! Le paragraphe suivant fournissait l'explication : Helen Warshaw était un membre actif de la branche new-yorkaise de l'Académie. Elle avait un CV impressionnant et était rédactrice en chef d'une revue juridique publiée à Columbia. Âgée de trente-huit ans, elle courait des marathons pour le plaisir ; un de ses anciens adversaires la qualifiait de « brillante et tenace ». Une combinaison redoutable, se dit Clay en filant une nouvelle fois aux toilettes.

Il ne lui fallut pas longtemps pour comprendre que

ses confrères ne prendraient pas parti : c'était une querelle de famille. Il n'avait à attendre d'eux ni sympathie ni soutien. Une source anonyme estimait à une douzaine le nombre de plaignants. La plainte individuelle serait certainement transformée en action collective : les plaignants devraient être bien plus nombreux. Combien ? se demanda Clay en se servant un nouveau café. Combien y a-t-il de Worley ?

Me Carter n'avait pas voulu faire de commentaire. Patton French avait qualifié la plainte d'« infondée », un terme emprunté, à en croire le journaliste, à pas moins de huit sociétés contre lesquelles il avait introduit une action au cours des quatre dernières années. Il était même allé plus loin en déclarant que la plainte « sentait la conspiration ourdie par les tenants d'une réforme des actions collectives et leurs inspirateurs, les compagnies d'assurances ». Le journaliste avait dû interroger Patton après quelques vodkas bien tassées.

Il fallait prendre une décision. Étant réellement indisposé, il pouvait se terrer chez lui et laisser passer l'orage. Ou bien affronter ce monde cruel. Il aurait vraiment préféré prendre des somnifères, se mettre au lit et n'en ressortir qu'une semaine plus tard, quand le cauchemar serait terminé. Ou encore, sauter dans son avion pour rejoindre Ridley.

À 7 heures, il était au cabinet, l'air impénétrable, bourré de café, plaisantant et riant avec les premiers arrivés, lançant des blagues un peu forcées mais courageuses sur les huissiers qui se bousculaient à la porte, les journalistes cherchant à tout prix à entrer, les flopées de citations à comparaître. Il montrait qu'il avait du cran : tout le monde avait besoin d'être rassuré et lui en savait gré.

Cela se prolongea jusqu'en milieu de matinée, quand miss Glick apparut à la porte de son bureau.

— Clay, annonça-t-elle, les deux agents du FBI sont revenus.

— Excellente nouvelle ! s'écria-t-il en se frottant les mains, comme s'il était prêt à leur filer une trempe à tous deux.

Spooner et Lohse entrèrent avec un sourire pincé, sans lui serrer la main. Clay ferma la porte du bureau et serra les dents en se disant qu'il fallait faire bonne figure. Mais il ressentit brusquement la fatigue. Et la peur.

Cette fois, c'était à Lohse de poser les questions pendant que Spooner prenait des notes. À l'évidence, la photo de Clay à la une des journaux leur avait rappelé qu'ils avaient promis une autre visite. Le prix de la célébrité.

— Des nouvelles de votre ami Pace ? commença Lohse.

— Rien de rien.

C'était vrai. Les conseils de Pace lui auraient pourtant été bien utiles en cette période de crise.

— Vous êtes sûr ?

— Vous êtes sourd ? riposta Clay.

Il n'hésiterait pas à leur demander de partir quand les questions deviendraient embarrassantes. Il avait affaire à des enquêteurs, pas à des procureurs.

— Nous pensons qu'il était à Washington la semaine dernière.

— Tant mieux pour vous. Je ne l'ai pas vu.

— Vous avez déposé une plainte en justice contre les laboratoires Ackerman le 2 juillet de l'année dernière. Exact ?

— Oui.

— Possédiez-vous des actions de la société avant de déposer cette plainte ?

— Non.

— Avez-vous vendu à découvert, puis racheté les actions à un cours plus bas ?

— Non.

Bien sûr qu'il l'avait fait, sur le conseil de son ami Max Pace. Ils connaissaient la réponse : ils avaient, à n'en pas douter, les documents des transactions. Depuis leur première visite, Clay s'était renseigné sur les délits d'initié, les infractions sur des opérations en Bourse. Ce qu'il avait fait était à la limite de la légalité ; pas trop grave, à son avis, pas de quoi être reconnu coupable. Il se dit rétrospectivement qu'il n'aurait jamais dû toucher à ces actions. Jamais, au grand jamais.

— Je fais l'objet d'une enquête ? demanda-t-il.

Spooner commença à hocher la tête, mais c'est Lohse qui répondit.

— Oui.

— Dans ce cas, cet entretien est terminé. Mon avocat se mettra en contact avec vous.

Clay se leva et se dirigea vers la porte.

34.

Pour la réunion du comité de pilotage des plaignants du Dyloft, Patton French avait choisi un hôtel du centre d'Atlanta où il participait à un de ces innombrables débats sur le thème de : « Comment s'enrichir en traquant les sociétés pharmaceutiques ? » C'était une réunion d'urgence.

French occupait naturellement la suite présidentielle, un vaste gaspillage d'espace à la décoration tapageuse, au dernier étage de l'hôtel. C'est là qu'ils se retrouvèrent. Pas question cette fois de comparer les mérites des voitures de luxe ou les prix d'un ranch. Personne n'avait non plus envie de se vanter de récentes victoires devant un jury. L'atmosphère était tendue quand Clay entra dans la suite, et cela ne devait pas s'arranger. Les avocats pleins aux as avaient peur.

Avec juste raison. Carlos Hernandez savait que sept de ses plaignants du groupe un souffraient de tumeurs malignes du rein. Ils s'étaient joints à l'action collective et étaient maintenant représentés par Helen Warshaw.

— Ils arrivent de partout ! s'écria-t-il.

Carlos donnait l'impression de ne pas avoir dormi depuis plusieurs jours. Tout le monde avait l'air claqué.

— Cette salope ne nous fera pas de cadeaux, déclara Wes Saulsberry avec force.

Les autres approuvèrent vigoureusement de la tête. La réputation d'Helen Warshaw n'était manifestement plus à faire ; personne n'en avait rien dit à Clay. Quatre des anciens clients de Saulsberry s'étaient retournés contre lui. Damon Didier en avait trois, French cinq.

Clay se sentait profondément soulagé – il n'en avait qu'un seul – mais ce soulagement fut de courte durée.

— En réalité, vous en avez sept, annonça French.

Il tendit à Clay un listing sur lequel figurait son nom suivi d'une liste d'ex-clients devenus plaignants.

— D'après Wicks, l'avocat d'Ackerman, la liste va s'allonger, ajouta French.

— Comment prennent-ils cela ? demanda Saulsberry.

— Ils n'en reviennent pas. Leur médicament tue des gens un peu partout. Philo Products préférerait ne jamais avoir entendu parler d'Ackerman.

— Je le sens comme eux, déclara Didier en coulant un regard noir en direction de Clay, comme pour dire : « Tout ce qui arrive est de votre faute. »

Clay regarda les sept noms de sa liste. À part celui de Ted Worley, il n'en reconnaissait aucun. Kansas, Dakota du Sud, Maine, deux de l'Oregon, Georgie, Maryland. Comment en était-il venu à représenter ces gens ? Une manière ridicule d'exercer sa profession : engager une action et obtenir un dédommagement pour des clients qu'il n'avait jamais vus. Et maintenant, ils se retournaient contre lui !

— Pouvons-nous être sûrs des conclusions du corps médical ? lança Saulsberry. En d'autres termes, pouvons-nous nous battre pour essayer de prouver que cette récidive des tumeurs n'a aucun lien avec le Dyloft ? Cela nous permettrait de nous en sortir, Ackerman aussi. Que nous le voulions ou non, nous avons partie liée avec ces gugusses.

— Rien à faire, répondit French, nous sommes baisés !

Sa franchise brutale était parfois pénible. Toujours droit au but.

— D'après Wicks, expliqua-t-il, le médicament est aussi dangereux qu'une balle dans la tête. Leurs propres chercheurs abandonnent le navire ; pour certains, c'est la fin de leur carrière. La boîte risque de ne pas s'en remettre.

— Philo Products ?

— Oui. Quand Philo a racheté Ackerman, ils ont cru maîtriser la situation, mais il semble maintenant que les groupes deux et trois seront beaucoup plus importants que prévu et beaucoup plus coûteux. Ils sont débordés par les événements.

— À qui le dites-vous ? marmonna Carlos avant de se tourner vers Clay.

Il aurait sans doute aimé lui loger une balle dans la tête.

— Si notre responsabilité est établie, observa Saulsberry, nous ne pourrons pas nous en sortir.

— Il va falloir négocier, déclara Didier. C'est une question de survie.

— Combien peut valoir chaque dossier ? demanda Clay d'une voix étonnamment calme.

— Devant un jury, de deux à dix millions, selon le montant des dommages-intérêts punitifs.

— C'est dans le bas de la fourchette, glissa Carlos.

— Jamais je ne me présenterai devant un jury, affirma Didier avec force. Pas dans ces conditions.

— L'âge moyen des plaignants est de soixante-huit ans, glissa Wes Saulsberry. La valeur économique de leur vie ne représente pas une somme très élevée. La compensation des souffrances physiques fera grimper l'addition, mais les dommages-intérêts ne devraient pas dépasser un million de dollars par tête. Seulement voilà, avec des défendeurs comme nous, des avocats riches et cupides, ils vont certainement crever le plafond.

— Je préférerais être à la table des plaignants, soupira Carlos en frottant ses yeux rouges de fatigue.

Clay remarqua que personne ne buvait d'alcool ; on était à l'eau minérale et au café. Il aurait bien eu besoin d'une des fameuses vodkas de French.

— Nous allons probablement perdre notre action collective, reprit French. Tous ceux qui sont encore dans le coup essaient d'en sortir. Vous savez que très peu de plaignants des groupes deux et trois ont accepté la transaction ; pour des raisons évidentes, ils ne veulent plus en entendre parler. Je connais au moins cinq groupes d'avocats qui sont prêts à demander au tribunal d'annuler notre action collective pour se débarrasser de nous. Comment leur en vouloir ?

— Nous pouvons nous battre, objecta Saulsberry. Il y a encore des honoraires à prendre et nous en aurons besoin.

Mais ils n'étaient pas d'humeur à se battre, du moins ce jour-là. Quelle que fût leur véritable situation de fortune, ils étaient tous inquiets, à différents degrés. Clay, qui ne parlait pas beaucoup, observait avec curiosité les réactions des autres. Patton French, certainement le plus riche de tous, semblait confiant ; il supporterait la ponction du procès sur sa fortune. Même chose pour Wes, qui avait touché cinq cents millions des fabricants de tabac. Carlos paraissait nerveux, mais il l'était toujours. Seul Didier, derrière son masque aux traits durs, était vraiment terrifié.

Ils étaient tous plus riches que Clay, qui, par ailleurs, avait plus de patients du Dyloft que n'importe lequel d'entre eux. Une situation qui ne lui plaisait pas du tout.

En prenant trois millions comme montant possible des dommages-intérêts et une liste de sept ex-clients, il arrivait à vingt et un millions ; il serait en mesure de supporter le choc. Mais si la liste s'allongeait...

Quand il aborda le sujet de l'assurance, il découvrit qu'aucun n'avait de couverture responsabilité civile professionnelle. Leurs contrats avaient été résiliés des années plus tôt. Les assureurs se défiaient des spécialistes des actions collectives ; l'affaire du Dyloft apportait à cela une explication limpide.

Ils n'étaient venus que pour râler et se plaindre. Partager leur malheur avec les autres, mais pas trop longtemps. Ils se mirent d'accord d'une manière très vague sur le principe d'une rencontre avec Helen Warshaw, à une date indéterminée, afin d'étudier discrètement avec elle la possibilité d'une négociation. Elle répétait à qui voulait l'entendre qu'elle ne voulait pas d'une transaction. Elle voulait du sensationnel, des procès retentissants au cours desquels les prétendus redresseurs de torts d'hier et d'aujourd'hui seraient jetés en pâture aux jurés.

Clay passa l'après-midi et la soirée à Atlanta, où personne ne le connaissait.

Quand il travaillait au bureau de l'aide juridictionnelle, il avait eu des centaines d'entretiens préliminaires, le plus souvent à la prison. Ils commençaient en général avec prudence, le prévenu, presque toujours un Noir, ne sachant dans quelle mesure il pouvait se confier à son avocat blanc. Les questions sur sa famille et son passé détendaient quelque peu l'atmosphère, mais les faits, les détails et la vérité sur le délit dont il avait à répondre étaient rarement dévoilés lors de ce premier entretien.

Par un ironique retour des choses, Clay Carter, l'avocat blanc, allait maintenant avoir un entretien préliminaire avec son défenseur noir. À sept cent cinquante dollars de l'heure, Zack Battle avait intérêt à écouter de toutes ses oreilles. À ce tarif-là, ni atermoiements, ni échappatoires, ni faux-fuyants. Battle aurait la vérité, sans qu'une minute soit perdue.

Mais Battle avait envie de bavarder. Des années auparavant, il avait fait les quatre cents coups avec Jarrett, avant de renoncer à l'alcool pour devenir le plus grand avocat au criminel de Washington. Il en avait de belles à raconter sur Jarrett Carter !

Pas à sept cent cinquante dollars de l'heure, se retenait de dire Clay. Arrêtez la pendule et nous discuterons aussi longtemps que vous le désirez.

Le bureau de Battle donnait sur le parc Lafayette, et, en arrière-plan, sur la Maison Blanche. Un soir, avec Jarrett, sérieusement éméchés, ils avaient eu envie de boire une bière avec les clochards du parc. Des policiers les avaient surpris, les prenant pour des pervers en quête d'une aventure. Arrêtés tous les deux, ils avaient dû faire intervenir leurs relations pour qu'on n'en parle pas dans les journaux. À la fin de l'histoire, Clay se sentit obligé de rire.

Battle avait laissé tomber la bouteille pour passer à la pipe ; son bureau encombré, négligé, empestait le tabac froid. Il voulait savoir ce qu'était devenu Jarrett. Clay brossa en quelques mots un tableau généreux, presque romantique de la vie de son père bourlinguant dans les Antilles.

Ils en vinrent enfin aux choses sérieuses. Clay raconta par le menu l'histoire du Dyloft, depuis sa rencontre avec Max Pace jusqu'à la visite des agents du FBI. Pas un mot sur le Tarvan ; il en parlerait plus tard, si nécessaire. Curieusement, Battle ne prenait pas de notes. Il écoutait, le front plissé, la pipe à la bouche, détournant de loin en loin le regard, abîmé dans ses réflexions, sans jamais rien laisser paraître de ce qu'il pensait.

— Ce document volé que vous a remis Max Pace était-il en votre possession quand vous avez vendu les actions et déposé votre plainte ?

— Naturellement. Il fallait que je sache que j'étais en mesure de prouver la responsabilité d'Ackerman si nous allions jusqu'au procès.

— Dans ce cas, il s'agit d'un délit d'initié. Vous êtes coupable. Cinq ans de prison. Dites-moi comment le FBI pourra le prouver.

Clay eut l'impression que son cœur s'arrêtait de battre.

— Max Pace peut le leur dire, j'imagine, finit-il par répondre.

— Qui d'autre est en possession de ces documents ?

— Patton French. Un ou deux autres, peut-être.

— Patton French sait-il que vous aviez ces renseignements avant de porter plainte ?

— Je n'en sais rien. Je ne lui ai pas dit quand on m'avait remis les documents.

— Votre Max Pace est donc le seul qui puisse vous dénoncer ?

L'histoire était très claire. Clay avait préparé l'action collective pour le Dyloft, mais il refusait de déposer la plainte tant que Pace ne lui aurait pas fourni des preuves convaincantes. Le ton était monté plusieurs fois entre eux. Pace avait débarqué un beau jour avec deux grosses serviettes bourrées de papiers et de dossiers. « Voilà ce que vous voulez, avait-il dit. Et ce n'est pas moi qui vous l'ai apporté. » Il était reparti aussitôt. Après avoir étudié les documents, Clay avait demandé à un vieux copain de fac, devenu un médecin en vue à Baltimore, s'il pouvait s'appuyer sur eux.

— Faites-vous confiance à ce médecin ? demanda Battle. Permettez-moi de résumer la situation, poursuivit-il sans laisser à Clay le temps de répondre. Si le FBI ignore que vous déteniez ces documents au moment où vous avez vendu vos actions à découvert, il ne pourra pas vous épingler pour délit d'initié. Il a connaissance de vos opérations en Bourse, mais ce n'est pas suffisant : il lui faut prouver que vous disposiez d'informations privilégiées.

— Faut-il que je parle à mon ami de Baltimore ?

— Non. Si le FBI est remonté jusqu'à lui, il est possible qu'il soit sur écoute. Dans ce cas, ce sera sept ans de prison au lieu de cinq.

— Pouvez-vous arrêter de parler de ça ?

— Et si le FBI ne connaît pas son existence, vous pouvez, par mégarde, conduire les agents fédéraux jusqu'à lui. Ils doivent vous avoir à l'œil et surveiller vos communications téléphoniques. À votre place, je me débarrasserais de ces documents. Je les ferais disparaître de mes dossiers, pour le cas où il leur viendrait à l'esprit de perquisitionner dans vos bureaux. Et je prierais très fort pour que Max Pace se soit enfui en Europe ou qu'il ne soit plus de ce monde.

— C'est tout ? demanda Clay qui aurait fait n'importe quoi pour ne plus entendre parler de Pace.

— Allez voir Patton French, assurez-vous qu'on ne pourra pas remonter jusqu'à vous. À l'évidence, l'affaire du Dyloft ne fait que commencer.

— C'est ce que j'ai cru comprendre.

L'adresse de l'expéditeur était celle d'une prison. Clay avait nombre d'ex-clients derrière les barreaux, mais le nom de Paul Watson ne lui disait rien. Il décacheta l'enveloppe qui contenait une lettre d'une seule page, bien présentée, tapée sur une machine à traitement de texte.

Cher Me Carter,

Vous vous souvenez peut-être de moi, quand je m'appelais Tequila Watson. J'ai changé de nom : l'ancien ne me convenait plus. Je lis la Bible tous les jours et mon personnage préféré est saint Paul. Voilà pourquoi j'ai pris ce nom. Je l'ai fait légalement.

J'aimerais que vous me rendiez un service. Auriez-vous la bonté de prendre contact avec la famille de Pumpkin pour leur dire à quel point je regrette ce qui s'est passé. J'ai prié le Seigneur et il m'a pardonné. Je me sentirais tellement mieux si la famille de Pumpkin pouvait me pardonner aussi. Je n'en reviens toujours pas de l'avoir tué comme cela. Ce n'est pas moi qui ai tiré, ce ne peut être que le diable. Mais je n'ai aucune excuse.

Je ne prends plus rien. Ce n'est pas la dope qui manque en prison, des tas de saloperies circulent, mais le Seigneur me permet de résister jour après jour.

Cela me ferait très plaisir que vous m'écriviez. Je ne reçois pas beaucoup de courrier. Je regrette que vous n'ayez pas pu rester mon avocat. Je vous trouvais sympa. Meilleur souvenir.

Paul Watson

Attends un peu, Paul, murmura Clay entre ses dents. Du train où vont les choses, nous allons bientôt partager la même cellule.

La sonnerie du téléphone le fit sursauter. C'était Ridley, qui appelait de Saint-Barthélemy. Elle voulait rentrer. Clay pouvait-il lui envoyer le jet le lendemain ?

Pas de problème. L'heure de vol ne coûtait que trois

mille dollars. Quatre heures pour l'aller, quatre pour le retour : vingt-quatre mille dollars en tout. Mais c'était une goutte d'eau dans l'océan de ce qu'elle dépensait pour la villa.

35.

À plusieurs reprises, selon la coutume, Clay avait confié officieusement des détails croustillants aux journalistes avant de déclarer officiellement, quelques lignes au-dessous de ces indiscrétions, qu'il n'avait aucun commentaire à faire. Ce qu'il avait trouvé amusant était devenu pénible, mais il savait au moins à quoi s'en tenir.

Un journaliste du *Washington Post* avait téléphoné au cabinet, où on lui avait donné les coordonnées de Zack Battle. Il avait posé des questions et reçu les réponses standard. Zack avait appelé Clay pour lui faire part de cet entretien.

L'article se trouvait en page trois de la rubrique locale, une agréable surprise après les mois de louanges puis de scandales à la une. Les faits étant peu nombreux, il fallait bien mettre quelque chose : une photo de Clay, avec une légende : « Le redresseur de torts fait l'objet d'une enquête de la SEC : À en croire des sources anonymes... »

Zack Battle était cité à plusieurs reprises ; chaque fois, il semblait rendre Clay un peu plus coupable. En lisant l'article, il lui revint en mémoire qu'il avait souvent vu Zack agir de cette manière : démentir, détourner l'attaque, promettre une défense vigoureuse, toujours pour protéger des escrocs de haut vol. Plus l'escroc était coupable, plus vite il se précipitait dans le bureau de Zack Battle. Clay se demanda s'il avait choisi le bon avocat.

Il lut l'article chez lui où, par bonheur, il était seul, Ridley ayant décidé de passer un ou deux jours dans le nouvel appartement que Clay venait de lui louer. Elle voulait avoir la liberté de vivre dans deux endroits différents, chez elle et chez lui. Son ancien appartement étant trop petit, Clay avait accepté de l'installer dans un logement plus spacieux. En réalité, la liberté de Ridley passait par un troisième endroit, la villa de Saint-Barthélemy, qu'elle appelait toujours « notre » villa.

Ridley ne lisait pas les journaux ; elle ne devait même pas être au courant des problèmes de Clay. Elle concentrait de plus en plus son attention sur les moyens de dépenser son argent, sans véritablement s'intéresser à la manière dont il le gagnait. Si elle avait lu l'article du *Washington Post*, elle n'y fit pas allusion. Lui non plus.

Tandis qu'une sale journée de plus se traînait, il vint à l'esprit de Clay que bien peu de gens semblaient avoir pris connaissance de cet article. Un copain de la fac de droit avait essayé de lui remonter le moral au téléphone. C'était tout. Cet appel lui avait fait plaisir mais n'avait pas servi à grand-chose. Où étaient passés ses amis ?

Malgré tous ses efforts, il ne pouvait s'empêcher de penser à Rebecca et aux Van Horn. Quand le Redresseur de torts avait été intronisé, ils devaient avoir été verts de jalousie et regretté amèrement d'avoir raté le coche. Il avait l'impression que cela ne faisait que quelques semaines. Que pensaient maintenant de lui les Van Horn ? Tu t'en fous ! se répétait-il. Mais il ne parvenait pas à les chasser de ses pensées.

Paulette Tullos arriva sans crier gare, juste avant l'heure du déjeuner. Elle avait une mine superbe – les kilos superflus avaient disparu – et était vêtue avec élégance. Elle avait beaucoup voyagé en Europe ces derniers mois en attendant que son divorce soit prononcé. Elle avait entendu parler de Clay par les journaux et s'inquiétait à son sujet. Pendant le déjeuner – elle avait tenu à l'inviter –, il devint évident qu'elle s'inquiétait aussi pour elle-même. Sa part du pactole rapporté par le Dyloft s'était élevée à un peu plus de dix millions ; elle voulait savoir si elle courait des risques. Clay l'assura qu'elle n'était exposée à aucun danger. Elle n'était pas une associée mais une simple collaboratrice du cabinet au moment de la transaction ; seul le nom de Clay figurait sur les documents de l'action en justice.

— Tu as été plus maligne que moi, observa-t-il. Tu as empoché l'argent et adieu.

— Cela me donne mauvaise conscience.

— Il n'y a pas de raison. C'est moi qui ai commis les erreurs, pas toi.

Le Dyloft allait lui coûter extrêmement cher – une vingtaine de ses ex-clients s'étaient déjà joints à l'action collective d'Helen Warshaw –, mais il misait tout sur le Maxatil. Avec vingt-cinq mille dossiers, les honoraires seraient colossaux.

— Je suis dans une mauvaise passe, mais cela va s'arranger. Dans moins d'un an, l'argent recommencera à couler à flots.

— Et le FBI ? s'enquit Paulette.

— Il ne peut rien contre moi.

Le soulagement de Paulette fut manifeste ; si elle croyait ce que disait Clay, elle était la seule.

La troisième réunion devait être la dernière, mais ni Clay ni aucun de ceux qui l'entouraient ne le savaient. Joel Hanna était accompagné de son cousin Marcus, le P-DG de la société, qui remplaçait Babcock, l'avocat de leur compagnie d'assurances. Comme les fois précédentes, les deux hommes faisaient face à une petite armée d'avocats, au centre de laquelle trônait JCC.

— Nous avons trouvé huit maisons supplémentaires qui s'ajouteront à la liste, déclara Joel Hanna après les préliminaires d'usage. Cela fait un total de neuf cent quarante. Nous avons la quasi-certitude qu'il n'y en aura pas d'autres.

— Bien, fit sèchement Clay.

Une liste plus longue signifiait des clients en plus grand nombre et des dédommagements plus importants versés par le fabricant de ciment. Clay représentait près de quatre-vingt-dix pour cent des dossiers de l'action collective, le reste étant réparti entre une poignée de ses confrères. Son équipe chargée de l'affaire Hanna avait fait du très bon boulot en réussissant à convaincre les propriétaires de faire confiance au cabinet JCC. On les avait assurés qu'ils obtiendraient des indemnités plus élevées, Me Carter étant un spécialiste de ce genre d'affaires. Chaque client potentiel avait reçu un courrier vantant les exploits du nouveau « Redresseur de torts ». Ce n'était que publicité et racolage, mais la règle du jeu voulait qu'il en aille ainsi.

À l'occasion de la réunion précédente, Clay avait revu ses exigences à la baisse, passant de vingt-cinq à vingt-deux mille cinq cents dollars par tête, ce qui rapporterait des honoraires de sept millions et demi de dollars. La société Hanna faisait un geste en proposant dix-sept mille dollars, poussant sa capacité d'emprunt à l'extrême limite.

À dix-sept mille dollars la maison, le cabinet JCC

empocherait quatre millions huit cent mille dollars si la convention d'honoraires demeurait telle. S'il abaissait son pourcentage au taux plus raisonnable de vingt pour cent, chaque client toucherait treize mille six cents dollars. Dans ce cas de figure, les honoraires seraient amputés d'un million et demi. Marcus Hanna avait trouvé un entrepreneur sérieux qui s'engagerait à réparer chaque maison pour treize mille cinq cents dollars.

Il était devenu évident lors de la réunion précédente que la question des honoraires était au moins aussi importante que celle du montant du dédommagement. Depuis cette dernière réunion, la presse avait beaucoup parlé de JCC, jamais en bien. Mais son cabinet n'était aucunement disposé à envisager une réduction d'honoraires.

— Une nouvelle proposition de votre côté ? demanda Clay d'un ton cassant.

Au lieu de répondre par un simple non, Joel Hanna passa en revue les mesures prises par sa société pour assainir sa situation financière, améliorer la couverture de son assurance et porter sa capacité d'emprunt à huit millions de dollars, qui seraient versés à un fonds d'indemnisation. Malheureusement, rien n'avait changé : les affaires restaient calmes, le carnet de commandes presque vide. La construction de logements neufs marquait le pas, du moins sur leur marché.

Si les choses se présentaient mal pour la société Hanna, la situation n'était guère plus reluisante pour la partie adverse. Clay avait arrêté net la publicité Maxatil ; cette décision avait soulagé tout le monde. Rex Crittle faisait des pieds et des mains pour réduire les coûts, une mesure radicale qui n'avait pas encore sa place dans la culture d'entreprise du cabinet JCC. Il était allé jusqu'à suggérer des licenciements, ce qui lui avait valu un refus cinglant du patron. Les honoraires arrivaient au compte-gouttes. Le fiasco du Skinny Ben leur avait coûté des millions de dollars. Tandis que les ex-clients du Dyloft serraient les rangs derrière Helen Warshaw, le cabinet vacillait.

— Pas de nouvelle proposition ? répéta Clay quand Joel eut terminé.

— Non. Nous ne pouvons pas aller au-delà de dix-sept mille. Et vous ?

— Vingt-deux mille cinq cents est un montant honnête, déclara Clay sans ciller. Si vous ne faites pas un effort, nous non plus.

Sa voix était dure comme l'acier. Impressionnés par tant d'inflexibilité, ses collaborateurs étaient pourtant anxieux de trouver un compromis. Mais Clay avait en mémoire la réunion avec les représentants d'Ackerman, où Patton French avait traité sans ménagement la partie adverse, menant le jeu à sa guise. Il était convaincu que, s'il restait ferme, Hanna finirait par céder.

Dans le camp de Clay, le seul à avoir émis des doutes était un jeune avocat du nom d'Ed Wyatt, qui assumait la direction de l'équipe chargée de l'affaire Hanna. Il avait expliqué au patron que le fabricant de ciment aurait tout à gagner de la protection et de la réorganisation prévues par le chapitre onze de la procédure de faillite. Le versement des indemnités aux propriétaires serait retardé jusqu'à ce qu'un liquidateur étudie les demandes et fixe le montant des dédommagements. Wyatt était d'avis que, dans ce cas, les plaignants pourraient s'estimer heureux s'ils touchaient dix mille dollars. Mais Hanna n'avait pas brandi la menace d'un dépôt de bilan, une stratégie courante en pareille situation. Après avoir étudié les comptes de la société, Clay estimait qu'elle avait trop d'actifs et de fierté pour recourir à ce moyen extrême. Les dés étaient jetés : le cabinet avait besoin du maximum d'honoraires.

— Je pense que nous allons en rester là, déclara brusquement Marcus Hanna.

Les deux cousins rassemblèrent illico leurs papiers et quittèrent la salle de réunion sans un regard. Clay fit à son tour une sortie théâtrale pour montrer à ses troupes que rien ne pouvait le déstabiliser.

Deux heures plus tard, devant le tribunal de commerce du district est de Pennsylvanie, la société Hanna Portland Cement se déclara en cessation de paiements. Elle se protégeait ainsi de ses créanciers pour la plupart réunis dans une action collective introduite par J. Clay Carter II, avocat à Washington, D.C.

Apparemment, quelqu'un de chez Hanna avait compris l'importance des fuites bien organisées. Le *Baltimore Press* publia un long article traitant de la faillite et présentant les réactions à chaud des propriétaires. Les détails extrêmement précis montraient à l'évidence que la personne qui donnait les informations au journaliste avait participé directement aux négociations. Le fabricant de ciment avait proposé dix-sept mille dollars par plaignant ; une estimation généreuse établissait à quinze mille dollars le coût des réparations. Les négociations auraient pu aboutir mais elles avaient buté sur la question des honoraires. La société Hanna avait reconnu d'emblée sa responsabilité. Elle était disposée à emprunter lourdement pour réparer sa faute, et cetera.

Les plaignants étaient très mécontents. Dans le cours de ses investigations, le journaliste était tombé en pleine réunion improvisée dans un garage. On lui avait montré plusieurs maisons pour lui permettre de constater les dégâts. Il avait recueilli de nombreux témoignages :

« On aurait dû s'arranger directement avec Hanna. »

« Ils sont venus sur place avant même que cet avocat soit au courant. »

« Un maçon m'a dit qu'il pouvait retirer les vieilles briques et en monter des nouvelles pour onze mille dollars. Et on a refusé dix-sept mille ! Qu'on m'explique, je ne comprends pas ! »

« Moi, je n'ai jamais rencontré cet avocat. »

« Je n'ai appris que j'étais dans une action collective qu'après le dépôt de la plainte. »

« On ne voulait pas qu'Hanna dépose son bilan. »

« C'étaient des gens bien. Ils essayaient de nous aider. »

« Est-ce qu'on peut porter plainte contre l'avocat ? »

« J'ai essayé de téléphoner, c'est toujours occupé. »

Après cela, le journaliste se devait de fournir quelques détails sur Clay Carter ; il commençait évidemment par donner le montant des honoraires du Dyloft. Et les choses se gâtaient. Trois photographies illustraient les propos du journaliste. La première montrait un propriétaire devant les briques disjointes de sa maison ; la deuxième la réunion improvisée dans le garage ; la troisième Clay en smoking et Ridley en robe du soir posant devant la Maison Blanche, le soir du dîner de gala. Elle était éblouissante, lui plutôt pas mal ; ils formaient un couple séduisant.

« Me Carter, photographié ci-dessus à l'occasion d'un dîner à la Maison Blanche, reste injoignable », indiquait la légende.

« Heureusement que je suis injoignable » ! maugréa Clay.

Ainsi commença la nouvelle journée de travail au cabinet JCC. Les sonneries incessantes des téléphones : des clients furieux voulaient s'en prendre à quelqu'un. Un agent de sécurité posté dans l'entrée, au cas où.

Des collaborateurs murmurant par petits groupes dans les couloirs, inquiets pour leur avenir. Tout le personnel perdu en conjectures. Le patron bouclé dans son bureau. Et quasiment plus d'affaires en cours : le cabinet n'avait que les tonnes de dossiers Maxatil dont il ne pouvait rien faire dans l'immédiat, Goffman ne répondant pas, lui non plus, au téléphone.

On s'amusait aux dépens de Clay, à Washington, mais il ne s'était douté de rien avant la publication de l'article dans le *Baltimore Press*. Tout avait commencé avec les papiers au sujet du Dyloft, dans le *Wall Street Journal* ; des fax avaient été envoyés pour s'assurer que ceux qui avaient connu Clay, soit en fac, soit par son père ou à l'aide juridictionnelle, étaient au courant des dernières nouvelles. Le mouvement avait pris de l'ampleur après la publication dans *American Attorney* de la liste des plus gros honoraires de l'année, où il figurait au huitième rang : nouveaux fax, e-mails, quelques blagues pour pimenter le tout. Il était passé à la vitesse supérieure après l'action introduite par Helen Warshaw. Un avocat de Washington, qui devait avoir du temps libre, lui donna un format d'édition et balança des fax. Quelqu'un d'autre, doté d'un assez joli coup de crayon, ajouta un dessin humoristique représentant Clay en caleçon, l'air perplexe. Tout ce qui était publié sur lui déclenchait une nouvelle édition. Le ou les éditeurs dénichaient des informations sur Internet et les faisaient circuler sous forme de lettres. L'ouverture de l'enquête du FBI n'était pas passée inaperçue. Il y avait aussi la photographie devant la Maison Blanche, des allusions malveillantes à son avion, un papier sur son père.

Depuis le début, les éditeurs anonymes faxaient des copies de leurs réalisations au cabinet, mais miss Glick avait tout détruit. Plusieurs des diplômés de Yale avaient reçu des fax ; eux aussi protégeaient leur patron. Mais Oscar Mulrooney lança la dernière édition sur le bureau de Clay.

— Je préfère que vous soyez au courant, annonça-t-il.

La dernière édition était une reproduction de l'article du *Baltimore Press*.

— Savez-vous qui est derrière ça ? demanda Clay.

— Aucune idée. Cela circule dans toute la ville, un peu comme une chaîne de lettres.

— Ces gens-là n'ont rien de mieux à faire ?

— Il faut croire que non. Ne vous en faites pas, Clay : on est toujours seul quand on est au sommet.

— Il existe donc une lettre confidentielle consacrée à ma seule personne. Dire que j'étais un illustre inconnu il y a dix-huit mois !

Ils entendirent du bruit derrière la porte, des éclats de voix. Sortant précipitamment du bureau, ils virent l'agent de sécurité qui s'efforçait de maîtriser un homme visiblement hors de lui. Des membres du personnel accouraient de partout.

— Où est Clay Carter ? hurla l'inconnu.

— Ici ! s'écria Clay en s'avançant vers lui. Que voulez-vous ?

L'homme cessa de se débattre, mais l'agent de sécurité ne relâcha pas son étreinte. Ed Wyatt et un autre collaborateur vinrent se placer tout près de lui.

— Je suis un de vos clients, expliqua l'intrus qui avait de la peine à reprendre son souffle. Lâchez-moi ! s'écria-t-il en dégageant son bras.

— Laissez-le, ordonna Clay.

— Je voudrais m'entretenir avec mon avocat !

— On ne s'y prend pas de cette manière pour avoir un rendez-vous, répliqua Clay, très calme, sentant peser sur lui le regard de ses employés.

— J'ai essayé le téléphone, mais c'est toujours occupé ! Vous avez fait capoter la transaction avec les ciments Hanna. Cet argent nous revenait. Nous voulons savoir pourquoi. Vous ne vous serviez pas assez grassement au passage ?

— Il ne faut pas croire tout ce qu'on lit dans les journaux, répliqua Clay.

— Ce que je crois, c'est qu'on s'est fait entuber par notre avocat ! Et, croyez-moi, on ne va pas se laisser faire !

— Gardez votre calme et ne lisez plus les journaux. Nous essayons encore de trouver un compromis.

Un mensonge, mais l'intention était bonne. Il fallait étouffer la rébellion, au moins à l'intérieur du cabinet.

— Réduisez vos honoraires et versez-nous l'argent ! lança l'intrus avec hargne. C'est le message que vous envoient vos clients !

— Nous trouverons un arrangement, affirma Clay avec un sourire contraint. Un peu de patience.

— Sinon, nous nous adresserons au conseil de l'ordre.

— Gardez votre calme.

L'homme fit un pas en arrière, puis il pivota sur lui-même et repartit dans le couloir.

— Tout le monde au boulot ! s'écria Clay en tapant dans ses mains comme si le personnel était surchargé de travail.

Une heure plus tard, Rebecca arriva sans s'être fait annoncer. Elle poussa la porte du cabinet et tendit une carte de visite à l'hôtesse.

— Remettez cela à Me Carter, je vous prie. C'est très important.

L'hôtesse se tourna vers l'agent de sécurité, qui était sur le qui-vive. Il lui fallut plusieurs secondes pour décider que la séduisante jeune femme qui se tenait devant lui ne représentait pas une menace.

— Je suis une vieille amie, ajouta Rebecca.

En tout état de cause, elle fit surgir Clay Carter dans le couloir plus vite que personne ne l'avait jamais fait dans l'histoire du cabinet. Il l'entraîna dans son bureau, l'invita à prendre place sur le canapé et tira un fauteuil pour être aussi près d'elle que possible. Ils restèrent un long moment silencieux. Clay était trop ému pour articuler une phrase cohérente. La présence de Rebecca pouvait signifier une multitude de choses, toutes positives.

Il avait envie de se jeter sur elle, de sentir son corps sous ses mains, de respirer l'odeur du parfum sur sa nuque, de laisser courir ses mains le long de ses jambes. Rien n'avait changé : même coiffure, même maquillage, même rouge à lèvres, même bracelet.

C'est elle qui rompit le silence.

— Tu regardes mes jambes ?

— Oui.

— Je veux savoir si tout va bien, Clay. On dit tellement de mal de toi dans les journaux.

— C'est pour ça que tu es venue ?

— Oui. Je suis inquiète.

— Si tu es inquiète, c'est que tu tiens encore à moi.

— Bien sûr.

— Alors, tu ne m'as pas oublié ?

— Non. Disons que je me suis éloignée, avec le mariage et tout, mais je pense encore à toi.

— Tout le temps ?

— De plus en plus souvent.

Clay ferma les yeux et posa sur son genou une main qu'elle écarta d'un geste vif.

— Je suis mariée, Clay !

— Alors, commettons un adultère.

— Non.

— Quand tu dis que tu t'es éloignée, cela signifie

que c'est une situation temporaire ? Que se passe-t-il, Rebecca ?

— Je ne suis pas là pour parler de mon mariage. J'étais dans le quartier, j'ai pensé à toi et je me suis dit que je pouvais passer te voir.

— Comme un chien perdu ? Je n'en crois pas un mot.

— Tu as raison. Et ta pin-up ?

— Nous nous voyons de temps en temps. C'est un arrangement entre nous.

Rebecca réfléchit un moment, visiblement mécontente de l'arrangement en question. Elle se permettait d'épouser un autre homme mais n'appréciait pas que Clay ait quelqu'un dans sa vie.

— Comment va ton minable ?

— Ça va.

— Quel enthousiasme, de la part d'une jeune épouse ! C'est tout ?

— Nous nous entendons bien.

— Tu es mariée depuis moins d'un an et tu en es déjà là ? Vous vous entendez bien !

— Oui.

— Tu ne te donnes plus à lui, j'espère ?

— Nous sommes mari et femme.

— C'est un être méprisable. Quand je vous ai vus danser le jour de ton mariage, il m'a donné envie de vomir. Dis-moi qu'il est nul au lit.

— Il est nul au lit. Et ta pin-up ?

— Elle aime les femmes.

Ils éclatèrent d'un rire qui parut interminable. Puis ils retombèrent dans le silence : ils avaient tant à se dire. Rebecca croisa les jambes sous le regard scrutateur de Clay. Il était si près d'elle qu'il la touchait presque.

— Tu vas t'en sortir ? reprit-elle.

— Ne parlons pas de moi. Parlons de nous.

— Je ne veux pas d'une liaison.

— Mais tu y penses, non ?

— Non, mais je sais que toi tu y penses.

— Ce serait drôle, tu ne crois pas ?

— Je n'en suis pas sûre. Je n'ai pas l'intention de vivre comme cela, Clay.

— Moi non plus, Rebecca. Je ne partage pas. Tu étais toute à moi et je t'ai laissée partir. J'attendrai que tu aies retrouvé ta liberté. Mais dépêche-toi, s'il te plaît !

— Cela n'arrivera peut-être jamais, Clay.

— Si, j'en suis sûr.

36.

Ridley à ses côtés, Clay passa la nuit à rêver de Rebecca. Il dormit d'un sommeil entrecoupé, s'éveillant chaque fois avec un sourire béat. Le sourire disparut quand la sonnerie du téléphone retentit juste avant 5 heures du matin. Il décrocha dans la chambre, changea de poste et prit la communication dans son bureau.

C'était Mel Snelling, le copain de fac devenu médecin à Baltimore.

— Il faut qu'on parle. C'est urgent.

— D'accord, fit Clay, les jambes flageolantes.

— 10 heures, devant le Lincoln Monument.

— Très bien.

— Il y a de fortes chances que je sois suivi, ajouta Mel avant de couper la communication.

Le Dr Snelling avait étudié les documents volés du Dyloft pour rendre service à Clay. Le FBI avait retrouvé sa trace.

Pour la première fois, l'idée vint à Clay de prendre la fuite. Virer l'argent qui restait sur un compte ouvert dans une république bananière, quitter précipitamment Washington, se laisser pousser la barbe et disparaître. En emmenant Rebecca, bien entendu.

Barbara Van Horn les retrouverait avant le FBI.

Il prépara un café et prit une longue douche. Vêtu

d'un pantalon et d'une veste en jean, il alla dire au revoir à Ridley mais elle ne bougea pas.

Mel était probablement sur écoute. Si les agents du FBI étaient remontés jusqu'au Dr Snelling, tous les moyens leur seraient bons. Ils menaceraient de le mettre en examen s'il refusait de dénoncer son petit camarade. Ils le harcèleraient de visites et de coups de téléphone, ne le lâcheraient pas d'une semelle. Ils le contraindraient à porter un micro sur lui pour piéger Clay.

Zack Battle étant en voyage, Clay se retrouvait seul. Arrivé au Lincoln Monument à 9 h 20, il se mêla aux rares touristes déambulant autour du mémorial. Quelques minutes plus tard, Mel apparut, ce qui lui mit la puce à l'oreille. Pourquoi arrivait-il trente minutes avant l'heure du rendez-vous ? Lui tendait-on un traquenard ? Les agents Spooner et Lohse étaient-ils là, tout près, avec des micros, des appareils photo, des pistolets ? Un seul regard vers Mel lui suffit pour comprendre que les choses s'annonçaient mal.

Ils échangèrent une poignée de main qu'ils voulaient chaleureuse ; Clay soupçonnait que chaque mot prononcé serait enregistré. En ce début du mois de septembre, l'air était frais, sans plus. Mel, lui, était emmitouflé dans un gros manteau comme s'il devait neiger ; que pouvait-il bien cacher là-dessous ?

— Marchons un peu, fit Clay en indiquant la direction générale du Mall et du Washington Monument.

— Comme tu veux, répondit Mel avec un petit haussement d'épaules.

Il n'y voyait apparemment pas d'inconvénient. Aucun piège n'avait dû être tendu aux abords du monument dédié à Lincoln.

— Tu es suivi ? reprit Clay.

— Je ne crois pas. J'ai pris l'avion de Baltimore à

Pittsburgh, un autre vol jusqu'à Reagan National et j'ai sauté dans un taxi. Je ne pense pas avoir quelqu'un aux trousses.

— Spooner et Lohse, ça te dit quelque chose ?

— Oui. Tu les connais ?

— Ils sont passés me voir une ou deux fois.

Ils suivaient le Mall, sur le trottoir, côté sud. Clay ne voulait pas parler de ce qu'il n'avait plus envie d'entendre.

— Je sais comment opèrent les agents fédéraux, Mel, reprit-il. Ils harcèlent les témoins. Ils les mettent sur écoute et réunissent des preuves avec des gadgets high tech. Ils t'ont demandé d'avoir un micro sur toi ?

— Oui.

— Et alors ?

— J'ai dit non, qu'est-ce que tu crois ?

— Merci.

— J'ai un excellent avocat, Clay. Nous avons beaucoup discuté et je lui ai tout raconté. Je n'ai rien fait de répréhensible : je n'ai pas vendu d'actions. J'ai cru comprendre que, toi, tu l'as fait, mais je suis sûr que tu agirais différemment aujourd'hui si c'était à refaire. J'ai peut-être eu accès à des informations privilégiées, mais je n'en ai pas fait usage. On ne peut rien me reprocher. Tout va se jouer quand je serai cité à comparaître par le grand jury.

L'affaire n'avait pas encore été présentée au jury d'accusation ; l'avocat de Mel était vraiment bon. Pour la première fois depuis qu'il était debout, Clay respira un peu.

— Continue.

Il avait les mains enfoncées dans les poches de son jean. Derrière les lunettes noires, ses yeux allaient et venaient en tous sens. Si Mel avait tout raconté aux agents fédéraux, pourquoi auraient-ils besoin de micro ?

— La grande question est de savoir comment ils sont remontés jusqu'à moi. Je n'ai parlé de cette étude à personne. Et toi, à qui as-tu parlé de moi ?

— Absolument personne, Mel.

— Difficile à croire.

— Je le jure. Pourquoi en aurais-je parlé à quelqu'un ?

Ils s'arrêtèrent pour laisser passer les voitures au carrefour de la 17e Rue et reprirent leur marche en faisant un écart pour éviter un groupe de promeneurs.

— Si je mens au grand jury à propos de cette étude, souffla Mel d'une voix à peine audible, il lui sera difficile de te mettre en accusation. Mais si je suis pris en flagrant délit de mensonge, je suis bon pour la prison. Qui d'autre sait que j'ai eu ces documents entre les mains ?

Clay eut à ce moment-là la certitude qu'il n'y avait pas de micro, pas d'enregistrement, que personne n'écoutait. Mel ne cherchait pas à obtenir des preuves, il voulait seulement être rassuré.

— Ton nom ne figure nulle part, Mel. Je t'ai expédié les documents, c'est tout. Tu n'as pas fait de copie, j'espère ?

— Non.

— Tu me les a renvoyés. Ton nom n'était écrit nulle part. Nous avons parlé cinq ou six fois au téléphone ; tous tes jugements, tes appréciations ont été exprimés verbalement.

— Et les autres avocats qui travaillaient sur l'affaire ?

— Quelques-uns ont vu les documents. Ils savent que je les détenais avant de déposer la plainte. Ils savent aussi qu'un médecin les a étudiés à ma demande mais n'ont pas la plus petite idée de son identité.

— Le FBI pourra-t-il les obliger à témoigner que tu

étais en possession des documents avant le dépôt de la plainte ?

— Impossible. Ils peuvent essayer, mais ces gars-là sont des avocats, Mel. Ils ne prennent pas facilement peur. Ils n'ont rien fait de mal – pas d'opérations en Bourse – et ne diront rien au FBI. Je suis protégé de ce côté.

— Tu en es certain ? insista Mel qui avait visiblement des doutes.

— Absolument.

— Alors, qu'est-ce que je dois faire ?

— Continue à suivre les conseils de ton avocat. Il y a de bonnes chances que cette affaire n'aille pas devant un grand jury. Si tu tiens bon, tu y échapperas probablement.

Ils parcoururent une centaine de mètres sans échanger un mot. Le Washington Monument était tout proche.

— Si je suis cité à comparaître, reprit lentement Mel, il faudra que nous nous revoyions.

— Naturellement.

— Je n'irai pas en prison pour cette histoire, Clay.

— Moi non plus.

Ils s'arrêtèrent au milieu d'un petit groupe rassemblé près du mémorial.

— Je vais partir. Au revoir, Clay. Si tu n'as pas de nouvelles de moi, c'est que tout ira bien.

Sur ces mots, il s'enfonça dans un groupe bruyant de lycéens et disparut.

En cette veille du procès, le tribunal du comté de Coconino, à Flagstaff, était assez calme. Chacun vaquait à ses occupations quotidiennes. Aucun signe de l'affrontement historique qui allait bientôt y faire rage. C'était la deuxième semaine de septembre, la température flirtait avec les quarante degrés. Clay et Oscar firent un petit tour dans la ville mais ne tardèrent pas à entrer dans le tribunal en quête d'air climatisé.

Dans la salle d'audience où le juge étudiait les requêtes l'atmosphère était tendue. Le banc des jurés était vide : la sélection des membres du jury devait commencer le lendemain matin, à 9 heures précises. Dale Mooneyham et son équipe occupaient une moitié de l'arène. Les troupes de Goffman, sous la conduite d'un avocat réputé de Los Angeles, du nom de Roger Redding, s'étaient établies dans l'autre moitié. On le surnommait Roger la Roquette car il avait la réputation de frapper vite et fort, ou encore Roger le Rusé car il sillonnait le pays pour affronter les meilleurs de ses confrères et éviter le pire à ses clients.

Clay et Oscar prirent place au milieu des spectateurs, étonnamment nombreux pour ces préliminaires. Wall Street allait suivre le procès de très près ; les journalistes de la presse financière s'étaient déplacés en nombre. Sans compter quelques requins comme Clay, la curiosité en éveil. Aux deux premiers rangs étaient assis une douzaine d'hommes en complet veston, nerveux, sans doute la délégation des laboratoires Goffman.

Mooneyham arpentait la salle en s'adressant soit au juge soit à Redding. Il avait une voix riche et profonde, un ton belliqueux. Un vieux guerrier qui boitait par intermittence. Tantôt, il marchait en s'appuyant sur une canne, tantôt il semblait oublier sa claudication.

Roger Redding, lui, était l'image de la décontraction. Complet sur mesure, vigoureuse chevelure poivre et sel, menton volontaire, profil de médaille. Il avait dû, à une époque de sa vie, vouloir être acteur. Il s'exprimait avec éloquence, en longues et belles phrases qui se déroulaient harmonieusement. Jamais il ne marquait la moindre hésitation, jamais il ne cherchait ses mots.

Redding employait un vocabulaire précis, à la portée de tout le monde. Il avait l'art de développer simultanément trois ou quatre arguments qu'il réunissait avec élégance pour former une conclusion logique. Il n'avait peur ni de Dale Mooneyham, ni du juge, ni des faits du procès.

Clay était fasciné par le talent de Redding pour argumenter jusque dans les détails les plus insignifiants. Une idée effrayante lui traversa l'esprit : s'il était obligé de plaider à Washington, Goffman n'hésiterait pas à envoyer Redding dans l'arène.

Tandis que Clay admirait le spectacle offert par les deux as du prétoire, on le reconnut. Un des avocats assis derrière Redding avait distingué dans l'assistance un visage familier. Il attira l'attention de son voisin d'un coup de coude ; les deux hommes identifièrent Clay. L'un d'eux griffonna quelques mots sur une feuille qui passa de main en main.

Quand le juge ordonna une suspension d'audience de quinze minutes, Clay quitta la salle pour aller chercher un soda. Deux hommes lui emboîtèrent le pas et l'acculèrent au fond du couloir.

— Bonjour, Me Carter, fit courtoisement le premier. Permettez-moi de me présenter : Bob Mitchell, vice-président et avocat maison des laboratoires Goffman.

Il tendit la main et broya celle que Clay lui présentait.

— Enchanté.

— Voici Sterling Gibb, un de nos défenseurs de New York.

Clay ne put éviter de serrer la main de Gibb.

— Nous voulions juste vous saluer, reprit Mitchell. Nous ne sommes pas étonnés de vous trouver ici.

— Je m'intéresse de loin à ce procès.

— C'est peu dire. Combien de dossiers avez-vous à ce jour ?

— Je ne sais pas exactement. Pas mal.

Gibb esquissa un sourire narquois.

— Nous consultons quotidiennement votre site Web, poursuivit Mitchell. Vingt-six mille au dernier pointage.

Le sourire de Gibb se mua en grimace ; il sautait aux yeux qu'il avait de la haine pour les actions collectives.

— Quelque chose comme ça.

— On dirait que vous avez arrêté la publicité. Vous estimez avoir assez de clientes ?

— On n'en a jamais assez.

— Qu'allez-vous faire d'elles si nous gagnons ce procès ? demanda Gibb, ouvrant la bouche pour la première fois.

— Qu'allez-vous faire si vous perdez ce procès ? riposta Clay.

— Si nous gagnons ici, maître, affirma Mitchell, vous allez avoir un mal de chien à trouver un pauvre confrère à qui refiler vos vingt-six mille dossiers. Ils ne vaudront pas tripette.

— Et si vous perdez ?

Gibb se rapprocha, l'air menaçant.

— Si nous perdons ici, nous partons directement à Washington pour prouver la futilité de votre action collective bidon. Si vous n'êtes pas déjà en prison.

— Je serai prêt, affirma Clay qui se sentait fléchir.

— Vous trouverez le tribunal ? poursuivit Gibb.

— J'ai joué au golf avec le juge et je fais la cour à la greffière.

Du bluff, qui lui permit de gagner un peu de temps.

Désarçonné, Mitchell ne fut pas long à se ressaisir.

— Bien, fit-il, la main tendue. Nous voulions juste vous saluer.

— Je suis content d'avoir enfin rencontré quelqu'un de chez Goffman, glissa Clay. Vous n'aviez pas beaucoup réagi à ma plainte.

Gibb pivota d'un bloc et s'éloigna.

— Attendons la fin de ce procès, répliqua Mitchell. Après, nous verrons.

Clay s'apprêtait à regagner la salle d'audience quand un journaliste lui barra le passage. Il se présenta, mais Clay ne saisit pas son nom. Juste le prénom : Derek. Il avait une ou deux questions à poser à Me Carter. Il travaillait pour *Financial Weekly*, un hebdo ultralibéral qui représentait les intérêts des grandes entreprises, vilipendait les avocats et vomissait les actions en responsabilité civile. Clay n'allait pas commettre l'erreur de refuser de répondre ou de l'envoyer paître. Il se demanda si ce Derek était le journaliste qui avait écrit tant de vacheries à son sujet.

— Puis-je vous demander ce que vous faites ici ? commença Derek.

— Je vous en prie.

— Que faites-vous ici ?

— La même chose que vous.

— À savoir ?

— Je profite de la chaleur.

— Est-il vrai que vous avez réuni vingt-cinq mille dossiers Maxatil ?

— Non.

— Combien ?

— Vingt-six mille.

— Que représentent-ils sur le plan financier ?

— Entre zéro et deux milliards de dollars.

À l'insu de Clay, le juge avait interdit aux avocats des deux parties toute déclaration publique jusqu'à la fin du procès. Un groupe de journalistes se forma rapidement autour de Me Carter, qui, lui, acceptait de parler à la presse. Il s'en étonna mais répondit encore à quelques questions sans rien dévoiler d'important.

D'après l'article du *Arizona Ledger,* Clay Carter avait déclaré que ses dossiers Maxatil pouvaient valoir jusqu'à deux milliards. La photographie qui le montrait à l'entrée de la salle d'audience, des micros tendus devant lui, portait en légende : « Le Redresseur de torts en visite ». Suivaient quelques mots d'explication et deux ou trois paragraphes pour présenter le procès. Le journaliste ne le traitait pas franchement d'avocat cupide et opportuniste mais donnait à entendre qu'il voyait en lui un vautour planant dans le ciel avant de fondre sur les restes de Goffman.

Dans la salle d'audience bourrée à craquer, jurés potentiels et spectateurs s'entassaient. À 9 heures, toujours aucun signe du juge ni des avocats. Ils devaient être en train de régler les derniers détails dans le bureau du magistrat. Des huissiers et des greffiers s'affairaient. Un jeune homme en complet veston entra par la porte du fond, passa devant la barre et s'engagea dans l'allée centrale. Il s'arrêta net à la hauteur de Clay et se pencha vers lui.

— Êtes-vous Me Carter ? demanda-t-il à mi-voix.

Pris de court, Clay hocha la tête.

— Le juge désire vous voir.

Le journal était ouvert au milieu du bureau. Dale Mooneyham était assis dans un angle de la pièce ; Roger Redding s'appuyait sur une table, près de la fenêtre. Le juge se balançait dans son rocking-chair. Le mécontentement se lisait sur les trois visages. Les présentations furent brèves et sèches. Mooneyham refusa de se lever pour serrer la main de Clay ; il se contenta d'un signe de tête imperceptible accompagné d'un regard haineux.

— Étiez-vous au courant, maître, de l'interdiction de toute déclaration que j'ai ordonnée ? commença le juge.

— Non, Votre Honneur.

— Eh bien, elle existe.

— Je ne représente pas une des parties, protesta Clay.

— Nous faisons tout ce qui est en notre pouvoir pour avoir des procès équitables dans l'Arizona, maître. Les parties en présence tiennent à avoir un jury aussi impartial que possible. Grâce à vous, les jurés potentiels savent maintenant qu'il y a au moins vingt-six mille cas similaires.

En présence de Roger Redding qui ne le quittait pas des yeux, Clay ne voulait montrer aucun signe de faiblesse ni battre sa coulpe.

— J'imagine que c'était inévitable, répondit-il.

Il savait qu'il ne plaiderait jamais devant ce magistrat : il n'allait pas se laisser intimider.

— Pourquoi ne quittez-vous pas l'Arizona ? rugit Mooneyham.

— Rien ne m'y oblige, répliqua Clay.

— Vous voulez que je perde ?

Clay en avait assez entendu. Il ne voyait pas en quoi sa présence pourrait nuire à Mooneyham, mais à quoi bon courir ce risque ?

— Très bien, Votre Honneur. Je crois que je vais me retirer.

— Excellente idée.

— À bientôt, à Washington, ajouta Clay en se tournant vers Roger Redding.

L'autre sourit poliment mais fit non de la tête.

Oscar accepta de rester à Flagstaff pour suivre les débats. Clay sauta dans le Gulfstream. Pendant tout le trajet, il remua de sombres pensées. On l'avait chassé de l'Arizona !

37.

À Reedsburg, quand la nouvelle se répandit que Hanna licenciait douze cents ouvriers, la vie s'arrêta. Les employés en furent informés par une lettre personnelle rédigée par le P-DG.

En un demi-siècle, la société ne s'était séparée que de quatre employés. Elle avait toujours réussi malgré les difficultés créées par les ralentissements de l'activité économique à conserver la totalité de son personnel. Depuis qu'elle était en cessation de paiements, la donne avait changé : elle se trouvait dans l'obligation de prouver au juge et à ses créanciers qu'elle restait viable.

La responsabilité de la situation incombait à des facteurs extérieurs sur lesquels ses dirigeants n'avaient aucune prise. La faiblesse des ventes entrait en ligne de compte, mais ce n'était pas la première fois, loin de là. Le coup fatal était dû à l'échec des négociations engagées pour trouver un compromis dans l'action collective introduite contre la société. Hanna avait agi de bonne foi, mais les exigences du cabinet juridique de Washington étaient inacceptables.

La survie de l'entreprise était en jeu ; Marcus Hanna assurait le personnel que la boîte ne coulerait pas. La situation exigeait pendant un an des mesures draconiennes de réduction des dépenses : à ce prix, l'avenir de la société pouvait être préservé.

Marcus s'engageait à aider dans la mesure de ses moyens les douze cents employés à qui était adressé l'avis de licenciement. Ils bénéficieraient d'une allocation de chômage pendant un an. Hanna souhaitait bien entendu les reprendre dans les meilleurs délais mais ne pouvait rien promettre. Les licenciements risquaient de devenir définitifs.

Dans les cafés et les salons de coiffure, sur les bancs des églises, dans les tribunes du stade, sur les trottoirs de la grand-place, dans les bars à bière et les salles de billard, on ne parlait que de ça. Tout le monde connaissait quelqu'un qui venait de perdre son boulot chez Hanna. Jamais dans son histoire la petite ville de onze mille habitants n'avait connu un jour plus noir. Reedsburg était nichée au cœur des monts Alleghanys, mais la nouvelle se répandit comme une traînée de poudre.

Le journaliste du *Baltimore Press* qui avait signé trois articles sur l'action collective engagée dans le comté de Howard demeurait à l'affût. Il suivait les développements de la procédure de faillite, il interrogeait les propriétaires qui voyaient leurs briques tomber. En prenant connaissance de la vague de licenciements, il décida de se rendre à Reedsburg. Il y traîna dans les cafés, les salles de billard et les gradins du stade.

Le premier de ses deux articles avait la longueur d'une nouvelle. Un auteur acharné à la perte d'un ennemi n'aurait pas été plus cruel. Tous les malheurs de Reedsburg auraient pu être évités si Clay Carter, l'avocat à l'origine de l'action collective, n'avait été si gourmand.

Comme Clay ne lisait pas le *Baltimore Press* – il évitait prudemment les publications périodiques – les nouvelles en provenance de Reedsburg auraient pu lui échapper, du moins quelque temps. Mais le ou les éditeurs toujours inconnus des lettres confidentielles s'empressèrent de lui faxer l'article du quotidien de Baltimore.

Quand il eut terminé la lecture, Clay fut pris d'une furieuse envie d'intenter au journaliste un procès en diffamation.

Mais des nuages encore plus noirs se profilaient à l'horizon. Quelques jours auparavant, miss Glick avait encore une fois rembarré un journaliste de *Newsweek* qui demandait un entretien. Tout avocat qui se respecte rêve de voir son nom dans une publication nationale – à condition que l'article l'encense ou fasse état d'une somme colossale accordée par un jury. Clay soupçonnait qu'il n'en était rien. Avec juste raison. *Newsweek* ne s'intéressait pas réellement à Clay Carter mais à son ennemie intime.

Le papier prodiguait ses louanges à Helen Warshaw ; deux pages élogieuses pour lesquelles un avocat aurait tué père et mère. Une photographie montrait Me Warshaw dans une salle d'audience, devant le banc des jurés inoccupé. Clay ne l'avait jamais vue en photo ; il espérait qu'elle avait la tête d'une « salope qui ne fait pas de cadeaux », pour reprendre les termes de Saulsberry. Il n'en était rien. Helen Warshaw était une femme séduisante aux cheveux bruns coupés court et dont les grands yeux tristes sauraient retenir l'attention d'un jury. En considérant la photographie, Clay se dit qu'il aurait de loin préféré être à sa place. Avec un peu de chance pourtant, ils ne se rencontreraient jamais, du moins dans l'enceinte d'un tribunal.

Me Warshaw était l'une des trois associées d'un cabinet de New York spécialisé dans la responsabilité civile professionnelle de leurs confrères, un créneau étroit mais prometteur. Elle s'attaquait cette fois à quelques-uns des plus riches avocats du pays et refusait par avance toute idée de compromis. « Je n'ai jamais vu une affaire qui ait autant d'attrait pour un jury », confiait-elle au journaliste. En lisant ces mots, Clay eut envie de s'ouvrir les veines.

Helen Warshaw avait cinquante dossiers Dyloft – cinquante clients condamnés. L'article reprenait, dans ses grandes lignes, le déroulement de l'action en représentation collective.

Sur les cinquante clients, le journaliste, pour des raisons qui lui appartenaient, avait concentré son attention sur Ted Worley, d'Upper Marlboro, Maryland. Une photographie montrait le malade dans son jardin, son épouse à ses côtés, les bras croisés, la mine triste et renfrognée. M. Worley évoquait son premier contact avec Clay Carter : un coup de téléphone à une heure tardive, tandis qu'il regardait une rencontre de baseball à la télévision, l'annonce terrifiante des méfaits du Dyloft, puis l'analyse d'urine, la visite du jeune avocat et la plainte. Il ne passait rien sous silence. Il déclarait avec force qu'il n'avait jamais voulu de la transaction.

Ted Worley avait montré au journaliste tous les papiers en sa possession – son dossier médical, une copie de la plainte, le contrat insidieux signé avec Clay Carter, qui donnait à l'avocat le droit de conclure un accord pour toute somme dépassant cinquante mille dollars. Il avait également conservé une copie des deux lettres adressées à l'avocat pour protester contre sa « trahison ». Des lettres restées sans réponse.

D'après ses médecins, il restait à M. Worley moins de six mois à vivre. À la fin de l'article dont il lut chaque mot, Clay avait presque l'impression d'être responsable de son cancer.

Helen Warshaw expliquait ensuite que le jury recevrait sous la forme d'une vidéocassette la déposition de ceux des clients qui ne vivraient pas jusqu'au procès. Clay trouva cela cruel, mais tel était le ton de l'article.

Pour faire bonne mesure, le journaliste présentait la photo de Clay et Ridley devant la Maison Blanche et ne pouvait résister au plaisir de mentionner le chèque de deux cent cinquante mille dollars signé au profit du groupe de réflexion présidentiel.

« Il aura besoin d'amis comme le président », déclarait Helen Warshaw. Clay crut sentir la balle pénétrer entre ses yeux. Il balança la revue de l'autre côté de la pièce. Il regrettait d'avoir accepté l'invitation à la Maison Blanche, d'avoir été présenté au président, d'avoir signé ce foutu chèque, d'avoir rencontré Ted Worley, Max Pace aussi et même d'avoir fait des études de droit !

Il appela ses pilotes pour leur demander de se rendre dare-dare à l'aéroport.

— Quelle destination ?

— Je n'en sais rien. Où voulez-vous aller ?

— Pardon ?

— Biloxi, Mississippi.

— Une ou deux personnes ?

— Je serai seul.

Il n'avait pas vu Ridley depuis vingt-quatre heures et n'avait aucune envie de l'emmener. Il avait besoin de s'éloigner un moment de Washington et de tout ce qui pouvait lui rappeler cette ville.

Deux jours sur le yacht de French n'arrangèrent pas les choses. Clay recherchait la compagnie d'un de ses pairs, mais Patton était préoccupé par d'autres affaires. Ils mangèrent et burent trop.

French avait expédié dans l'Arizona deux collaborateurs qui le bombardaient d'e-mails. Il ne faisait toujours pas du Maxatil une cible potentielle mais ne perdait rien de ce qui se passait. Cela faisait partie du boulot : il était le numéro un. Il avait l'expérience, l'argent, la réputation. Toute action collective, à un moment ou à un autre, atterrissait sur son bureau.

Clay prenait connaissance des e-mails et s'entretenait au téléphone avec Mulrooney. La sélection du jury avait pris une journée entière. Dale Mooneyham commençait à défendre la cause de sa patiente. L'étude réalisée par les autorités fédérales constituait un élément important qui intéressait vivement le jury. « Jusqu'à présent, annonça Oscar, tout va bien. Mooneyham fait un joli numéro d'acteur, mais Redding est plus habile. »

Tandis que French jonglait au téléphone avec trois correspondants, Clay, qui souffrait d'une terrible gueule de bois, prit un bain de soleil sur le pont supérieur en essayant d'oublier ses problèmes.

L'après-midi du deuxième jour, après avoir descendu ses deux premières vodkas, French demanda à Clay combien il lui restait.

— Je ne sais pas exactement. J'ai peur de faire le calcul.

— À vue de nez ?

— Dans les vingt millions.

— Et l'assurance ?

— Dix millions. Ils ont résilié le contrat mais il est valable pour le Dyloft.

— Je ne suis pas sûr que trente millions vous suffiront, observa French en suçant une rondelle de citron.

— J'en ai bien l'impression.

— Vous en êtes déjà à vingt et un plaignants et leur nombre ne peut qu'augmenter. Nous pourrons nous estimer heureux si nous nous en sortons à trois millions par tête.

— Combien en avez-vous ?

— Dix-neuf. C'est le chiffre d'hier.
— De combien disposez-vous ?
— Deux cents millions. Cela suffira.

Dans ce cas, songea Clay, vous pourriez me prêter, disons une cinquantaine de millions. Il parvenait encore à s'amuser de la manière dont ils jouaient avec les chiffres. Un steward apporta deux autres verres de vodka ; ils en avaient besoin.

— Et les autres ? demanda Clay.

— Wes n'a pas de problème. Carlos s'en sortira si ses plaignants ne sont pas plus de trente. Didier s'est fait nettoyer par ses deux dernières femmes : il est foutu. Il sera le premier en faillite. Il a déjà connu ça.

Le premier ? Qui pourrait être le suivant ?

— Que se passera-t-il si Goffman gagne à Flagstaff ? reprit Clay après un long silence. J'aurai tous ces dossiers sur les bras.

— Vous allez le sentir passer, c'est certain. Cela m'est arrivé il y a dix ans ; des bébés étaient nés avec une malformation. J'ai démarché les clients, je les ai fait signer et j'ai déposé une plainte, mais trop vite. L'affaire a foiré et je n'ai rien pu récupérer. Mes clients espéraient toucher des millions avec leurs bébés infirmes. Ils étaient dans tous leurs états ; impossible de leur faire entendre raison. Ils ont été nombreux à se retourner contre moi, mais je n'ai rien payé. L'avocat n'a pas d'obligation de résultat. Cela m'a quand même coûté un paquet de fric.

— Je préférerais ne pas entendre ce genre de chose.

— Combien avez-vous dépensé pour le Maxatil ?

— Huit millions, rien qu'en publicité.

— À votre place, j'en resterais là, en attendant de voir ce que fait Goffman. Je doute qu'ils proposent quelque chose ; ce sont des durs à cuire. Vos clientes finiront par se lasser et vous pourrez les envoyer paître.

Mais vous pouvez aussi voir les choses d'une manière positive, reprit French après avoir bu une lampée de vodka. Mooneyham n'a pas perdu un procès depuis des lustres. Si le jury lui accorde de gros dommages-intérêts, tout basculera et vos dossiers seront une mine d'or.

— L'avocat de Goffman m'a dit qu'ils iraient ensuite à Washington.

— C'est peut-être un coup de bluff. Tout dépend de ce qui se passera à Flagstaff. S'ils sont condamnés à un gros dédommagement, peut-être chercheront-ils à négocier. Si le jury reconnaît leur responsabilité mais n'accorde que des dommages-intérêts minimes, ils tenteront peut-être de nouveau leur chance. Dans le cas où ce serait à Washington, vous trouverez un as du prétoire et ils prendront une déculottée.

— Vous ne me conseillez pas de plaider moi-même ?

— Non. Vous manquez d'expérience. Il faut des années de métier pour arriver à ce niveau-là, Clay. Des années et des années.

French s'enflammait volontiers à l'idée d'un procès retentissant, mais il était évident que le scénario qu'il venait d'évoquer ne l'enthousiasmait pas. Il ne se proposait pas pour être l'as du prétoire dont Clay aurait besoin. Il s'efforçait seulement de réconforter son jeune compagnon d'infortune.

Clay repartit le lendemain en fin de matinée. Il s'envola pour Pittsburgh – n'importe où, mais pas Washington. Il téléphona à Oscar pendant le trajet, prit connaissance de ses e-mails et des informations en ligne sur le procès de Flagstaff. La plaignante, une femme de soixante-six ans atteinte d'un cancer du sein, avait fait une magnifique déposition. Elle était sympathique et Mooneyham s'était régalé. Vas-y, mon vieux, murmura Clay. Montre-leur de quoi tu es capable.

Il loua une voiture et roula deux heures vers le nord-est, s'enfonçant dans les monts Alleghanys. Il était presque aussi difficile de trouver Reedsburg sur la carte que de découvrir un panneau indicateur sur le bord de la route. Au sommet d'une côte, à proximité de la ville, il découvrit au loin une usine gigantesque. Un grand panneau proclamait : BIENVENUE À REEDSBURG, PENNSYLVANIE. SIÈGE DE LA SOCIÉTÉ HANNA PORTLAND CEMENT. FONDÉE EN 1946. Deux hautes cheminées crachaient une poussière crayeuse emportée par le vent. Elle tourne encore, c'est déjà ça, se dit Clay.

Il prit la direction du centre-ville, trouva une place de stationnement dans la grand-rue. En jean, coiffé d'une casquette de base-ball, avec une barbe de trois jours, il ne courait aucun risque d'être reconnu. Il entra Chez Ethel, un café de la place, et s'installa au bar sur un tabouret bancal. La patronne prit sa commande : un sandwich grillé au fromage et un café.

À la table de derrière, deux vieux de la vieille parlaient football. Les Couguars de Reedsburg venaient de perdre trois matchs d'affilée et les deux hommes se faisaient fort de constituer une meilleure équipe que l'entraîneur du moment. À en croire le calendrier de la saison affiché près de la caisse, il y avait le soir même un match à domicile.

— Vous êtes de passage ? demanda Ethel en posant une tasse de café sur le bar.

— Oui, répondit-il.

Il se doutait qu'elle connaissait de vue chacun des onze mille habitants de la ville.

— Vous venez d'où ?

— De Pittsburgh.

Il n'aurait su dire si c'était bien ou mal. Elle s'éloigna sans poser d'autres questions. À une table voisine, deux hommes d'âge mûr avaient une conversation plus sérieuse. Il fut vite évident pour Clay qu'ils n'avaient de travail ni l'un ni l'autre. L'un des hommes était coiffé d'une casquette portant le logo Hanna. En mangeant son sandwich, Clay les écouta parler allocation de chômage, emprunt immobilier, carte de crédit, travail à temps partiel. L'un d'eux projetait de rendre son pick-up Ford au concessionnaire local, qui avait promis de mettre le véhicule en vente.

Près de la porte, contre le mur, Clay vit une table pliante sur laquelle était posée une grande bouteille en plastique. Une affichette rédigée à la main invitait les clients à apporter leur contribution au « Fonds Hanna ». La bouteille était à moitié remplie de pièces et de billets.

— C'est pour quoi ? interrogea Clay en indiquant la bouteille d'un signe de tête, quand Ethel vint remplir sa tasse.

— Une collecte pour les familles des ouvriers licenciés à l'usine.

— Quelle usine ? demanda Clay en faisant l'ignorant.

— Les ciments Hanna. Le plus gros employeur de la ville. Ils ont licencié douze cents employés la semaine dernière. Ici, on a l'habitude de se serrer les coudes. Il y en a partout : dans les magasins, les cafés, les églises, même les écoles. Ils en sont à six mille dollars. L'argent servira à payer les petites factures et l'épicerie, si les choses se gâtent. Sinon, il ira à l'hôpital.

— Les affaires allaient mal ? poursuivit Clay qui avait de la peine à avaler sa bouchée.

— Non, l'usine a toujours bien marché. Les Hanna savent ce qu'ils font. Il y a une plainte pour des malfaçons, vers Baltimore. Les avocats voulaient empocher trop d'argent au passage et Hanna a déposé son bilan.

— Une honte, je vous dis ! lança un des anciens.

Dans ce café, tout le monde prenait part aux conversations en cours.

— On n'était pas obligés d'en arriver là. Les Hanna ont essayé de négocier, mais on a abusé de leur bonne foi. Les fumiers d'avocats leur ont mis le couteau sous la gorge. Alors, ils en ont eu marre et ils ont claqué la porte.

Clay revit en esprit le fil des événements ; le vieil homme n'était pas loin de la vérité.

— J'ai travaillé quarante ans à l'usine, moi. C'est honteux de faire ça !

On attendait visiblement de Clay qu'il dise quelque chose pour relancer la conversation.

— Les licenciements sont si rares que ça ? hasarda-t-il.

— C'est pas la politique des Hanna.

— Croyez-vous qu'ils les reprendront ?

— Si ça ne dépendait que d'eux, bien sûr. Mais c'est le tribunal de commerce qui s'en occupe.

Clay hocha lentement la tête et reprit son sandwich. Les deux chômeurs s'avancèrent vers la caisse pour payer.

— C'est ma tournée, déclara Ethel en les arrêtant d'un geste de la main.

Ils la remercièrent d'un signe de tête et déposèrent en sortant quelques pièces dans la bouteille en plastique. Au bout de cinq minutes, Clay prit congé des deux anciens, régla ses consommations et remercia Ethel. Il déposa au passage un billet de cent dollars dans la cagnotte.

Le soir venu, seul dans la tribune des visiteurs, il regarda le match opposant les Couguars de Reedsburg aux Élans d'Enid. Il n'y avait pas une place libre sur les gradins de la tribune opposée. La musique était forte, la foule braillait, attendant avec impatience une victoire de son équipe. Clay suivait distraitement le jeu. En regardant la liste des joueurs, il se demanda combien d'entre eux venaient d'une famille frappée par la vague de licenciements. Et de l'autre côté du terrain, combien étaient-ils dans la foule bruyante des supporters, à avoir perdu leur emploi ?

Avant le coup d'envoi et l'hymne national, un ministre du culte avait prié pour les joueurs et pour le redressement de l'activité économique de la ville. Il avait terminé sa prière par cette invocation : « Aidez-nous, Seigneur, dans les temps difficiles que nous vivons. Amen. »

Jamais, de sa vie, Clay n'avait eu aussi mauvaise conscience.

38.

Ridley appela le samedi, en début de soirée. Elle était inquiète. Elle n'avait pas réussi à joindre Clay depuis quatre jours. Personne au cabinet ne savait où il se trouvait, ou alors personne n'avait rien voulu lui dire. De son côté, il n'avait même pas essayé de l'appeler. Était-ce la meilleure manière de faire évoluer leur relation ? Après avoir prêté une oreille distraite à ses pleurnicheries pendant une ou deux minutes, Clay perçut une sorte de bourdonnement sur la ligne.

— D'où appelles-tu ? demanda-t-il.

— De Saint-Barth. De notre villa.

— Comment es-tu allée là-bas ? poursuivit Clay, qui avait utilisé le Gulfstream.

— J'ai loué un petit jet. Trop petit. Nous avons dû nous poser à San Juan pour prendre du carburant. Il ne pouvait pas faire le trajet sans escale.

Pauvre chérie ! Clay ne savait pas où elle avait déniché le numéro de la compagnie de charters.

— Pourquoi es-tu partie ? demanda Clay en songeant que c'était une question stupide.

— J'étais tellement stressée de ne pas te trouver. Ne me refais plus jamais ça, Clay.

Il essaya d'établir le lien entre sa disparition et le départ de Ridley pour Saint-Barthélemy, mais renonça rapidement.

— Pardonne-moi, fit-il. Je suis parti précipitamment. Patton French avait besoin de moi à Biloxi et j'avais trop à faire pour t'appeler.

Un long silence s'ensuivit : elle devait s'interroger pour savoir si elle lui pardonnait tout de suite ou s'il valait mieux attendre un ou deux jours.

— Promets-moi de ne pas recommencer, fit-elle d'une voix plaintive.

Clay n'était pas d'humeur à l'écouter geindre, pas plus qu'à faire des promesses. Il se sentait soulagé de la savoir à des milliers de kilomètres.

— Cela ne se reproduira pas. Calme-toi et profite de la villa.

— Tu ne peux pas venir ?

Une question pour la forme, dépourvue de sincérité.

— Avec le procès de Flagstaff, je n'aurais pas l'esprit libre.

Avait-elle la plus petite idée de l'importance de ce procès ? Il en doutait sérieusement.

— Tu m'appelleras demain ?

— Bien sûr.

Jonah était de retour avec plein d'histoires à raconter sur sa vie de coureur d'océans. Ils avaient rendez-vous à 21 heures dans un restaurant de Wisconsin Avenue. Le téléphone sonna vers 20 h 30, mais le correspondant raccrocha sans un mot. Deuxième sonnerie. Clay décrocha en boutonnant sa chemise de l'autre main.

— Je suis bien chez Clay Carter ? demanda une voix masculine.

— Oui. Qui est à l'appareil ?

En raison du nombre de clients mécontents – ceux du Dyloft, de Skinny Ben et surtout ceux du comté de Howard, particulièrement remontés –, Clay avait été obligé de changer deux fois de numéro en deux mois. Il supportait les insultes au cabinet mais voulait être tranquille chez lui.

— J'habite à Reedsburg et j'ai des tuyaux intéressants sur les ciments Hanna.

Des propos qui faisaient froid dans le dos. Clay s'assit au bord du lit en se disant qu'il fallait garder l'inconnu en ligne, le temps de mettre de l'ordre dans ses idées.

— J'écoute.

Quelqu'un de Reedsburg avait réussi à se procurer son nouveau numéro, pourtant sur la liste rouge.

— On ne peut pas parler au téléphone.

L'homme devait avoir une trentaine d'années. Blanc, bonne éducation.

— Pourquoi ?

— Ce serait trop long. Il y a des papiers.

— Où êtes-vous ?

— À Washington. Je peux vous retrouver dans le hall de l'hôtel Quatre Saisons, dans M Street. Nous serons tranquilles pour parler.

L'endroit était bien choisi. Il y aurait des allées et venues dans le hall, assez de monde pour qu'il ne prenne pas à l'inconnu l'envie de sortir un pistolet et de descendre un avocat.

— Quand ?

— Très bientôt. Je peux y être dans cinq minutes. Combien de temps vous faut-il ?

Clay n'allait pas révéler qu'il n'habitait pas à plus de cinq cents mètres, même si son adresse n'était pas un secret.

— J'y serai dans dix minutes.

— D'accord. Je porte un jean et une casquette noire des Steelers.

— Je vous trouverai.

Clay raccrocha et finit de s'habiller. Il sortit en hâte de la maison. En marchant d'un pas vif sur le trottoir de Dumbarton Street, il essaya d'imaginer quels renseignements sur la société Hanna pourraient lui être utiles.

Il venait de passer dix-huit heures à Reedsburg et s'efforçait encore, sans succès, de chasser ce souvenir de son esprit. Quand il tourna dans la 31e Rue, il parlait tout seul, imaginant des scénarios remplis d'intrigues, de trahisons, de pots-de-vin et d'espions. Il croisa une dame qui promenait un petit chien ; l'animal cherchait un endroit où faire ses besoins. Un jeune homme en blouson de cuir noir, une cigarette au bec, arrivait en sens inverse. Clay l'avait à peine vu approcher. Au moment où ils se croisèrent, devant une maison chichement éclairée et sous les branches d'un vieil érable rouge, le jeune homme, avec une grande précision et sans que rien ne l'ait laissé prévoir, envoya un crochet du droit qui toucha Clay en plein sur le menton.

Clay n'avait pas vu le coup arriver. Il perçut seulement un bruit mat et sa tête heurta violemment une barrière en fer forgé. Il vit apparaître un bâton dans son champ de vision, puis un autre homme ; les deux agresseurs commencèrent à le bourrer de coups de poing et de coups de bâton. Clay roula sur le côté et réussit à glisser un genou sous son corps avant que l'arme s'abatte violemment sur l'arrière de son crâne.

Il perçut une voix de femme étouffée par la distance et perdit connaissance.

La dame qui promenait son chien avait entendu un grand bruit derrière elle. Des hommes se bagarraient, à deux contre un, et celui qui était étendu sur le trottoir passait un mauvais quart d'heure. Elle s'approcha en courant et vit avec horreur deux hommes en blouson noir qui frappaient le troisième à coups redoublés avec de gros bâtons noirs. Dès qu'elle se mit à hurler, ils prirent la fuite. Elle saisit son téléphone portable et composa le numéro d'urgence de la police.

Les deux hommes disparurent à l'angle de N Street, où se dressait une église. Elle essaya de venir en aide au jeune homme inanimé sur le trottoir, qui saignait abondamment.

Clay fut transporté à l'hôpital universitaire George-Washington, où une équipe du service de traumatologie le prit en charge. L'examen initial révéla deux grandes plaies à la tête provoquées par un objet contondant, une coupure sur la pommette droite, une autre à l'oreille gauche et des contusions multiples. Une fracture nette du péroné droit. La rotule gauche était en miettes et la cheville de la même jambe fracturée. On lui rasa la tête ; quatre-vingt-un points de suture furent nécessaires pour réunir les lèvres des deux plaies. Le crâne était couvert d'ecchymoses, sans fracture apparente. Six points de suture pour la pommette, onze pour l'oreille. On le transporta sur un chariot jusqu'au service de chirurgie pour remettre en place les os des deux jambes.

Après une demi-heure d'attente, Jonah s'était impatienté et avait essayé de joindre Clay au téléphone. Encore une demi-heure et il avait quitté le restaurant pour se rendre à pied à son domicile. Il frappa à la porte de la maison de Georgetown, donna des coups de sonnette en jurant à mi-voix et s'apprêtait à lancer des poignées de cailloux contre les fenêtres quand il vit la voiture de Clay, garée le long du trottoir. Plus exactement, il crut la reconnaître.

Il se dirigea lentement vers le véhicule. Quelque chose clochait, mais il ne savait pas quoi. C'était bien une Porsche Carrera noire, mais recouverte d'une pellicule blanche. Il appela la police.

On découvrit sous la Porsche un sac de ciment Portland fabriqué par la société Hanna. Quelqu'un avait vidé le sac de ciment sur le véhicule, puis versé de l'eau dessus. À certains endroits, particulièrement sur le toit et le capot, le ciment séché adhérait à la peinture. Tandis que les policiers inspectaient le véhicule, Jonah signala qu'il était sans nouvelles de son propriétaire. Une longue recherche informatique permit de retrouver la trace de Clay ; Jonah prit le chemin de l'hôpital. En route, il appela Paulette, qui arriva avant lui. Clay était hospitalisé au service de chirurgie ; il ne souffrait apparemment que de fractures multiples et d'une commotion cérébrale. Les blessures ne semblaient pas mettre sa vie en danger.

La dame au chien indiqua à la police que les deux agresseurs étaient Blancs. Trois étudiants qui entraient dans un bar de Wisconsin Avenue déclarèrent avoir vu deux hommes de race blanche portant un blouson de cuir noir tourner précipitamment dans N Street. Ils étaient montés dans une camionnette vert métallisé ; quelqu'un attendait au volant. Il faisait trop sombre pour voir le numéro minéralogique.

L'appel téléphonique reçu par Clay à 20 h 39 avait été donné d'une cabine publique de M Street, à cinq minutes à pied de son domicile.

Les recherches en restèrent là ; ce n'était qu'une agression parmi d'autres, un samedi soir. La même nuit, il y avait eu à Washington deux viols, deux fusillades en voiture qui avaient fait cinq blessés et deux meurtres sans mobile apparent.

Clay n'ayant pas de famille à Washington, Jonah et Paulette assumèrent ce rôle auprès du personnel de l'hôpital. À 1 h 30, un médecin les informa que l'intervention chirurgicale s'était bien passée – les fractures étaient réduites, des broches et des vis maintenaient les os en place, tout allait pour le mieux. Il allait surveiller attentivement l'activité cérébrale. Il y avait une commotion, mais il ne pouvait encore se prononcer sur sa gravité. Il leur confia qu'il était en piteux état.

Deux heures s'écoulèrent. On remonta Clay sur un chariot ; Jonah avait insisté pour qu'il ait une chambre individuelle. Ils ne le virent qu'à 4 heures du matin, enroulé dans des bandages comme une momie.

Il avait les jambes prises sur toute leur longueur dans des plâtres suspendus à quelques centimètres du lit par un ensemble barbare de câbles et de poulies. Un drap était tiré sur sa poitrine et ses bras. Il avait le crâne et la moitié du visage enveloppés de gaze, les yeux fermés par les boursouflures. Par chance, il n'avait pas encore repris connaissance. Son menton était gonflé, ses lèvres tuméfiées et bleuâtres. Il restait des traces de sang séché sur son cou.

Ils restèrent debout en silence, prenant conscience de la gravité des blessures, écoutant les signaux sonores des moniteurs, regardant la poitrine de Clay se soulever et s'abaisser très lentement. Au bout d'un long moment, Jonah se mit à rire.

— Regarde de quoi il a l'air !

— Tais-toi, Jonah, lança Paulette d'une voix sifflante, prête à lui balancer une gifle.

— Ci-gît le Redresseur de torts, poursuivit Jonah, les épaules secouées par un rire silencieux.

Paulette, à son tour, perçut l'humour de la situation. Elle parvint à rire sans ouvrir la bouche. Ils restèrent un long moment au pied du lit à déployer leurs efforts pour se contenir.

— Tu devrais avoir honte, déclara Paulette quand elle eut repris son sérieux.

— Oui, j'ai honte.

Un infirmier poussa un lit roulant dans la chambre. Paulette prenait la première nuit, Jonah prendrait la suivante.

L'agression avait heureusement eu lieu trop tard pour l'édition dominicale du *Washington Post.* Miss Glick téléphona à chacun des employés du cabinet pour demander de ne pas aller voir Clay à l'hôpital ni d'envoyer de fleurs. Il leur suffirait dans l'immédiat de prier pour le rétablissement de leur patron.

Clay reprit connaissance le dimanche, vers midi, tandis que Paulette se retournait sur le lit pliant.

— Qui est là ?

Elle se dressa sur son séant et se précipita à son chevet.

— C'est moi, Clay.

Entre ses paupières tuméfiées, il distinguait un visage noir aux contours indécis. Ce ne pouvait pas être Ridley.

— Qui ? poursuivit-il, la main tendue vers le visage indistinct.

— Paulette. Tu ne vois pas, Clay ?

— Non. Que fais-tu là, Paulette ?

Il s'exprimait lentement, avec difficulté, d'une voix pâteuse.

— Je veille sur toi.

— Où sommes-nous ?

— À l'hôpital universitaire George-Washington.

— Pourquoi ? Que s'est-il passé ?

— Tu as reçu une dérouillée à l'ancienne.

— Quoi ?

— Deux types t'ont agressé et tabassé avec des gros bâtons. As-tu besoin d'un analgésique ?

— Bonne idée.

Paulette sortit de la chambre pour se diriger vers le bureau des infirmières. Quelques minutes plus tard, un médecin vint expliquer à Clay l'étendue des lésions sans lui faire grâce d'aucun détail. Un autre analgésique et Clay se sentit de nouveau partir. Il passa la majeure partie de la journée dans un agréable brouillard pendant que Paulette et Jonah lisaient les journaux ou regardaient du football sur le téléviseur de la chambre.

Dès le lundi matin, les médias s'emparèrent de l'affaire ; ils n'y allaient pas de main morte. Paulette coupa le son du téléviseur et Jonah cacha les journaux. Miss Glick et les employés du cabinet faisaient front : ils n'avaient aucune déclaration à faire. Elle reçut un e-mail d'un marin naviguant dans les parages de la péninsule du Yucatán, qui prétendait être le père de Clay. Il demandait des nouvelles de sa santé. Miss Glick expliqua que son état était stable, qu'il souffrait de plusieurs fractures et d'une commotion cérébrale. L'homme la remercia et promit de rappeler le lendemain.

Ridley arriva dans l'après-midi. Paulette et Jonah lui laissèrent la place, heureux de prendre un peu de champ. À l'évidence, les Géorgiens avaient leur propre conception de la visite à l'hôpital. Contrairement aux Américains qui viennent s'installer au chevet des êtres chers, certains représentants d'autres cultures estiment plus pratique de ne rester qu'une petite heure auprès du patient avant de laisser le personnel hospitalier faire son devoir. Pendant quelques minutes, Ridley se montra très affectueuse, puis elle essaya d'intéresser Clay aux récents travaux de rénovation de leur villa. Quand les élancements de sa blessure à la tête devinrent trop douloureux, il demanda un analgésique. Ridley se lova sur le lit pliant pour essayer de faire un somme. Elle se prétendait épuisée par le voyage. Un vol sans escale. Dans le Gulfstream. Clay s'endormit ; quand il ouvrit les yeux, elle avait disparu.

Un officier de police passa poser quelques questions pour son enquête. Les soupçons pesaient sur des voyous venus de Reedsburg, mais aucune preuve ne venait les étayer. Clay était incapable de donner le signalement de l'homme qui l'avait frappé dans la rue. « Je ne l'ai pas vu », déclara-t-il en se frottant le menton. Pour lui remonter le moral, le policier lui présenta quatre grandes photographies en couleur de la Porsche noire couverte de taches blanches de ciment. Encore un analgésique.

Les fleurs arrivaient à flots. Adelfa Pumphrey, Glenda, M. et Mme Rex Crittle, Rodney, Patton French, Wes Saulsberry, un juge de la chambre criminelle. Jonah apporta un ordinateur portable ; Clay put s'entretenir longuement avec son père par e-mails.

La lettre confidentielle publia dans la même journée trois éditions dans lesquelles elle présentait des articles de journaux et les dernières rumeurs circulant sur le passage à tabac dont Clay avait été victime. Il ne les vit pas ; ses amis le protégeaient.

Le mardi matin, Zack Battle s'arrêta sur la route de son cabinet. Il avait de bonnes nouvelles : la SEC suspendait son enquête sur Clay. Zack s'était entretenu avec l'avocat de Mel Snelling, qui l'avait assuré que Mel tenait bon, qu'il ne cédait pas aux pressions du FBI. Sans Mel, les agents fédéraux ne pouvaient rassembler les preuves nécessaires.

— J'imagine qu'ils ont appris par les journaux ce qui vous est arrivé et qu'ils estiment votre punition suffisante.

— On parle de moi dans les journaux ? s'étonna Clay.

— Il y a eu deux ou trois articles.

— Est-il souhaitable que je les lise ?

— Je ne vous le conseille pas.

Clay commençait à s'ennuyer ferme. L'appareil de traction, le bassin, les passages incessants des infirmières à toute heure du jour et de la nuit, les petites conversations avec les médecins, les quatre murs de la chambre, la nourriture immangeable, les interminables séances de bandage, les prises de sang pour de nouveaux examens... Et l'immobilité forcée. Il garderait ses plâtres plusieurs semaines ; il ne pouvait s'imaginer à Washington avec un fauteuil roulant et des béquilles. Deux autres interventions étaient prévues, mineures, on le lui avait promis.

Des réminiscences du passage à tabac le hantaient ; des souvenirs de bruits et de sensations lui revenaient en mémoire. Il avait vu le visage de l'homme qui l'avait jeté à terre d'un coup de poing mais n'aurait su dire si c'était la réalité ou seulement un rêve. Il avait donc décidé de ne pas en parler à l'officier de police. Il avait entendu des cris dans l'obscurité ; ils pouvaient, eux aussi, appartenir à un cauchemar. Il se rappelait avoir vu un bâton noir de la taille d'une batte de base-ball s'élever au-dessus de sa tête. Il avait par chance perdu connaissance assez vite et ne se souvenait pas de tous les coups.

Les hématomes se résorbaient, son cerveau recommençait à fonctionner. Il arrêta les analgésiques pour avoir les idées plus claires et essaya de reprendre les rênes du cabinet par téléphone et ordinateur interposés. Tous ceux à qui il parlait affirmaient qu'il y avait un travail monstre ; Clay n'en croyait rien.

Ridley passait une heure en fin de matinée et une autre en fin d'après-midi. Elle restait à son chevet et se montrait affectueuse, surtout en présence des infirmières. Paulette la détestait, quittait la chambre dès qu'elle arrivait.

— C'est ton argent qui l'intéresse, disait-elle à Clay.

— Moi, c'est son corps.

— En ce moment précis, elle est gagnante, non ?

39.

Il était obligé, pour lire, de se lever à moitié dans son lit. Comme ses jambes étaient inclinées vers le haut, son corps formait ainsi un V ouvert. Une position douloureuse qu'il ne pouvait maintenir plus de dix minutes. Le portable de Jonah posé sur ses jambes plâtrées, il était en train de parcourir les articles des quotidiens de l'Arizona quand le téléphone sonna.

— C'est Oscar, annonça Paulette, qui avait pris la communication.

Ils avaient échangé quelques mots le dimanche soir, mais Clay, sous calmants, était incohérent. Cette fois, il avait l'esprit en éveil et brûlait de tout savoir.

— J'écoute, fit-il en abaissant le lit pour essayer d'étendre ses jambes.

— Mooneyham a prononcé sa plaidoirie samedi matin. Son exposition des faits était parfaite. Il est brillant et le jury est à sa botte. Au début du procès, les gars de chez Goffman la ramenaient ; j'ai maintenant l'impression qu'ils cherchent à se mettre à l'abri. Hier, Redding a fait venir à la barre leur expert vedette, un chercheur qui a réfuté l'existence d'un lien direct entre le médicament et le cancer du sein de la plaignante. Je l'ai trouvé très bon, tout à fait convaincant – il a quand même trois doctorats. Eh bien, Mooneyham n'a fait qu'une bouchée de lui. Il a déniché des travaux sans valeur réalisés par le témoin il y a une vingtaine d'années, avant de le démolir complètement. À la fin, l'expert était anéanti ; je n'ai jamais vu un témoin humilié de la sorte. Redding était livide, les huiles de chez Goffman avaient le visage décomposé.

— Magnifique, magnifique, répétait Clay, le combiné appuyé sur la gaze, près de son oreille gauche, celle qui n'était pas entaillée.

— Le meilleur est à venir. J'ai découvert où étaient descendus les représentants de Goffman et j'ai changé d'hôtel. Je les vois au petit déjeuner. Je les vois le soir, au bar. Ils savent qui je suis ; nous nous regardons en chiens de faïence. Ils ont amené un avocat maison du nom de Fleet qui m'a abordé hier dans le hall de l'hôtel, une heure après le massacre de leur expert. Il voulait m'offrir un verre. Il en a bu un, moi trois. S'il n'en a bu qu'un, c'est qu'il devait retrouver les autres dans la suite du dernier étage, où ils ont passé la nuit à réfléchir à la possibilité d'une transaction.

— Pouvez-vous répéter ? fit doucement Clay.

— Vous avez bien entendu. Au moment où je vous parle, on envisage chez Goffman de négocier avec Mooneyham. Ils sont terrifiés et convaincus, comme tous ceux qui assistent aux débats, que le jury va les assassiner. Une transaction leur coûtera une fortune, car Mooneyham ne veut pas en entendre parler. Redding est excellent mais il n'arrive pas à la cheville de Mooneyham.

— Revenons à la transaction.

— D'accord. Fleet voulait savoir combien de nos dossiers sont sérieux. Je lui ai répondu : « Les vingt-six mille. » Il a continué à tourner autour du pot et s'est enfin décidé à me demander si je pensais que vous accepteriez une somme de cent mille dollars par tête. Cela fait deux milliards six cents millions, Clay. Vous faites le calcul ?

— C'est fait.

— Et pour les honoraires ?

— C'est fait.

La douleur s'évanouit instantanément. Les élancements du crâne se calmèrent. Les plâtres se firent légers comme des plumes. Les ecchymoses cessèrent d'exister. Clay en aurait pleuré.

— Ce n'était pas une proposition ferme, poursuivit Oscar. Fleet voulait seulement tâter le terrain. Dans un tribunal, il y a toujours des bruits de couloir et des rumeurs, colportés le plus souvent par des avocats et des analystes financiers. Il se murmure donc que Goffman serait en mesure de constituer un fonds d'indemnisation de sept milliards. S'ils acceptent de négocier maintenant, le cours de l'action pourrait rester stable ; cela signifierait que le cauchemar du Maxatil touche à sa fin. Ce n'est qu'une théorie, mais, après le massacre de l'expert, elle tient la route. Fleet m'a abordé car nos clientes sont les plus nombreuses. On évalue à soixante mille environ le nombre de plaignantes potentielles ; nous représentons donc un peu plus de quarante pour cent de ce chiffre. Si nous acceptons une transaction à cent mille dollars par tête, il leur sera possible de prévoir le coût global des indemnisations.

— Quand devez-vous le revoir ?

— Il est presque 8 heures du matin, ici. L'audience reprend dans une heure. Nous sommes convenus de nous retrouver devant le tribunal.

— Rappelez-moi dès que possible.

— Ne vous inquiétez pas. Et vos fractures ?

— Cela va mieux, merci.

Paulette vint reprendre le téléphone. Quelques secondes plus tard, nouvelle sonnerie.

— C'est pour toi, annonça-t-elle en rapportant l'appareil à Clay. Et je vais te laisser.

C'était Rebecca. Elle appelait du hall de l'hôpital, sur son portable. Elle voulait savoir si une petite visite était convenable. Quelques minutes plus tard, elle poussait la porte de la chambre ; elle blêmit en voyant Clay. Elle l'embrassa sur la joue, entre deux ecchymoses.

— Ils avaient des bâtons, expliqua Clay. Pour égaliser les chances. Sinon, j'aurais eu un avantage trop marqué.

Il manipula les commandes du lit et se redressa pour prendre la position en V.

— Dans quel état ils t'ont mis ! souffla Rebecca, les yeux embués de larmes.

— Merci. Toi, tu es resplendissante.

Elle se pencha pour l'embrasser de nouveau, au même endroit, et commença à caresser son bras gauche. Il y eut un moment de silence.

— Puis-je te poser une question ? fit Clay.

— Bien sûr.

— Où est ton mari en ce moment ?

— À Sao Paulo ou à Hong-Kong. Je n'arrive plus à suivre.

— Sait-il que tu es venue me voir ?

— Bien sûr que non.

— S'il l'apprenait, que ferait-il ?

— Il serait furieux. Il me ferait une scène.

— Ce serait exceptionnel ?

— Nous nous disputons tout le temps. Mon mariage est un échec, Clay. Je veux reprendre ma liberté.

Malgré la douleur, malgré ses blessures, Clay était aux anges. Il avait une fortune à portée de la main. Et Rebecca pouvait lui revenir. La porte de la chambre s'ouvrit sans bruit. Ridley s'avança au pied du lit sans qu'ils aient remarqué sa présence.

— J'espère que je ne vous dérange pas.

— Ah ! Ridley ! fit Clay d'une voix hésitante.

Les deux femmes échangèrent un regard à glacer un cobra de terreur. Ridley passa de l'autre côté du lit et se plaça juste en face de Rebecca, qui n'avait pas retiré sa main du bras de Clay.

— Ridley, je te présente Rebecca. Rebecca, Ridley.

Clay se demanda s'il ne ferait pas mieux de tirer le drap sur sa tête et de faire le mort.

Pas un sourire de part et d'autre du lit. Ridley se pencha de quelques centimètres et commença à caresser le bras droit de Clay. Dorloté par ces deux belles femmes, il souhaitait pourtant être à cent pieds sous terre.

Personne ne trouvait rien à dire. Clay décida de rompre le silence qui menaçait de s'éterniser.

— Une amie de longue date, fit-il avec un mouvement de tête sur sa gauche. Une amie de fraîche date, ajouta-t-il en indiquant sa droite.

Chacune, à cet instant, se sentait plus proche de Clay qu'une simple amie. Elles étaient toutes deux à cran. Ni l'une ni l'autre n'était disposée à céder du terrain ; les positions étaient établies.

— Je crois que nous nous sommes vues à votre réception de mariage, glissa enfin Ridley.

Une allusion appuyée à l'alliance que portait sa rivale.

— À laquelle vous n'étiez pas invitée, s'il m'en souvient bien, répliqua Rebecca.

— Je crois que c'est l'heure de mon lavement, lâcha Clay.

Cela ne fit rire personne d'autre que lui. Il se fit la réflexion que si elles se jetaient l'une sur l'autre, il serait encore plus amoché. Cinq minutes plus tôt, il était au téléphone avec Oscar et rêvait d'honoraires colossaux. Maintenant, deux femmes se fusillaient du regard au-dessus de son lit.

Deux très belles femmes. Cela pourrait être pire, songea-t-il. Où étaient les infirmières ? Elles qui entraient à n'importe quelle heure, sans respect pour son intimité ni pour son sommeil. Elles venaient parfois à deux. Quand un visiteur se trouvait dans la chambre, on pouvait être sûr que l'infirmière allait poser une question oiseuse : « Désirez-vous quelque chose ? » ; « Voulez-vous que je règle le lit ? » ; « J'allume la télévision ? ».

Pas un bruit dans le couloir. Elles lui caressaient chacune un bras.

Rebecca baissa les yeux la première. Elle n'était pas en position de force ; elle avait un mari.

— Je crois que je vais te laisser.

Elle se dirigea lentement vers la porte, comme si elle n'avait pas envie de partir, pas envie d'abandonner son territoire. Clay ressentit un frisson de plaisir.

Dès que Rebecca fut sortie, Ridley recula jusqu'à la fenêtre. Elle demeura un long moment immobile, le regard dans le vide. Clay parcourut un journal, sans s'occuper d'elle, ni de sa mauvaise humeur. Elle lui battait froid, tant mieux.

— Tu l'aimes, n'est-ce pas ? fit Ridley, toujours tournée vers la fenêtre.

Elle s'efforçait de paraître blessée.

— Qui ?

— Rebecca.

— Rebecca ? Non, c'est une vieille amie.

À ces mots, Ridley pivota sur elle-même et s'avança vers le lit.

— Je ne suis pas idiote, Clay !

— Je n'ai jamais dit ça.

Il n'avait pas lâché son journal, indifférent au ton tragique de Ridley. Elle saisit son sac à main et sortit comme une furie en faisant claquer ses talons. Une infirmière entra peu après ; elle voulait s'assurer que tout allait bien.

Oscar appela quelques minutes plus tard. Il téléphonait sur son portable, devant le tribunal de Flagstaff, mettant à profit une brève suspension d'audience.

— Le bruit court que Mooneyham a refusé dix millions, ce matin, annonça-t-il.

— Vous tenez cela de Fleet ?

— Non, je ne l'ai pas vu. Il travaillait sur une requête. Je vais essayer de mettre la main sur lui à l'heure du déjeuner.

— Qui est à la barre ?

— Un autre expert cité par Goffman. Une femme, professeur à l'université Duke, qui cherche à discréditer l'étude fédérale sur le Maxatil. Mooneyham fourbit ses armes. Ce ne sera pas beau à voir.

— Vous croyez à cette rumeur ?

— Je ne sais pas s'il faut y croire. Les journalistes financiers ont l'air très excités. Ils préféreraient une transaction qui leur permettrait de prévoir plus facilement le coût global de cette affaire. Je vous rappelle un peu plus tard.

Il y avait trois issues possibles au procès de Flagstaff. Deux d'entre elles combleraient Clay. Un verdict défavorable à Goffman pousserait le laboratoire à rechercher un compromis pour éviter des années de procédures judiciaires et échapper à la menace permanente de fortes indemnisations. Une transaction à ce stade du procès impliquerait selon toute vraisemblance la création d'un fonds d'indemnisation à l'échelle nationale, pour toutes les plaignantes.

Un verdict favorable à Goffman obligerait Clay à se préparer en vitesse à un procès à Washington. À cette évocation, il sentit revenir en force les douleurs dans ses jambes et sur son crâne.

Rester immobilisé sur un lit d'hôpital des heures d'affilée était déjà une torture ; l'attente de la sonnerie du téléphone la rendait encore plus pénible à supporter. Goffman pouvait proposer assez à Mooneyham pour qu'il accepte une transaction. Son ego le poussait à aller jusqu'au terme du procès, mais pouvait-il faire fi des intérêts de sa cliente ?

Une infirmière baissa le store, éteignit les lumières et le téléviseur. Quand elle fut sortie, Clay posa le téléphone sur son ventre, tira le drap par-dessus sa tête et attendit.

40.

On ramena Clay le lendemain matin dans le service de chirurgie pour effectuer de petits réglages sur les broches et les vis qui maintenaient les os de ses jambes en place. Une anesthésie générale fut pourtant nécessaire, ce qui lui fit perdre la plus grande partie de la journée. Il était de retour dans sa chambre peu après midi. Il dormit trois heures avant que les effets de l'anesthésie se dissipent ; à son réveil, il ne trouva à ses côtés ni Ridley ni Rebecca, mais Paulette.

— Des nouvelles d'Oscar ? demanda-t-il, la bouche pâteuse.

— Il a appelé pour dire que le procès suivait son cours, répondit Paulette. C'est à peu près tout.

Elle régla l'inclinaison de son lit, remonta son oreiller et lui donna à boire. Quand elle eut la certitude qu'il était complètement réveillé, elle partit faire des emplettes. Avant de quitter la chambre, elle lui tendit une enveloppe cachetée.

C'était Patton French. Il présentait sur un petit mot manuscrit ses vœux de prompt rétablissement et autre chose que Clay ne put déchiffrer. Y était jointe une note adressée au comité de pilotage des plaignants Dyloft (dont les membres étaient eux-même devenus défendeurs). Helen Warshaw leur faisait parvenir toutes les semaines le nom des nouveaux plaignants rejoignant son action collective. La liste continuait de s'allonger. Le Dyloft ne cessait de faire des ravages d'un bout à l'autre du pays et les choses allaient de mal en pis pour les membres du comité de pilotage. L'action collective regroupait déjà trois cent quatre-vingt-un plaignants, dont vingt-quatre ex-clients du cabinet JCC, trois de plus que la semaine précédente. Cette fois encore, en lisant leurs noms, Clay se demanda comment leurs chemins s'étaient croisés.

Ces ex-clients ne seraient-ils pas ravis de le voir sur son lit d'hôpital recousu, plâtré, couvert d'hématomes ? Peut-être l'un d'eux était-il là, dans un autre service, entouré de l'affection de ses proches, conscient que le temps lui était compté. Clay savait qu'il n'était pour rien dans leur maladie, mais il ne pouvait s'empêcher de se sentir responsable de leurs souffrances.

En fin d'après-midi, au retour du gymnase, Ridley passa le voir. Elle apportait des livres et des revues, et s'efforça de lui témoigner de la sollicitude.

— Le décorateur a appelé, glissa-t-elle au bout de quelques minutes. Il faut que je retourne à la villa.

S'agissait-il d'un décorateur ou d'une décoratrice ? Clay s'interrogea mais ne lui posa pas la question.

En tout état de cause, c'était une excellente idée.

— Quand ?

— Demain, peut-être. Si l'avion est disponible.

Pourquoi ne serait-il pas disponible ? Clay n'allait assurément pas l'utiliser.

— D'accord. Je vais prévenir les pilotes.

Le départ de Ridley lui faciliterait la vie. Ses visites à l'hôpital ne lui apportaient pas grand-chose.

— Merci.

Elle s'installa dans le fauteuil et se mit à feuilleter une revue. Au bout d'une demi-heure, son temps de visite réglementaire écoulé, elle l'embrassa sur le front et disparut.

L'officier de police prit la suite. Trois hommes domiciliés à Reedsburg avaient été arrêtés le dimanche précédent, au petit matin, à Hagerstown, Maryland. Après une rixe à la sortie d'un bar de nuit, ils avaient essayé de prendre la fuite à bord d'une camionnette vert foncé, mais le conducteur avait fait une fausse manœuvre et le véhicule avait fini sa course dans un fossé de drainage. Le policier présenta à Clay trois photographies en couleur des suspects – des hommes à la mine patibulaire. Il ne put identifier aucun d'eux.

D'après le chef de la police de Reedsburg, ils étaient employés par les ciments Hanna. Deux d'entre eux avaient été licenciés peu de temps auparavant. Le policier de Washington n'avait rien pu obtenir d'autre de la police du comté. « Ils ne sont pas très coopératifs », reconnut-il. Connaissant Reedsburg, Clay comprenait pourquoi.

— Si vous ne pouvez pas les identifier, je vais être obligé de fermer le dossier, insista l'inspecteur.

— Je ne les ai jamais vus.

Le policier ramassa ses papiers et se retira. Le défilé des infirmières et des médecins reprit. Clay fut examiné sur toutes les coutures ; au bout d'une heure, il s'endormit.

Oscar appela vers 21 h 30. L'audience venait de se terminer. Tout le monde était épuisé, essentiellement à cause de Dale Mooneyham, qui détruisait l'un après l'autre les témoins de la défense. Goffman avait fait déposer, après bien des hésitations, son troisième expert, un petit bonhomme malingre aux lunettes à monture d'écaille, un chercheur maison qui avait dirigé les essais cliniques pour le Maxatil. Après l'interrogatoire très inventif de Roger Redding, Mooneyham avait entrepris de crucifier le pauvre homme.

— Maintenant, acheva Oscar en riant, on va trembler chez Goffman chaque fois qu'un témoin sera appelé à la barre.

— Du nouveau pour la transaction ? demanda Clay.

Encore dans les vapes, à moitié endormi, il faisait de son mieux pour suivre le récit d'Oscar.

— Non, mais la nuit promet d'être longue. À en croire les rumeurs, Goffman pourrait encore citer un expert demain, puis ils arrêteraient le massacre et attendraient le verdict. Mooneyham se comporte comme s'il attendait une indemnisation record.

Clay céda au sommeil, le téléphone coincé entre sa joue et l'oreiller. Une heure plus tard, une infirmière reprit l'appareil.

Le P-DG des laboratoires Goffman arriva à Flagstaff le mercredi en fin de soirée. On le conduisit sans perdre une minute dans un immeuble du centre-ville où les avocats étaient réunis comme des conspirateurs. Roger Redding et toute l'équipe des avocats de la défense le mirent au courant des derniers développements, les responsables financiers lui communiquèrent les derniers chiffres. Les discussions tournaient autour d'un scénario apocalyptique.

Malgré les échecs à répétition, Redding était catégorique : il voulait que la défense s'en tienne à son plan d'origine et cite les témoins restants. La chance allait tourner. Il allait trouver son rythme et marquer des points avec les jurés. Mais Bob Mitchell – avocat maison et vice-président – et Sterling Gibb – avocat externe de l'entreprise et partenaire de golf du P-DG – en avaient vu assez. Encore un témoin écharpé par Mooneyham et les jurés risquaient de sauter à la gorge du représentant de Goffman le plus proche. Blessé dans son orgueil, Redding persévérait à penser qu'il fallait continuer et attendre un miracle.

Mitchell et Gibb se retrouvèrent seuls avec le P-DG, à 3 heures du matin, pour une dernière réunion. Rien que tous les trois. Les choses se présentaient assurément mal ; il restait quelques secrets concernant le Maxatil qui ne devaient en aucun cas être divulgués. Si Mooneyham en avait connaissance ou s'il réussissait à les arracher à un témoin, le ciel risquerait alors de tomber sur la tête des laboratoires Goffman. À ce stade du procès, ils croyaient Mooneyham capable de tout. Le P-DG prit enfin la décision d'arrêter le massacre.

Le lendemain matin, à 9 heures, à l'ouverture de l'audience, Roger Redding annonça que la défense allait présenter ses arguments.

— Pas d'autres témoins ? s'enquit le juge.

La durée de quinze jours prévue pour le procès était réduite de moitié. Il allait disposer d'une semaine pour jouer au golf.

— Pas d'autres témoins, Votre Honneur, répondit Redding en souriant aux jurés, comme si tout allait pour le mieux.

— Des objections, maître Mooneyham ?

L'avocat de la plaignante se mit pesamment debout et lança un regard noir à Redding en se grattant la tête.

— S'ils ont terminé, nous avons terminé.

Le juge expliqua aux jurés qu'il y avait une suspension d'audience d'une heure, le temps de régler quelques détails avec les avocats des deux parties. À leur retour, la défense présenterait ses arguments et le jury se réunirait à l'heure du déjeuner pour délibérer.

Comme la moitié de l'assistance, Oscar quitta précipitamment la salle d'audience, son portable à la main. Dans la chambre d'hôpital, la sonnerie resta sans réponse.

Trois heures d'attente pour passer à la radio. Trois heures sur un chariot, dans un couloir encombré, au milieu du va-et-vient des infirmières et des aides-soignantes jacassant à qui mieux mieux. Clay avait oublié son portable dans la chambre et s'était trouvé coupé du monde extérieur pendant trois heures, coincé dans les profondeurs de l'hôpital universitaire George-Washington.

La radiographie avait pris près d'une heure. L'opération aurait pu être plus rapide si le patient ne s'était pas montré si peu coopératif, s'il n'avait eu une attitude agressive, voire, par moments, insultante. L'aide-soignante qui le raccompagnait dans sa chambre se sentit soulagée lorsque la porte fut refermée.

Clay sommeillait quand Oscar parvint enfin à le joindre. Il était 17 h 20 à Washington, 15 h 20 dans l'Arizona.

— Où étiez-vous passé ? demanda Oscar.

— Ne parlons pas de ça.

— Goffman a jeté l'éponge ce matin. Ils ont proposé à Mooneyham de négocier, mais il n'a rien voulu entendre. Tout s'est passé très vite après cela. À midi, le jury commençait à délibérer.

— Le jury délibère ? hurla Clay dans l'appareil.

— Il a délibéré.

— Quoi ?

— C'est terminé. Il a délibéré pendant trois heures et s'est prononcé en faveur de Goffman. Je suis désolé, Clay. Tout le monde est abasourdi.

— Pas possible...

— Je crains que si.

— Dites-moi que ce n'est pas vrai, Oscar.

— J'aimerais. Je ne sais pas ce qui s'est passé. Personne ne comprend. Redding a été très bon, mais j'ai observé les jurés et je croyais que Mooneyham les avait mis dans sa poche.

— Alors, Dale Mooneyham a perdu ?

— Il a perdu, Clay. Et nous avons perdu aussi.

— Comment est-ce possible ?

— Je ne sais pas. J'aurais parié tout ce que j'ai sur Mooneyham.

— C'est ce que nous avons fait.

— Désolé.

— Je suis seul dans cette chambre, Oscar. Cloué sur mon lit. Je ferme les yeux et je vous demande de me parler. Ne me laissez pas seul. Il n'y a personne d'autre. Parlez-moi. Dites-moi quelque chose.

— Après l'annonce du verdict, Fleet et deux autres types sont venus me voir. Bob Mitchell et Sterling Gibb. Des gars vraiment sympathiques ; ils étaient si heureux qu'ils se retenaient de danser. Ils ont commencé par me demander si vous étiez encore vivant. Qu'en dites-vous ? Puis ils m'ont chargé – avec un accent de sincérité – de vous transmettre leur meilleur souvenir. Ils ont dit qu'ils allaient prendre la route, que le prochain procès aurait lieu à Washington, contre Me Clay Carter, le Redresseur de torts qui – je les cite – n'a jamais plaidé devant une juridiction civile. Qu'aurais-je pu répondre à cela ? Ils venaient d'avoir la peau d'un as du barreau, chez lui, de surcroît.

— Nos dossiers ne valent plus rien, Oscar.

— Ils sont de cet avis. Mitchell a dit qu'il n'offrirait pas un sou pour un seul dossier Maxatil. Ils veulent des procès retentissants. Ils veulent être innocentés. Ils veulent que le nom de Goffman soit lavé de tout soupçon.

Clay garda Oscar plus d'une heure au téléphone tandis que l'obscurité gagnait la chambre d'hôpital. Oscar revint sur les derniers rebondissements de l'affaire. Il parla de la tension qui régnait dans la salle, dans l'attente du verdict. Il évoqua le visage bouleversé et incrédule de la plaignante, une femme condamnée dont l'avocat n'avait pas accepté ce que proposait la partie adverse, dix millions de dollars, à ce qu'on disait. Il parla de Mooneyham, l'homme qui n'avait pas perdu un procès depuis si longtemps qu'il avait oublié ce que le mot perdre veut dire. L'avocat avait exigé que les jurés remplissent un questionnaire et s'expliquent sur leur décision. La surprise passée, il s'était rendu ridicule. Et la stupéfaction dans le clan Goffman, où la délégation de cadres avait gardé la tête baissée comme pour une dernière prière, jusqu'au moment où le premier juré avait prononcé les mots inespérés. Il y avait eu vers la porte une ruée des journalistes et des analystes financiers, le portable à la main, impatients de répandre la nouvelle.

— Je vais aller me soûler dans un bar, déclara Oscar, son récit terminé.

Clay appela l'infirmière pour demander un somnifère.

41.

Après onze jours d'immobilisation, Clay recouvra un peu de liberté. On libéra sa jambe gauche pour lui poser un plâtre plus léger. Il ne pouvait pas marcher mais arrivait au moins à remuer sa jambe. À sa sortie de l'hôpital, Paulette poussa le fauteuil roulant jusqu'à une camionnette de location ; Oscar attendait au volant. Un quart d'heure plus tard, Clay entrait ainsi dans sa maison de Georgetown. Paulette et miss Glick avaient transformé le salon en chambre à coucher provisoire. Les téléphones, le fax et l'ordinateur étaient disposés sur une table pliante, près du lit. Les vêtements étaient soigneusement empilés sur des étagères en plastique, à côté de la cheminée.

Pendant les deux premières heures, Clay dépouilla son courrier, des rapports financiers et des coupures de presse, après un filtrage effectué par Paulette. Il n'aurait jamais connaissance de la plus grande partie des articles publiés sur lui.

Plus tard, après un petit somme, il s'installa à la table de la cuisine, entre Paulette et Oscar. Le moment était venu de se mettre au travail.

Pour commencer, le cabinet JCC. Crittle avait réussi à rogner un peu sur les dépenses, mais les frais généraux s'élevaient encore à un million de dollars par mois. Sans recettes en cours ni attendues, impossible d'éviter des licenciements immédiats. Ils examinèrent la liste des employés – avocats, assistants, secrétaires, coursiers – pour procéder à une douloureuse réduction des effectifs. Même si les dossiers Maxatil ne valaient plus rien, il restait du travail pour les clore. Clay garda quatre avocats et quatre assistants pour s'acquitter de cette tâche. Il était décidé à honorer les contrats signés avec le personnel, mais c'était un véritable gouffre. Le cœur gros, il parcourut la liste de tous ceux dont il devrait se séparer.

— Il faut que je réfléchisse, soupira-t-il, incapable de prendre une décision radicale.

— Tu sais, Clay, fit Paulette, ils s'y attendent, pour la plupart.

Il ne parvenait pas à détacher son regard de tous ces noms. Et il essayait d'imaginer ce qu'on avait pu raconter sur lui à l'intérieur même du cabinet.

L'avant-veille, Oscar s'était rendu sans enthousiasme à New York, à la demande d'Helen Warshaw. Il avait brossé le tableau de la situation financière du cabinet et imploré sa clémence. Clay ne voulait pas déposer son bilan, mais si Me Warshaw le poussait à bout, il ne pourrait faire autrement. Elle ne s'était pas laissé fléchir. Me Carter faisait partie d'un groupe d'avocats dont les revenus cumulés s'établissaient au bas mot à un milliard et demi de dollars. Elle ne pouvait laisser Clay régler chaque dossier pour un petit million de dollars par tête alors qu'il pourrait rapporter trois fois plus contre Patton French. En outre, elle n'avait aucune envie de négocier. Le procès serait mémorable dans la mesure où il visait à réformer certains abus du système ; elle espérait une médiatisation à outrance et s'en faisait une joie.

Oscar s'en était allé la queue basse, avec la certitude qu'Helen Warshaw, qui représentait le groupe le plus important de créanciers du cabinet JCC, ne ferait pas de quartier.

Rex Crittle avait été le premier à prononcer le mot tant redouté de faillite. Il avait sifflé comme une balle dans la chambre d'hôpital et explosé comme une bombe. Petit à petit, il avait été répété. Clay l'employait, mais pour lui-même. Paulette l'avait osé une fois, Oscar aussi, à New York. Le mot ne convenait pas et ils ne l'aimaient pas, mais il faisait son entrée dans leur vocabulaire.

Une faillite permettrait de résilier le bail du cabinet.

De mettre fin aux contrats de travail.

De se débarrasser du Gulfstream dans de meilleures conditions.

De tenir à distance les clientes mécontentes du dossier Maxatil.

De convaincre les plaignants mécontents du dossier Hanna d'accepter un arrangement.

Et surtout de tenir Helen Warshaw en échec.

Oscar était presque aussi déprimé que Clay. Au bout de quelques heures, il partit travailler au cabinet. Paulette poussa le fauteuil roulant dans le patio. Ils burent un thé vert au miel.

— J'ai deux choses à dire, fit-elle en rapprochant sa chaise de Clay. D'abord, je vais te donner une partie de l'argent qui me reste.

— Pas question !

— Si. Tu as fait de moi une femme riche alors que rien ne t'y obligeait. Je n'y peux rien si tu es un petit Blanc stupide qui s'est laissé griser par l'argent facile. Mais je t'aime encore, Clay, et je vais t'aider.

— Comment en sommes-nous arrivés là ?

— C'est incompréhensible, mais c'est la réalité. Et les choses vont encore empirer. Ne lis pas les journaux, Clay. Promets-le-moi, je t'en prie.

— Ne te fais pas de souci.

— Je vais t'aider. Si tu perds tout, je ferai en sorte que tu aies ce qu'il faut.

— Je ne sais pas quoi dire.

— Ne dis rien.

Elle prit la main de Clay, qui refoula ses larmes.

— Deuxième point, reprit Paulette après un long silence. J'ai eu Rebecca au téléphone. Elle n'est pas venue te voir car elle a peur de se faire surprendre. Elle a acheté un téléphone portable sans en parler à son mari. Elle m'a donné le numéro : elle veut que tu l'appelles.

— Qu'en penses-tu, en tant que femme ?

— Ne compte pas sur moi pour te donner des conseils. Tu sais ce que je pense de ta poupée russe. Rebecca est une fille adorable, mais elle a un boulet à traîner, c'est le moins qu'on puisse dire. À toi de faire le bon choix.

— Merci de ne pas me donner de conseils.

— De rien. Elle voulait que tu l'appelles cet après-midi. Son mari est en voyage ou je ne sais quoi. Je vais bientôt partir.

Rebecca gara sa voiture dans une rue perpendiculaire et suivit le trottoir de Dumbarton Street jusqu'à la maison de Clay. Elle n'aimait pas faire les choses en douce ; lui non plus. Ils décidèrent d'emblée qu'ils ne continueraient pas comme cela.

Rebecca et Jason étaient convenus de divorcer à l'amiable. Au début, elle avait pensé consulter un conseiller conjugal. Mais Jason aimait mieux travailler dix-huit heures par jour, que ce soit à Washington ou à New York, à Palo Alto ou à Hong-Kong. Son cabinet gigantesque avait des bureaux dans trente-deux villes et des clients dans le monde entier. Pour Jason, le travail était plus important que tout. Il avait abandonné Rebecca sans un mot d'excuse, sans aucune intention de changer quoi que ce soit à sa manière de vivre. Les papiers du divorce seraient remplis dans les quarante-huit heures. Elle avait commencé à faire ses valises. Jason garderait l'appartement ; elle était restée vague sur l'endroit où elle habiterait. En une petite année de vie commune, ils n'avaient pas accumulé grand-chose. Jason gagnait huit cent mille dollars par an, mais elle ne voulait pas un sou de lui.

Rebecca affirmait que ses parents ne s'en étaient pas mêlés ; Jason, qui ne les aimait pas, ne leur en avait pas donné l'occasion. Clay le soupçonnait de se rendre à Hong-Kong pour, entre autres raisons, mettre la plus grande distance possible entre les Van Horn et lui.

Clay et Rebecca avaient tous deux des raisons de fuir Washington. Clay ne pouvait envisager d'y revenir avant plusieurs années. L'humiliation était trop profonde, les blessures trop cuisantes. Il se trouvait de par le vaste monde des endroits où personne ne le connaissait. Il avait besoin d'anonymat.

Rebecca, elle, pour la première fois de sa vie, voulait être loin de tout ce qu'elle connaissait. Loin d'un mariage raté, loin de sa famille, loin du country club et des gens imbuvables qui s'y pavanaient, loin des contraintes matérielles, loin de McLean et des seuls amis qu'elle ait jamais eus.

Malgré ses membres plâtrés, ses bandages et toutes les douleurs qui parcouraient son corps, Clay n'avait qu'une envie : la serrer dans ses bras et la couvrir de baisers pour rattraper le temps perdu.

Elle passa la nuit auprès de lui et décida de rester. Le lendemain matin, au petit déjeuner, Clay lui raconta tout, depuis le début.

Paulette et Oscar avaient encore de mauvaises nouvelles. Dans le comté de Howard, quelqu'un poussait les propriétaires victimes de la malfaçon à accuser Clay de non-respect des règles déontologiques pour avoir saboté les négociations avec les ciments Hanna. Le barreau de Washington avait reçu plusieurs dizaines de plaintes. Six actions avaient été introduites par un avocat qui démarchait activement. Le cabinet JCC finalisait un projet de transaction qui allait être soumis au magistrat chargé de l'affaire Hanna. Curieusement, l'avocat pourrait percevoir des honoraires, certes plus modestes que ceux sur lesquels Clay n'avait pas voulu transiger.

Helen Warshaw avait présenté une requête pour demander que la justice prenne d'urgence les dépositions de plusieurs plaignants dans le dossier Dyloft. Il y avait nécessité d'agir vite car les patients étaient à la dernière extrémité. Leur déposition sur vidéocassette était de la plus haute importance pour le procès, qui n'aurait pas lieu avant un an. Le recours aux moyens dilatoires habituellement employés par la défense aurait été profondément injuste pour ces plaignants. Clay accepta le calendrier des dépositions proposé par Me Warshaw, mais il n'avait aucunement l'intention d'y assister.

Il céda aux exhortations d'Oscar et accepta de licencier dix avocats et la plupart des assistants et des secrétaires. Il adressa à chacun d'eux une brève lettre d'excuses. Il assumait l'entière responsabilité de la mort du cabinet JCC.

Qui d'autre aurait pu être en cause ?

Dans une autre lettre adressée aux clientes du dossier Maxatil, Clay récapitulait le déroulement du procès de Flagstaff. Il se disait convaincu que le médicament était effectivement dangereux, mais la preuve d'un lien de causalité serait désormais « très difficile, voire impossible » à fournir. Les laboratoires Goffman rejetaient toute idée d'arrangement à l'amiable. Compte tenu de son état de santé, il n'était pas en mesure de se préparer pour un procès de longue durée.

Il répugnait à utiliser ce prétexte pour se défiler, mais Oscar avait su lui faire entendre raison. L'explication était plausible. Dans sa situation, il était obligé de faire flèche de tout bois.

Il se libérait ainsi de l'engagement passé avec ses clientes et leur laissait le temps de prendre un autre avocat pour attaquer Goffman en justice. Il allait jusqu'à leur souhaiter bonne chance.

Ces lettres allaient à l'évidence soulever une vive controverse. « Nous ferons face, affirma Oscar. L'important est de ne plus avoir tous ces dossiers sur les bras. »

Clay ne pouvait s'empêcher de penser à Max Pace, son vieux complice, qui l'avait embarqué dans le fiasco du Maxatil. Mis en examen pour délit d'initié, Max Pace – un des cinq noms sous lesquels il était connu – demeurait introuvable. On lui reprochait d'avoir utilisé des informations privilégiées pour vendre à découvert près de un million d'actions Goffman juste avant le dépôt de la plainte de Clay, empochant grâce à cette opération quinze millions de dollars avec lesquels il avait quitté le territoire des États-Unis. Va-t'en très loin, Max, et reste caché ! Si on le retrouvait, il risquait de divulguer tous leurs secrets.

Il restait une multitude de détails sur la liste préparée par Oscar, mais Clay avait la tête ailleurs.

— Je joue à l'infirmière, ce soir ? demanda Paulette.

— Non. Rebecca sera là.

— Tu cherches les ennuis, hein ?

— Le divorce sera prononcé demain. Un divorce par consentement mutuel.

— Et ta pin-up ?

— Si elle revient un jour de Saint-Barth, elle verra que la place est prise.

Pendant huit jours, Clay ne sortit pas de chez lui. Rebecca rassembla les affaires de Ridley et les fourra dans des sacs-poubelle de cent cinquante litres, qu'elle entassa au sous-sol. Elle apporta une partie de sa garde-robe ; Clay la prévint qu'il allait perdre la maison. Elle cuisinait de bons petits plats et était aux petits soins pour lui. Ils regardaient des cassettes de vieux films tard dans la nuit et faisaient la grasse matinée.

Ridley téléphonait tous les deux jours. Clay préférait attendre son retour pour lui annoncer qu'elle avait été remplacée. Les travaux de rénovation suivaient leur cours, mais Clay avait été contraint de réduire sérieusement le budget ; elle ne semblait pas avoir conscience de ses difficultés financières.

Le dernier avocat à entrer dans la vie de Clay s'appelait Mark Munson. Un spécialiste des faillites personnelles recommandé par Rex Crittle. Après le versement d'un acompte, Rex avait montré à Munson les livres comptables, les baux, les contrats, les plaintes, la situation active et passive du cabinet. Tout. Quand Crittle et Munson arrivèrent à Georgetown, Clay demanda à Rebecca d'aller faire un tour. Il voulait lui épargner les détails.

Pendant les dix-sept mois qui avaient suivi son

départ du bureau de l'aide juridictionnelle, Clay avait gagné cent vingt et un millions de dollars, sur lesquels trente millions avaient été versés à Paulette, Rodney et Jonah sous la forme d'une prime. Vingt millions pour les loyers, les frais de bureau et le Gulfstream ; seize millions gaspillés en publicité et en examens médicaux ; trente-quatre millions destinés au fisc, déjà versés ou à payer ; quatre millions pour la villa ; trois millions pour le catamaran ; un million de-ci, de-là – la maison de Georgetown, l'« avance » à Max Pace, les inévitables extravagances propres aux nouveaux riches.

Le bateau de Jarrett avait retenu leur attention. Clay avait réglé la facture, mais la société bahamienne appartenait en propre à son père. Munson estimait que le tribunal de commerce aurait à choisir entre deux positions. Soit il s'agissait d'une donation, auquel cas Clay serait assujetti à des taxes, soit le bateau était la propriété d'un tiers et, de ce fait, ne faisait pas partie des biens de Clay. Dans tous les cas, il resterait la propriété de Jarrett Carter.

Clay avait aussi empoché sept millions de dollars dans les opérations de Bourse sur les actions Ackerman. Une partie était cachée à l'étranger mais les fonds seraient bientôt rapatriés.

— Si vous dissimulez des biens, c'est la prison, déclara Munson, sans cacher qu'il ne tolérerait pas de tels agissements.

Le bilan présentait un excédent de dix-neuf millions, avec très peu de créanciers. Mais les dettes à moyen et à long terme atteignaient des montants catastrophiques. Vingt-six ex-patients Dyloft avaient rejoint l'action collective d'Helen Warshaw, un nombre qui devrait encore augmenter. Il était impossible de faire une estimation de la valeur de chaque dossier, mais le montant total des indemnisations dépasserait largement l'actif net. Dans le dossier Hanna, les plaignants s'organisaient au sein d'une action collective. Pour le Maxatil, le contrecoup du désastre se prolongerait dans le temps. Impossible de prévoir le coût de ces deux affaires.

— Au liquidateur judiciaire de s'en occuper, déclara Munson. Vous y laisserez jusqu'à votre dernière chemise, mais vous ne devrez rien à personne.

— Tant mieux.

Clay pensait au catamaran. S'ils réussissaient à garder le bateau, Jarrett pourrait le vendre pour en acheter un plus petit. Cela permettrait à Clay de disposer d'un peu d'argent.

Au bout de deux heures, la table de la cuisine était recouverte de tableaux, de listings et de feuilles volantes, les vestiges dérisoires des dix-sept derniers mois de la vie de Clay. Il avait honte de sa cupidité, il était humilié par sa stupidité. Ce que l'argent avait fait de lui lui donnait envie de vomir.

Il n'avait plus pour le soutenir que la perspective de son départ prochain.

Ridley téléphona pour annoncer qu'un panneau « À vendre » avait été apposé sur le mur de « leur » villa. Elle était dans tous ses états.

— C'est parce qu'elle est à vendre, déclara Clay.

— Je ne comprends pas.

— Quand tu reviendras, je t'expliquerai.

— Tu as des ennuis ?

— On peut dire ça, en effet.

— Je préfère rester ici, articula Ridley après un long moment d'hésitation.

— Je ne peux pas t'obliger à revenir.

— Non, tu ne peux pas.

— Soit. Tu peux occuper la villa jusqu'à ce qu'elle soit vendue. Cela ne me dérange pas.

— Combien de temps cela prendra-t-il ?

Il la croyait capable de faire tout ce qui était possible et imaginable pour torpiller une transaction. Il s'en contrefichait.

— Un mois, peut-être, répondit-il. Ou bien un an. Je n'en sais rien.

— Je reste.

— Comme tu voudras.

Rodney trouva son ami assis sur le perron de la maison de Georgetown, les béquilles couchées sur les marches, un châle sur les épaules pour se protéger de la fraîcheur. Le vent d'automne faisait tournoyer des feuilles mortes sur le trottoir de Dumbarton Street.

— J'avais besoin de prendre l'air, expliqua Clay. Je suis enfermé là-dedans depuis trois semaines.

— Comment vont tes fractures ? demanda Rodney en s'asseyant près de lui.

— Les os se ressoudent.

Rodney était devenu un vrai banlieusard. Pantalon de toile, baskets, un SUV flambant neuf pour promener sa progéniture.

— Et la tête ?

— Pas de lésion cérébrale.

— Le corps va bien. Et l'esprit ?

— Torturé, c'est le moins qu'on puisse dire.

— Paulette m'a dit que tu allais partir.

— Pendant quelque temps. Je dépose le bilan du cabinet la semaine prochaine et je ne veux pas voir ce qui se passera. Paulette a un appartement à Londres ; elle nous le prête pour quelques mois. Nous y vivrons cachés.

— Tu ne peux pas échapper à la faillite ?

— Impossible. Il y a trop de plaintes. Justifiées. Te souviens-tu de Ted Worley, notre premier client Dyloft ?

— Bien sûr.

— Il est mort hier. Je n'ai pas appuyé sur la détente, mais je n'ai pas fait grand-chose pour le protéger. Un jury lui aurait accordé cinq millions ; ils sont vingt-six comme lui. Tu comprends pourquoi je pars à Londres ?

— Je veux t'aider, Clay.

— Ne me propose pas d'argent. Tu es venu pour cela, je le sais. J'ai eu cette conversation deux fois avec Paulette, une fois avec Jonah. Tu as gagné cet argent et tu as été assez malin pour tout arrêter. Pas moi.

— On ne te laissera pas crever de faim, Clay. Rien ne t'obligeait à nous donner dix millions, mais tu l'as fait. Nous allons t'en rendre une partie.

— Non.

— Si. Nous en avons parlé tous les trois. Nous attendrons la fin de la procédure de faillite, puis chacun de nous te fera un virement. Un cadeau.

— Tu as gagné cet argent, Rodney. Garde-le.

— Personne ne gagne dix millions en six mois, Clay. On peut les gagner à une loterie ou les voler, mais on ne les gagne pas par son travail. C'est ridicule, c'est indécent. Je vais en rendre une partie. Paulette est d'accord. Pour Jonah, c'est moins sûr, mais il y viendra.

— Comment vont les enfants ?

— Tu changes de sujet.

— Oui, je change de sujet.

Ils commencèrent à parler des enfants de Rodney, des vieux amis de l'aide juridictionnelle, d'anciens clients et d'affaires déjà lointaines. Du perron, ils regardèrent la nuit tomber. Rebecca arriva ; ils rentrèrent pour dîner.

42.

Le jeune journaliste du *Washington Post* s'appelait Art Mariani. Il connaissait Clay Carter pour avoir publié un article sur sa stupéfiante ascension et sa chute vertigineuse avec une rigoureuse précision et une dose raisonnable d'objectivité. À son arrivée chez Clay, le journaliste fut accueilli par Paulette, qui le conduisit dans la cuisine où il était attendu. Clay se leva en s'aidant de ses béquilles pour lui serrer la main, puis il présenta les autres. Zack Battle, son avocat, Rebecca Van Horn, son amie, Oscar Mulrooney, son associé. Une fois les magnétophones branchés, Rebecca servit un café à tout le monde.

— Ce sera long, annonça Clay, mais nous avons tout notre temps.

— Je n'ai pas d'horaire.

Clay prit une gorgée de café, respira un grand coup et se lança dans son récit. Il commença par la mort de Ramon « Pumpkin » Pumphrey, abattu par Tequila Watson, son client. Il donna des dates, des heures, des lieux. Il avait tout noté et conservé ses dossiers. Il passa ensuite à Washad Porter et à ses deux victimes. Puis aux quatre autres. Le camp de la Délivrance, Rues propres, les résultats stupéfiants d'un médicament baptisé Tarvan. Le nom de Max Pace ne serait jamais prononcé, mais il reprit ce que Pace lui avait raconté :

les expériences cliniques menées en secret à Mexico, à Belgrade et à Singapour, la volonté du fabricant d'expérimenter son produit sur des cobayes de race noire, de préférence aux États-Unis. L'arrivée du médicament à Washington.

— Quel est le nom du fabricant ? demanda Mariani, visiblement secoué.

Clay répondit après un long silence, pendant lequel il parut incapable d'articuler un mot.

— Je ne peux pas en être entièrement sûr. Je pense qu'il s'agit de Philo...

— Philo Products ?

— Oui.

Clay prit un épais document qu'il fit glisser vers Mariani.

— Voici l'un des accords pour l'indemnisation des familles. Vous y verrez le nom de deux sociétés offshore. Si vous les trouvez, suivez la piste : elle vous conduira probablement à une société écran basée au Luxembourg, puis à Philo Products.

— D'accord, mais pourquoi soupçonnez-vous Philo Products ?

— J'ai une source. Je ne puis vous en dire plus.

Cette source mystérieuse avait choisi Clay entre tous les avocats de Washington et l'avait convaincu de vendre son âme pour quinze millions de dollars. Il avait quitté l'aide juridictionnelle pour ouvrir son propre cabinet. Il avait pris contact avec les familles de six des victimes et leur avait offert cinq millions en exigeant le silence. En un mois, l'affaire était bouclée. Il fournissait tous les détails, présentait tous les documents.

— Quand je publierai cette histoire, demanda Mariani, qu'arrivera-t-il à ces clients, les familles des victimes ?

— Tout devrait bien se passer pour eux. Ils sont en possession de l'argent depuis plus d'un an ; on peut raisonnablement supposer qu'une grande partie a déjà été dépensée. Et ce serait de la folie de la part du fabricant de dénoncer la transaction.

— Les familles des victimes pourraient alors porter plainte directement contre le laboratoire pharmaceutique, glissa Zack. Il serait contraint de les dédommager en versant des sommes colossales.

— Le laboratoire peut s'estimer heureux de s'en sortir à si bon compte, reprit Clay.

— Et si les familles des victimes dénonçaient la transaction en apprenant la vérité ? poursuivit Mariani.

— Ce serait difficile.

— Et vous, maître ? Vous avez signé un accord de confidentialité, j'imagine.

— Je ne compte plus. Je vais déposer mon bilan et je n'aurai plus le droit d'exercer. Ils ne pourront rien contre moi.

Un constat empreint de tristesse, qui faisait autant de mal à ses amis qu'à Clay.

Mariani griffonna quelques lignes et passa à la suite.

— Qu'arrivera-t-il à Tequila Watson, Washad Porter et aux autres qui ont été condamnés pour ces meurtres ?

— Ils pourront attaquer le laboratoire en justice, mais cela ne leur apportera pas grand-chose, du fond de leur prison. Il sera peut-être possible de rouvrir ces affaires, au moins en matière pénale.

Zack Battle s'éclaircit la voix ; tout le monde attendit qu'il parle.

— N'en faites pas mention dans votre article : quand vous aurez publié ce que vous décidez de publier et quand le calme sera revenu, je me propose de faire rouvrir ces affaires. Je représenterai les sept accusés ; à condition, bien sûr, que nous parvenions à identifier la société pharmaceutique. Je demanderai aux juridictions criminelles une révision de leur procès.

— Cela fera du bruit, observa Mariani.

Il relut ses notes et se tourna vers Clay.

— Qu'est-ce qui vous a mis sur la piste du Dyloft ?

— C'est un autre chapitre dont nous parlerons un autre jour. Vous avez déjà écrit là-dessus ; je n'ai rien à ajouter.

— Je comprends. Votre histoire est terminée ?

— Pour moi, oui.

Paulette et Zack les conduisirent à l'aéroport Reagan National. Le Gulfstream attendait sur le tarmac, tout près de l'endroit où Clay l'avait découvert avec émerveillement, la première fois. Comme ils partaient pour six mois au moins, ils avaient beaucoup de bagages, surtout Rebecca. Clay n'avait pas grand-chose. Il se débrouillait bien avec ses béquilles, mais ne pouvait rien porter. Zack se chargea de ses valises.

Tout le monde savait que c'était le dernier voyage de Clay dans son avion. Il serra Paulette dans ses bras, donna l'accolade à Zack. Il les remercia et promit d'appeler bientôt. Quand le copilote ferma la porte, Clay baissa le store du hublot : il ne voulait pas voir Washington lorsque l'appareil décollerait.

Pour Rebecca, le jet était le symbole du pouvoir destructeur de l'argent. Elle avait hâte de s'installer dans le petit appartement de Londres, dans une ville où personne ne les connaissait, où personne ne se soucierait de ce qu'ils portaient, achetaient ou mangeaient, de l'endroit où ils travaillaient, faisaient leurs courses ou partaient en vacances. Elle ne reviendrait pas ; elle avait eu une dernière dispute avec ses parents.

Clay n'aspirait qu'à retrouver l'usage de ses jambes et à repartir sur des bases saines. Il venait de connaître un des désastres les plus retentissants de l'histoire judiciaire des États-Unis, mais cela lui semblait déjà loin. Il avait Rebecca pour lui seul ; rien d'autre ne comptait.

Tandis que l'appareil survolait Terre-Neuve, ils déplièrent le canapé et s'endormirent dans les bras l'un de l'autre.

Note de l'auteur

C'est en général à ce point du livre que les auteurs publient d'innombrables démentis dans l'espoir de couvrir leurs arrières et d'échapper à leurs responsabilités. Il est tentant de créer des lieux ou des entités fictives pour ne pas avoir à enquêter sur les vrais. Et je confesse que je fais tout pour éviter d'avoir à vérifier les détails. La fiction est un bouclier merveilleux. Il est facile de s'y cacher. Mais quand elle s'aventure aux frontières de la réalité, elle doit se faire plus rigoureuse. Dans le cas contraire, l'auteur a besoin qu'on lui réserve quelques lignes en fin de livre.

Le bureau d'aide juridictionnelle de Washington est un organisme courageux et noble qui protège les indigents depuis de longues années. Ses avocats sont intelligents, engagés et d'une grande discrétion. Voire proches du mutisme. Leurs travaux intenses restent entourés de mystère ; aussi ai-je pris sur moi d'inventer mon propre bureau d'aide juridictionnelle. Toute ressemblance avec l'institution authentique est fortuite.

Mark Twain disait qu'il déménageait les villes, les comtés et même les États pour les besoins de ses livres. Rien ne m'arrête, moi non plus. Si je ne trouve pas un bâtiment, je le construis de toutes pièces. Si le tracé d'une rue ne correspond pas au plan, je refais le plan. Au total, environ une moitié des lieux décrits est exacte. L'autre moitié est, soit imaginée, soit déformée, soit déplacée de telle façon qu'il vous sera impossible de les reconnaître. Quiconque est à la recherche d'authenticité perd son temps.

Ce qui ne veut pas dire que je n'essaie pas d'être exact. Mon travail d'enquête repose essentiellement sur le téléphone, et se fait de plus en plus frénétique tandis qu'approche la date limite. J'ai ainsi sollicité l'avis des personnes suivantes, que je remercie : Fritz Chockley, Bruce Brown, Gaines Talbott, Bobby Moak, Penny Pynkala et Jerome Davis. Renee a lu le brouillon et ne me l'a pas jeté à la figure, ce qui est bon signe. David Gernert l'a mis en pièces et m'a aidé à rassembler les morceaux. Will Denton et Pamela Creel Jenner l'ont lu et ont donné un avis judicieux. Quand je l'ai eu écrit pour la quatrième fois, et jugé terminé, Estelle Laurence l'a relu et a trouvé un millier de fautes.

Tous ceux que je viens de citer ont été très consciencieux dans l'aide qu'ils m'ont apportée. Les erreurs restantes, comme toujours, me sont imputables.

Photocomposition Nord Compo
59650 Villeneuve-d'Ascq

Impression réalisée sur Presse Offset par

CPI
Brodard & Taupin

39609 – La Flèche (Sarthe), le 25-01-2007
Dépôt légal : mars 2006
suite du premier tirage : janvier 2007

POCKET – 12, avenue d'Italie - 75627 Paris cedex 13

Imprimé en France